KB214431

TRAVELS

INTO SEVERAL
REMOTE NATIONS
OF THE
WORLD

BY LEMUEL GULLIVER

걸리버와 함께 떠나는
먼 나라로의 여행

Bestseller World's Classics 001

걸리버 여행기

Gulliverel's Travels

조나단 스위프트 지음
이기동 옮김 | 박정윤 일러스트

Contents

❝ 나는 이 책에 16년 7개월간에 걸친 여행의 진실한 기록을 담았다. 이 책을 쓰는 가장 큰 목적은 미사여구를 늘어놓는 게 아니라 진실을 전달하려는 것이었다.**❞** - 초판 서문中

발행인이 독자에게

    이 여행기의 저자인 리뮤얼 걸리버는 나의 아주 오랜 친구다. 그는 원래 레드리프 마을에 살았으나 자신의 집을 찾아오는 열렬한 독자들을 피해, 3년 전쯤 이사를 갔다. 현재는 자신의 고향인 노팅엄셔 지방의 뉴어크 근처에 안착하여 조용히 노후를 보내고 있다.

    레드리프를 떠나기 전 걸리버는 내게 마음대로 처리하라는 말과 함께 이 원고 뭉치를 건네주었다. 나는 원고를 세 번이나 꼼꼼하게 읽어 보았다. 전체적으로 사실을 전하고 있다는 인상이 짙었으며 문체는 평이하고 간결했다. 단점이 있다면 다른 여행기가 그렇듯, 너무 세세한 부분까지 상세하게 서술했다는 점이다. 그러나 그 덕분에 이 원고에는 분명한 진실성이 흐르고 있었다. 걸리버는 이처럼 지나칠 정도로 정직한 사람이었다.

　　실제 원고 분량은 이 책의 두 배 정도 되지만 나는 과감하게 많은 부분을 삭제했다. 여러 차례 항해를 하면서 작가가 겪은 풍향과 파도의 변화, 진로를 묘사한 문장과 폭풍우를 만났을 때 배를 다루는 방법, 선원들의 대처, 위도와 경도에 관한 설명 등에 해당하는 부분이다.

　　많은 인사들의 권유에 따라 드디어 　걸리버 여행기　를 세상에 내놓게 되었다. 나는 무엇보다 일반 독자들이 읽기 쉽도록 배려했으나, 여행기 전문을 읽어 보고자 하는 독자가 있다면 언제든지 환영하는 바이다. 또한 이 책이 젊은 귀족 청년들에게 정치나 정당에 관한 통상적인 잡문보다 더 많은 즐거움을 안겨주었으면 하는 바람이다.

리처드 심슨

1
작은 사람들의 나라
릴리풋 여행기

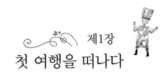

제1장
첫 여행을 떠나다

　나는 노팅엄셔 소지주의 다섯 아들 중 셋째로 태어났다. 내가
열네 살 되던 해 아버지는 나를 케임브리지 소재 임마누엘 대학에
입학시켰다. 엄격한 분위기 속에서도 나는 최선을 다했지만 불행히
도 3년 만에 학업을 중단해야 했다. 학비와 용돈은 많이 들지 않았
지만, 아버지가 나의 두 남동생을 키우느라 경제적 여유가 없었던
것이다. 4년째 되던 해 아버지는 나를 런던으로 보내 저명한 외과의
사인 제임스 베이츠 아래서 일을 배우게 했다. 그리고 가끔 약간의
돈을 부쳐주셨는데, 나는 그 돈을 항해 기술이나 수학을 배우는 데
썼다. 인생을 여행에 바치기로 마음먹은 사람에게는 그러한 공부들
이 쓸모 있을 것이라 생각했기 때문이다. 나는 여전히 바다를 향해

하는 나의 미래를 머릿속에 그리면서 네덜란드 라이덴으로 건너가 의학 공부를 계속했다. 집에서 보내준 돈과 존 삼촌의 도움을 받아 그 도시에서 2년 7개월 동안 머물렀다.

라이덴에서 돌아와서는 로 에이브러햄 파넬이 선장인 스월로 호의 선상 의사로 일했다. 자상한 스승이셨던 베이츠 선생님이 추천해 주신 덕분이었다. 3년 반 동안 파넬 선장과 함께 일하며 레반트를 비롯한 몇몇 곳을 항해했다. 항해에서 돌아온 후에는 런던에 정착하기로 결심하고 올드 주리에 자그마한 집을 마련했다. 더 늦기 전에 결혼을 해야 한다는 주변 사람들의 충고에 따라 메리 버튼 양과 결혼했다.

2년 후, 자상하신 베이츠 선생님이 돌아가시고 말았다. 나는 친구도 없이 홀로 지냈다. 그를 통해 환자를 소개받고 있었기에, 환자 수도 줄어들었다. 사업은 기울기 시작했다. 그렇다고 다른 의사들처럼 악덕 의료행위를 하자니 양심이 허락하지 않았다. 그리하여 아내를 비롯해 친지들과 의논한 뒤 다시 배를 타기로 결심했다. 연이어 두 척의 배에서 의사로 일했고, 6년 동안 동인도제도와 서인도제도를 몇 차례 항해했다. 재산도 조금 불릴 수 있었다. 여유가 생기면 나는 고대작가와 현대작가를 가리지 않고 위대한 작가들의 작품을 섭렵했다. 좋은 책은 언제든지 구해 읽을 수 있었다. 상륙하면 그곳 사람들의 관습과 습성을 관찰했고 그들이 쓰는 말도 배웠다.

기억력이 꽤 좋았기에 무엇이든지 쉽게 배웠다. 그러나 몹시 운이 나빴던 마지막 항해 이후 나는 바다에 염증을 느껴 집으로 돌아가기로 결심했다. 집에 정착하여 아내와 아이들과 함께 살고 싶다는 생각도 들었다. 의사로서 더 많은 수입을 올리기를 기대하면서 3년간 육지에 머물렀다. 그러나 결국 윌리엄 프리처드 선장의 제안에 따라 마음이 움직여 앤털로프 호에 올랐다.

앤털로프 호는 남양을 향해 막 닻을 올리려 하고 있었다. 1699년 5월 4일 우리는 브리스톨을 떠났다. 항해하는 동안 갖가지 사건이 일어났지만, 가장 끔찍한 건 돛을 달고 동인도로 가다가 폭풍우를 만난 일이다. 파도와 바람의 위력에 밀려 우리는 반디멘스랜드의 서쪽 남위 30도 21분까지 흘러갔다. 함께 탄 선원 가운데 열두 명이 과로와 식중독으로 목숨을 잃었고, 나머지 선원들도 몹시 쇠약해져 있었다.

난파를 당하다

11월 5일, 바로 코앞에 암초가 나타났다. 미친 듯이 아우성치는 거친 바람과 산더미 같은 파도가 우리를 암초에다 내동댕이쳐 배가 그만 두 동강나고 말았다. 배가 산산조각 나기 전에 나는 다섯 선원과 함께 보트에 옮겨 탔다. 우리 모두는 거친 파도에 맞섰다. 하지만 모두들 너무 지쳐 있었다. 절망한 상태로 5킬로미터쯤 나아간 후 우리는 노를 버리고 이리저리 흔들리는 파도에 몸을 맡겼다.

곧 거센 돌풍이 밀려오고 작은 보트가 맥없이 뒤집혔다. 동료들이 어찌되었는지 알 수 없었다. 아마 누구도 살아남지 못했으리라. 거친 바람과 파도에 이리저리 휩쓸리며 나는 온 힘을 다해 헤엄쳤다. 몇 번이고 발이 땅에 닿는 느낌이 들었지만 그것은 착각이었다.

온 몸에 힘이 다 빠지고 거의 정신을 잃을 무렵 다행스럽게도 발이 바닥에 닿기 시작했다. 폭풍우는 고요해지고 파도도 잠잠해졌다.

한참을 걸었다. 한 2킬로미터쯤 걸었을까? 겨우 해안에 다다랐다. 바다 밑바닥의 경사면이 완만하여 한참을 가서야 육지에 닿을 수 있었다. 육지에 닿았을 때는 저녁 8시쯤이었다. 다시 1킬로미터 정도를 걸었다. 주위에 무엇이 있는지 아무것도 알 수 없었다. 발걸음을 떼기조차 힘들 만큼 탈진한 나는 황무지를 지나고 있는지 마을을 지나고 있는지 분간할 수가 없었다. 결국 푸른 풀밭에 쓰러져 깊은 잠에 빠져들었다. 아홉 시간 이상 잤을까. 깨어 보니 해가 중천에 떠 있었다.

그런데 이게 웬 일인가? 몸을 일으켜 세울 수 없었다. 하늘을 바라보고 똑바로 누워 있었는데 팔다리는 각각 바닥에 꽉 묶여 있었다. 길고 머리카락 같은 줄이 어깨부터 허벅지까지 온몸을 겹겹이 둘러쳐져 있었다. 해는 점점 더 뜨거워졌고 눈이 부셔왔다. 주위에서 시끌벅적한 소리가 들렸지만 고개를 돌릴 수도 없었다. 얼마 지나지 않아 왼쪽 다리 위에서 뭔가 살아 움직이는 것이 느껴졌다. 그것은 살금살금 가슴을 거쳐 거의 턱 밑까지 올라왔다. 나는 최대한 눈을 내리깔아 그것을 쳐다보았다. 키가 15센티미터도 채 되지 않는 작은 사람이었다. 그 작은 사람은 양손에 활과 화살을 들고, 등에 화살집을 메고 있었다. 그 뒤로도 신장이 그만한 사람이 한 40명 정도 뒤따랐다.

소인국에서 포로가 되다

난생 처음 보는 광경에 놀란 나머지 냅다 비명을 지르자, 소인들은 기겁을 하고 도망쳤다. 나중에 들은 얘기지만, 그때 내 양 옆구리 쪽에서 바닥으로 뛰어내리다가 부상당한 이들도 여러 명이었다고 한다.

그런데도 그들은 금방 되돌아와 나를 요모조모 뜯어보았다. 심지어 한 명은 내 얼굴을 들여다보려고 앞으로 바짝 다가왔다. 그들 눈에는 내가 아주 이상한 사람이었으리라!

하지만 나는 어찌 이렇게 작은 인간이 존재할 수 있는지 놀라울 뿐이었다. 가까이 다가온 소인이 작은 팔을 벌리더니 가늘지만 또렷한 목소리로 "헤키나 데굴!" 하고 외쳤다. 다른 이들도 같은 말을 몇 번이나 외쳤는데, 그때는 그게 무슨 말인지 전혀 몰랐다.

그러는 동안 나는 계속 누워 있었는데 자세가 여간 불편한 게 아니었다. 묶어놓은 줄을 풀어 보려고 한참 동안 몸을 이리저리 뒤틀다가 다행히 줄을 끊을 수 있었다. 또 왼팔을 바닥에 묶어놓은 말뚝들도 비틀어서 뽑아 버렸다. 말뚝 한 개를 들어 살펴보고서 그들이 나를 어떻게 묶어 놓았는지 알게 되었다. 무척 아프기는 했지만, 머리를 세차게 잡아 당겨서 왼편 머리카락을 묶은 줄을 조금 느슨하게 만들었다. 그러자 얼굴을 약간 옆으로 돌릴 수 있게 되었다. 나는 가까이 다가온 소인 한 사람을 움켜쥐려고 손을 뻗었다. 위로 쳐든 내 팔이 거대해 보였던지, 소인들은 또 왁자지껄 소리치며 정신없이 도망쳤다. 작지만 왁자지껄한 소리 속에서 나는 "톨고 포낙!" 하고 외치는 소리를 확실히 알아들을 수 있었다. 그러자 순식간에 100여 개 화살이 내 왼손으로 날아들었는데 마치 바늘 세례를 받는 듯 따끔했다. 첫 번째 공격이 끝나자마자 나는 통증 때문에 괴로워 다시 몸을 풀려고 애썼다. 그러자 이번에는 처음보다 더 새까맣게 두 번째 화살 세례가 쏟아졌다.

'어두워질 때까지 여기 이대로 누워 있는 게 낫겠군. 왼손은 이미 자유로워졌으니 밤까지만 이대로 조용히 견디면 쉽게 빠져나갈 수 있겠지. 소인들의 군대가 한꺼번에 돌진해오면 기절하지 말란 법도 없으니까.'

나는 내 운명을 걱정하면서도 색다른 모험에 가벼운 흥분을 느

'어두워질 때까지 여기
이대로 누워 있는 게 낫겠군.'

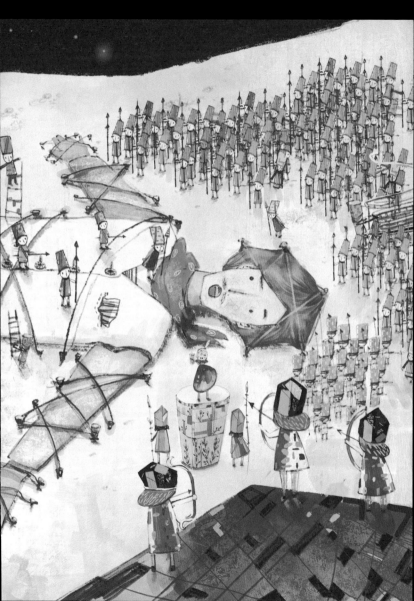

껐다. 내가 잠잠해지자 소인들은 더 이상 활을 쏘지 않았다. 하지만 소리가 점점 더 커지는 것으로 보아 소인들의 수는 점점 더 많아지는 것 같았다. 또 오른쪽 귀로부터 3미터가량 떨어진 곳에서는 무슨 짓을 하는지 한 시간 넘게 뚝딱거리는 소리가 들렸다. 말뚝과 줄이 느슨해진 것을 이용해 소리가 나는 쪽으로 머리를 최대한 돌려 보니, 약 5센티미터 높이로 세워진 연단 하나가 눈에 들어왔다. 소인 네 명이 올라설 수 있는 면적에 사다리 두세 개가 걸쳐져 있었다. 그들에게는 어마어마한 높이였다.

연단이 완성되자 널찍한 망토를 위엄 있게 두른 사람이 단상에 올라섰다. 그는 나를 향해 일장 연설을 늘어놓고 있었는데, 단 한 마디도 알아들을 수 없었다. 한참 지난 뒤에야 나는 그 말을 해석할 수 있었다. 어쨌든 그때 지체 높아 보이는 소인은 "랑그로 데훌산!"이라고 세 번이나 크게 외쳤다.

그러자 곧바로 50명가량이 가까이 다가와 내 머리 왼쪽에 고정되어 있던 줄을 끊어 주었다. 그렇게 해서 오른쪽으로 머리를 돌릴 수 있게 되었는데 나를 향해 말하고 있는 그 소인의 모습과 몸짓이 훨씬 더 자세히 보였다. 옆에서 시중을 드는 다른 소인 세 명보다 키가 좀 더 커 보였다. 세 명 가운데 한 명은 행렬의 옷자락을 받쳐 든 시종이었는데 내 가운데 손가락보다 약간 더 커 보였다. 나머지 두 명은 좌우에서 그를 부축했다. 그는 뛰어난 달변가처럼 행동했다. 위협하는 몸짓을 많이 취했고, 때로는 약속을, 때로는 연민과 친절을 베푸는 것 같은 몸짓을 해보였다. 나는 최대한 공손한 태도로 짧게 대꾸하고는 내 말이 진심이란 것을 증명이라도 하듯 두 눈으로 태양을 응시하며 왼손을 치켜들었다.

난파선에서 뛰어내리기 몇 시간 전에 먹은 것 말고는 쌀 한 톨 구경하지 못했기 때문에 나는 배가 고파 죽을 지경이었다. 손가락을 계속 입에 갖다 대며 배가 고프다는 시늉을 했다. 나중에야 알았지만 지위가 높은 인물을 그들은 '후르고'라고 불렀는데, 이 후르고는 내가 무슨 말을 하려는지 제대로 이해한 것 같았다. 연단에서 내려간 후르고는 내 옆구리에 여러 개의 사다리를 걸치라고 명령했다. 얼마 지나지 않아 100명이 넘는 소인들이 사다리를 타고 올라와 내 입 쪽으로 걸어왔다. 소인들은 고기가 가득 든 바구니를 날라다 주었는데 맛만 봐서는 무슨 짐승의 고기인지 알 수 없었다. 나는 그들이 주는 고기 두세 점을 한 입에 가득히 넣었다. 총알만한 크기의 작은 빵도 한꺼번에 세 덩어리씩 집어 입에 털어 넣었다. 소인들은 최대한 빨리 내 입 안으로 먹을 것을 운반해 주었다. 내 식욕과 먹어치우는 양에 무척이나 놀라는 듯 했다. 식사를 마치고 난 뒤 나는 마실 것을 달라는 시늉도 해보였다. 소인들은 아마도 내가 먹은 음식의 양을 고려한 듯 내 손에 겨우 잡힐 정도로 커다란 통

"헤키나 데굴!"

을 가져왔다. 그들보다 체구가 몹시 컸던 나는 통을 한 손에 움켜쥐고 단숨에 입으로 쏟아 부었다. 포도주 한 모금 정도 되는 양이었는데 맛이 좋았다. 보르고냐 포도주 같은 맛이었다.

그들은 내가 먹어치우는 양을 보고 이 정도로는 부족하다는 것을 알았는지 포도주 한 통을 더 가져왔다. 자신들이 갖고 있는 술통 중에서 제일 큰 것 하나를 밧줄에 매달아 아주 능숙한 솜씨로 들어 올린 다음, 내 한쪽 손이 있는 쪽으로 굴려주었다. 나는 뚜껑을 열고 그것을 단숨에 비워 버렸다. 통 안에 들어 있는 양이라고 해봤자 반 잔도 채 안 되는 양이었다. 군디 포도주와 비슷했는데 맛은 훨씬 더 좋았다. 세 번째 술통까지 단숨에 비우자 소인들은 내 가슴 위에서 좋다고 소리를 지르고 춤을 춰 댔다. 또 맨 처음에 한 것처럼 "헤키나 데굴!"도 몇 차례 외쳤다. 소인들은 나에게 빈 술통 두 개를 밑으로 던지라는 신호를 보냈다. 그리고 밑에 있는 소인들에게 "보라크 미볼라!"라고 소리치며 비켜서라고 경고했다. 술통이 공중에 날아가는 것을 보더니 소인들은 하나같이 "헤키나 데굴!"이라고 외쳤다.

솔직히 고백하면, 나는 그때 소인들이 내 몸 위에서 왔다 갔다 하는 것을 보며, 한 줌에 쥐어 땅바닥에 내동댕이치고 싶은 충동을 여러 차례 느꼈다. 그러나 화살세례를 받던 기분 나쁜 기억이 떠올라 의도적으로 좀 더 유순해지기로 마음먹었다. 더구나 엄청난 비용을 들여가며 극진하게 대해 준 사람들에게 친절하게 보답할 의무가 있다는 생각도 들었다.

　나는 작은 사람들의 용기에 감탄하지 않을 수 없었다. 그들은 이렇게 작고 보잘것없어 보였지만 내 몸 위에 올라와서 자신 있게 걸어 다녔다. 그들에게는 어마어마하게 큰 존재였을 나를 겁내지 않았다.

　점심을 먹은 후 내가 더 이상 다른 것을 원하지 않는다는 것을 알게 되자, 꽤 지체 높은 대신으로 보이는 사람이 왕이 파견했다며 자신을 소개했다. 그는 내 오른쪽 발목을 타고 올라와 얼굴 앞까지 걸어왔는데 열두 명가량의 수행원도 대동하고 있었다. 그러더니 황제의 옥새가 찍힌 신임장을 꺼내어 내 눈 앞에 바짝 들이대고는 약 10분 동안 일장 연설을 했다. 화가 난 기색은 없었지만, 결연한 의지 같은 것을 내비쳤다. 그는 수시로 손을 들고 앞쪽을 가리켰는데 나중에 알고 보니 약 800미터 거리에 있는 수도를 가리키는 것이었다. 나를 그곳으로 데려가야 한다는 것 같았다. 몇 마디 대꾸를 했지만 통할 리 만무했다. 그래서 나는 풀려 있는 손으로 반대쪽 방향을 가리키고, 이어서 머리와 몸을 가리켰다. 자유를 원한다는 뜻이었다. 그는 내 뜻을 제대로 이해한 것 같았다. 거절한다는 표시로 고개를 내저었고, 이어서 양손을 포개어 내가 포로로서 끌려가야 한다는 것을 알려주었다. 그 대신 고기와 술은 얼마든지 먹여 줄 것이며, 아주 좋은 대접을 받게 될 것이라는 점도 알려 주었다. 나는 다시 한 번 포박을 끊어 버릴까 하는 유혹이 생겼다. 그러나 곧 얼굴과 양 손에 맞았던 따끔한 화살의 고통이 생각났다. 상처에는 물집이 잡혀 있었고, 그대로 박혀 있는 화살촉도 아직 많았다. 게다가 소인들의 숫자는 처음보다 엄청나게 불어나 있었다. 나는 그들에게 원하는 대로 하라는 신호를 보냈다. 그러자 후르고와 수행원들은 예의를 극진히 갖춰서 인사를 건넨 다음 매우 기쁜 얼굴로 돌아갔다.

내가 진정되는 기미가 보이자 만족한 소인들은 내 얼굴과 손등에 약을 발라주었다. 화살 때문에 생긴 통증을 없애주는 향유였는데, 효과가 무척 빨리 나타났다. 그렇게 진정이 되고 나자, 엄청나게 많은 소인들이 내 왼쪽으로 몰려들어 포박을 느슨하게 해주었다. 나는 오른쪽으로 몸을 돌릴 수 있게 되었고 소변도 볼 수 있게 되었다. 오랜 시간 화장실에 가고 싶었던 것을 참아왔기 때문에 나는 꽤 많은 양의 소변을 보았다. 내가 소변을 보기 시작하자 소인들은 까무러치게 놀랐다. 그들은 얼른 양쪽으로 갈라서서 우렁찬 소리를 내면서 세차게 뿜어져 나오는 오줌줄기를 피했다. 몸에 긴장이 풀리고 나니 슬슬 졸음이 쏟아졌다.

수도로 운반되다

눈을 뜨자 소인들은 내가 약 8시간을 잤다고 말해주었다. 놀랄 일은 아니었다. 황제의 명령에 따라 의사들이 술에다 수면제를 탔던 것이다. 내가 해변에서 잠든 채 발견됐을 때 그 사실은 전령을 통해 즉각 황제에게 보고되었다. 황제는 곧바로 각료회의를 소집해 앞서 이야기한 대로 나를 땅바닥에 묶어 두기로 결정했던 것이다. 포박은 내가 잠들어 있던 밤에 이루어졌고 그래서 고기와 술도 넉넉하게 준비되어 있었으며, 나를 수도로 운반할 수레도 그때 이미 준비되어 있었다.

황제의 판단은 사실 매우 대담하고도 위험한 결정일지도 몰랐다. 같은 상황에 처했을 경우, 유럽의 군주들 가운데서는 어느 누가 이런 식으로 대처할 수 있을 것인가? 이 소인국 황제의 결단은 너그러우면서도 아주 사려 깊었다. 만약 이들이 내가 잠든 사이에 창과 활로 죽이려 했다면 나는 곧장 잠에서 깨어났을 것이다. 그리고 화가 난 나머지 온 힘을 다해 묶여 있던 줄들을 모조리 끊어 버렸을 것이고, 대항할 능력이 없는 그들은 무자비하게 당하고 말았을 것이다.

알고 보니 이들은 아주 뛰어난 수학자들이었다. 기계공학 지식도 대단한 경지에 도달해 있었다. 과학에 대한 극도의 보호정책 덕택이었다.

백성들이 만든 기계는 완벽한 작품이었다. 강력한 군함의 크기가 무려 80미터나 된다고 생각해보라. 그들은 조선소를 설치하지 않고 숲 속에서 배를 만들었다. 그것을 바퀴가 달린 수레에 싣고 바다까지 무려 200~300미터 되는 거리를 끌고 나왔다. 소인국 사람들은 그 수레 가운데 하나를 이용하여 나를 수도까지 운반하기로 결정했다. 하지만 문제는 어떻게 내 무거운 몸을 수레 위에 올려놓을 것이냐 하는 것이었다. 그들은 우선 30센티미터 높이의 기둥 80개를 똑바로 세운 다음, 매우 질긴 노끈에 갈고리를 달았다. 그리고 그들 중 힘 센 장정 900명이 그 끈들을 막대기 끝에 달린 도르래에 걸고 잡아당겼다. 그들은 그렇게 나를 들어 올렸고 운반용 수레에 싣는 데 채 세 시간이 걸리지 않았다. 그리고 키가 12센티미터 넘는 큰 말 1,500마리가 동원되어 나는 수도로 옮겨졌다. 물론 술에 탄 수면제 때문에 골아 떨어져 있었기 때문에 이런 과정을 나중에야 알았지만 말이다.

길을 떠난 지 네 시간 정도 지났을 때 나는 매우 어처구니없는 일로 잠에서 깨어났다. 수레가 고장 난 곳을 수리하기 위해 잠시 멈춘 사이에 일어난 일이었다. 청년 두세 명이 잠든 내 모습이 어떻게 생겼는지 보고 싶어 도저히 참을 수 없었던 모양이다. 그들은 수레에 기어 올라와 살금살금 얼굴 위를 기어 다녔다. 그중 왕실 수비 장교가 그만 창으로 내 왼쪽 콧구멍을 찔러 재채기가 나오고 말았다. 그 바람에 나는 잠이 깼고, 심한 재채기에 혼비백산한 소인들이 내 몸에서 굴러 떨어지며 걸음아 나 살려라 하며 도망친 것이다. 나는 3주가 지나서야 비로소 그때 내가 왜 갑작스럽게 잠이 깼는지 알았다.

우리는 그날 낮 동안 쉬지 않고 기나긴 행진을 계속했다. 밤에는 양 옆으로 각각 군사 500명이 보초를 서며 나를 감시했다. 반은 횃불을 들고 반은 활과 화살을 들고서 내가 조금이라도 소동을 일으키면 즉시 쏠 태세를 취하고 있었다. 다음날 아침, 동이 트자마자 우리는 행진을 계속해 정오쯤 되어서야 수도로 통하는 성문 근처에 도착할 수 있었다. 황제와 신하들 모두가 우리를 보기 위해 성 밖에 나와 있었다. 그러나 고관들은 황제가 내 몸 위로 올라가려 하는 것을 한사코 막았다. 혹시 위험한 일이 생길까 염려하였기 때문이다.

수레는 아주 오래된 신전 앞에서 멈추었다. 그 신전은 왕국 전체에서 가장 큰 건물이었는데 사용되지 않고 버려져 있었다. 바로 이 건물이 앞으로 내가 지낼 곳이었다. 북쪽으로 난 거대한 문은 높이 120센티미터에 폭이 60센티미터가량 되었다. 내가 드나들기 크게 어렵지 않은 정도였다. 문 양쪽에는 작은 창문도 하나씩 달려 있었다. 황실 대장장이들은 내 왼쪽 다리를 91개나 되는 쇠사슬로 묶고 자물쇠를 36개나 채워놓았다.

신전에서 조금 떨어진 대로 건너편에는 큰 탑이 있었다. 그곳에서 황제는 많은 고관들을 거느린 채 나를 구경했다.

그날은 나를 보기 위해 1만 명이 넘은 인원이 성 밖으로 몰려나왔다. 군사들이 지키고 있었음에도 불구하고 그들은 여러 차례에 걸쳐 사다리를 타고 내 몸 위로 올라왔다. 그러자 얼마 지나지 않아 이러한 위험 행동을 금지한다는 포고문이 공표되었다. 위반할 때에는 사형에 처한다는 엄명도 내려졌다.

나 혼자 힘으로 쇠사슬을 끊을 수 없을 것이라고 판단한 일꾼들은 내 몸에 묶인 사슬을 모두 잘라주었다. 내가 일어나 걸어 다니는 것을 보자 구경꾼들은 탄성을 질러댔다. 내 왼발에 채워진 쇠사슬은 반원을 그리며 앞뒤로 움직일 수 있을 정도였다. 또한 신전 정문에서 약간 떨어진 곳에는 쇠사슬이 고정되어 있어 사원 안쪽으로 기어들어가 다리를 쭉 뻗고 누울 수도 있었다.

제2장
구경꾼들이 몰려오다

똑바로 일어설 수 있게 되자 나는 사방을 둘러볼 수 있었다.
그토록 유쾌한 광경은 생전 처음이었다.

나라 전체가 끝없이 펼쳐진 정원 같았고 밭들은 마치 커다란 정원의 울긋불긋한 화단 같았다. 밭 사이사이에는 아주 작은 나무숲들이 늘어서 있었다. 왼쪽으로는 그 나라의 수도가 펼쳐져 있었는데, 마치 극장 무대에 걸려 있는 한 폭의 그림 같았다.

　주변을 대충 둘러본 뒤 나는 곧장 숙소에 기어들어가 문을 잠갔다. 대변을 보고 싶었지만 몇 시간 동안이나 억지로 참고 있었던 것이다. 마지막으로 대변을 본 것이 거의 이틀 전이었으니 그럴 만도 했다. 급하긴 한데 체면은 지켜야 했기에 어찌할 바를 몰랐던 것이다. 나는 쇠사슬의 길이가 허용하는 한 가장 먼 곳까지 가서 시원하게 일을 해결하고 이곳을 나의 전용 화장실로 삼기로 했다. 이후 나는 아침에 일어나자마자 쇠사슬의 길이가 허용하는 한 최대한 먼 곳까지 가 대변을 보았다. 그리고 매일 아침 사람들이 몰려오기 전에 오물을 치우도록 하인에게 귀뜸했다.

　일단 급한 볼일을 마치고 시원한 공기를 마시기 위해 집 밖으로 나왔다. 마침 황제가 말을 타고 내 쪽으로 오고 있었다. 황제는 미리 대기하고 있던 요리사와 집사들에게 내가 먹을 것과 마실 것을 갖다 주라고 명했다. 그들은 음식을 실은 여러 대의 수레를 내 손이 닿는 데까지 밀어 주었다. 수레 스무 대에는 고기가, 열 대에는 술이 가득 실려 있었다. 수레 한 대분의 고기는 두세 입에 먹어치웠고 수레 한 대당 열 개의 토기에 담은 술은 한 군데 모아 단숨에 마셨다.

황후를 비롯한 젊은 왕자와 공주들, 많은 귀족 부인들은 멀찌감치 의자를 갖다 놓고 앉아 이 신기한 광경을 보고 키득거렸다. 고관들은 내게 좀 더 가까이 다가가려는 왕에게 끊임없이 신중하라고 당부했다.

황제는 손톱만한 궁정 고관들보다 풍채가 훨씬 컸다. 그는 강한 남성적인 면모에 섬세한 입술, 올리브빛을 띤 갈색의 곧은 코와 아주 결단력 있는 표정을 지니고 있었다. 조화로운 외모는 위엄 있고 우아한 자태를 한층 더 빛내주었다. 현 왕이 통치하는 30년 동안 나라는 크게 번성하였으며 전쟁에서도 줄곧 승리를 거두었다고 했다.

그는 내게서 3미터쯤 떨어져 있었지만 나는 그가 좀 더 편한 자세로 나를 관찰할 수 있도록 바닥에 납작하게 엎드렸다. 그 후 황제가 경계심을 풀고 가까이 다가오라고 했을 때, 나는 마침내 그를 손바닥 위에 올려놓고 자세히 관찰할 수 있었다.

그의 복장은 아주 수수하고 소박했다. 아시아와 유럽 스타일을 한데 섞어놓은 듯했다. 머리에는 보석 장식이 된 얇은 황금 투구를 썼는데 꼭대기에 깃털 한 개가 꽂혀 있었다. 손잡이와 칼집에는 다이아몬드 장식이 박힌, 8센티미터 정도의 칼을 꽉 쥐고 있었다. 목소리는 날카로웠으나 아주 또렷해서 나는 서 있을 때도 그가 무슨 말을 하는지 분명하게 알아들을 수 있었다. 귀부인들과 신하들은 모두들 화려하게 차려입고 있었다. 그들이 서 있는 곳은 마치 땅위에 펼쳐놓은 작은 손수건에 금은으로 사람 형상을 수놓은 것 같았다. 황제는 내게 수시로 말을 걸었고 나도 무슨 말이든 대답을 했지만 한마디도 알아들을 수 없는 것은 피차 마찬가지였다.

입은 옷을 보고 미루어 짐작했지만, 왕실의 사제와 법률가들도 몇 명 와 있는 것 같았다. 그들은 나와 의사소통을 하기 위해 명령받은 사람들이었다. 나는 고지대 독일어와 저지대 독일어, 라틴어, 프랑스어, 스페인어, 이탈리아어, 심지어 링구아 프랑카(지중해 연안에서 쓰는 여러 나라 말의 혼성어)까지 동원했다. 어설프게 한두 마디라도 아는 말은 총동원해 보았으나 결국 헛수고였다.

약 두 시간이 지난 후, 황제 일행은 모두 돌아갔고 나는 삼엄한 경계 속에 남겨졌다. 혹시라도 내가 백성들 중 누군가에게 무례한 짓을 당하거나 악의적인 사고를 당하지 않도록 하기 위한 조치였다.

사람들은 나에게 조금이라도 더 가까이 다가오고 싶어 안달이었다. 내가 집 대문 옆 바닥에 앉자 몇 명은 무례하게도 나에게 활을 쏘기 시작했다. 한 발이 아슬아슬하게 왼쪽 눈을 스쳐 지나갔다. 경비대장은 주동자 여섯 명을 체포하라는 명령을 내리고는 범인들을 포박했다. 그러고는 내 손에 넘기는 것이 가장 좋은 벌이라고 생각했는지, 내가 쉽게 잡을 수 있도록 범인들을 창 끝으로 집어 내 쪽으로 밀어 버렸다. 나는 오른손으로 놈들을 모두 확 낚아챈 다음 그중 다섯 명은 외투 주머니에 집어넣고, 나머지 한 놈은 산채로 잡아먹는 시늉을 하며 무서운 표정을 지었다. 가엾은 녀석은 겁에 질려 고래고래 소리를 질렀고, 경비대장과 휘하 장교들은 겁에 질린 채 덜덜 떨기만 했다. 내가 주머니칼을 꺼내들자 거품을 물고 기절하는 이도 있었다. 나는 곧 부드러운 표정으로 손에 낚인 남자를 쳐다보며 칼로 포박을 끊어주었다. 그리고 조심스레 땅에 내려주었다. 그는 걸음아 날 살려라 하며 도망쳤다. 주머니에 들어 있던 다섯 명도 하나씩 같은 식으로 풀어주었다. 구경꾼들이나 경비병들은 모두 나의 관용에 감동한 눈치였다. 그 사건은 곧바로 왕궁에도 알려졌다. 그 결과 나에 대한 믿음이 두터워져 나는 본격적으로 즐거운 생활을 누리기 시작했다.

밤이 되면 나는 누울 곳을 찾아 힘들게 집 안으로 들어갔다. 2주를 그렇게 보냈다. 그동안 황제는 내가 쓸 침대를 만들라고 명령했다. 소인들이 사용하는 보통 크기 침대 매트 600개를 수레로 운반한 다음, 집 안에서 그것을 다시 짜맞추었다. 침대 매트 150개를 이어 하나로 만드니 폭과 길이는 더블침대 두 개를 합친 것 만했다. 하지만 두께가 너무 얇아 딱딱한 신전 바닥에서 자는 것과 별반 차이가 없었다.

내가 수도에 도착했다는 소식이 나라 전역으로 퍼져나가자, 부자, 게으름뱅이, 호기심 많은 사람들이 너나 할 것 없이 나를 보기 위해 몰려왔다. 마을이란 마을은 거의 대부분 텅텅 비어 버렸다. 황제는 이 사태를 해결하기 위해 내 집의 반경 50미터 이내 접근금지령을 내렸다. 왕궁의 허가를 받은 자만이 내 집에 출입할 수 있었다.

나중에 친구가 된 사람 가운데 궁정 소식에 밝은 사람을 통해 알게 되었는데, 그동안 황제는 나에 대한 문제를 논의하기 위해 수시로 각료회의를 소집했다고 한다.

내게 먹을 것, 마실 것을 대는 일이 그들로서는 만만치 않았을 것이다. 먹는 양으로 따지면 식량난을 초래할 수도 있는 걱정스러운 일이었다. 그러나 그들은 그것보다는 사실 나를 자유롭게 풀어 놓는 것을 가장 두려워했다. 어떤 사람은 나를 굶겨 죽이자고 제안했고, 어떤 사람은 얼굴과 손에 독화살을 퍼부어 죽이자고 했다. 그러나 어마어마하게 큰 시체가 악취를 풍기면 도시에 역병이 돌지도 모른다는 우려도 있었다고 했다.

이렇게 회의가 진행되는 와중에 장교 몇 명이 각료회의 대회의실로 찾아왔다. 이들은 중요하게 보고할 것이 있다며 회의장으로 들어왔다. 그들은 내가 백성 여섯 명을 용서하는 자비를 보여 준 일에 대해 입에 침이 마르도록 칭찬했다. 이 보고는 황제와 각료들의 심금을 울렸다. 왕과 신하들은 즉시 위원회를 소집하여 반경 800

미터 안에 있는 모든 마을에 명령을 내렸다. 아침마다 여섯 마리의 소와 양 40마리를 비롯한 기타 먹을 것을 내 양식으로 바치고, 그에 상응하는 빵과 포도주, 기타 술도 의무적으로 공급하도록 했다.

황제의 배려와 경계

황제는 600명으로 구성된 특별 부대를 만들어 나를 돕게 했다. 또 재단사 300명을 고용해 나의 의복을 준비하도록 했다. 왕실에서 가장 훌륭한 학자 여섯 명에게는 나에게 언어를 가르치라고 명했다. 그 결과 약 3주 만에 나는 그들의 말을 조금 익힐 수 있었다. 황제는 내가 공부를 하는 동안에도 나를 자주 찾아왔다. 때로는 직접 나서서 나를 가르치기도 했다. 우리 두 사람은 벌써 어느 정도 대화가 가능해지기 시작했다. 내가 맨 처음 배운 말은 "나를 풀어 주세요." 하는 것이었다. 나는 매일 무릎을 꿇고 그 말만을 반복했다. 그때마다 황제는 이 문제는 시간이 필요한 일이며, 각료회의의 동의도 필요한 일이라며 거절했다.

그리고 우선 내가 '루모스 켈민 페쏘 데스마르 론 엠포소'를 해야 한다고 말했다. 황제 및 황제의 왕국과 평화롭게 지낼 것을 맹세해야 한다는 뜻이었다. 모든 예절을 몸에 익히고, 신중하게 처신하고 인내하여 자신과 백성들로부터 좋은 평판을 얻도록 하라는 말도 덧붙였다. 담당 장교들이 내 몸을 수색하는 일이 있더라도 이를 언짢게 여기지 않았으면 좋겠다는 말도 했다. 나는 그 문제는 걱정하지 않아도 된다고 대답했고, 당장 옷을 다 벗을 수도 있다며 호주머니들을 뒤집어 보였다.

왕국의 법에 따라 수색은 장교 두 명이 실시한다고 했다. 그러나 나의 동의 없이 강제적으로 하지는 않을 것이라고 약속해주었다. 나의 너그러움과 정의로움을 높이 사고 있으며 자신의 부하 장교 두 명을 내 손에 믿고 맡기겠다면서, 내게서 압수한 물건은 나중에 모두 되돌려 줄 것이라고 했다.

나는 내 몸을 수색할 것을 허락하면서 양 손으로 장교 두 명을 집어 올려 외투 주머니 속에 넣었다. 모든 주머니들을 보여주었지만 두 개의 작은 주머니와 한 개의 비밀 주머니는 빼놓았다. 그 안에는 사소한 신변 용품들이 들어 있었기 때문이다. 한쪽 주머니에는 은시계가 한 개가 들어 있었고, 다른 쪽에는 금이 조금 든 주머니가 들어 있었다. 장교들은 펜에 잉크를 찍어 종이에 나오는 물건 목록을 일일이 기록했다. 나중에 나는 이 목록을 영어로 번역했는데 글자 그대로 직역하면 다음과 같았다.

제일 먼저 '산만한 거인 ('퀸부스 플레스트린'이라는 말을 이렇게 번역했음) '의 외투 오른쪽 주머니를 샅샅이 조사해 보았더니 거친 질감의 커다란 천 조각만 하나 나왔습니다. 폐하의 주 집무실 방을 모두

깔 수 있을 정도의 크기였습니다.

왼쪽 주머니에서는 거대한 은궤짝이 나왔는데 뚜껑도 은이었습니다. 우리 힘으로는 뚜껑을 열 수 없어서 산만한 거인에게 열어달라고 했습니다. 한 명이 궤짝 안으로 들어갔다가 먼지 더미 같은 것에 무릎까지 푹 빠져 버렸습니다. 또 먼지가 얼굴까지 날아오는 바람에 두 사람 모두 여러 번 재채기를 했습니다.

그가 입은 조끼 오른쪽 주머니에서는 얇고 하얀 뭉치가 나왔습니다. 사람 세 명을 합친 크기인데 차곡차곡 접혀 있었고 질긴 끈으로 묶여 있었습니다. 그 위에는 검은 형상들이 찍혀 있었는데 아마도 글자인 것으로 사료됩니다. 글자 하나가 우리 손바닥 절반 크기만 했습니다.

조끼 왼쪽 주머니에서는 기계 같은 것이 발견되었는데, 두 쪽에서부터 긴 기둥 스무 개가 뻗어 나와 있는 것이 폐하의 궁전 앞에 만들어 놓은 목책의 기둥처럼 생겼습니다. 산만한 거인이 그것으로 머리를 빗는 것이 아닌가 추측됩니다. 산만한 거인에게 일일이 물어 보지는 못했습니다. 그가 우리가 하는 말을 거의 알아듣지 못했기 때문입니다.

거인의 중간 덮게('란푸-로'라고 하는 것을 번역한 것으로, 그들은 반바지를 이렇게 불렀다) 오른쪽에 있는 큰 주머니에서는 속이 빈 쇠기둥을 발견했습니다. 길이가 사람 키만한 쇠기둥에는 그보다 더 큰 단단한 목재 조각이 붙어 있었습니다. 쇠기둥 한쪽에는 이상하게 생긴 커다란 쇳조각들이 튀어나와 있는데, 무엇에 쓰는 물건인지 알 수 없었습니다. 왼쪽 주머니에서도 같은 종류의 기계가 나왔습니다.

오른쪽에 있는 조금 작은 주머니에서는 둥글납작하게 생긴 흰색과 붉은색의 금속조각들이 나왔는데 크기는 제각각이었습니다. 흰색 금속은 은처럼 보였는데 크고 무거워 둘이서 겨우 들 수 있었습니다.

왼쪽 주머니에는 제멋대로 생긴 검은 기둥 두 개가 있었습니다. 우리는 주머니 바닥에 있었기 때문에 기둥 꼭대기까지 올라가는데 무척 힘들었습니다. 기둥 하나에는 뚜껑이 덮여 있었는데 재질이 같은 것처럼 보였습니다.

다른 기둥 꼭대기에는 희고 둥근 물체가 있었는데 크기는 우리 머리 두 배쯤 되었습니다. 기둥들 안쪽에는 거대한 강철판이 각각 하나씩 들어 있었는데, 우리는 산만한 거인에게 그걸 보여 달라고 했습니다. 위험한 물건일지 모른다고 생각했기 때문이죠. 산만한 거인은 통에서 물건을 꺼내 하나는 턱수염을 깎는데 쓰고, 다른 하나는 고기를 자르는 데 쓴다고 말해주었습니다.

우리가 들어가지 못한 주머니가 두 개 있었는데 산만한 거인은 그 주머니를 바지에 딸린 시계 주머니라고 했습니다. 이 시계 주머니는 중간 덮개의 맨 윗부분에 길게 터진 두 군데를 말하는데, 거인의 배에 꽉 눌려서 덮여 있었습니다.

오른쪽 시계 주머니 밖으로는 거대한 은 체인이 늘어져 있었고, 체인 끝에는 아주 신기한 기계가 하나 매달려 있었습니다. 우리는 체인 끝에 달린 물건이 어떤 것인지 보여 달라고 했습니다. 둥근 공 같았는데 절반은 은, 나머지 절반은 투명한 금속으로 되어 있었습니다. 투명한 쪽에는 이상하게 생긴 형상들이 둥글게 배치되어 있었습니다. 만져 볼 요량으로 손가락을 뻗어 보았는데 바로 그 투명한 물체가 가로막아서 만져 볼 수 없었습니다.

산만한 거인은 기계를 우리 귀에 갖다 대 주었는데, 기계에서는 물레방아가 돌아가는 듯한 시끄러운 소리가 계속해서 들렸습니다. 우리가 모르는 짐승이거나, 아니면 산만한 거인이 숭배하는 신이 아닐까 사료되옵니다. 아무래도 그가 추종하는 신일 가능성이 더 높다고 생각됩니다. 그의 표현 능력이 워낙 서툴러서 우리가 제대로 알아듣었는지 모르지만, 산만한 거인은 그것이 자신에게는 신의 말씀과 같고, 하루 중 모든 활동을 하는 데 적합한 시간을 그것을 통해 알게 된다고 했습니다.

또 왼쪽 시계 주머니에서 그는 어부가 쓰기에 알맞은 크기의 그물을 하나 꺼내서 보여주었습니다. 그는 그것을 지갑처럼 여닫았고, 실제로 그것을 지갑으로 쓰고 있었습니다. 지갑 안에는 노란색의 큰 금속 조각이 몇 개 있었는데, 그것이 진짜 금이라면 엄청난 가치가 있을 것 같습니다.

다음은 허리에 두른 큰 동물 가죽으로 만든 허리띠에 대한 보고입니다. 허리띠 왼편에는 길이가 남자 다섯 명을 합친 크기의 긴 칼이 매달려 있었습니다. 오른편에는 가방이나 자루 같은 것이 있었는데, 칸이 두 쪽으로 나뉘어져 있었습니다. 칸 하나의 크기가 폐하의 백성 세 명이 들어갈 수 있을 정도의 크기였습니다. 한쪽 칸에는 아주 묵직한 금속 공이 여러 개 들어 있었는데, 크기는 우리 머리통만하고 보통 힘으로는 들어 올릴 수 없을 정도로 무거웠습니다. 다른 칸에서는 검은색 낱알이 쌓여 있었는데, 별로 크거나 무겁지 않아서 양손바닥에 50개 정도는 올려놓을 수 있을 정도였습니다.

이상은 산만한 거인의 몸에서 우리가 찾아낸 물건들을 빠짐없이 기록한 것입니다. 산만한 거인은 우리에게 매우 예의 바르게 대했고, 폐하의 명을 제대로 존중했습니다. 태평성대를 이끄시는 폐하의 재위 89번째 달 네 번째 날에 서명하고 봉인하옵니다.

클레프렌 프렐록, 마르시 프렐록

목록 보고가 끝나자 황제는 내게 물건 몇 가지를 넘겨달라고 했다. 그가 제일 먼저 요청한 대로 칼을 뽑아들었다. 비록 바닷물에 젖어 약간 녹이 슬긴 했지만 그래도 아직 꽤 번쩍거렸다. 군사들은 두려움과 감탄이 뒤섞인 함성을 질러댔다. 반면 황제는 훨씬 담담한 모습이었다.

그는 이번에는 다른 물건에 관심을 보였다. 그는 내게 속이 빈 기둥 중 하나를 보여 달라고 요구했다. 권총을 가리키는 것이었다. 나는 권총을 꺼내들고, 사용법을 최대한 친절하게 설명해 주었다. 화약만을 장전하고 놀라지 말라고 먼저 주의를 준 다음, 허공에 대고 총을 한 발 발사했다. 모두들 내가 칼을 꺼내들었을 때보다 훨씬 더 놀랐다. 수백 명이 그대로 바닥에 쓰러져 죽은 사람처럼 꼼짝 않고 누워 있었다. 황제조차 내색하지 않으려고 무진 애를 썼지만 한참 뒤에야 정신을 차린 모습이었다.

나는 칼을 건네 줄 때와 같은 방법으로 권총 두 자루도 넘겨주었다. 화약 주머니와 총알도 모두 건네주었다. 화약 주머니를 절대로 불 가까이 두면 안 된다고 당부하는 것도 잊지 않았다. 아주 작은 불똥 하나만 튀어도 폭발해 황궁을 날려 버릴 수 있다고 주의를 주었다.

시계도 같은 방식으로 넘겨주었다. 황제는 시계를 굉장히 보고 싶어 하여 근위대에서 가장 키가 큰 장졸 두 명에게 시계를 장대에 걸쳐서 어깨에 걸고 운반해 오라고 명령했다. 시계에서 계속 똑딱 거리는 소리가 나고 분침이 돌아가는 것을 보고 황제는 매우 신기해했다. 그들은 우리보다 시력이 훨씬 뛰어났기 때문에 분침이 움직이는 것도 쉽게 볼 수 있었다.

그 밖에도 나는 주머니칼과 면도칼, 빗, 은으로 만든 코담배갑, 손수건, 그리고 일기장 같은 소소한 물건들을 내놓았다. 칼과 권총 두 자루, 화약 주머니는 마차에 실려 황실 창고로 운반되었고 나머지 물건은 모두 돌려받을 수 있었다.

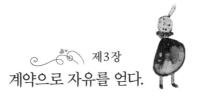

제3장
계약으로 자유를 얻다.

　　내가 고분고분하게 행동하자 소인들도 차츰 나를 신임하기 시작했다. 황제와 신하들은 물론이고 군대와 일반 백성들까지도 내게 호감을 보여 왔다. 내가 누워있을 때면 소인 대여섯 명이 한 쪽 손바닥 위로 올라와 춤을 추기도 했고, 어린아이들은 내 머리카락 속에 들어와서 숨바꼭질을 하기도 했다. 이 무렵 나는 소인들의 언어를 거의 익히게 되었다. 나는 자유로워지기 위한 탄원을 계속해 왔고, 마침내 황제도 이 문제를 전체 평의회에 건의했다. 그 결과, 나를 자유롭게 풀어주는 것에 스카이레쉬 볼골람이라는 자를 제외하고는 어느 누구도 반대하는 이가 없었다. 볼골람은 아무런 이유도 없이 노골적으로 적개심을 드러냈다. 그는 황제의 두터운 신임을 받고 있는 관할제독이었다. 업무 처리에도 밝은 사람이었으나 까다롭고 성미가 고약했다. 어쨌든 그의 반대에도 불구하고 황제는 나의 석방을 허가했다.

볼골람은 나를 풀어주는 대신 내가 지켜야 할 규정과 조건들을 자기 손으로 직접 작성했다. 그리고 내게 그 조건을 준수할 것을 맹세하라고 했다.

골바스토 모마렌 에블라메 구르딜로 쉐핀 물리 울리 구에는 릴리풋의 가장 위대한 황제이며 온 우주의 즐거움이자 두려움이다. 황제가 다스리는 영토는 5,000블루스트록(둘레가 약 20킬로미터)으로 지구의 모든 끝까지 미친다. 군주들의 군주이시다. 지상의 모든 이보다 키가 더 크시다. 황제의 두 발은 지구의 중심을 누른다. 황제의 머리는 태양에 다다른다. 황제의 고갯짓에 천하의 군주들이 두 다리를 벌벌 떤다. 유쾌하기가 봄날 같고, 여름처럼 편안하며, 가을처럼 풍요롭고, 겨울처럼 무섭다. 지존이신 황제는 최근 우리의 천상 왕국에 나타난 산만한 거인에게 다음과 같은 규정을 제안하며, 산만한 거인은 엄숙히 선서함으로써 이를 준수할 의무를 가진다.

첫째, 산만한 거인은 황제의 옥새가 찍힌 허가서 없이 우리의 영토를 떠날 수 없다.

둘째, 황제의 특별한 명령 없이 수도 안으로 들어올 수 없다. 수도 안으로 들어올 경우, 주민들은 문을 걸어 잠그도록 두 시간 전에 사전 경고를 받는다.

셋째, 위에 언급한 산만한 거인은 주요 간선도로 위로만 걸어 다녀야 한다. 초원이나 곡식 밭에는 걸어다녀서도 안 되고, 누워서도 안 된다.

넷째, 간선도로를 걸어 다닐 때는 황제의 사랑하는 백성이나 그들의 말, 또는 수레를 밟지 않도록 각별히 조심해야 한다. 또 본인의 동의가 없는 경우, 백성들을 손으로 들어 올려서도 안 된다.

다섯째, 긴급 전령을 특별히 파견해야 하는 경우, 산만한 거인은 주머니에 전령과 말을 넣어 옮겨줄 의무가 있다. 이러한 긴급 여행은 한 달에 한 번 6일간이며 필요한 경우에는 황제가 계시는 곳까지 전령을 안전하게 데려다주어야 한다.

여섯째, 산만한 거인은 블레푸스쿠 섬의 적들과 교전 시 우리의 동맹이 되어야 한다. 아울러 현재 우리를 침략하려고 준비 중인 적의 함대를 파괴하는 일에 최선을 다해야 한다.

일곱째, 위에 언급한 산만한 거인은 자신의 휴식 시간에 우리 일꾼들을 돕고 지원해야 한다. 주요한 공원의 벽을 쌓고 왕궁

건물을 짓는데 필요한 큰 돌을 들어 올리는 일을 도와주어야 한다.

여덟째, 위에 언급한 산만한 거인은 제국의 해변을 자신의 보폭으로 직접 재어서 2개월 안에 정확한 둘레를 보고해야 한다.

마지막으로 위에 제시된 조항들을 모두 준수하겠다고 엄숙히 선서함으로써 위에 언급한 산만한 거인은 우리 백성 1,728명분의 고기와 마실 것을 매일 제공받는다. 또한 황제를 자유롭게 만날 수 있으며, 우리의 호의를 나타내는 여러 표식을 받게 된다.

황제 재위 91번째 달 열두 번째 날에 벨파보락에 있는 우리의 왕궁에서 전달함.

나는 아주 흡족한 마음으로 규정에 서명했다. 물론 일부 조항은 내가 기대한 만큼 명예로운 조항은 아니었다. 더구나 이 모든 절차가 나에 대한 적대감에서 비롯된 것이었으므로 특히 모욕적이었다. 그러나 덕분에 나는 곧바로 족쇄를 풀 수 있었고, 완전한 자유의 몸이 되었다. 나는 왕 앞에서 무릎 꿇고 감사의 마음을 전했다.

자유의 몸이 되고 나서 가장 먼저 한 일은
왕국의 수도인 밀렌드를 구경하는 일이었다.

　　자유의 몸이 되고 나서 가장 먼저 한 일은 왕국의 수도인 밀렌도를 구경하는 일이었다. 내가 밀렌도를 방문한다는 사실은 황제의 포고문을 통해 사람들에게 알려졌다. 도시를 에워싸고 있는 성벽의 높이는 75센티미터, 폭은 최소 28센티미터 정도 되었다. 이 정도면 마차 한 대와 말들이 달리는데 아무런 문제가 없었다. 성벽 주위로는 견고한 탑들이 솟아 있었다. 나는 서쪽 주 성문을 조심스럽게 타고 넘었다. 혹시 코트자락이 스치면서 집들의 지붕이나 처마가 부서질까 염려되어 조끼만 걸친 채 두 개의 주요 도로를 조심조심 걸었다. 소인을 밟기라도 할까봐 신경을 있는 대로 곤두세웠다.

　　도시는 두 개의 대로가 교차하면서 네 구역으로 나뉘고 있었다. 들어가 볼 수는 없지만 지나가면서 잠깐씩 본 작은 길과 골목길의 폭은 30센티미터에서 45센티미터 정도였다. 도시는 50만 명을 수용할 수 있는 규모였다. 집의 높이는 3층에서 5층까지 다양했다. 가게와 시장에는 유럽의 상점처럼 물건들이 진열돼 있었다.

황제가 사는 궁은 대로 두 개가 교차하는 지점인 도시 중심부에 자리를 잡고 있었다. 궁전은 담으로 둘러싸여 있었지만 폭이 꽤 넓어, 나는 궁전 곳곳을 살펴볼 수 있었다. 나는 먼저 발판 두 개를 가지고 궁궐의 바깥뜰로 들어갔다. 한 발판을 딛고 올라서 다른 하나를 지붕들 위로 들어 올려 뜰의 빈 공간에 조심스럽게 내려놓았다. 그리고 한 걸음을 떼고 다음에 또 다른 발판을 놓고 다른 발을 올려놓았다. 그렇게 궁궐 뜰의 가운데까지 지날 수 있었고 같은 방법으로 안쪽 뜰까지 들어갈 수 있었다. 그런 다음 나는 궁전을 향해 옆으로 비스듬히 누워 건물 중간층에 난 창문들을 통해 안을 들여다 볼 수 있었다.

사람들은 나를 위해 일부러 창문을 열어두었는데, 그 안으로 보이는 방들은 상상할 수 없을 정도로 화려했다. 황후와 어린 왕자들은 여러 개의 방에서 시종들을 거느리고 있었다. 황후는 아주 우아한 미소를 보내며 창문 밖으로 한 쪽 손을 내밀어 주었고 나는 그 손에 입을 맞추었다.

자유의 몸이 된 지 2주일 정도 지난 어느 날 아침이었다. 황제의 비서실장인 렐드레살이 하인 한 명을 대동하고 내 거처로 찾아왔다. 렐드레살은 타고 온 마차를 멀리 대기시키라고 지시한 뒤, 한 시간 동안 면담을 하고 싶다고 요청했다. 나는 그의 요청을 즉각 받아들였다. 그는 내가 궁정에 탄원서를 제출했을 때 나를 믿고 강력하게 지지해주었던 인물이었다. 그는 내 손바닥 위에 올라와 이야기하는 것을 좋아했다.

　　그는 우선 내가 자유의 몸이 된 것을 축하하고, 본론을 이야기하기 시작했다.

　　"외국인의 눈에는 우리나라가 매우 번성하는 것처럼 보일지 모르지만, 사실 우리는 지금 두 가지 난국에 직면해 있다네. 국내적으로는 내부의 극심한 분열을 겪고 있고, 외부로부터는 적의 침략이라는 문제가 있지.

　　우리나라에서는 벌써 70개월이 넘도록 트라멕산과 슬라멕산이라는 두 당파가 서로 세력다툼을 벌이고 있네. 두 당파는 구두 뒤축의 높낮이로 서로를 구분한다오. 뒤축이 높은 당파가 왕국의 유서 깊은 헌법 내용과는 가장 부합되는 게 사실이지. 그런데 폐하는 오로지 뒤축이 낮은 사람들만 기용하려고 하고 있소.

　　당신도 이미 눈치 챘겠지만 폐하의 구두 뒤축은 궁의 모든 신하들보다도 최소한 1드러(약 18밀리미터) 이상 낮다네. 두 당파 간의 적대심이 어찌나 심각한지 이들은 식사도 함께 하지 않고 술도 같이 마시지 않을 뿐만 아니라, 서로 말도 섞지 않소.

　우리는 뒤축이 높은 당파인 트라멕산이 수적으로 우세한 것으로 알고 있지. 하지만 권력은 우리 슬라멕산이 모두 쥐고 있다네. 문제는 왕위 계승자인 황태자가 뒤축이 높은 당파 쪽으로 기울어져 있다는 것이네. 한눈에 봐도 황태자의 한쪽 구두 뒤축이 다른 쪽보다 조금 높다는 걸 알 수 있어. 그것 때문에 황태자는 걸을 때 절뚝거린다네. 내부적으로도 이렇게 어수선한 형국인데, 블레푸스쿠 섬으로부터 침략 위협을 받고 있소. 블레푸스쿠는 우리에 비해 꽤 강대국이라오. 당신만한 거인들이 사는 국가가 있다는 주장에 대해서 우리 철학자들은 대단히 회의적이라네. 그들은 당신이 달이나 별에서 떨어졌을 것으로 추측하고 있지. 왜냐하면 당신처럼 덩치 큰 사람 100명만 있어도 우리 영토 안에서 나는 곡식과 가축은 얼마 지나지 않아 거덜 날 것이기 때문이오. 그뿐만 아니라 6,000개월이나 된 우리 역사상 릴리풋과 블레푸스쿠 외에 다른 지역은 한번도 언급된 바가 없기 때문이오.

　어쨌든, 이 두 강대한 왕국은 36개월 전부터 서로 지독한 전쟁을 치르고 있소. 이곳에서는 아주 먼 옛날 옛적부터 계란을 먹을 때는 더 큰 쪽을 깨뜨려서 먹는 관습이 있었다오. 그런데 지금 황제의 조부가 어렸을 때 계란을 먹으려고 큰 쪽을 깨뜨리다가 손가락을 베인 일이 있었소. 그걸 보고 그분의 부친인 당시 황제는 모든 백성을 향해 '계란을 깰 때는 작은 쪽을 깨뜨려야 한다'는 칙령을 발표한 거요. 백성들은 불만이 팽배했고 그 때문에 여섯 차례나 반란이 일어났소. 내란의 와중에 황제 한 분이 목숨을 잃었고 한 분은 왕위를 잃었다네. 이 소동을 블레푸스쿠의 군주들이 계속해서 선동했고, 소요가 진압되면 반란에 가담한 자들은 블레푸스쿠로 망명을 갔소.

계란을 작은 쪽으로 깨뜨리지 않겠다고 맞서다가 목숨을 잃은 사람은 지금까지 모두 합쳐 1만1,000명이나 된다오. 이 분쟁을 다룬 책만도 수백 권이나 되지. 하지만 계란의 큰 쪽을 깨자는 당파에서 내는 책은 오랫동안 금서가 되었고, 그쪽 사람들은 일자리조차 구할 수 없게 되었소. 이러한 분란이 계속되는 동안 블레푸스쿠 황제들은 자국 대사들의 입을 통해 우리가 종교적 분파주의를 조장한다고 수시로 비난했다네. 우리가 브룬드레칼 54장에 기록된 위대한 예언자 루스트록의 근본 가르침을 위반한다는 것이었지.

그쪽 사람들은 브룬드레칼을 알코란이라고 부르는데, 이것은 사실 경전을 너무 자의적으로 해석한 것이오. 원본의 표기는 '참된 믿음을 가진 자들은 계란을 편한 쪽으로 깨도록 한다.'라고 되어 있소. 편한 쪽으로 깨도록 하라는 것은 각자의 양심에 따라, 아니면 적어도 최고 치안 책임자가 결정하는 대로 따르라는 말이라고 생각하오. 넓은 쪽으로 계란을 깨뜨리자고 주장하며 도망간 사람들은 지금 블레푸스쿠 황제의 총애를 받고 있소. 국내에 있는 이들의 당파도 이들에게 지원과 격려를 아끼지 않고 있지. 그렇게 해서 지난 36개월 동안 두 제국은 서로 밀고 당기는 가운데 피비린내 나는 전쟁을 계속해 왔소. 그동안 우리는 대형 전함 40척, 그리고 소형 전함은 그보다 훨씬 더 많이 잃었지. 지금도 적들은 엄청난 규모의 함대로 무장하고 우리를 공격할 준비를 갖추고 있다네. 이에 당신의 용기와 힘을 크게 신뢰하시는 황제께서는 우리가 처한 이런 사정을 당신에게 전하라는 명령을 내리셨네."

나는 그에게 외국인의 신분으로 국내에서 벌어지는 양측의 분란에는 개입하지 않는 것이 옳다는 견해를 밝혔다. 그러나 미약하더라도 도리는 다하겠다는 뜻을 전했다. 만일 외부의 침입이 있다면 그 어떤 적이라 할지라도 목숨을 다해 황제와 왕국을 지켜낼 것이라고 말이다.

제5장
걸리버의 전략

블레푸스쿠 왕국과 릴리풋 왕국은 700미터 정도의 넓은 바다를 사이에 끼고 있었다. 나는 한 번도 그곳을 본 적이 없었다. 그리고 적의 침략에 대해 알고 난 날부터는 적의 함대에 나의 존재가 알려질까봐 해안에서 멀리 떨어져 있었다. 사실 플레푸스쿠 왕국에서는 내가 릴리푸트에 왔다는 사실을 모르고 있었다. 전쟁이 임박하여 두 나라 사이의 모든 관계가 두절되었기 때문이다. 나는 적군이 순풍을 기다리며 항구에 배를 대고 기다리고 있다는 보고를 받았다. 내가 깊이 생각해 두었던 계획을 실행할 때였다. 왕은 적의 함대를 사로잡으려는 나의 계획을 듣고 굉장히 들떠있었다. 나는 노련한 바다 전문가들에게 해협의 깊이를 묻고 적을 사로잡을 방안에 대해서 토의했다.

바다 전문가들은 '가장 깊은 곳은 해협의 한가운데로 70글룸 글루프나 되는데, 생존자라 해도 50글룸글루프 이상은 들어가지 못합니다.' 라고 설명해 주었다.

우리네 치수로 바꾸면 깊이가 최대 2미터란 얘기였다. 작전을 실행하기에는 조건이 아주 좋았다. 나는 망원경을 들고 적의 동태를 살피기 위해 언덕의 숨을 만한 곳에 누워 북쪽 해협, 즉 블레푸스쿠 왕국 쪽을 살펴보았다. 적의 함대는 군함 50척 정도로 구성되어 있었고, 그 외에 상선의 수 또한 상당했다.

수도로 돌아오자마자 나는 계획을 실행에 옮기기 위해 왕에게 허락을 구하는 한편 아주 튼튼한 밧줄을 여러 갈래 준비해 달라고 요청했다. 밧줄이라고 해봐야 굵기가 보통 포장용 끈 정도밖에 되지 않아서 세 가닥을 겹쳐 꼬았다. 다음엔 쇠막대기를 가져오게 했는데, 굵기가 뜨개질바늘 정도밖에 되지 않아 그것들 역시 세 개씩 겹쳐 꼬고 끝을 구부려 갈고리 모양으로 만들었다.

나는 갈고리가 달린 밧줄 50가닥을 준비하여 북쪽 해안을 돌아 언덕에 도착했다. 거기서 웃옷, 양말, 신발을 벗고 물 속으로 들어갔다. 가장 깊은 바다에 닿으려면 30분은 가야 했다. 거기서 한 30미터쯤 헤엄쳐 가자 다시 발이 바닥에 닿았다. 약 30분을 다시 걸어서 드디어 블레푸스쿠 함대에 도달했다.

내가 불쑥 함대 앞에 나타나자 적군들은 기겁을 하면서 함선 밖으로 뛰어내렸다. 해변에 모여 있는 군사는 족히 3만 명은 되는 듯했다. 나는 준비해간 연장을 꺼내어 뱃머리에 난 구멍에 일일이 쇠갈고리를 끼웠다. 그리고 밧줄을 모두 모아 끝을 하나로 묶었다. 내가 그 일을 하는 동안 적들은 수천 발의 화살을 쏘아댔는데, 그 중 많은 화살이 양손과 얼굴에 꽂혔다. 따끔따끔 쑤시는 건 차치하고 작업을 하는 데 적잖은 방해가 되었다. 눈이 가장 걱정이었는데, 자칫 실명했을지도 모를 일이었다. 나는 안 쪽 호주머니에 신변용품을 넣어가지고 다니는 습관이 있었다. 황제가 몸수색을 명령했을 때 신하들이 찾아내지 못한 주머니였다. 이 주머니에는 안경이 들어 있었다. 나는 안경을 꺼내 콧등에 최대한 단단히 붙들어 맸다. 이렇게 나름의 무장을 갖춘 다음 적의 화살 세례에 아랑곳하지 않고 작업을 계속했다. 화살은 대부분 안경알을 맞혔는데 잠깐 시야가 흔들릴 뿐 별다른 피해는 없었다. 마침내 갈고리를 배에 거는 작업을 모두 끝내고, 한데 묶어놓은 매듭을 쥐어 잡아당기기 시작했다. 그러나 닻을 내려 단단히 붙들어 놓은 배들은 꿈쩍하지 않았다. 할 수 없이 가장 힘든 작업을 해야 했다. 일단 잡고 있던 밧줄을 놓고 배에 건 쇠갈고리들은 그대로 둔 채, 칼을 꺼내서 이를 악문 채 닻줄을 모두 끊어 버렸다. 그러는 동안 얼굴과 양 손에는 200발이 넘는 화살을 맞았다. 하지만 마무리 작업을 성공리에 마치고 50척이 넘는 군함을 수월하게 끌고 돌아올 때는 만족감에 사로잡혔다. 내가 무슨 짓을 하려는 것인지 전혀 예상하지 못했던 블레푸스쿠 병사들은 곧 내 의도를 알아채고는 절망에 빠졌다.

위험한 고비는 벗어났다고 생각되는 지점에 다다른 후 나는 잠깐 걸음을 멈추고 얼굴과 손에 꽂힌 화살을 뽑아냈다. 그러고는 내가 처음 소인국에 도착했을 때 소인들에게서 받은 연고를 상처에 발랐다. 나는 안경을 벗고 바닷물 수위가 조금 낮아질 때까지 한 시간 정도 보냈다. 그런 다음 군함들을 끌고 해협 중간을 건너 마침내 무사히 릴리풋 왕국의 항구에 이르렀다.

황제를 비롯한 왕궁의 모든 신하들이 해변에 몰려나와 나의 어마어마한 작전이 어떤 결과로 나타날지 기다리고 있었다. 그때 그들의 눈에 커다란 반달 모양으로 늘어선 함대가 나타났다. 나는 가슴께까지 몸이 물속에 잠겨 있었기 때문에 그들 눈에 띄지 않았다. 해협 중간까지 오자 내 목 바로 아래까지 물이 차올랐고 소인들은 완전히 공포에 사로잡혔다. 황제는 이미 패배를 예상하고 있었다. 하지만 내가 앞으로 발을 내디딜 때마다 바닷물의 수위는 점점 더 낮아졌고, 얼마 안 가서 나는 내 목소리가 그들에게 들릴 정도로 가까운 곳까지 갈 수 있었다. 나는 적의 함대를 묶은 밧줄을 높이 쳐들어 보이며 큰소리로 외쳤다.

"릴리풋의 무적 황제 폐하 만세!"

해변에 도착하자 위대한 황제는 온갖 미사여구를 동원해 나를 치하했다. 나는 가장 영예스러운 작위인 나르닥을 하사받았다.

황제는 적에게 남아 있는 나머지 군함도 내가 모두 끌고 와 주기를 바랐다. 왕들의 야심이라는 것은 끝이 없어서, 그도 블레푸스쿠 왕국 전체를 자기 왕국의 일개 주로 편입하고자 했다. 그곳에 총독을 파견하여 다스리고 망명자들을 모두 처단하기를 바랐다. 또 그곳의 백성들에게 달걀을 먹을 때는 뾰족한 부분을 깨서 먹으라고 강요할 생각이었다. 그러나 나는 왕의 야심찬 계획을 단념시키기 위해 애썼다. 온갖 정치적 명분을 동원하고 정의에 대해 강성으로 호소했다. 그리고 마지막으로 자유롭고 용기 있는 백성을 노예로 삼는 일에 협조할 수 없다는 내 생각을 밝혔다. 평의회에서 이 문제가 회부되어 논의되자 각료들 가운데 현명한 사람들은 나와 의견을 같이했다.

내가 그처럼 공개적으로 입장을 밝힌 것은 황제의 구상과 정책에 정면으로 위배되는 행동이었다. 황제는 나의 반대를 용납하지 않았다. 나는 왕과 몇몇 정치인들이 몇 달 후면 내 목숨을 뺏으려고 음모를 꾸미기 시작할 것이라는 생각이 들었다.

블레푸스쿠의 평화사절단

내가 전공을 세우고 돌아온 지 3주 정도 지났을 때였다. 블레푸스쿠 왕국의 고위 사절단이 평화조약을 체결하자며 릴리풋을 방문했다. 조약은 전적으로 릴리풋에 유리했다. 나는 왕궁에서 누리고 있는, 어쩌면 겉으로만 누리는 것처럼 보이는 신임을 이용해 패배국인 블레푸스쿠가 너무 불리해지지 않도록 살짝 도움을 주었다.

그 사실을 은밀히 전해들은 블레푸스쿠의 사절단들은 격식을 갖추어 나를 찾아왔다. 그들은 우선 나의 인품과 너그러움에 대해 찬사를 늘어놓은 후 자신들의 국가에 나를 초청하고 싶어 했다. 그러나 그들의 나라를 방문하기 위해서는 릴리풋 황제의 동의가 필요했고, 그는 반대하지는 않았지만 퍽 냉정한 반응을 보였다.

나중에 누군가가 그 이유를 은밀히 말해 주었는데, 볼골람과 궁궐의 재무 대신 플림나프가 나를 배신자로 몰아붙였던 것이다. 배신이라니, 나는 추호도 그럴 생각이 없었다. 그 사건으로 나는 궁궐 생활에 대해서건 신하들에 대해서건 매우 좋지 않은 견해를 갖게 되었다.

정보를 알려주는 차원에서 이 점은 말해두어야겠다. 나를 찾아온 외교관들은 통역을 통해서 나와 대화를 나누었다. 두 왕국의 언어는 유럽에 있는 두 나라의 언어가 서로 다른 것처럼 확연하게 달랐다. 두 왕국은 서로 자기 나라 말이 더 유서 깊고, 아름답다고 자부했다. 상대국의 언어에 대해서는 전면적으로 무시했다. 그래서 승전국인 릴리풋은 블레푸스쿠 대사들에게 릴리풋의 언어로 신임장을 작성하고 연설을 낭독할 것을 강요했다.

사실 릴리풋과 블레푸스쿠 사이에는 서로 왕래가 오갔고 무역이 활발히 이루어지고 있었다. 각국의 귀족들과 부자들은 서로 이웃 나라에 자식들을 보내 그들과 다른 풍속에 대해 알게 하고 그곳의 언어를 배우게 했다. 실상 릴리풋과 블레푸스쿠 두 왕국에서는 두 개의 언어가 동시에 인정을 받고 있었던 것이다. 귀족이나 상인, 선원 등 바닷가에 사는 사람들치고 두 나라의 말로 대화하지 못하는 사람은 거의 없었다.

몇 주일이 지난 뒤 블레푸스쿠 황제를 알현했을 때 깨달았던 사실이었다. 나를 싫어하는 자들의 악의 때문에 우여곡절을 많이 겪기는 했지만, 그 방문은 매우 많은 것을 체득할 수 있었던 모험이었다.

궁궐의 화재

그로부터 몇 주일이 지난 뒤 나는 블레푸스쿠 황제를 알현하러 갔다. 그 방문은 내게 큰 행운이었다. 당시 블레푸스쿠는 큰 어려움에 처해 있었고, 나로서는 정적들의 간계를 뚫고 힘들게 성사시킨 여행이었다.

나는 자유의 몸이 되기 위해 여러 가지 조항에 서명한 바 있었다. 그 가운데 일부 조항은 매우 굴욕적이었다. 당시 내가 처한 상황이 워낙 급박했기 때문에 따를 수밖에 없었지만, 왕국에서 가장 높은 작위인 나르닥이 된 지금은 이야기가 달랐다. 이 불리한 조항들은 나의 위상에 걸맞지 않다고 여겨졌고, 그럼에도 황제는 그 조항들에 대해서 단 한 번도 언급한 적이 없었다. 그런데 그로부터 얼마 후 나는 황제에게 큰 도움을 주게 되었다. 적어도, 그 당시에는 그렇게 생각했다.

한밤중이었다. 문 밖에 수백 명의 사람들이 몰려와 비명을 질러 잠에서 깨어났다. 갑자기 일어난 탓에 약간 겁도 났다. 사람들은 계속해서 "부르글룸!"이라고 외쳐대고 있었다. 왕궁에서 온 몇 명이 군중 사이를 뚫고 내 앞에 와서는 즉시 궁으로 가자고 간청했다. 연애소설을 읽던 황후의 시녀가 부주의로 깜빡 조는 사이에 황후의 방에서 불이 났다는 것이었다. 나는 즉시 따라 나섰다. 달이 보름달처럼 밝았던 덕분에 용케 한 사람도 밟지 않고 궁에 도착할 수 있었다. 황후의 방 벽에는 이미 사다리가 걸쳐져 있었고, 사람들은 계속 물통을 나르고 있었다. 그런데 물이 있는 곳은 화재지로부터 너무나 멀리 떨어져 있었고, 물통의 크기도 골무만 했다. 사람들은 있는 힘을 다해 최대한 신속히 그 물통을 내게 날라다 주었지만 불길이 너무 세서 별 효과가 없었다. 코트를 가져왔더라면 그것으로 불을 쉽게 끌 수 있었을 텐데 너무 서둘러 오느라 가죽조끼 한 장만 걸친 상태였다. 절망적이고 통탄스러웠다. 훌륭한 궁이 속절없이 잿더미가 될 처지에 놓인 것이다. 침착하게 불 끌 방법을 궁리하고 있는데 뜻밖에도 한 가지 묘수가 떠올랐다. 사실 나는 간밤에 글리미그림이라는 아주 맛좋은 포도주를 거나하게 마셨다. 블레푸스쿠 사람들은 그 술을 플루넥이라고 부르는데, 릴리풋 산이 더 나은 것으로 간주된다. 어쨌든 글리미그림이 강한 이뇨작용을 한다는 것이 생각났다. 하늘이 도왔는지 그때까지도 나는 소변을 한 번도 보지 않고 있었다. 그때 마침 불 가까이 다가가는 바람에 열기를 받았고, 뜨거움을 참느라 용을 썼기 때문인지 포도주 기운이 돌아 소변이 마렵기 시작했다. 나는 엄청난 양의 오줌을 불이 난 지점에 정확하게 쏟아 부었고 불은 3분 만에 완전히 진화되었다. 그렇게 오랜 세월이 걸려 세워진 왕궁의 나머지 부분을 건져낼 수 있었다.

불을 다 끄고 나자 동이 훤하게 터 있었다. 나는 황제의 치하도 기다리지 않고 곧장 집으로 돌아왔다. 내가 아주 대단한 공을 세우기는 했지만, 그 공을 세운 방식에 대해 황제가 어느 정도 날 질책할지 알 수 없었다. 왕국의 기본법에는 지위의 높낮음을 가리지 않고 왕궁 안에서 소변을 보는 사람은 누구든 사형에 처한다고 규정되어 있기 때문이었다. 황제가 최고 법원에 내 죄를 사면해 줄 것을 요청했다는 말을 전해 듣고서야 그나마 안심이 되었다. 하지만 결국 사면을 받지는 못했다. 황후는 내 행위에 대해 극도의 혐오감을 표시하면서 궁전의 제일 깊숙한 곳으로 거처를 옮겨 버렸다. 그녀는 내 오줌 줄기가 닿은 건물은 수리하더라도 절대로 다시 쓰지 않겠다고 했다. 또한 측근들을 불러놓고 나에 대한 복수를 맹세하기까지 했다고 전해 들었다.

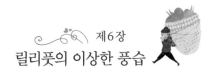

제6장
릴리풋의 이상한 풍습

　　나는 별도의 논문을 통해 이 왕국에 대해 좀 더 자세히 설명할 계획을 갖고 있지만, 그 전에 이 나라의 일반적인 모습을 잠깐 언급하고자 한다. 이곳 사람들의 키는 평균 15센티미터를 밑돌고 ,동물이나 풀, 나무의 크기는 사람과 비교해 정확히 같은 비율로 작다. 가장 큰 말과 황소의 키가 10~13센티미터이고, 양은 4센티미터 내외다. 거위는 참새만하다. 이런 비율로 몇 단계 아래로 내려가다 보면 가장 작은 동물은 육안으로 볼 수 없을 정도다. 그러나 조물주는 릴리풋 사람들의 눈을 만들 때 모든 사물을 더 잘 볼 수 있도록 만들었다. 소인들은 세세한 데까지 잘 볼 수 있는 매우 정확한 시력을 갖고 있다. 반면 멀리 있는 것은 잘 보지 못했다. 요리사가 파리만한 종달새의 깃털을 뽑는 모습이나 어린 소녀가 눈에 보이지도 않는 바늘과 명주실로 바느질하는 모습을 보면 이들이 가까이 있는 사물을 보는 눈이 얼마나 날카로운지 정말 실감이 났다. 이 나라에서 제일 큰 나무는 210센티미터 정도로, 황제의 공원에서 본 나무들인데 그래봐야 내가 손을 뻗으면 움켜쥘 수 있는 정도의 높이였다. 다른 식물들도 모두 이와 같은 비율로 작았다.

소인국의 학문에 관해서도 약간만 언급하겠다. 이곳의 학문은 오랜 세월 모든 분야에서 두루 발전해 왔다. 특이한 것은 이들의 글씨를 쓰는 방법이다. 유럽인들처럼 왼쪽에서 오른쪽으로 쓰는 것도 아니고, 아랍인들처럼 오른쪽에서 왼쪽으로 쓰는 것도 아니었다. 중국인들처럼 위에서 아래로 내려쓰는 것도 아니고, 카스카지아인들처럼 밑에서 위로 올려쓰는 것도 아니었다. 이들은 영국의 부인들처럼 종이의 한쪽 모서리에서 다른 쪽 모서리로 비스듬히 글씨를 써나간다.

죽은 사람을 땅에 묻을 때는 머리가 똑바로 아래쪽으로 향하도록 거꾸로 묻는다. 소인들은 사람이 죽으면 1만 1,000개월 후 다시 부활한다고 믿고 있었다. 이들은 지구가 평평한 대지이며, 부활할 때는 거꾸로 뒤집힌다고 생각했다. 그래서 묻을 때 거꾸로 묻혀야만 다시 태어나면서 똑바로 일어설 수 있다고 믿는 것이었다. 이들 가운데서 학식이 있는 사람들은 터무니없는 믿음이라고 했지만 일반 백성들은 그렇게 믿고 있었으므로 그러한 장례풍습은 이어지고 있었다.

이곳에는 여러 가지 매우 특이한 법률과 풍습이 있다. 이것들이 내가 사랑하는 조국의 법률 및 관습과 완전히 상반되지만 않는다면, 그 정당성을 옹호하기 위해 부가적인 설명을 덧붙일 수도 있다. 그들의 법률과 관습이 잘 시행되기를 바라는 마음도 있다. 우선 내가 언급하려 하는 것은 고발하는 사람에 관한 것이다.

소인국에서 모든 반국가 범죄는 최고형으로 다스려진다. 그런데 범인으로 지목된 사람이 자신의 무죄를 입증하게 되면, 그를 고발한 사람은 즉시 치욕적인 사형에 처해진다. 무죄가 밝혀진 사람은 자신이 가지고 있는 재산과 토지의 네 배를 보상금으로 받을 수 있다. 그동안 낭비한 시간과 그가 처했던 위험, 고된 감옥생활, 그리고 혐의를 벗기 위해 그가 쓴 변호 비용에 대한 보상이다. 만약 지급해야 할 보상 기금이 바닥나면 왕실에서 이를 부담하기도 한다. 이 밖에 황제는 공개적으로 피해자에게 총애한다는 뜻을 밝히고, 도시 전역에 그의 무죄를 알리는 포고문을 발표한다.

이들은 도둑질보다 사기가 훨씬 더 큰 죄라고 생각하여 사기꾼은 반드시 사형으로 다스린다. 그 이유는 평범한 상식을 가지고 조심하고 경계한다면 누구나 도둑으로부터 자기 재산을 지킬 수 있는 반면, 정직함만 가지고는 비상한 간교함을 막아낼 수 없다고 판단하기 때문이다.

그럼에도 사고파는 행위는 계속 이루어져야 하고, 거래는 신용을 바탕으로 이루어진다. 여기에 사기가 허용되거나 묵인되고, 이를 처벌할 법률이 마련되어 있지 않다면 정직한 사람은 항상 피해를 입고 만다. 사기꾼들만 이득을 챙기게 되는 것이다. 언젠가 나는 어떤 죄인을 변호하기 위해 황제를 찾아간 적이 있었다. 그 죄인은 주인이 맡겨놓은 거액의 현금을 가로채 달아난 하인이었다. 나는 황제에게 죄인을 정상참작해줄 것을 요청하였다. 죄인의 행위는 그저 주인의 신뢰를 저버린 것뿐 아니냐고 주장했다. 그러자 황제는 내가 가장 큰 범죄 행위를 변호하기 위해 나선 것에 매우 실망했다. 마땅히 대꾸할 말이 없었던 나는 나라마다 풍습이 다르다는 상투적인 변명만 늘어놓고 말았다.

우리는 흔히 포상과 처벌이 국가가 운영되는 두 개의 축이라는 말을 한다. 나는 릴리풋만큼 이 원칙이 철저히 지켜지는 곳을 보지 못했다. 이곳에서는 73개월 동안 국법을 잘 지켰다는 증거를 제시하면 누구든지 자신의 지위와 생활수준에 맞는 상을 받을 수 있다. 특별히 설치된 기금 중 정해진 비율의 액수를 받는 것이다. 또 이름 앞에는 스닐팔, 즉 법을 잘 지킨 사람이라는 칭호가 붙는데 이 칭호는 세습되는 것이 아니다. 내가 살던 나라에서 법의 집행은 처벌을 할 때만 이루어진다고 말했더니, 소인들은 그것을 엄청나게 치명적인 결함이라고 말했다. 그들의 가치관을 반영하듯, 법원에 놓아둔

정의의 여신상에는 눈이 여섯 개 달려 있다. 앞쪽에 두 개, 뒤쪽에 두 개 그리고 양 옆에 한 개씩 달려 있는데, 이는 세심한 배려를 의미한다. 여신상은 오른손에 금이 들어있는 가방을, 왼손에는 칼을 들고 있다. 벌을 주기보다는 상을 주는 것을 더 좋아한다는 것이다.

소인들은 어떤 일자리든 사람을 고용할 때 능력보다는 도덕성을 중시한다. 정부란 사람에게 필요한 것이기 때문에 어떤 직책이든 일반 양식만 있으면 감당할 수 있다고 생각한다. 이들의 가치관에 의하면 나라의 직무를 신의 영역인 것처럼 취급하는 것은 바람직하지 않다. 그래서 소수의 엘리트들이 정치를 독점하는 통치를 경멸한다. 진리, 정의, 절제와 같은 덕은 인간이라면 누구나 가지고 있는 기본 소양이라고 생각한다. 따라서 경험과 선의에 바탕을 두고 본연의 덕행을 발휘한다면 누구나 국가를 위해 일할 수 있다고 믿는다. 다만 학문적인 연구를 필요로 하는 분야는 예외다. 도덕성과 지성이 반드시 비례한다고 생각하지는 않기 때문에 지성만 보고 높은 직책을 맡기는 일도 없으며 그 반대도 마찬가지다. 그러나 지성은 뛰어나지만 천성이 부패한 사람이 저지르는 실수보다, 도덕성은 갖추었으나 무지한 사람이 저지르는 실수가 공공에 미치는 악영향은 훨씬 작다고 판단한다. 천성적으로 부패를 저지르기 쉬운 사람은 자신의 뛰어난 능력을 이용해 부패도 더 많이 저지를 뿐만 아니라 부패행위를 변명하는 능력도 뛰어나다.

같은 맥락에서 신을 믿지 않는 사람도 공직을 맡을 능력이 없는 것으로 간주한다. 군주들은 자신을 신의 대리인이라고 자처하기 때문에, 자신의 휘하에 무신론자를 둔다는 것은 사리에 맞지 않는다.

또한 이 나라에서 배반은 중범죄로 취급된다. 소인들은 일반적으로 은혜를 원수로 갚는 사람은 누구든 인류의 적이라고 생각한다. 이들은 사회에 어떤 책임감도 느끼지 못하기 때문에 죽어 마땅하다.

소인국에서는 부자지간의 관계도 우리의 정서와 크게 다르다. 그들에게 남녀의 결합은 대자연의 섭리 중 하나에 불과하며, 종족 번식과 대를 잇기 위한 행위일 뿐이다. 이들은 동물과 마찬가지로 욕정에 의해 결합할 뿐이다. 그래서 아이들을 보살피는 것도 어미 새가 아기 새에게 먹이를 물어다주는 것처럼, 자연의 법칙을 따르는 행위일 뿐이다. 자녀들은 자신의 부모에게 자신을 낳아준 것에 대해 특별히 고마움을 느끼지 않으며, 그들을 부양해야 할 어떠한 의무감도 없다. 인간의 삶이 고난으로 가득 차 있기 때문에 세상에 태어난다는 것 자체가 특별한 축복도 아니며 탄생 자체는 우연의 결과일 뿐이다. 이 때문인지 소인국에서 어린이들의 교육은 절대로 부모에게 일임하지 않는다. 이들은 지역마다 공립 탁아소를 운영한다. 영세 소작농과 노동자를 제외한 모든 부모들은 아이가 생후 20 개월이 되면 성별을 불문하고 의무적으로 탁아소에 맡긴다. 그때부터 공립 탁아소에서 예법과 사회생활을 익히는 것이다. 물론 세세하게는 신분에 따라 다양한 종류의 학교들이 있고, 성별에 따라 나뉘는 경우도 있다. 공립 탁아소나 학교에서는 교육 능력이 뛰어난 교사들이 부모의 지위와 학생의 능력 및 성향에 맞추어 학생들을 교육한다.

귀족 출신 남자아이들이 다니는 학교는 학식이 높고 위엄 있는 교사들이 교편을 잡고 있다. 의외로 학생들의 교복과 급식은 매우 평범하고 검소하다. 이곳에서 아이들은 명예와 정의, 용기, 관용, 신앙심 그리고 애국심을 배운다. 식사시간과 잠자는 시간은 매우 짧고, 휴식은 두 시간 주어진다. 휴식시간에는 주로 체력단련을 하며, 나머지 시간에는 항상 일거리가 주어진다.

네 살이 되기 전까지 아이들의 옷은 어른들이 입혀준다. 그러나 네 살부터는 스스로 옷을 입어야 한다. 아무리 지체 높은 가문의 아이라도 이 원칙은 따라야 한다. 여성 보조원들도 있는데, 우리 나이로 환산해 보면 50세쯤 될 것이다. 이 보조원들은 학교에서 가장 미천한 일을 맡아서 한다. 아이들은 절대 하인들에게 말을 건네서는 안 되고, 쉬는 시간에는 항상 몇 명 이상 함께 다녀야 한다. 이때에는 반드시 교사나 대리 교사 한 명을 동행해야 하는데, 이른

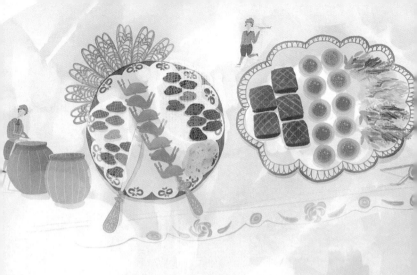

나이에 나쁜 품행에 빠지는 것을 예방하기 위해서다. 친부모들은 1년에 단 두 번밖에 아이들을 볼 수 없다. 면회 시간도 한 시간을 넘기지 못한다. 만나고 헤어질 때 아이에게 키스를 할 수는 있다. 그러나 이때도 선생님이 항상 지키고 서서 부모가 아이에게 귓속말을 하거나 귀엽다고 아이를 토닥이지 못하게 한다. 장난감이나 군것질거리 같은 선물 역시 금지한다.

아이의 교육비와 오락에 드는 비용은 각 가정이 부담한다. 제때 지불하지 않는 경우에는 황제의 관리들이 강제로 거둬들인다. 평민

이나 상인, 무역업자나 수공업자의 자녀들이 다니는 학교도 운영 방식은 귀족 자녀 학교와 거의 같다. 다만 앞으로 무역업에 종사할 학생들은 7세가 되면 학교를 떠나 견습생활을 하러 나선다. 반면 신분이 높은 집안의 자녀들은 15세까지 학교생활을 계속한다. 우리로 치면 21세에 해당되는 나이다. 졸업하기 3년 전부터는 학교 측의 제약도 조금씩 느슨해진다.

　　여학교의 경우 귀족 집안의 여학생들은 남학생과 거의 흡사한 교육을 받는다. 다른 점은 고분고분한 하녀들이 옷을 입혀 준다는 것인데, 이때도 항상 선생님이나 대리 교사가 동석한다. 다섯 살이 되어 스스로 옷을 입을 수 있을 때까지는 이렇게 한다. 하녀들이 학생들에게 무서운 이야기를 하거나 시답잖은 농담을 던지면 공개적으로 세 대의 태형에 처해진다. 그리고 1년간 옥살이를 한 후, 가장

외진 곳으로 영구 추방당한다.

이곳 여자아이들은 겁쟁이나 바보로 취급받는 것을 수치스럽게 생각하며, 점잖지 못하거나 지저분해 보이는 장식은 경멸한다. 여자아이들이 받는 교육도 남자아이들과 전혀 다른 점이 없다. 유일하게 다른 점은 여학생들이 하는 운동이 남학생들처럼 과격하지 않다는 것이다.

여학생들은 가정생활과 관련하여 몇 가지 규율을 추가적으로 교육받는다. 릴리풋의 귀족들 사이에 불문율처럼 여겨지는 말이 있는데, 그것은 아내는 얼굴이 예쁘기보다는 현명한 인생의 동반자여야 한다는 것이다. 아내가 언제까지나 젊을 수는 없기 때문이다. 여자아이들은 열두 살이면 결혼할 나이가 된다. 결혼을 시켜야겠다고 생각하면 부모나 보호자가 여학생을 집으로 데려가기 위해 학교로 찾아온다.

신분이 낮은 집안의 여학생들은 여자로서 해야 할 모든 종류의 일, 그리고 각자 지위에 맞는 일을 배운다. 수습생이 되고자 하는 이는 아홉 살까지 교육을 받고 학교를 떠나며, 나머지 학생들은 열세 살까지 학교 교육을 받는다. 릴리풋 사람들이 교육을 국가에 일임하기는 하지만, 아이들을 키우는 의무를 온전히 나라의 책임으로 떠맡기지는 않는다. 평범한 집안에서 자녀를 학교에 보낼 때는 많은 돈이 들어가지 않는다. 매년 아주 저렴한 학비를 내고, 수입

중 일정액을 매달 학교 측에 전달한다.

부유한 귀족들은 자녀의 몫으로 위탁금을 미리 기부한다. 이렇게 마련된 기금들은 항상 알뜰하고 공정하게 운영된다.

내가 이 왕국에서 9개월 13일 동안 지냈던 이야기를 해보고자 한다. 먼저 나는 왕실 공원에서 제일 큰 나무들을 잘라 탁자와 의자를 하나씩 만들었다. 그리고 여자 재봉사 200명을 동원해 내가 입을 셔츠와 침대보, 테이블보를 만들었다. 이 나라에서 제일 질기고 튼튼한 천을 구해서 만들었지만, 그래도 여러 장을 겹쳐서 바느질해야 했다. 가장 두꺼운 천조차 잔디 잎보다 얇았기 때문이다. 옷감 한 장은 보통 너비가 8센티미터에 길이가 90센티미터였다. 재봉사들은 내가 누워 있을 때 치수를 쟀다. 한 사람은 목에, 또 한 사람은 다리 중간에 서서 질긴 끈을 사용해 각자 끝을 잡고 있었고, 또 다른 여자가 25밀리미터 자를 들고 끈의 길이를 쟀다. 그리고 내 오른쪽 엄지 둘레도 재었는데 그게 끝이었다. 이들은 수학적인 계산을 통해, 엄지 둘레를 두 배로 곱해서 손목 둘레를 알아내고, 이런 식으로 목 둘레와 허리 둘레까지 계산해 냈다. 거기에 본을 뜨라고 입고 있던 셔츠를 바닥에 펼쳐 주었더니 재봉사들은 내 치수를 정확히 알아내었다. 그리고 본격적으로 옷을 만드는 데는 재단사 300명이 동원되었다. 옷은 내 집 안에서 만들었는데, 그럴 수밖에 없는 것이 소인들의 집에는 내 옷이 채 다 들어가지도 않았기 때문이다. 완성된 옷을 보니 마치 영국에서 여러 부인들이 합작해서 만든 패치워크처럼 보였다. 내가 먹을 음식에 간을 맞추기 위해서는 요리사 300명이 필요했다. 내 식사를 돕기 위해 웨이터는 120명이 동원되었는데, 이들은 식탁 위에서 내가 원할 때마다 접시와 술통을 위로 끌어올렸다. 이는 마치 우물에서 두레박을 끌어올리는 것 같은 방식이었다. 고기 접시 하나를 털어 넣으면 그래도 한 입 가득은 되었고, 술 한 통도 제법 마실 만했다. 양고기는 우리 것보다 못했지만 쇠고기는 맛이 훌륭했다. 한 번은 허리 살이 꽤 커서 세 조각으로 잘라먹은 적이 있었는데, 흔치 않은 일이었다. 내가 우리나라에서 종달새 다리뼈까지 씹어 먹는 것처럼 고기를 뼈까지 다 먹어치웠더니 시종들은 놀라 입이 딱 벌어진 채 쳐다봤다. 고기와 칠면조는 보통 한 입에 다 털어 넣었는데, 고향에서 먹던 것보다 맛이 좋았다. 작은 닭은 스무 마리나 서른 마리를 칼끝에 꿰어 한 입에 넣었다.

나의 이러한 생활상을 보고받은 황제는 어느 날 갑자기 나와 함께 점심을 즐기고 싶다고 했다. 피로연에는 황후와 왕자, 공주들도 참석했다. 그들은 내 맞은편에 앉고, 그 주위에는 근위대가 함께 앉았다. 최고 재정관인 플림냅도 함께 와 있었다. 그는 기분 나쁜 눈초리로 나를 흘끗거렸다. 식사가 진행되는 내내 나는 그를 무시했다. 오히려 보통 때보다 훨씬 왕성한 식욕을 보여 궁궐 사람들을 놀라게 했다.

사실 나는 플림냅이 함께 방문했을 때부터, 그가 이 만찬을 기회삼아 모함을 꾸미려 할지 모른다는 생각을 내심 하고 있었다. 그는 겉으로 내게 호의적인 척 감정을 숨기고 있었지만 실은 숨어 있는 정적이나 다름없었다. 워낙 음흉한 성격이라 충분히 그럴 만한 인물이었다. 플림냅은 황제에게 재정 상태가 매우 좋지 않다는 사실을 보고했다. 국채를 대폭 할인해서 발행하지 않으면 안 되는데, 액면 가격의 9퍼센트 정도 할인해서는 국채가 유통되지 않는다고 설명했다.

그의 말은 한마디로 내가 황제의 국고에서 150만 스프루그 (스프루그는 릴리풋에서 가장 큰 금화이며 크기는 미세한 금속 조각과 같다.) 이상을 탕진했고, 공공 재정의 부족 때문에 더 이상 나를 먹여 살릴 수 없다는 것이었다. 그는 현재 국가의 재정 상태에 대해 열변을 토함으로써 나를 추방하는 것이 바람직하다는 사실을 황제에게 주지시켰다.

제7장
블레푸스쿠 왕국으로 도망가다

　　나에 대한 음모는 두 달 전부터 꾸며지고 있었다. 사실 나는 지금까지
왕궁의 돌아가는 사정과 무관하게 살아왔다. 워낙 미천한 신분이다 보니
왕궁 생활을 접할 기회도 없었기 때문이다. 물론 훌륭한 군주나 각료들
의 됨됨이가 어떤지에 대해서 들은 적도 있었고 책에서 읽기도 했다.

　　하지만 내가 보기에 유럽과 너무나도 다른 원칙으로 통치되는
이 나라에서, 군주와 각료들의 됨됨이가 얼마나 끔찍한 영향을 미
치는지 직접 겪게 될 줄은 미처 예상하지 못했다.

　　블레푸스쿠 황제를 만나러 갈 준비를 하고 있던 때였다. 왕궁
에서 중책을 맡고 있던 어떤 이가 야밤에 혼자 밀폐된 가마를 타고
은밀히 나를 찾아왔다. 예전에 곤란에 빠졌을 때 내가 도와준 적이
있었던 사람이었다. 가마꾼들이 가마를 내려놓고 나가자, 나는 가
마를 송두리째 코트 주머니에 넣어 숨겼다. 하인들에게는 몸이 불

편해 잠자리에 들겠다고 말해두고는 문을 걸어 잠갔다. 나는 가마를 테이블 위에 내려놓고 늘 하던 대로 맞은편 자리에 앉았다. 일상적인 인사말을 끝내자 그의 얼굴이 근심으로 가득 차 있기에 이유를 물었다. 그는 내 명예와 목숨이 달린 일이니 인내심을 갖고 들어달라는 말을 했다. 나는 그가 집을 나서자마자 서둘러 그가 한 말을 정리해 두었다.

"최근에 당신 문제를 논의하기 위해 평의회의 여러 위원회가 아주 은밀히 소집되었다는 것은 당신도 알 것입니다. 바로 이틀 전에 황제가 최종 결정을 내렸습니다. 당신도 익히 알겠지만, 스카이리쉬 볼골람은 당신이 나타났던 그날부터 줄곧 당신을 철저히 적대시해 왔죠. 그가 왜 당신을 그토록 미워하는지 그 이유는 나도 모르겠습니다. 하지만 분명한 건 당신이 블레푸스쿠를 상대로 대승을 거둔 이후부터 그의 증오심이 엄청나게 커졌다는 거죠. 그 일로 제독인 자신의 명예가 실추되었기 때문입니다. 그는 당신도 알겠지만 당신의 적인 재무대신 플림나프와 그 밖의 다른 몇 명과 손잡고 당신을 모함했어요. 반역죄와 사형에 처할 수 있는 몇 가지 범법행위로 당신을 기소했지요. 그래서 전에 저를 도와주신 데 대한 보답으로 위험을 무릅쓰고 그들이 당신에 관해 나누는 얘기들을 애써 기억해 두었어요. 그리고 당신을 비난하는 기소장 사본을 손에 넣었죠." 그는 기소장 사본을 내게 보여주었다.

산만한 거인 퀸부스 플레스트린에 대한 공소장

제1조

칼린 데파르 플룬 황제 폐하 통치 시절에 제정된 법률에 따라 다음과 같은 사항이 명시되어 있다. 왕궁 경내에서 소변을 보는 자는 누구든 대역죄로 처벌되는 고통에 처해진다. 그럼에도 불구하고 위에 언급된 퀸부스 플레스트린은 이 법을 공공연히 위반하였다. 감히 지엄하신 황후마마 처소의 불을 끈다는 미명 아래 소변을 본 것은 악의적이며 악마와 같은 반역 행위다. 황후마마 처소는 왕궁 경내에 있기 때문에 이에 관한 법을 위반하고 의무를 명백히 저버린 행위이다.

제2조

상기 퀸부스 플레스트린은 블레푸스쿠의 함대를 황제의 항구로 끌고 왔다. 이 후 황제는 상기 블레푸스쿠 제국의 나머지 함대를 모두 끌고 오라고 그에게 명령했고, 블레푸스쿠 왕국 전체를 하나의 주로 편입시킨 다음 총독을 파견해 다스릴 생각이었다. 또 계란을 큰 쪽으로 깨자고 주장했던 망명자들뿐만 아니라 그 나라 백성들 가운데 계란을 큰 쪽으로 깨자는 이단을 즉시 포기하지 않는 이들도 모두 처형할 뜻을 밝혔다. 상기 퀸부스 플레스트린은 거짓 충성을 맹세한 반역자처럼 지엄하고 자비로우신 황제폐하의 지시를 거두어 달라는 청원을 했다. 그는 무고한 백성들의 양심을 억압하거나 그들의 자유와 생명을 파괴하는 일은 하고 싶지 않다는 것을 구실로 내세웠다.

제3조
평화조약을 체결해 달라는 부탁을 하기 위해 블레푸스쿠 왕국에서 파견한 대사들이 황제를 방문한 적이 있다. 위의 플레스트린은 거짓 충성을 맹세한 반역자처럼 이 대사들을 돕고, 충동질하고, 위로하고, 오락거리를 제공했다. 위의 사람은 대사들이 최근까지도 황제폐하의 공공연한 적을 섬기던 사람들이었고, 폐하를 상대로 전쟁을 일으킨 왕에게 충성하던 사람들이었음을 잘 알면서도 그런 행동을 했다.

제4조
위에 적은 퀸부스 플레스트린은 충직한 백성으로서 다해야 할 의무를 저버리고 현재 블레푸스쿠 왕국을 방문할 준비를 하고 있다. 황제폐하는 현재 구두로만 이 방문을 허락한 상태다. 그런데도 허락을 받았다는 명목 아래 반역자는 이 거짓되고 반역적인 이 방문을 감행하려고 한다. 이 방문을 통해 그는 최근까지도 황제폐하의 적이었던 블레푸스쿠 왕을 돕고 전쟁을 충동질하려고 하고 있다.

"다른 조항들도 있지만 이 조항들이 가장 중요하기 때문에 당신에게 요점만 대략적으로 읽어준 것입니다. 이 탄핵 공소장에 대해 여러 번 논의가 있었어요. 그동안 황제폐하는 당신이 폐하를 위해 세운 공로를 부각시키고, 당신의 죄목을 낮추려고 애쓰시면서 여러 차례 큰 자비를 보여주셨지요. 그러나 재정관과 제독은 당신을 가장 고통스럽고도 잔인한 방법으로 처단해야 한다고 주장하고 있어요. 이들은 밤에 당신 집에 불을 질러야 한다고 주장합니다. 장군은 군사 2만 명을 동원해 대기하고 있다가 당신 얼굴과 손에 독화살을 쏘아야 한다고 했고요. 하인 몇 명에게 밀명을 내려 셔츠와 이불보에 독즙을 발라 살점이 뜯어지는 극심한 고통 속에 죽여야 한다고도 했어요. 장군도 이런 의견에 동조하더군요. 그리하여 한동안 과반수 사람이 당신을 제거하는 데 찬성했어요. 다행히 황제폐하가 당신의 목숨을 구하겠다는 생각이 확고해서 그들의 의견을 일축했지만요. 그리고 폐하는 마지막 수단으로 비서실장 렐드레살을 몰래 불러 의견을 말해 보라는 명을 내렸어요. 렐드레살은 언제나 자기가 당신의 진실한 친구라는 점을 내세워 온 사람이지요. 황제의 부름을 받은 그는 평소 생각을 말했어요. 그는 당신이 지은 죄가 매우 크다는 점은 인정했어요. 하지만 그럼에도 불구하고 자비를 베풀어 줄 여지는 남아 있다고 했지요. 그는 자비야말로 군주의 가장 큰 덕목이고, 황제폐하는 바로 이런 덕목을 갖추고 있어 백성들로부터 칭송을 받고 있다는 점을 내세우더군요. 그는 또한 당신과의 우정이 공공연하게 알려져 있으니, 각료들은 자신의 말이 편향되어 있다고 생각할 수 있다고도 했어요. 다만 자신은 황제의 명을 받들어 자신의 생각을 얘기할 뿐이라고요. 그는 당신이 그동안 세운 공을 인정하여 목숨은 살려 주되, 차라리 눈을 멀게 하는 벌을 내리는 것이 어떻겠느냐고 제안하더군요.

이 방법을 쓰면 정의도 어느 정도 충족될 수 있고, 온 세상이 황제의 자비를 칭송할 것이며, 각료들로부터 공정하고 관대하게 일을 처리했다는 칭송도 듣게 될 것이라고 했습니다. 또한 당신이 눈을 잃는다고 해서 신체적인 힘을 못 쓰는 것은 아니니, 앞으로도 황제를 위해 계속 쓸모가 있을 것이라는 말도 했어요. 앞을 보지 못하는 것을 각료들이 대신해 주면 아무 문제가 없다면서요.

그런데 이 제안에 대해서는 각료들 모두 결사반대하고 나섰지요. 특히 볼골람 제독은 분을 삭이지 못하고 벌떡 일어나 어떻게 황제의 비서가 되는 사람이 감히 반역자의 목숨을 구해 주자는 발언을 할 수 있느냐며 따졌어요. 게다가 당신이 세웠다는 공적도 국가의 이익에서 곰곰이 따져보면 심각한 범죄행위라고 하더군요. 황후의 처소에 일어난 불을 끌 때 당신이 소변을 본 일을 말하는 듯했어요. 그는 치를 부르르 떨면서 말하길, 다음에 또 불이 나면 당신이 왕궁 전체를 물에 잠기게 할 수도 있을 것이랍니다. 또 당신이 적의 함대를 끌고 올 힘을 갖고 있는 만큼, 앞으로 불만이 생기기만 하면 언제든지 그 함대를 적에게 돌려줄 수도 있을 것이라고도 했지요. 당신이 '큰 쪽으로 계란을 깨자는 당파'의 성향을 갖고 있는 증거도 있다고 말하며, 반역이란 행동으로 나타나기 전에 마음에서 먼저 생기는 것이라고 했습니다. 이런 정황으로 미루어 당신은 반역자이니 반드시 사형에 처해야 한다는 주장이었어요.

재정관도 같은 주장을 했지요. 당신을 먹여 살리느라 황실 재정이 크게 나빠졌고 조만간 비용을 감당하지 못할 지경이 될 것이라면서요. 눈을 멀게 하는 방법으로는 이 힘든 처지를 타개할 수 없고 오히려 재정 부담을 늘릴 것이라고 했어요. 닭의 경우를 예로 들면서, 닭의 눈을 멀게 하면 먹이를 쪼는 속도가 더 빨라져서 금방 살이 찐다고요.

그리고 신성한 폐하와 각료들은 당신의 심판관들인데, 만일 각자 양심에 따라 당신의 유죄를 전적으로 확신한다면, 법 규정이 명시적으로 요구하는 공식적인 증거가 없더라도, 그러한 확신만 가지고도 당신에게 사형을 선고할 근거가 충분하다고 주장했습니다.

그러나 황제폐하가 사형은 안 된다는 의지를 워낙 확고히 하고 있지요. 폐하는 벌이 너무 가볍다면 나중에 다른 벌을 추가하면 된다고 했어요. 그리고 렐드레살이 당신에게 들어가는 생활비를 삭감하면 재정은 금방 회복될 것이라고 설득했지요. 음식을 충분히 섭취하지 못하면 당신은 허약해질 것이 뻔하고 정신도 몽롱해질 것이며, 식욕도 잃게 될 것이라 했어요. 그러면 몇 달 못 가 눈뜨고 못 볼 정도로 수척해질 것이며 당신의 시체에서 풍겨 나올 악취도 그리 위험하지는 않다고 했어요. 굶으면 몸이 절반 이상 말라버리기 때문이라는 거지요. 당신이 죽으면 곧바로 5,000~6,000명의 신하들을 동원하여 2~3일 안에 시체에서 살을 발라내고 수레로 실어 나르면 된다고 했어요. 그렇게 해서 먼 곳에 가져다 묻으면 전염병도 돌지 않을 것이고, 당신의 해골은 후세 사람들이 보고 놀라도록 기념물로 남겨 두면 될 것이라고 하더군요. 이 모든 게 각료들로부터 당신의 사형을 막아보기 위한 필사적인 설득이지요. 덕분에 사건 모두가 일단락되었어요. 당신을 서서히 굶겨 죽인다는 계획은 비밀에 부치라는 엄명이 떨어졌지요. 다만 당신의 눈을 멀게 한다는 판결은 막을 도리가 없었어요. 모두 이 결정에 동의했고, 볼골람을 제외하고는 아무도 불만을 나타내지 않았지요. 게다가 제독은 황후로부터 당신의 처형을 주장하라는 독촉을 계속 받고 있는 상황이에요.

앞으로 사흘 안에 렐드레살이 방문해서 탄핵 공소장을 낭독할 거예요. 황제와 평의회의 관용과 총애로 목숨만은 살려주되, 눈을 잃는 처벌은 받아야 한다고 하겠지요. 황제는 당신이 그 벌을 감사하게 겸허히 받을 것이라는 점을 믿어 의심치 않고 있어요. 황제의

혹시 의심받을지 모르니
곧바로 돌아가야 해요...

외과의 20명이 수술이 제대로 되는지 지켜보기 위해 참석할 것이고요. 수술은 당신을 바닥에 누인 상태에서 두 눈알에 날카로운 화살 여러 대를 쏘아 넣는 방식으로 진행될 거예요. 이제부터 어떻게 행동할지는 당신이 신중히 생각하여 결정하기 바랍니다. 나는 혹시 의심받을지 모르니 곧바로 돌아가야 해요."

그가 돌아간 후 나는 방에 홀로 남았다. 별의별 의심이 다 들었고 마음은 갈피를 잡기 힘들었다. 이 나라에는 한 가지 관습이 있다. 그것은 바로 사형 결정이 내려지면 황제가 평의회 앞에서 자신의 관용과 온정을 과시하는 일장 연설을 하는 것이다. 연설문은 즉시 왕국 전체에 배포되었다. 그러나 황제가 자비를 베푼 것을 칭송할수록 백성들은 공포에 떨었다. 왜냐하면 황제의 관대함을 강조하기 위해 죄는 더 무겁게 치부되었고, 그에 따라서 더욱 가혹하고 비인간적인 형벌이 내려졌기 때문이다.

나는 출신 성분도 그렇고 받은 교육도 신통치 않았기 때문에 왕궁에서 돌아가는 일을 제대로 파악한 적이 없었다. 또 내가 판단력이 떨어지는 것인지는 몰라도 내게 내려진 판결이 특별히 자비롭다거나, 우호적인 것이라는 생각이 들지 않았다. 관대하다기보다는 너무 엄한 처벌이라는 느낌만 들었다.

차라리 재판을 받아볼까 하는 생각도 몇 번 했다. 물론 공소장에 명시된 사실들을 부인할 수는 없었지만, 그래도 형을 완화시켜

볼 수는 있지 않을까 하는 생각이 들었기 때문이다. 하지만 국사범 재판을 수없이 지켜본 바에 의하면 이러한 시기에 강력한 적들을 상대로 그런 모험을 할 수는 없었다.

한 번은 맞서서 대항해 볼까 하는 생각도 했다. 나는 자유로운 몸이기 때문에 이 나라가 갖고 있는 힘을 합쳐도 나를 제어하기는 힘들 것이다. 돌을 마구 집어던지는 것만으로 큰 힘을 들이지 않고 도시를 산산조각 낼 수 있을 것이다. 하지만 그 계획은 이내 포기하고 말았다. 내가 황제에게 충성을 맹세한 일이며, 황제가 그동안 나를 총애한 일, 그리고 나르닥이라는 최고 직위까지 하사해준 일 등이 떠올랐기 때문이다.

마침내 나는 결심했다. 물론 이런 결정을 내린 데 대해 비난을 받을 수도 있을 것이다. 하지만 나는 내 두 눈을 지켜야 했고, 자유도 지켜야 했다. 물론 당시로서는 너무 성급하고 경험이 없었기 때문에 그러한 결정을 내린 것일 수도 있었다. 만약 그때 내가 이 나라 형벌의 규정에 대해 잘 알고 있었더라면, 그래서 그들이 가벼운 죄에 대해서도 얼마나 지독하게 다루는지 알았더라면, 기꺼이 내게 내려진 벌을 받았을지도 모른다.

하지만 나는 당시 젊은 혈기에 급하게 서두를 수밖에 없었다. 블레푸스쿠 황제를 알현해도 좋다는 황제의 허락을 이미 받아 놓은 상태였기에, 그 기회를 이용하기로 했다. 나는 렐드레살에게 서신을 보내어 황제의 허가를 받았으니 날이 밝자마자 블레푸스쿠 왕국으로 떠나겠다는 뜻을 알렸다. 그리고 곧장 함대가 정박해 있는 해변으로 나갔다. 그곳에서 대형 군함 한 척을 꺼내서는 뱃머리에 줄을 매고 닻을 모두 끌어올렸다. 옷을 벗어서 군함에 실은 다음 겨드랑이에 끼고 간 이불도 함께 실었다. 그리고 군함을 끌고 나아갔다. 걷기도 하고 헤엄도 치면서 드디어 블레푸스쿠 왕국의 항구에 도착했다. 블레푸스쿠 사람들은 오래전부터 내가 자신들을 방문해 주기를 기다리고 있었다. 두 명의 안내인이 나와서 나를 수도로 안내했다. 수도 이름도 왕국 이름과 같은 블레푸스쿠였다. 나는 안내인들을 두 손에 올려놓은 채 성문 밖 200미터 지점까지 걸어갔다. 황제의 비서에게 내가 도착했다는 사실을 알리라고 전한 뒤 그곳에서 명을 기다렸다. 한 시간쯤 지난 후 황제가 황실 가족과 고관들을 거느린 채 나를 맞이하기 위해 몸소 그곳으로 오고 있다는 전갈이 왔다. 나는 100미터를 더 걸어서 나아갔다. 황후와 부인들은 마차에서 내려서 나를 맞이했다. 그들 가운데 누구도 놀라거나 걱정하는 사람은 없는 듯했다. 나는 황제에게 방문 약속을 지키기 위해 왔으며, 릴리풋 황제의 허락을 받았다는 말을 했다. 또 이렇게 위대한 군주를 만나 뵙게 되어 영광이며 내 나라 황제에 대한 나의 의무와 어긋나지 않는다면 블레푸스쿠 황제에게도 힘닿는

데까지 어떤 봉사든지 하겠다고 했다. 다만 내가 겪은 치욕스런 일에 대해서는 한마디도 언급하지 않았다. 그 일에 관해서 내가 알고 있다는 사실은 아직 비밀로 했다. 블레푸스쿠 황제 역시 그 사안을 알 리가 없을 것이라고 생각했다. 하지만 내 생각은 완전히 빗나갔다.

제8장

보트를 발견하다

블레푸스쿠 제국에 도착한 지 사흘이 지난 어느 날, 나는 호기심에 이끌려 섬의 북동쪽 바닷가를 거닐고 있었다. 그러던 중, 해변에서 2.4킬로미터쯤 떨어진 바다 한가운데에 뒤집힌 보트 같은 물체가 떠 있는 것을 보았다. 곧바로 구두와 양말을 벗어던진 채 200~300미터를 걸어서 나갔다. 그 물체는 파도에 떠밀려 해변 쪽으로 차츰 차츰 밀려오고 있었다. 틀림없는 진짜 보트였다. 폭풍우를 만나 어떤 배에서 떨어져 나온 것 같았다. 나는 곧장 도시로 돌아가 황제에게 함대를 잃은 후 남아 있는 군함 가운데 가장 큰 것 20척과 해군 부제독 휘하의 수병 3,000명을 지원해 달라고 부탁했다. 함대가 섬을 돌아서 나오는 동안 나는 가장 빠른 지름길을 찾아 보트를 발견한 해변으로 돌아갔다. 보트는 파도에 밀려 더욱 가까이 밀려와 있었다. 수병들에게는 튼튼하게 꼬아 만든 밧줄을 나누어 주었다. 함대가 눈앞에 다가오자 나는 헤엄을 쳐서 배에 도달했다. 배에 몸을 싣자 수병들이 밧줄을 던져 주었다. 그것을 보트 앞부분에 나 있는 구멍에 붙들어 매고 다른 쪽 끝은 군함에 맸다. 하지만 내 노력은 모두 헛수고였다. 바닷물이 깊어지자 도저히 힘을 쓸 수가 없었기 때문이다. 하는 수 없이 한 손으로 보트를 밀면서 헤엄을 칠 수밖에 없었다. 그나마 파도의 방향과 헤엄치는 방향이 일치했던 덕분에 마침내 발이 바닥에 닿는 곳까지 올 수 있었다. 그곳에서 2~3분간 쉰 다음 다시 한 번 보트를 힘껏 밀었다. 그런 식으로 바닷물 수위가 겨드랑이 높이만큼 내려갈 때까지 나아갔다. 이렇게 가장 힘든 일은 끝이 났다. 나는 일단 군함 한 척에 실어두었던 다른 밧줄을 모두 꺼내 보트에 묶고 다른 끝은 내가 거느리고 온 아홉 척의 군함에 연결했다. 바람이 우리를 도와주는 가운데 군사들은 노를 저었고 나는 계속 보트를 밀었다. 드디어 해변에서 40미터 떨어진 지점에까지 배를 끌고 왔다. 바닷물이 빠지기를 기다렸다가 보트를 마른 곳으로 옮겼다. 그 후 군사 2,000명과 여러 개의 밧줄, 기계를 동원해 보트를 가까스로 뒤집을 수 있었다. 배는 별로 부서진 데가 없었다.

　노를 여러 개 만드는 데에만 열흘이 걸렸다. 나는 그 노를 이용해 보트를 블레푸스쿠 황실 항구까지 옮겨갔다. 수많은 군중이 모여 우리가 도착하기를 기다리고 있었는데, 엄청난 배의 크기를 보고는 모두들 놀란 입을 다물지 못했다. 나는 황제에게 보트를 수리하는 데 필요한 자재를 조달해 달라고 부탁하는 한편, 이곳을 떠날 수 있게 허락해 달라고 간청했다. 몇 차례 만류했으나 황제는 곧 떠나도 좋다고 허락했다.

그동안 몹시 궁금했던 점은 릴리풋 황제가 전령을 통해 나에 관한 어떠한 조치도 하지 않은 것이었다. 나중에 비공식적인 경로로 알게 된 것이지만, 릴리풋 황제는 내가 자신의 계획을 눈치 챘다는 것은 꿈에도 몰랐다고 한다. 내가 약속을 지키기 위해 돌아올 것이라고 믿었다고 한다.

그러나 내가 오랫동안 돌아오지 않자 황제는 슬슬 걱정이 되었던 모양이다. 재정관과 각료들을 불러 논의한 끝에 특사를 파견하여 블레푸스쿠 왕에게 내가 유죄 선고를 받은 상태임을 알렸다. 특사는 릴리풋 황제가 내 목숨을 기꺼이 살려주는 대신, 두 눈을 멀게 하는 벌만은 받아야 한다고 강조했다. 그리고 내가 법의 심판을 받지 않고 도망쳤으며, 만약 두 시간 안에 돌아오지 않으면 나르닥 작위를 박탈할 것이고 반역자로 선포할 것이라는 말을 전했다. 두 왕국 사이에 평화와 우호 관계를 유지하고 싶다면 나를 포박하여 릴리풋으로 돌려보내라는 것이었다.

블레푸스쿠 황제는 사흘 동안 각료들과 의논한 끝에, 예의를 갖추어 답장을 보냈다. 나를 포박하여 보낸다는 것은 불가능한 일임은 릴리풋의 형제께서도 잘 알고 있을 것이라면서, 내가 블레푸스쿠 함대를 빼앗아가기는 했지만 이후 평화조약을 맺는 데 많은 도움을 주었기 때문에 자신은 거인에게 갚아야 할 빚이 많다고 했다.

또 산만한 거인은 큰 배를 타고 자신의 고국으로 떠날 의사를 밝혔기 때문에 릴리풋 왕국에나 블레푸스쿠 왕국에 그는 더 이상 문제될 것이 없다며 릴리풋 왕은 걱정할 필요가 없다고 전했다.

특사는 답신을 들고 릴리풋으로 돌아갔고, 블레푸스쿠 황제는 저간의 사정을 내게 모두 설명해 주었다. 황제는 내가 자신을 위해 계속 일 해준다면 자신이 철저하게 지켜 줄 수 있을 것이라고 했다. 그러나 나는 더 이상 군주나 각료의 말에 신뢰를 잃은 상태였다. 호의는 감사하지만, 떠나고 싶다는 뜻을 전했다. 운 좋게도 내 손에는 보트 한 척이 주어졌고, 여기 남아서 두 왕국 사이에 불화거리가 되느니 차라리 바다로 나가 내 자신을 한번 던져 보고 싶다고 했다. 황제는 나의 결정을 매우 기분 좋게 받아들였다.

사정이 이렇게 되자 나는 당초 생각했던 것보다 출발 일정을 서두르게 되었다. 한 달 정도 배를 수리하고 바다를 향해 떠날 준비를 마쳤다. 나는 작별인사를 하러 황제를 찾아갔다. 황제는 왕실 식구 그리운 조국으로 돌아가자!

들을 모두 수행하고 나와 내 손을 따뜻하게 잡고 인사를 했다. 황제는 200스푸럭씩 든 주머니 50개와 실물 크기의 자기 초상화를 선물로 주었다.

그리운 조국으로 돌아가다

나는 황소 100마리와 양 300마리분의 고기, 그만한 양의 빵과 음료도 보트에 실었다. 요리사 400명이 동원되어 양념한 고기도 잔뜩 실었다. 살아 있는 암소 여섯 마리와 황소 두 마리, 또 그와 비슷한 숫자의 암양과 숫양도 본국에 데려가 번식시킬 생각으로 함께 실었다. 그리고 배에서 가축들에게 먹일 건초 다발도 넉넉하게 싣고 옥수수도 한 자루 실었다. 원주민도 열두 명 정도 데려가고 싶었지만, 이는 황제가 절대로 허락하지 않았다. 내 주머니를 샅샅이 뒤진 다음에도 못 미더웠는지 황제는 맹세까지 받아내었다.

드디어 배에 실을 물건들이 모두 준비되었다. 나는 1701년 9월 24일 새벽 여섯 시에 닻을 올렸다. 북쪽으로 20킬로미터 정도 나아갔을 때 동남풍이 불었다. 저녁 여섯 시에 북서쪽으로 2킬로미터쯤 떨어진 지점에 작은 섬이 눈에 들어왔다. 나는 앞으로 나아가 섬의 바람이 불지 않는 쪽에다 닻을 내렸다. 무인도 같았다. 음식을 조금 먹은 다음 그곳에서 휴식을 취했다.

한 여섯 시간은 푹 자고 일어난 듯 했다. 일어난 지 두 시간 후에 해가 뜨는 것을 보고 짐작할 수 있었다. 아주 맑은 밤이었다. 해가 솟아오르기 전에 아침 식사를 마쳤다. 닻을 올리자 순풍이 불고 있었다. 나는 그 전날과 같은 항로를 택했고 방향은 가지고 간 휴대용 나침반으로 잡았다. 가능한 한 반 디맨스 랜드 북동쪽에 있는 것으로 생각되는 섬 가운데 어느 곳에라도 닿고 싶었다.

그러나 그날은 하루 종일 아무 것도 발견하지 못했다. 이튿날 오후 세 시쯤이었다. 나름대로 계산해 보니 블레푸스쿠 왕국에서 115킬로미터 정도 떨어진 곳이었고, 당시 나는 동쪽으로 향하고 있었다. 그때 갑자기 동남쪽으로 향하는 범선 한 척이 눈앞에 나타났다. 나는 범선을 향해 목청껏 소리를 질렀지만 아무런 응답이 없었다. 바람이 약해지는 틈을 타 범선에 접근할 수 있을 것 같았다. 나는 돛을 최대한 높이 올렸고, 그렇게 30분 정도 지나자 배에 있던 사람들이 나를 발견했다. 그들은 곧바로 깃발을 내걸고 대포를 한 방 쏘았다. 사랑하는 조국과 그곳에 남겨두고 온 가족을 다시 볼 수 있다는 뜻하지 않은 희망에 나는 이루 말로 다할 수 없을 만큼 기뻤다. 범선은 돛을 내려 속력을 늦추었다. 그리하여 9월 26일 오후 다섯 시와 여섯 시 사이에 나는 드디어 범선을 가까이 따라잡았다. 범선에 걸린 영국기를 보니 가슴이 마구 뛰었다. 나는 일단 암소와 양들을 외투 주머니에 챙겨 넣은 다음 얼마 되지 않은 식량 보따리를 들고 범선에 올랐다. 배는 영국 상선이었고 북해와 남해를 거쳐 일본에서 돌아오는 길이었다. 선장은 데프트포드 출신 존 비델이라는 사람이었다. 매우 친절하고 우수한 선장이었다. 우리가 있는 위치는 남위 30도였다. 약 50명이 배에 타고 있었는데 오랜 동료인 피터 윌리엄즈를 거기서 만났다. 그 친구는 선장에게 나를 좋은 사람이라고 소개했다. 선장은 나를 잘 대해 주었고, 내가 마지막으로 떠나온 곳이 어디며, 또 어디로 가는 길이었는지 물어보았다. 내가 소인국에 대해 본격적인 이야기를 시작하려고 하자, 선장은 내가 헛소리를 한다고 생각했다. 너무 위험한 일을 겪는 동안 머리가 어떻게 된 것이라고 생각한 것이다. 나는 주머니에서 검은 소와 양을 꺼내 보여주었다. 그것을 본 선장은 크게 놀라며 비로소 내 말이 사실임을 믿어주었다. 나는 블레푸스쿠 황제가 내게 선물한 황금과 실물 크기의 황제 초상화, 그리고 그 나라에서 나는 진귀한 물건들을 차례로 보여주었다. 선장에게 200스푸룩씩 들어 있는 주머니 두 개를 선물했고, 영국에 도착하면 새끼 밴 암소 한 마리와 새끼 밴 암양 한 마리를 더 주겠노라고 약속했다.

항해는 전반적으로 아주 순조롭게 진행되었다. 우리는 1702년 4월 13일 다운즈항에 도착했다. 한 가지 불행한 일이 있다면 배에 살고 있던 쥐들이 양 한 마리를 물고 간 일이었다. 살은 깨끗이 먹어 치우고 남은 뼈만 쥐구멍에서 찾아냈다. 나머지 가축은 모두 무사히 데리고 상륙했다. 가축들은 그리니치 볼링 그린에 풀어놓고 풀을 뜯어먹게 했다. 걱정했던 것과 달리 그곳 풀은 아주 부드러워서 가축들이 마음껏 뜯어먹었다. 오랜 항해 기간에 가축들을 제대로 먹여 살릴 수 있었던 것은 선장이 자기가 가지고 있던 최고급 비스킷 몇 개를 나누어 준 덕분이었다. 나는 비스킷을 가루로 만든 다음 물을 넣어 반죽을 만들어서 가축들에게 계속 먹여주었다.

나는 가족과 두 달가량을 함께 지냈다. 삼촌 이름을 따서 이름을 조니라고 지은 아들은 나를 닮아 매우 똑똑했다. 지금은 시집을 가서 아이를 낳고 잘 살고 있는 딸 베티는 당시에 바느질을 배우는 중이었다. 행복한 하루하루였지만 이내 외국을 돌아보고 다른 문물을 접하고 싶은 생각을 주체할 수 없었다.

나는 결국 아내와 딸, 아들에게 눈물의 작별을 고한 후 어드벤처 호에 몸을 실었다. 어드벤처 호는 300톤 규모의 상선으로 리버풀 출신 존 니콜라스 선장의 지휘 아래 수라트 (인도 서부의 봄베이 인근 지방) 로 향했다.

2
거인국
브롭딩낵 여행

제1장
엄청난 폭풍우를 만나다

타고난 운명인지, 나는 항상 활동적이었고 잠시라도 가만히 있지를 못했다. 나는 집으로 돌아온 지 두 달 만에 다시 여행을 떠나게 되었다. 1702년 6월 20일에 다운즈항에서 어드벤처 호에 몸을 싣고 리버풀 출신인 존 니콜라스 선장의 지휘 아래 수라트로 향했다. 희망봉에 도착할 때까지 항해는 순조로웠다. 식수를 구하기 위해 그곳에 잠시 상륙했는데, 배에 물이 새는 곳이 있어 우리는 물건을 내린 다음 거기서 겨울을 났다. 그런데 선장이 학질에 걸리는 바람에 이듬해 3월 말이 되어서야 그곳을 떠날 수 있었다. 다시 항해에 나서서 마다가스카르 해협을 지날 때까지는 순조롭게 나아갔다.

그런데 마다가스카르 섬 북쪽 방면으로 남위 약 5도 지점을 지날 때였다. 이곳은 12월 초순부터 이듬해 5월 초순까지는 항상 북서풍이 일정하게 부는 지역이었다. 우리가 통과할 때는 4월 19일이었는데 바람이 아주 세고, 바람의 방향도 평소보다 서풍이 강했다. 이렇게 20일 동안이나 강한 서풍이 부는 바람에 우리는 몰루카 제도 약간 동쪽인 적도에서 북위 3도 지점까지 떠밀려갔다. 선장이 5월 2일에 관측한 바에 따르면 그랬다. 그 무렵에는 바람이 잦아들어서 바다는 아주 잠잠했다. 내게는 몹시 기분 좋은 바람이었다. 하지만 이 일대를 항해한 경험이 많았던 선장은 폭풍우에 대비하라고 단단히 일렀다. 과연 그의 말대로 바로 이튿날 세찬 폭풍우가 몰아치기 시작했다. 남쪽 몬순이라고 하는 남풍이 불기 시작한 것이다.

폭풍우에 돛이 날아갈 지경이 되자 우리는 가로돛을 내리고, 앞 돛을 접을 채비를 했다. 또 거센 바람에 흔들리지 않도록 대포들이 단단히 고정되었는지 확인하고 세로돛을 접었다. 배는 거의 옆으로 누운 상태였다. 바람을 정면으로 맞거나, 돛을 모두 내려서 표류하기보다는, 파도를 타고 어떻게든 앞으로 나아가도록 하는 것이 좋겠다고 우리는 판단했다. 일단 앞 돛을 접어서 고정시키고 밧줄을 힘껏 잡아당겨 단단히 묶었다. 그러고는 바람이 부는 방향으로 온 힘을 다해 방향키를 돌렸다. 배가 힘차게 방향을 틀었다. 우리는 앞돛에 맨 밧줄을 한껏 끌어당겼다. 그런데 그만 돛이 부러지고 말았다. 돛대를 내리고 찢어진 돛을 배 안쪽으로 잡아끌어 돛을 분리시켰다. 폭풍우는 매우 거세게 휘몰아쳤고, 바다는 아주 위험하고 낯선 공간이 되었다. 우리는 키에 연결된 짧은 줄을 잡아당기며 선장을 도왔다. 중간 돛대는 내리지 않고 모두 그대로 두기로 했다. 돛대가 일단 바람에 잘 버텨 주고 있었기 때문이다. 돛대가 서 있어야 배가 바람을 타고 전진할 수 있고, 그 편이 훨씬 안전했다. 배를 조정할 수 있는 해면은 넓었다. 폭풍우가 멎자 우리는 우선 앞돛과 주범을 다시 세워서 배를 멈추었다. 그런 다음에는 세로돛과 주범의 돛, 앞돛을 모두 올렸다. 우리가 향하는 항로는 동북동 방향이었는데, 남서풍이 불고 있었다. 우리는 바람을 우현 쪽에서 받도록 만들었다. 그런 후 바람이 불어오는 쪽의 활대줄을 탱탱하게 잡아당겨 고정시키고, 뒤쪽 돛대줄을 잡아당겨 배가 최대한 옆으로 기울어지도록 했다.

폭풍우에 이어 강한 서남서풍이 불었다. 계산해 보니 그 바람에 우리 배는 동쪽으로 2,400킬로미터 정도 밀려왔다. 제일 경험이 많은 선원도 도대체 우리가 와 있는 곳이 어디쯤인지 짐작하지 못했다. 다행히 싣고 온 식량은 아직 넉넉했고 배도 튼튼했으며 선원들도 모두 건강했다. 다만 식수 문제가 아주 심각했다. 우리는 방향을 돌려 북쪽으로 더 올라가기보다는 같은 항로를 그대로 유지하는 것이 최선이라고 생각했다. 북쪽으로 올라가다간 타타르 대왕국

북서 방면, 다시 말해 시베리아를 지나 북극해로 흘러 들어갈 수도 있기 때문이었다.

1703년 6월 16일 중간 돛 꼭대기에 올라가 망을 보던 소년 선원이 육지를 보았다. 이튿날인 17일에는 커다란 섬, 어쩌면 대륙인지도 모를 곳이 한눈에 다 들어왔다. 당시로서는 그게 무엇인지 알 수 없었다. 그곳에는 남쪽으로는 바다로 튀어나온 작은 곶이 있었고, 수심이 얕아 100톤 이상 나가는 배는 정박할 수 없을 것 같아 보이는 작은 만도 하나 보였다. 우리는 만에서 2.5킬로미터 정도 떨어진 지점에서 닻을 내렸고, 선장은 선원 열두 명을 단단히 무장시켜 큰 보트에 태워 보냈다. 먹을 물을 찾으면 담아오기 위해 물통도 여러 개 실어 보냈다. 나는 선장에게 같이 가고 싶다고 했다. 어떤 곳인지 호기심도 생겼고, 또한 진귀한 물건들을 발견할 수 있을지도 모른다는 생각이 들어서였다. 하지만 그곳에 도착해 보니 강이나 샘은커녕 사람의 흔적조차 일절 없었다. 선원들은 해변에서 마실 물이라도 찾을 수 있을까 싶어 주변을 둘러보았다. 나는 혼자서 그들과 반대편으로 1.5킬로미터 정도 걸어가 보았지만 황량한 바위투성이뿐이었다. 지루하다는 생각도 들기 시작하고 더 있어봐야 내 호기심을 자극할 신기한 일도 없는 것 같아 나는 천천히 만 쪽으로 걸어 내려갔다. 바다가 한눈에 들어오는 곳에 이르렀는데 선원들이 보트를 타고 죽을힘을 다해 노를 저어 배 쪽으로 가고 있는 것이 보였다. 소리를 질러도 들리지 않았을 테지만, 나는 시도라도 해볼 참이었다.

그런데 바로 그때 바다에서 빠른 속도로 보트를 뒤쫓고 있는 엄청나게 큰 괴물이 보였다. 바닷물은 괴물의 무릎까지밖에 차오르지 않았고, 괴물의 보폭은 엄청나게 컸다. 다행히 보트가 괴물보다 2.5킬로미터 정도 앞서가고 있었고, 그 지점의 해저에는 끝이 날카로운 바위가 많아 결국 괴물은 보트를 따라잡지 못했다. 이 이야기도 나중에 알게 된 것이지만 당시 나는 그 추격전이 어떻게 끝나는지 볼 경황이 없었다. 죽을힘을 다해 왔던 길을 다시 거슬러 달려갔다. 그리고 깎아지른 언덕으로 기어 올라갔다. 올라가서 아래를 바라보니 섬 전체의 모습이 어느 정도 눈에 들어왔다. 섬은 모두 경작되고 있었는데, 가장 놀란 것은 풀의 크기였다. 건초를 말리기 위해 베어놓은 것처럼 보이는 풀은 길이가 무려 6미터는 될 듯했다.

거대한 섬에 홀로 남다

나는 큰 길로 내려섰다. 엄청나게 넓은 대로인 듯 했지만 실제로 섬사람들에게는 밭 사이로 난 작은 두렁이었을 것이다. 얼마 동안 길을 따라 걸어도 양옆으로 아무 것도 보이는 게 없었다. 추수가 가까워져 옥수수의 키가 12미터 이상 자라 사방을 온통 가로막고 있었기 때문이다. 한 시간을 걸어 겨우 밭 가장자리까지 올 수

있었다. 밭을 둘러싸고 있는 울타리는 35미터가 넘었고, 울타리 나무의 높이는 나로서는 잴 수 없을 정도로 높았다. 밭에서 다른 밭으로 건너갈 때는 통로를 넘어가야 했다. 통로 하나에는 모두 네 개의 계단이 있는데, 꼭대기에 이르면 또다시 커다란 돌이 놓여 있어 그걸 밟고 지나가야 했다. 하지만 통로를 올라가는 것은 도저히 불가능했다. 통로를 오르는 계단 하나의 높이가 무려 2미터나 되었고, 꼭대기에 있는 돌도 6미터나 되었기 때문이다. 할 수 없이 울타리 사이에 구멍이라도 있을까 싶어 찾고 있는데, 건너편 밭에서 누군가 통로 쪽으로 오고 있는 것이 보였다. 바다에서 우리 보트를 쫓아왔던 그 괴물만큼 몸집이 큰 사람이었다. 그 키는 첨탑이 달린 성당만큼 컸고, 보폭도 내가 어림잡기로는 9미터는 되는 것 같았다. 나는 극도의 두려움과 공포에 질려 옥수수 밭으로 달려가 숨었고, 밭 사이에 있는 통로 꼭대기에 올라선 괴물의 모습을 올려다보았다. 괴물은 오른편에 있는 그쪽 밭을 돌아보고 있었다. 괴물은 무슨 소리를 질렀는데, 보통 확성기 소리보다 몇 배는 더 컸다. 소리가 얼마나 크게 울려 댔던지 마치 천둥소리 같았다. 이어서 또 다른 괴물 일곱 명이 손에 낫을 들고 다가왔다. 손 낫 하나의 크기는 우리가 쓰는 큰 낫 여섯 개를 합쳐놓은 것 만했다. 이들 일곱 명은 조금 전 그 괴물보다 잘 차려입지는 못했다. 아마도 그 괴물이 부리는 하인이나 일꾼이 아닌가 싶었다. 앞서 본 괴물이 뭐라고 지시하자, 일곱 괴물은 모두들 내가 숨어 있는 옥수수 밭을 베기 시작했다. 나는 될 수 있는 한 그들로부터 멀리 떨어지려고 안간힘을 썼지만, 옥수수대의 간격이 30센티미터도 되지 않는 곳이 있어서 몸을 밀대 사이로 밀어 넣기도 무척 힘들었다. 나는 겨우 방향을 틀어 비바람에 쓰러진 밀이 있는 곳까지 갈 수 있었다. 하지만 거기서 한 발짝도 더 앞으로 나아갈 수가 없었다. 옥수수대가 매우 촘촘하게 쌓여 있는 바람에 그 사이를 통과할 수가 없었던 것이다. 게다가 땅에 떨어진 옥수수의 수염이 너무나 억세고 날카로워 내 옷을 찢고 살까지 찔렀다. 불과 100미터 뒤에서는 일꾼들의 밀을 베는 소리가 계속 들려왔다. 하지만 도망을 다니느라 탈진한 상태였고, 너무 처참하고 절망감에 사로잡혀서 차라리 이대로 인생이 끝장나 버렸으면 좋겠다는 생각으로 밭이랑 사이에 그냥 드러누워 버렸다. 혼자 남아 과부가 될 아내와 아비 없는 처지가 될 자식들이 불쌍했다. 친구들과 친척들의 그렇게 말렸음에도 불구하고 왜 또다시 여행에 나섰는지 자신의 어리석음과 고집이 원망스러울 따름이었다. 이런 끔찍한 상황에서 갑자기 릴리풋 제국이 머릿속에 떠올랐다. 그곳 사람들은 나를 세상에 다시 없는 위대한 거인으로 우러러 보았다. 그곳에서는 한쪽 손으로 왕국의 함대를 끌고 올 수도 있었고, 그곳의 역사에 길이 남을 갖가지 엄청난 행동들을 펼쳐 보일 수 있었지 않았던가. 증인이 수백만 명이나 있었다고 하더라도 그 후손들은 그런 이야기를 믿지 못할 것이다.

그랬던 내가 이 나라에 와서는 내 손바닥 위의 릴리풋 사람처럼 보잘것없는 처지가 된 것이다. 하지만 그마저도 내가 앞으로 겪게 될 고난에 비하면 아무 것도 아니었다. 인간이란 몸집에 비례해 더욱 야만적이 되고 잔인해지는 법이니, 이 엄청나게 큰 야만인들에게 잡혀 한줌 먹을거리가 되는 것밖에 더하겠는가? 크다 작다 하는 것은 상대적인 개념일 뿐이라고 한 철학자들의 말이 정확했다. 릴리풋 사람들이 나에 비해 작다고 했지만, 그들 역시 어딘가에서 자기들보다 몸집이 작은 사람을 만날 수도 있을 것이다. 또 이렇게 몸집 큰 인간들도 미지의 어떤 땅에서는 훨씬 더 큰 인간들을 만날 수도 있는 것이다.

거인, 손가락으로 걸리버를 잡다.

정신을 차릴 수 없을 정도로 겁을 먹었지만 생각은 꼬리를 물고 이어졌다. 바로 그때, 일꾼 한 명이 내가 누워 있는 밭이랑에서 10 미터 되는 곳까지 다가왔다. 이제 그가 한 걸음만 내디디면 나는 그의 발밑에 밟혀 죽거나 아니면 낫에 두 동강이 날 것이었다. 일꾼이 다시 발을 내딛으려는 순간 나는 공포에 질려 있는 힘껏 비명을 질렀다. 그 소리에 거대한 괴물은 움직임을 멈추고 잠시 아래쪽을 훑어보았다. 그러다 마침내 땅바닥에 누워 있는 나를 발견했다. 그는 잠시 나를 주의 깊게 관찰했다. 마치 작은 곤충을 보는 듯, 물리지는 않을까 걱정하는 눈치였다. 그러더니 그는 마음을 정한 듯 엄지와 검지를 이용해 내 허리 뒷부분을 잡아 들어 올렸다. 괴물은 나를 눈에서 3미터 정도 되는 곳까지 들어 올려서 더욱 자세히 관찰하기 시작했다. 그가 일단은 나를 해칠 생각이 없다는 것을 알아차린 나는 안도의 숨의 내쉬었다. 괴물이 나를 잡고 있는 동안에는 절대 버둥거리지 말아야 했다. 괴물은 내 허리를 아프도록 세게 잡고 있었지만 나는 20미터 높이까지 들어 올린 상태였다. 자칫 손가락 사이로 미끄러져 떨어질 위험이 있었다. 겨우 용기를 내어 할 수 있는 일은 기도하듯 두 손을 모아 비참한 목소리로 목숨을 구걸하는 일뿐이었다. 나는 줄곧 이 거대한 사람이 나를 땅바닥에 패대기치지 않을까 두려움에 떨었다. 그러나 다행히도 내 별자리가 돌보았는지, 괴물은 나의 목소리와 움직임을 좋아하는 것 같았다. 그는 나를 신기한 동물처럼 내려다보았다. 알아들을 수는 없었지만 내가 무슨 말이든 내뱉을 때마다 매우 놀라워했다. 그가 손가락으로 내 허리를 잡고 있는 것이 너무 아팠기에 신음이 절로 새어 나오고 흐르는 눈물을 그칠 수 없었다. 나는 내 고통을 제발 알아주기를 바라는 마음에 고개를 좌우로 계속 흔들었다. 그는 곧 내 뜻을 알아차렸는지 외투 주머니를 열어 나를 조심스럽게 그 안에 집어넣고는 곧바로 주인에게 달려갔다. 주인은 꽤 큰 농장을 경영하는 사람으로 내가 밭에서 처음 보았던 바로 그 괴물이었다.

　둘이 대화를 나누는 것으로 보아 하인은 나에 대해 설명을 하는 것 같았다. 이야기를 듣고 난 주인은 작은 밀짚으로 내 외투자락을 들어 올렸다. 그 밀짚은 내가 고향에서 쓰는 지팡이만한 크기였다. 그는 내 외투를 내 몸에 붙은 껍질 같은 것으로 생각하는 듯했다. 그리고 머리카락을 옆으로 훅 불어 내 얼굴을 자세히 관찰했다. 나중에 들은 이야기지만, 주인은 일꾼들을 모두 불러 모아놓고 전에도 밭에서 나처럼 생긴 작은 짐승을 본 적이 있느냐고 물었다고 한다. 그런 다음 나를 조심스럽게 바닥에 엎어서 내려놓았다. 엎드려 있던 나는 곧바로 일어나 천천히 앞뒤로 왔다 갔다 했다. 그들에게 도망칠 의사가 없다는 것을 보여 주기 위한 행동이었다. 괴물들은 나의 움직임을 자세히 보기 위해 나를 테이블 가운데 올려놓고 빙 둘러앉아 지켜보았다. 나는 모자를 벗어 주인을 향해 머리를 깊이 숙였다. 무릎을 꿇고 두 손을 올리고 위를 쳐다보며 목청을 최대한 높여 몇 마디 했다. 또 금이 든 지갑을 주머니에서 꺼내 주인에게 공손하게 바쳤다. 주인은 손바닥에 지갑을 받아들고는 눈앞에 가까이 가져다가 자세히 들여다보았다. 그러더니 소매에서 핀을 하나 꺼내 그것으로 이리저리 몇 번 굴려보았다. 그러나 무슨 물건인지 알 수 없었던 모양이다. 나는 한쪽 손을 바닥에 내려놓으라는 시늉을 해 보였다. 그리고 지갑을 꺼내 그 안에 들어 있는 금을 모두 주인의 손바닥 위에 털어놓았다. 4피스톨짜리 스페인 금화 여섯 개와 더 작은 동전 20~30개가 쏟아졌다. 주인은 새끼손가락 끝에 침을 묻혀 큰 금화를 한 개씩 차례로 집어서 살펴보았지만, 그래도 도무지 모르겠다는 얼굴이었다. 결국 주인은 금화를 지갑에 넣은 다음 주머니에 도로 집어넣으라는 손짓을 해보였다. 나는 금화를 몇 번이나 주인에게 바치는 시늉을 해보았지만, 결국 그가 시키는 대로 하는 게 상책이라는 생각이 들었다.

농부는 이제 내가 이성을 가진 동물이라고 확신하는 것 같았다. 그는 자꾸 내게 말을 건넸는데, 그의 목소리는 마치 물레방아 도는 소리처럼 내 귀를 쾅쾅 울려댔다. 그럼에도 그의 말소리는 아주 또렷했다. 나도 여러 나라 말로 최대한 크게 소리를 질러가며 대답했고, 그도 내 말을 듣기 위해 자신의 귀를 2미터 앞까지 바짝 갖다 대었다. 그러나 아무 소용이 없었다. 우리 두 사람은 전혀 말이 통하지 않았다. 주인은 일꾼들을 다시 일하러 보낸 다음 주머니에서 손수건을 꺼내들었다. 손수건을 한번 접어서 한쪽 손바닥에 평편하게 깐 다음 손을 땅에 내려놓았다. 그리고 나에게 그 위에 올라서라는 몸짓을 해 보였다. 높이가 30센티미터 정도밖에 되지 않아 쉽게 올라설 수 있었다. 나는 무조건 순종하겠다는 뜻을 내비쳤다. 혹시라도 떨어질까 두려워 손수건 위에 몸을 쭉 뻗고 드러누웠다. 거대한 사람은 나를 더욱 안전하게 데려가기 위해 손수건의 남

은 부분으로 내 머리까지 덮어주었다.

그는 나를 자신의 집으로 데려가 아내에게 구경시켜 주었다. 그의 아내는 영국 여자들이 두꺼비나 거미를 보고 도망치듯, 나를 보더니 비명을 질러댔다. 하지만 내가 자신의 남편이 시키는 대로 잘 따라하는 것을 지켜보고는 금방 태도를 바꾸었다. 그러더니 나를 몹시 애지중지하기 시작했다.

거인들과의 식사

정오쯤 되자 하인 한 명이 음식을 들고 들어왔다. 보통 농사꾼이 먹는 한 끼 식사분이 담긴 고기 요리였는데 접시의 크기가 직경 7미터가 넘었다. 식탁에는 농장주와 그의 아내, 아이 세 명과 할머니가 함께 앉았다. 농장주는 높이가 10미터 가까이 되는 식탁 위에 나를 조심스럽게 올려놓았다. 나는 얼마나 무서웠던지 떨어질까 겁이 나 될 수 있는 한 가장자리에서 멀리 떨어진 곳에 앉았다. 그의 아내는 조그만 고기 조각을 얇게 저미고 빵을 부수어서 나무 접시에 담아서는 내 앞에 갖다 놓았다. 나는 고맙다고 꾸벅 인사를 한 다음 나이프와 포크를 꺼내 음식을 먹기 시작했다. 그러자 모두들 매우 좋아했다. 안주인은 하녀에게 2갤런들이 작은 컵을 가져오라고 시키고는 거기다 술을 가득 채워 주었다. 나는 양손으로 간신히 컵을 든 다음, 매우 예의 바른 태도로 안주인의 건강을 위해 건

배한다는 말을 영어로 크게 외쳤다. 식탁에 둘러앉은 가족들이 모두 박장대소했는데, 그 소리에 고막이 터지는 줄 알았다. 술은 약한 사과주 맛이 났는데 과히 나쁘지 않았다. 내가 그것을 모두 마시자 주인은 빵을 자르는 접시 쪽으로 오라는 손짓을 해 보였다. 잔뜩 긴장해 있던 나는 식탁 위를 걸어가다가 그만 빵부스러기에 걸려 앞으로 꼬꾸라지고 말았다. 나는 바닥에 얼굴이 닿을 정도로 넘어졌다. 그러나 다치지는 않았다는 것을 보이기 위해 팔 밑에 끼고 있던 모자를 예절 바르게 머리 위에 올리고 만세를 세 번 불렀다. 주인을 향하여 다가가고 있을 때, 그의 곁에 앉아있던 열 살짜리 막내아들이 장난꾸러기처럼 나의 다리를 잡고 하늘 높이 들어 올렸다. 그에게 매달린 나는 사시나무 떨듯 벌벌 몸을 떨었다.

주인은 나를 빼앗으면서, 동시에 유럽의 기병대를 땅에 쓰러뜨릴 만큼 힘센 주먹으로 아들의 왼쪽 뺨을 때렸다. 그리고 식탁에 가서 물러가라고 호통을 쳤다. 나는 주인의 아들이 나쁜 마음을 먹지나않을까 걱정이 되기 시작했다. 영국의 아이들이 참새나 토끼, 고양이 새끼나 강아지를 얼마나 못살게 구는지를 떠올렸다.

나는 두 무릎을 꿇고 주인을 향해 막내아들을 가리키며 용서해 달라는 뜻을 전달했다. 나의 말을 알아들은 주인은 아들을 다시 의자에 앉도록 하였다. 나는 아이에게 다가가 그의 한쪽 손에 입을 맞추었다. 주인은 아들의 손을 잡고는 나를 조심스럽게 쓰다듬어

보도록 했다.

그때 갑자기 안주인이 안고 있던 고양이가 식탁 위로 뛰어올라왔다. 뒤쪽에서 갑자기 양말 짜는 기계 열두 대가 돌아가는 소리가 들려 돌아보니, 고양이가 가르랑거리고 있었다. 그 크기는 황소의 세 배쯤은 되는 것 같았다. 15미터나 떨어진 식탁의 저편에 서 있었는데도 그 고양이는 내게 매우 위협적이었다.

주인이 나를 고양이로부터 3미터 정도 떨어진 거리에 내려놓았다. 고양이는 아직도 나를 알아보지 못하는 것 같았다. 오래전부터 들어온 이야기였으며, 경험을 통해서도 알게 된 사실이지만, 사나운 동물은 그 앞에서 도망을 치거나 겁을 내면 분명히 뒤쫓아 오거나 공격을 한다. 그래서 나는 그 위험한 순간에도 두려워하는 기색을 내비치지 않기로 마음을 다잡았다. 대담하게도 고양이 머리 앞까지 대여섯 번이나 다가갔으며, 50센티미터 안까지 가보기도 했다. 그러자 고양이는 오히려 나를 무서워하며 몸을 뒤로 움츠렸다.

그에 비하면 개는 덜 무서운 편이었다. 농가에서 흔히 볼 수 있듯 식당 안에는 개 서너 마리가 들어와 있었다. 그 가운데 맹견 마스티프는 크기가 코끼리의 네 배만 했고, 그레이하운드는 마스티프보다 키는 더 컸지만 몸집은 그보다 작았다.

식사가 거의 끝나갈 무렵이었다. 보모 한 명이 돌을 갓 지난 것 같은 아기를 안고 들어왔다. 아기는 나를 보자마자 소리를 지르기 시작했다. 런던 브리지에서 첼시까지 들릴 정도로 우렁찬 소리였다. 그렇게 소리를 한번 지르고는 여느 아기들이 그렇듯 나를 장난감으로 생각하고 달라고 떼를 썼다. 아기의 응석을 받아주느라 안주인은 나를 집어서 아기 쪽으로 내밀었다. 그러자 아기는 곧바로 내 허리를 잡아 쥐고 머리를 입 안으로 집어넣으려고 했다. 내가 큰소리로 고래고래 소리를 질렀더니 아기는 깜짝 놀라 나를 손에서 떨어뜨렸다. 때마침 안주인이 앞치마로 받아주었으니 망정이지, 그렇지 않았더라면 나는 틀림없이 목이 부러져 죽었을 것이다. 보모는 아기를 달래기 위해 방울을 흔들어댔다. 방울은 빈 통에 커다란 돌을 여러 개 넣어 만든 것으로 아기의 허리에 줄로 매달아 놓은 것이었다. 하지만 아무 소용이 없었다. 그러자 보모는 마지막 수단으로 젖을 물리는 방법을 동원했다. 솔직히 말해 보모의 그 엄청나게 큰 가슴보다 더 역겨운 것은 본 적이 없다. 젖의 크기, 모양, 색깔이 어떤지는 비교할 대상조차 마땅치 않으니 설명할 방법이 없다. 젖은 높이가 2미터, 둘레가 5미터는 족히 되는 것 같았다. 젖꼭지는 내 머리통 반 만했는데, 양 젖통과 젖꼭지는 반점, 뾰루지, 주근깨로 뒤덮여 정말 보기 역겨웠다. 보모가 편한 자세로 젖을 물리기 위해 자리에 앉아있을 때 나는 식탁에 서 있었기 때문에 가까이서 보모의 젖을 보게 된 것이었다.

그것을 보니 갑자기 영국 부인들의 고운 살결이 생각났다. 영국

부인들의 살결이 그렇게 고운 이유는 우리가 같은 크기의 사람이라는 이유 하나뿐이다. 그래서 결점들이 보이지 않는 것이다. 현미경으로 들여다보면 아무리 부드럽고 흰 살결이라도 거칠고 투박하고 색깔도 엉망인 것처럼 보일 수밖에 없을 것이다.

릴리풋 제국에 있을 때 소인들의 피부색이 세상에서 가장 곱게 보였던 것이 기억났다. 그곳에서 친한 친구로 지냈던 한 학자와 이 점에 대해 이야기를 나누어 본 적이 있다. 그 학자는 밑에서 올려다보았을 때 내 피부는 곱고 부드럽다고 했다. 그런데 내 손 위에 올라와 가까이 들여다보면 큰 충격을 받는다고 했다. 그는 내 피부에 커다란 구멍이 숭숭 나 있다고 말했다. 턱수염은 산돼지 털보다 열 배는 더 억세고 피부색도 얼룩져 있어 보기 흉하다고 했다. 사실 나는 영국 남성치고 누구 못지않게 좋은 피부를 가지고 있다. 여행을 그렇게 많이 했음에도 햇볕에 그을린 자국도 없다. 그 학자는 또한 릴리풋 왕궁 귀부인들의 피부에 대해서도 이야기했다. 어떤 부인은 주근깨가 많고, 또 어떤 부인은 입이 너무 크며, 혹은 코가 너무 크다고 단점을 지적했다. 그런데 나는 그가 말하는 귀부인들의 결점들이 하나도 보이지 않았다.

거인들의 외모도 마찬가지였던 것이다. 사실 거인들은 외모가 준수한 종족이었고, 특히 나의 주인은 20미터 밑에서 올려다보면 상당히 잘생긴 용모를 지니고 있었다.

식사가 끝나자 주인은 일꾼들에게 갔다. 그는 나가면서 안주인에게 나를 잘 돌봐달라고 부탁했다. 나는 너무 피곤해서 잠이 쏟아졌는데, 안주인이 그것을 알아차리고 침대에 나를 뉘여 깨끗한 손수건을 덮어주었다. 내게는 대형 군함의 돛보다 더 크고 거친 손수건이었지만 말이다.

두 시간 정도 자는 동안 꿈을 꾸었다. 아내와 아이들이 있는 따뜻한 집에서 그들과 함께 웃고 있는 꿈이었다. 잠에서 깨어나 큰 방에 홀로 남겨진 것을 알아차렸을 때 외로움이 밀려왔다. 방은 너비가 60~90미터나 되었고 높이는 60미터쯤 되었다. 내가 누워 있는 침대는 폭이 20미터나 되었다. 안주인은 집안일을 돌보러 나갔고, 내가 있는 방문은 잠겨 있었다. 침대의 높이는 7미터 정도 되었다. 나는 침대에서 내려가 생리현상을 해결하고 싶어졌다. 소리를 질러볼까 하다가 이내 그만두었다. 소리를 질러 본들 내가 있는 방에서 부엌까지의 거리는 워낙 멀어서 들릴 턱이 없었다.

어쩔 줄 모른 채 서성거리고 있을 때, 두 마리의 쥐가 커튼을 타고 내려왔다. 쥐들은 이리저리 뛰어다니며 냄새를 맡기 시작했다. 그중 한 마리는 거의 내 얼굴에 닿을 듯이 가까이 다가왔다. 나는 깜짝 놀라 벌떡 일어나 단검을 꺼내 들고 방어 자세를 취했다. 징그러운 쥐들이 감히 나를 양쪽에서 공격하기 시작했고, 한 놈이 앞발로 내 옷깃을 잡아당겼다. 다행히도 내게 상처를 입히기 전에 그놈의 배를 찔러서 쓰러뜨렸다. 이것을 본 다른 쥐는 재빠르게 달아났지만 나는 재빨리 그놈의 등에 상처를 입혔다. 놈은 피를 뚝뚝 흘리며 달아났다.

큰일을 치르고 난 뒤 나는 숨을 고르기 위해 침대에서 천천히 왔다 갔다 하며 정신을 가다듬었다. 쥐의 몸집은 큰 마스티프만했는데, 행동이 아주 재빠르고 성질이 난폭했다. 만약 내가 자기 전에 혁대를 풀어놓았더라면 틀림없이 사지가 갈가리 찢긴 채 그놈들 먹잇감이 되었을 것이다. 죽은 쥐의 꼬리를 재어보니 3센티미터 모자란 2미터였다. 죽은 쥐를 침대 밖으로 밀어낼 생각을 하니 속이 울렁거렸다. 시체에서는 아직도 피가 흘러나오고 있었고, 숨도 조금 붙어 있는 것 같았다. 나는 칼로 목을 힘껏 내리쳐 놈의 숨통을 완전히 끊어 놓았다.

얼마 안 있어 안주인이 방으로 들어왔다. 그녀는 내가 피투성이인 것을 보고는 황급히 달려와서 손으로 나를 들어올렸다. 나는 죽은 쥐를 가리키면서 괜찮다는 듯 웃어보였다. 그녀는 무척이나 다행스럽게 여기며, 하녀를 불러서 죽은 쥐를 창밖으로 내버리도록 했다. 그런 다음 나를 탁자 위에 올려놓았다. 나는 피 묻은 단검을 보여준 후 외투 자락에 문질러 닦고는 다시 칼집에 넣었다.

긴장이 풀리고 나니 무엇보다 급히 해결해야 할 일이 생각났다. 용변을 계속 참고 있었는데 한계가 온 것이다. 나는 온갖 몸짓을 다해 안주인에게 바닥에 내려가고 싶다는 뜻을 알렸다. 그녀가 나를 바닥에 내려놓자 나는 창피함을 무릅쓰고 문 쪽을 가리키며 몇 번이나 허리를 구부렸다. 다행히 안주인은 가까스로 내가 원하는 것을 알아차린 듯 했다. 그녀는 나를 다시 손으로 잡고 정원으로 나가서 땅에 내려놓았다. 나는 안주인에게 쳐다보거나 따라오지 말라는 손짓을 한 후 구석진 곳으로 갔다. 괭이밥풀 잎 두 개 사이에 몸을 숨기고 나서야 대변을 볼 수 있었다.

내 이야기가 누군가에게는 위선적으로 들릴 수 있고, 쓸데없는 일처럼 보일지도 모른다. 하지만 철학적 생각을 하는 사람들은 이런 사소한 이야기를 통해 상상력을 넓힐 수 있을 것이다. 그리하여 개인의 사생활뿐 아니라 공공의 이익에도 기여할 수 있게 될 것이다. 세계 각지를 여행하면서 보고 들은 이야기를 풀어놓는 이유는 바로 이 때문이다. 여행기를 기술할 때 나는 항상 진실을 탐구한다는 마음을 갖는다. 지식을 과시하거나 문장 스타일에 신경 쓸 생각은 추호도 없다.

이번 여행에서 겪은 일들은 내게 너무나 강렬한 인상으로 남았다. 이 모든 일들은 내 뇌리에 너무나 강하게 박혀 버렸기 때문에 나는 모든 사소한 순간조차 한 점도 빠뜨리지 않고 기록했다.

제2장
언어교육을 받다

나의 주인에게는 아홉 살 난 딸이 있었다. 나이에 비해 조숙한 편이고, 바느질 솜씨가 뛰어나 인형 옷 입히는 데 훌륭한 재주가 있었다.

그녀와 그녀의 어머니는 아기 인형의 요람을 개조해서 내가 밤에 잠자리로 사용하게 했다. 그리고 그것을 작은 서랍에 넣고는 쥐들의 접근을 막기 위해 선반 위에 올려놓았다.

그것은 내가 그들과 함께 머무르는 동안 줄곧 내 침대로 사용되었다. 물론 내가 그들의 언어를 배우기 시작하고, 내가 원하는 것을 이해시킴에 따라 그것은 좀 더 편리하게 개조되었다.

이 어린 소녀는 눈치가 매우 빨라서, 내가 자기 앞에서 옷을 벗

는 것을 한두 번 보자, 곧 나의 옷을 벗기거나 입힐 수 있었다. 소녀
는 내게 셔츠 일곱 장과 침구를 몇 개 만들어 주었다. 자기 딴에는
제일 부드럽고 얇은 천을 사용했는데도 옷감은 자루부대보다 더
거칠었지만 말이다. 소녀는 자신이 만든 내 물건을 항상 자기 손으
로 직접 빨아주었다. 소녀는 또한 내게 말을 가르치는 교사 역할도
해주었다. 내가 무엇이든 손으로 가리키면 그녀는 자기 나라 말로
이름을 말해 주었다. 며칠이 지나자 나는 웬만한 물건의 이름을 부
를 수 있게 되었다.

소녀는 천성이 매우 착했다. 키는 12미터 정도 되었는데, 나이에
비해 작은 편이었다. 내게 그릴드릭이라는 이름을 붙여 주어 온 가
족들이 나를 그렇게 부르게 되었다. 그릴드릭은 라틴어로 치면 '나
눈쿨루스', 이탈리어로는 '호문셀레티노', 그리고 영어로는 '맨니킨'
이라는 말로 '난쟁이'를 뜻한다. 내가 이 나라에서 목숨을 보존할
수 있었던 것은 순전히 이 소녀 덕분이었다. 이곳에 머무는 동안 우
리는 떨어져 지낸 적이 없었다. 나는 소녀를 글룸달클리치, 즉 '어린
보모'라고 불렀다. 소녀가 내게 보여준 보살핌과 애정에 대한 감사
의 마음을 담은 뜻이었다. 이 여행기를 쓰면서 글룸달클리치의 사
랑과 보호에 대해 언급하지 않는다면 나는 커다란 은혜를 저버리
는 것이 된다. 나는 그녀의 사랑과 보호에 대해 당연히 받아야 할
만큼 보답할 수 있게 되기를 진심으로 바란다. 나의 뜻에 의해서는

아니었지만, 내가 그녀에게 불행한 일이 생기도록 만들지 않았을까 하는 걱정이 생긴다.

사람과 모든 것이 닮아있는, 스플락녁 정도 크기의 동물을 주인이 밭에서 발견했다는 사실이 주위에 알려지기 시작했다. 스플락녁은 큰 사람들의 나라에만 살고 있는 동물로 아주 귀여웠으며 그 길이가 180센티미터 정도 되었다.

소문의 내용은 '스플락녁처럼 작은 이상한 동물이 사람과 똑같이 흉내를 내고 자신의 언어도 가지고 있는 데다, 이 나라의 말도 몇 마디 배웠다'는 것이었다. 두 발로 일어나서 걸을 수도 있으며, 성질도 아주 부드러워 시키는 대로 말을 잘 듣는다고도 하였다. 또한 세상에서 제일 가느다란 팔과 다리를 가지고 있고, 세 살 난 귀족의 딸보다도 피부 결이 더욱 하얗고 곱다고 소문이 났다.

이웃에 살고 있던 주인의 친구는 그 소문이 진실인지 확인하기 위해 방문했다. 나는 곧바로 불려나와 식탁 위에 놓였다. 거기서 주인이 시키는 대로 걸어 다니기도 하고, 단검을 높이 쳐든 채 농부에게 인사를 하기도 했다. 나이 들어 눈이 어두웠던 농부는 나를 더 잘 보기 위해 안경을 꺼내 썼다. 그 모습을 본 나는 배꼽이 빠지도록 웃음이 나오는 것을 참을 수 없었다. 노인의 눈이 마치 창문에 비치는 두 개의 커다란 보름달처럼 보였기 때문이다. 내가 웃어대는 이유를 알아챈 가족들도 한바탕 웃음보를 터뜨렸다. 하지만 그 농부는 몹시 화를 내면서 바보스럽게 얼굴을 일그러뜨렸다.

그는 사람들로부터 구두쇠라는 말을 듣고 있었다. 불행하게도 그것은 사실이었다. 그 농부는 36킬로미터 떨어져 있는 다른 마을에 30분 정도 말을 타고 가서 나를 구경거리로 삼으라는 말을 하였던 것이다. 주인과 그 농부는 나를 손으로 가리키며 한참 동안 귓속말을 했는데, 아무래도 뭔가 좋지 않은 음모를 꾸민다는 생각이 들었다. 나는 두려움에 사로잡혀 있었지만 그들이 했던 말 가운데 몇 마디를 알아들을 수 있었다.

이튿날 아침, 글룸달클리치가 자초지종을 모두 이야기해 주었다. 자기 어머니를 살살 구슬려 알아낸 것이라고 했다. 가엾은 소녀는 나를 품에 안고 수치심과 슬픔에 눈물을 흘렸다. 글룸달클리치는 무엇보다도 거칠고 무례한 사람들이 나를 짓이겨 죽이거나 손아귀에 넣고 팔다리를 부러뜨리는 등 고약한 짓을 할 것이 걱정된다고 했다. 또 내가 천성이 얼마나 온화한 사람인지, 명예를 얼마나 소중히 여기는 사람인지도 알고 있다고 했다. 천박한 사람들 앞에서 돈 때문에 구경거리가 된다면 그 얼마나 수치스러울지에 대해서도 이야기했다. 그리고 작년에 양을 한 마리 주겠다고 약속하고는, 그 양이 살이 찌자마자 도살장에 팔아버린 것과 같은 일을 또다시 되풀이한다고 말했다.

솔직히 말해 나는 소녀가 걱정하는 것만큼 염려되지는 않았다.

언젠가 나는 반드시 자유의 몸이 될 것이라는 강렬한 희망을 가지고 있었다. 장난감 취급을 당하며 이리저리 끌려 다니고 모욕을 당할지라도 이 나라에서 나를 아는 사람은 단 한 명도 없기 때문에 큰 문제가 되지 않았다. 나중에 영국으로 돌아간 뒤에도 내가 겪은 일들을 사람들이 손가락질하지는 않을 것이다. 제 아무리 왕이라도 나와 같은 상황에 처한다면 어쩔 수 없을 것이기 때문이다.

주인은 농부의 말에 따라 이웃 마을에 장이 서는 날, 나를 상자에 담고 길을 나섰다. 글룸달클리치는 뒤쪽 의자에 올라탔다. 상자는 사방이 꽉 막혀 있었고, 내가 드나들 수 있는 작은 문 하나와 공기가 통하도록 뚫어놓은 드릴 구멍 몇 개가 있을 뿐이었다. 세심한 마음씨의 글룸달클리치는 내가 누울 수 있도록 인형 침대에 있던 이불을 상자 안에 깔아 주었다. 그런데도 어찌나 온몸이 흔들리는지 불편하기 짝이 없었다. 말은 한 걸음이 12미터나 되었는데, 발굽을 너무 높이 쳐드는 바람에 마치 배가 큰 폭풍우를 만난 것처럼 심하게 요동쳤다. 흔들리는 주기는 오히려 그것보다 더 빨랐다. 이웃마을까지 거리는 30킬로미터 정도로, 유럽에 비교하면 런던에서 세인트 올번스까지 가는 거리보다 약간 더 먼 거리였다. 이 거리가 불과 30분 정도밖에 걸리지 않았다.

서커스공연을 하다

주인은 자주 들르는 단골 여인숙에서 내렸다. 여인숙 주인과 잠시 의논을 한 뒤 그는 공연에 필요한 몇 가지 것들을 준비했다. 그리고 광고인을 고용해서 공연이 열리는 것을 마을 전체에 알리도록 했다. 이곳에서 신기한 짐승을 보여주는 쇼가 열린다는 내용의 선전이었다. 여관의 이름은 '푸른 독수리'였다. 광고인은 스플락넉만 한 크기의 이상한 생물은 모든 부분이 사람을 닮았으며, 몇 마디의 말도 할 수 있는 데다 재미있는 재주를 부리기도 한다고 떠들었다.

주인은 나를 여인숙에서 제일 큰 방에 있는 탁자에 올려놓았는데, 탁자의 면적은 30㎡ 정도였다. 글룸달클리치는 탁자 옆에 낮은 의자를 놓고 그 위에 올라서 나를 보살피며 여러 가지 해야 할 일들을 가르쳐 주었다. 주인은 혼잡을 피하기 위해 한 번에 30명씩만 입장시켰다. 나는 글룸달클리치가 시키는 대로 탁자 위에서 이리저리 걸어 다녔다. 내가 알아듣는 범위 안에서 자신들의 언어로 소녀가 질문을 하면, 나는 큰 소리로 대답을 했다. 또한 관객을 향해 돌아보며 공손하게 인사를 하기도 했다. 글룸달클리치에게 배운 연설도 몇 가지 해 보였다. 그녀가 컵으로 쓰라고 준 골무에 술을 가득 채워 관객들을 위해 건배도 올렸다. 단검을 뽑아 영국 사람들이 펜싱을 하듯 휘둘러 보여주기도 하고, 글룸달클리치가 작은 밀짚을 건네주면 창처럼 휘둘러 보이기도 했다. 그날 나는 12차례 공연을 해야 했다. 똑같은 묘기를 억지로 반복하다 보니 지치기도 하고 짜증이 나서 초주검이 되고 말았다. 그런데 내 묘기를 직접 구경한 사람들이 얼마나 자랑을 해댔는지, 밖에서 대기 중이던 사람들이 아예 문을 부수고 방으로 쳐들어올 기세였다. 주인은 글룸달리치 외에는 아무도 나를 만지거나 건드리지 못하게 했다. 사고를 예방하기 위해 관람석은 탁자에서 멀찌감치 떨어진 곳에 늘어놓아 아무도 접근할 수 없었다.

그런데 웬 말썽꾸러기 학생이 내 머리를 겨냥해 개암 열매 하나를 정통으로 날리는 것이었다. 가까스로 피하긴 했지만 너무 세게 날아오는 바람에 맞았더라면 틀림없이 머리통이 박살났을 것이었다. 개암 열매는 작은 호박만 했다. 나는 그 개구쟁이가 흠씬 두들겨 맞고 방에서 쫓겨나는 것을 보고 나서야 안심이 되었다.

주인은 대기 중인 사람들에게 다음 장날에 다시 오겠다고 알린 후 공연을 마감했다. 그러고는 내가 좀 더 편하게 타고 다닐 수 있는 운송 기구를 만들어 주었다. 거기에는 그럴 만한 이유가 있었다. 나는 이동을 하면서부터 너무 지쳐 있었고 여덟 시간의 공연을 하는 동안에는 두 다리로 서 있기도 힘들 정도였다. 말 한 마디도 내뱉을 힘조차 없었다.

나는 사흘이 지나서야 겨우 기력을 회복할 수 있었다. 그러나

집에서도 편히 쉴 수가 없었다. 나에 대한 이야기를 들은 사람들이 160킬로미터 밖에서도 나를 보겠다고 찾아왔기 때문이다. 거인국은 인구가 많았는데, 부부가 아이들까지 데리고 오면 한 번에 30명이 넘었다. 주인은 방문 공연의 경우, 한 가족만 들어와도 만석일 때와 동일한 요금을 받았다. 사정이 이렇다 보니 나는 장터로 나가지 않는 날도 제대로 쉴 수 없었다. 거인국의 안식일인 수요일을 제외하고는 말이다.

주인은 내가 큰 돈벌이가 된다는 사실을 알고는 순회공연을 하기로 마음먹었다. 그는 장거리 여행에 필요한 준비를 모두 마치고 아내와 작별 인사를 나누었다. 글룸달클리치는 나와 함께 가기로 했다. 내가 그곳에 도착한 지 약 두 달이 지난 1703년 8월 17일 우리는 왕국의 수도를 향해 출발했다. 수도는 왕국 중심부에 있었는데, 우리가 살던 집에서 수도까지의 거리는 약 4,800킬로미터나 되었다. 주인은 글룸달클리치를 뒤에 태웠고, 그녀는 나를 작은 상자에 넣었다. 상자 내부는 소녀가 구할 수 있는 제일 부드러운 천으로 덧대어져 있었으며, 바닥에는 꼼꼼히 바느질한 이불이 있었다. 소녀가 가지고 놀던 인형의 침대도 있었다. 소녀는 내가 들어있는 이 작은 상자를 자신의 허리에 묶어놓았다. 이 밖에도 덮고 잘 옷감과 그 밖에 필요한 물건을 구해 주었고, 내가 편히 지낼 수 있도록 최대한 세심하게 배려했다. 나머지 일행이라고는 집에서 일을 돕던 소년 한 명뿐이었는데, 그는 짐을 싣고 우리 뒤를 따랐다.

주인은 가는 도중에 지나치는 도시마다 나의 공연을 보여줄 계획이라고 했다. 큰 길에서 80킬로미터나 160킬로미터 정도 떨어져 있는 외딴 마을이나 귀족의 저택도 구경꾼만 있으면 마다않고 찾아갈 생각이었다. 우리는 하루에 230~260킬로미터만 이동해가면서 여유롭게 행동했다. 글룸달클리치가 말을 타고 가는 것이 너무 힘들다고 주인에게 불평을 했기 때문이다. 나를 배려하기 위해서였다. 소녀는 내가 원하면 수시로 바람을 쐬게 해 주었고 바깥 구경도 시켜 주었다. 우리는 나일 강이나 갠지스 강보다 몇 배는 더 넓고 깊은 강을 대여섯 개나 건넜다. 런던 브리지 밑을 흐르는 템즈 강처럼 작은 강은 하나도 눈에 띄지 않았다. 순회 공연을 나선 지 어느덧 10주가 흘렀고, 그동안 나는 열여덟 군데 대도시에서 공연했다. 그 밖에 작은 마을과 개인 집까지 합하면 방문 횟수는 셀 수 없이 많았다.

10월 26일 우리는 수도에 도착했다. 수도는 그 나라 말로 로브룰그루드, 즉 '우주의 자랑'이라는 뜻이다. 주인은 왕궁에서 멀지 않은 시내 중심가에 숙소를 잡았다. 그리고 나의 모습과 공연 내용을 자세히 적은 광고를 내걸었다. 너비가 90~120미터 되는 큰 방도 하나 빌렸다. 내가 올라가서 공연할 수 있도록 지름 18미터짜리 원탁도 하나 준비했다. 혹시라도 공연 중에 밖으로 떨어지지 않도록 가장자리로부터 약 1미터 안쪽에는 높은 목책을 돌려가며 세웠다. 나는 하루 10회씩 공연을 했는데 구경하는 사람들은 모두 경탄을 하며 재미있어 했다. 이제 나는 거인들의 말도 꽤 잘할 수 있게 되었다. 또 내게 하는 말은 모두 완벽하게 알아들을 수 있었다. 글자도 익혀서 문장의 의미도 그럭저럭 짐작할 수 있게 되었다. 숙소에 있는 동안 글룸달클리치가 선생님 역할을 해 주었으며, 여행 중에도 틈나는 대로 가르쳐 주었기 때문이다. 소녀는 주머니에 작은 책을 넣어 가지고 왔는데, 샌슨사에서 펴낸 지도 '아틀라스 누보'보다 그다지 크지는 않았다. 이 책은 주로 어린 여자아이들을 위한 책으로 그들의 종교에 대해 간략하게 설명해 놓은 것이었다. 이 책을 교재로 삼아 글룸달클리치는 내게 글자를 가르치고 단어 뜻을 설명해 주었던 것이다.

제3장
왕비, 걸리버를 총애하다

    매일 잦은 공연을 하다 보니 몇 주 만에 내 건강은 크게 망가졌다. 주인은 돈을 벌어들일수록 점점 더 탐욕스러워졌다. 나는 식욕을 잃어 뼈만 앙상하게 남은 모습이 되었다. 주인은 내 몰골을 보고는 내가 곧 죽을 것이라고 생각했는지 가능한 한 돈을 긁어모으려고 했다.

    그러던 어느 날 왕궁에서 슬라드랄, 즉 '의전관'이 찾아왔다. 주인은 즉시 왕궁으로 들어와서 왕비와 귀부인들을 위해 공연하라는 명령을 받았다. 개중에는 이미 내 공연을 구경한 부인들도 있었다. 그들이 나의 생김새와 행동, 재치 등 신기한 일들을 왕실에 보고한 것이다. 왕비와 왕비의 시중을 드는 부인들은 나의 정중한 행동을 보고 엄청나게 좋아했다. 나는 무릎을 꿇고 왕비의 손에 입을 맞출 수 있는 영광을 베풀어 달라고 간청했다. 그러자 너그러운 왕비는 새끼손가락을 내밀었다. 나는 두 팔로 그 손가락을 감싸 안은 다음 최상의 존경을 표하며 손가락 끝에 입을 맞추었다. 왕비는 내가 사는 나라는 어떤 곳이며, 여행을 하면서 어떤 일을 겪었느냐는 등 몇 가지 평범한 질문을 했다. 나는 구사할 수 있는 몇 개의 단어를 가지고 최대한 명확하게 대답했다. 그러자 왕비는 내게 왕궁에서 살면 어떻겠느냐고 물었다. 나는 탁자에 머리가 닿도록 굽혀서 절을 한 다음, 주인의 노예라고 겸손하게 대답했다. 만약 내가 자유의 몸이 된다면 목숨을 다해 기꺼이 왕비를 모시겠노라고 말했다. 그러자 왕비는 주인에게 가격을 후하게 쳐 줄 테니 나를 팔 생각이 없는지 물었다. 내가 한 달도 더 살기 어려울 것이라 판단한 주인은 흔쾌히 승낙했다. 그는 금화 1,000냥을 요구했고, 왕비는 그 자리에서 돈을 지불했다. 이곳의 금화 한 냥은 포르투갈 화폐인 모이도레스 금화 800개를 합친 것 만했다. 그러나 거인국에 있는 물건들과 유럽에 있는 물건들의 크기를 서로 비례하여 견주어 본다면, 영국의 기니 금화 천 개 이상은 되지 않을 것이었다.

나는 그동안 나를 따뜻하고 친절하게 보살펴 준 글룸달클리치를 거두어, 계속 나를 돌보고 가르치는 유모이자 선생님이 될 수 있도록 해 달라고 왕비에게 간청하였다. 나의 간청을 받아들여준 왕비는 나의 원래 주인에게 말해서 쉽게 승낙을 얻었다. 자신의 딸이 궁중에서 생활하게 된다는 것은 농부에게도 좋은 일이었던 것이다. 글룸달리치도 이 소식을 전해 듣고는 기쁨을 감추지 못했다. 잘 지내라는 인사를 하고, 앞으로 내가 좋은 곳에서 지내게 되어 마음이 놓인다고 하면서 주인은 돌아갔다. 나는 그의 인사말에 잠시 허리를 굽혔을 뿐 달리 아무 말도 하지 않았다.

왕비는 내가 주인에게 살갑게 대하지 않는 것을 눈치 채고는 슬며시 이유를 물어왔다. 나는 용기를 내서 대답했다. 자기의 밭에서 우연하게 발견한, 가엾고 조그마한 생물을 죽이지 않은 것을 제외한다면, 내가 그에게 감사해야 할 이유는 아무 것도 없다고 말이다. 또한 그 빚도 왕국의 절반을 돌며 나를 사람들에게 구경시키고 번 돈으로 충분히 갚았으며, 나를 왕비에게 팔아넘긴 돈으로 보상도 되었을 것이라고 했다. 그동안 내가 겪은 고초는 나보다 힘이 열 배는 더 센 동물도 충분히 죽일 수 있을 만큼 고된 것이었다는 말도 털어놓았다. 또 하루 종일 쉬지 않고 온갖 사람들 앞에서 재주를 부리느라 건강도 심하게 악화되었다는 말도 했다. 농장주는 내가 곧 죽을 것이라고 생각했을 것이고, 그렇지 않았으면 왕비에게 그렇게 헐값에 넘기지도 않았을 것이었다.

그러나 이제는 학대의 공포에서 벗어나 위대하고 선량하신 왕비, 대자연의 장식물이요, 온 세상의 사랑이신 분, 만백성의 기쁨이요 창조의 불사조인 왕비의 보호를 받게 되었으니 괜찮다고 웃어보였다. 지엄하신 왕비 앞에 서니 그 영향으로 벌써 기운이 되살아난다는 말도 했다.

나는 대충 이런 요지로 전혀 두서도 없이 더듬거렸다. 끝부분에 가서는 거인들 특유의 말하는 스타일에 맞춰서 했는데, 글룸달클리치가 왕궁으로 가는 도중에 가르쳐 준 표현법이었다.

왕비는 서툰 내 말을 무척 너그럽게 이해해 주었다. 오히려 나처럼 작은 동물이 그토록 재치가 넘치고 교양이 풍부하다는 사실에 놀라워했다. 왕비는 손수 나를 손 위에 올려놓은 채 왕에게로 갔다. 왕은 침실에서 휴식을 취하고 있었다. 중후하고 위엄이 넘쳐 보이는 모습이었다. 왕은 나를 거들떠보지도 않은 채 왕비에게 언제부터 스플락눅을 좋아하게 되었느냐며 차갑게 물었다. 나를 스플락눅으로 착각한 모양이었다. 하지만 왕비는 재치 있고 유머 넘치는 분이었다. 왕비는 나를 책상 위에 살며시 올려놓은 채 자기소개를 해 보라고 요청했다. 나는 간단하게 몇 마디로 내 소개를 했다.

왕은 누구보다 학식이 풍부했고 철학과 수학에 조예가 깊었다. 그는 나를 꼼꼼히 살펴보고, 똑바로 서서 걷는 것을 확인한 후에도 내가 아주 천재적인 기술자가 만든 태엽 인형일 것이라고 생각했다. 당시 이 나라는 태엽 인형을 만드는 기술이 매우 발달해 있었기 때문이다.

하지만 그것은 내가 말을 하기 전까지의 이야기였다. 일단 내 목소리를 듣고, 또 내가 하는 말이 논리적이라는 사실을 확인하고는 왕은 놀라움을 감추지 못했다. 그는 내가 어떻게 왕국까지 오게 되었는지 사연을 이야기해 주자 전혀 믿으려 하지 않았다. 글룸달클리치와 그 아버지인 농장주, 그리고 내가 함께 공모해 지어낸 이야기라고 생각하는 것이었다. 왕은 농장주가 나를 비싼 값에 팔기 위해 말 몇 마디를 가르쳤을 것이라고 생각했다. 왕은 계속 다른 질문을 던졌고 나는 훌륭하게 맞받아쳤다. 나의 대답은 외국인의 억양이 섞여 있고 어법이 불완전하다는 것 외에 전혀 나무랄 데가 없었다. 글룸달리치네 농장에 머물면서 익힌 사투리 때문에 왕궁 예법과는 약간 다르다는 점이 흠이라면 흠이었다.

학자들과 토론하다

당시 이 나라에는 학자들이 일주일씩 왕궁에 불려와 머무는 풍습이 있었는데, 왕은 마침 궁에 와있던 당대의 가장 뛰어난 학자 세 명을 불러왔다. 학자들은 한동안 내 생김새를 매우 꼼꼼하게 검사한 다음 각자 의견을 내놓았다. 세 사람 모두 내가 정상적인 자연의 법칙으로는 생겨날 수 없는 동물이라고 했다. 그들은 내가 생존에서 살아남을 수 없는 몸을 가졌다고 했다. 민첩하거나 나무에 기어오르는 재주가 있지도 않았고 땅에 구멍을 파는 능력도 없었다. 그들은 또 내 이빨을 아주 정밀하게 관찰한 다음, 내가 육식동물이라는 사실을 알아냈는데, 그들이 알고 있는 네 발 달린 동물은 모두 나보다 몸집이 컸다. 또한 들쥐 같은 동물들은 대단히 재빠른데, 내가 도대체 무엇을 먹고 사는지 알 길이 없다고 했다. 달팽이나 곤충을 잡아먹는다는 가정도 최종적으로 불가능하다는 결론이 내려졌다. 그들 가운데 한 명이 내가 살아 있는 태아이거나 낙태시킨 태아라고 생각하는 듯했다. 하지만 다른 둘은 내 팔다리가 완전히 성숙한 형태를 갖추었다는 근거로 이 의견에 반대했다.

그들 중 어떤 이는 확대경으로 내 얼굴을 관찰하고 턱수염 그루터기가 선명 한 것을 보아 내가 이미 여러 해 동안 살아온 생물이라고 주장했다. 또 그들은 나를 난쟁이로는 보지도 않았는데, 내가 너무 작아 정상인과의 비교 자체가 불가능하다고 했다. 그도 그럴 것이 이 나라 역사상 가장 작은 난쟁이조차 그 키가 9미터였다. 치열한 논쟁 끝에 학자들은 만장일치로 내가 랠플룸 스칼캐스, 글자 그대로 풀이하자면 '자연의 장난'이라는 결론을 내렸다. 이는 당시 유럽 철학의 흐름과 정확히 일치하는 것이었다. 유럽의 철학교수들은 아리스토텔레스의 제자들이 자신들의 무지를 감추기 위하여 꾸며내었던 '신비한 원인'이라는 모호한 말을 경멸하면서 '자연의 장

난'이라는 말로 대체하였다. 이렇게 결론이 난 이후, 나는 한두 마디 말할 수 있게 해 달라고 간청하였다. 왕을 똑바로 쳐다보면서 나는, 생김새가 나같이 생긴 남녀 수백만 명이 살고 있는 나라에서 왔다고 했다. 그곳의 동물이나 나무, 집들은 모두 같은 비율로 크기가 작다고 설명했다. 이 나라에서 보통의 백성들이 하는 것처럼 나도 평범한 식사를 하고, 직업도 가지고 있었고, 가족들을 부양하며 살았다고 말했다. 그 정도면 학자들이 내놓은 주장에 충분한 답이 될 것이라고 생각했다.

하지만 학자들은 내 말을 제대로 믿어주지 않았다. 농장주가 교육을 잘한 모양이라며 비웃을 뿐이었다. 그러자 왕은 학자들을 물러가라고 한 후 사람을 보내 농장주를 데려오게 했다. 왕은 먼저 단독으로 농장주를 만나 이것저것 물은 뒤, 나와 글룸달클리치를 함께 대질시켜 보았다. 그제야 우리가 하는 이야기가 사실일지 모

른다는 생각을 하기 시작했다.

왕은 왕비에게 나를 특별히 보살펴 주도록 당부했고, 글룸달클리치가 왕비의 처소에 남아 나를 계속 돌볼 수 있도록 해주었다. 왕궁 측에서는 그녀에게 안락한 처소를 마련해 주었다. 그녀의 교육을 보조할 사람도 한 명 붙여주었고, 여러 가지 일들을 거들어줄 하인도 세 명이나 붙여주었다. 하지만 나를 보살피는 일은 소녀가 모두 도맡았다. 왕비는 직속 가구 제작공에게 명령을 내려 내 침실로 쓰일 상자 하나를 만들도록 했다. 방의 넓이는 약 5제곱미터로, 높이는 4미터에 창틀이 달린 창문과 출입문 하나, 작은 방이 두 개 딸려 있었다. 런던식 침실이었다. 천장으로 쓰이는 널빤지는 돌쩌귀 두 개를 달아서 올렸다 내렸다 할 수 있도록 만들었다. 글룸달클리치는 매일 직접 이부자리를 정돈하고 환기를 시켜주었다. 밤이 되면 나를 제자리에 넣은 다음 지붕을 덮고 위에서 잤다.

미니어처 세공으로 명성이 높다는 기술자 한 명은 등받이와 팔걸이가 달린 의자 두 개를 만들어 주었는데, 재료는 상아와 비슷했다. 그는 탁자 두 개와 내 물건을 넣어둘 옷장도 하나 만들어 주었다. 방은 마루와 천장을 포함해 사방을 천으로 덮었다. 사람들이 나를 옮길 때 혹시라도 일어날지 모를 불의의 사고를 예방하기 위한 것이었다. 덕분에 마차에 태웠을 때 덜컥거리는 충격도 줄어들었다.

나는 큰 쥐나 생쥐가 들어오는 것을 막을 수 있도록 출입문에
는 자물쇠를 달아 달라고 했다. 자물쇠 제작공은 몇 차례 실패를
거듭한 끝에 그 나라 역사상 가장 작은 자물쇠를 만들어냈다. 영국
에서 귀족의 저택 정문에 다는 자물쇠도 그보다는 약간 더 클 것
같았다. 글룸달클리치가 잃어버릴까 걱정할 만큼 작아서, 열쇠는
내가 주머니에 넣어 다니기로 했다.

왕비는 또한 거인국에서 나는 가장 얇은 비단 천을 구해다가
내 옷을 지어 주었다. 영국 담요보다 두껍지는 않았는데 익숙해지
기까지는 무척 거북했다. 거인국 의복은 페르시아와 중국식을 약간
가미한 듯했고, 아주 우아하고 점잖은 스타일이었다.

왕비는 내가 없으면 식사도 하지 못할 정도로 나를 곁에 두었
다. 나는 왕비의 식탁 위, 그녀의 왼쪽 팔꿈치가 닿는 곳에 내 식탁
과 의자를 놓고 앉아 식사를 했다. 글룸달클리치는 내 식탁 가까이
바닥에 의자를 놓고 올라서서 나를 거들며 보살펴 주었다. 내게는
은접시와 쟁반 한 벌, 그 밖에 각종 식기들이 주어졌는데, 왕비가
쓰는 식기와 비교하면 아이들이 가지고 노는 장난감 같았다.

왕비는 고기 조각을 내 접시 위에 놓아주곤 했는데, 나는 그 고
기를 다시 작게 썰어서 먹었다. 내가 고기를 잘게 잘라먹는 것을 구
경하는 것이 왕비에게는 큰 즐거움이었다. 위가 아주 약했던 왕비

가 한 입에 먹는 고기의 양은 영국에서 농부 열두 명이 먹는 한 끼 식사에 해당되는 분량이었다. 왕비가 고기를 먹는 모습은 매우 역겨울 때가 있었다. 종달새의 크기는 다 자란 칠면조보다 아홉 배는 컸는데, 그런 종달새의 날개와 뼈를 통째로 씹어 먹었다. 한 입에 털어넣는 빵 한 조각의 크기도 12펜스짜리 빵 덩어리 두 개만큼 컸다. 금잔에 담은 술도 단숨에 마셨는데, 250리터들이 술통 하나를 한꺼번에 마시는 격이었다. 왕비가 쓰는 나이프는 커다란 낫을 손잡이에서부터 길게 폈을 때의 두 배는 되었다. 스푼과 포크, 그 밖에 식기도 모두 같은 비율로 어마어마하게 컸다. 글룸달클리치가 어느 날 왕궁의 식사 장면을 구경시켜 준다며 나를 데려간 적이 있었다. 엄청나게 큰 포크와 나이프 10여 개가 한꺼번에 들여 올라가는 것을 보면서 나는 그보다 더 무시무시한 광경은 평생 본 적이 없다고 생각했다.

앞에서도 설명했듯이 거인국에서는 매주 수요일이 안식일이었다. 이날 왕과 왕비는 남녀 왕족이 모두 모인 가운데 왕의 처소에서 식사를 한다. 그 무렵쯤 왕도 나를 총애했다. 그래서 내 작은 식탁과 의자는 왕의 왼손이 놓이는 자리 옆, 다시 말해 소금통 바로 앞에 놓여졌다. 왕은 나와 대화하는 것을 무척 좋아했다. 그는 유럽의 풍습과 종교, 법, 정치, 학문 등에 대해 많은 것을 물었고, 나는 모든 질문에 최선을 다해 답했다. 왕은 사리분별이 아주 분명하고 판단력도 정확한 사람이었기 때문에 내가 말한 사실들을 가볍게 듣지 않고 무척이나 심사숙고하였다. 그러나 나중에 가서 나는 조국에 대해 너무 많은 정보를 말한 것이 아닌지 우려가 되었다. 우리나라의 무역, 해상전과 육지전, 종교 분쟁이나 정당 등에 대한 이야기들이 너무 세부적이었다. 왕은 총명했지만 편협한 교육의 영향 아래 놓여 있는 사람이었다. 왕은 나를 오른손으로 잡아 올린 다음 왼손으로 가볍게 툭툭 치면서 한바탕 웃어젖히고 내가 조국에서 위그당(왕당파)이었는지 토리당(자유당)이었는지를 물었다. 그리고 로열 서브린 호의 돛만큼 크고 하얀 지팡이를 들고 있는 대신을 향하여 말했다.

"저와 같이 작은 벌레도 인간의 정치행위를 흉내 낼 수 있다니, 인간의 위대함이란 얼마나 어이없는 것인가! 저 곤충들의 무리에서도 여러 등급의 작위와 관직이 있을 것이며 겨우 작은 둥지와 굴을 만들어 놓고 그것을 집과 도시라고 부를 것이다. 옷을 해 입고 각종 장비를 만들어 쓸 것이고 저들끼리 사랑하고, 싸우고, 논쟁하고, 속이고, 배반도 할 것이다. 이 얼마나 우스운 일이 아니겠느냐."

나의 조국은 프랑스와도 어깨를 나란히 하는 막강한 군사력을 보유하고 있었다. 외교적으로는 유럽의 중재자였으며 예술과 학문은 수준급으로 발달해 있었다. 전 세계인에게 덕과 경건함, 명예와 진리의 원천이라고 인정받고 있었다. 나의 고귀한 조국을 모욕하는 거인국 왕의 말에 나는 안색이 몇 번이나 붉으락푸르락했다.

하지만 그런 모욕을 당했다고 내가 항의할 수 있는 처지는 아니었다. 차라리 나는 좀 더 어른스럽게 생각해 보기로 했다. 즉 내가 정말 모욕을 받았는가, 아니면 그렇지 않았는가에 대하여 생각하기 시작했다. 왜냐하면 몇 개월간 거인국에 있으면서 나는 내가 보는 모든 사물이 그저 일정 비율로 클 뿐이라는 사실을 알았기 때문이다. 거인들의 덩치와 겉모습을 보고 처음에 느꼈던 두려움은 많이 사라지고 그들의 모습이 당연하게 여겨졌다. 이때 내가 만일 영국의 귀족이나 귀부인들을 보았다면, 그들이 예복을 입거나 생일을 맞아 좋은 옷을 입은 채 정중하게 걷고, 허리를 굽혀 인사하고, 점잖게 말하고 행동하는 모습을 보았다면 거인국의 왕처럼 웃음을 터뜨렸을지도 모른다. 왕비가 나를 손에 올리고 전신거울을 볼 때, 나조차도 내 모습을 보고 웃음을 터뜨릴 때가 있었다. 우리 두 사람의 전신 모습이 거울에 비치는데, 둘을 비교해 보면 그 모습이 너무도 우스꽝스러웠기 때문이다. 이럴 때면 나는 거인들이 큰 것이 아니라 이들이 정상이고, 내가 작게 줄어들어든 것이 아닐까 하는 착각도 들었다.

난쟁이의 수작에 넘어가다

　나를 제일 화나게 하고 속상하게 만드는 것은 왕비가 데리고 있는 난쟁이였다. 이 난쟁이는 거인국에서 가장 작은 사람이었는데, 내가 보기에는 9미터가 채 안 되는 것 같았다. 그런데 자기보다 몸집이 작은 나를 보자 난쟁이는 엄청나게 건방지게 굴기 시작했다. 내가 왕비의 접견실 탁자 위에 서서 귀족이나 귀부인들과 함께 이야기를 나누고 있으면 그는 항상 으스대며 거만스럽게 내 옆을 지나갔다. 작다고 비웃는 말을 하지 않고는 그냥 지나치는 법이 없었다. 나는 그에 대한 대꾸를 하면서 복수를 했다. 이런 식의 말대꾸는 궁중에서 시중을 드는 사람들 사이에서는 아주 일상적으로 일어나는 일이었다.

　어느 날 만찬장에서 이 고약한 난쟁이는 내가 받아친 말에 잔뜩 약이 올랐다. 그는 왕비의 의자 팔걸이 위로 올라서더니 자리에 앉으려는 나의 허리를 낚아채고는, 내가 다치든 말든 아랑곳없이 크림이 담긴 큰 은사발에 나를 처박아 버렸다. 그러고는 재빨리 줄행랑을 쳤다. 나는 그릇에 거꾸로 처박혔는데, 그나마 헤엄을 잘 쳤기에 망정이지, 그렇지 않았더라면 죽었을지 모른다. 왕비는 너무 놀라 나를 도와줄 정신이 없었다. 다행히 글룸달리치가 만찬장 끝쪽에 있다가 나를 구하러 달려와 주었는데 나는 그때 이미 크림을

1리터도 더 먹은 뒤였다. 나는 곧바로 침대에 눕혀졌다. 다행히 다친 곳은 없었지만 옷을 완전히 버리게 되었다. 난쟁이는 그 벌로 심하게 매를 맞았고, 그 밖에도 나를 빠뜨린 그릇에 담긴 크림을 모두 마시는 벌도 추가로 받았다. 난쟁이는 그 일로 왕비의 눈 밖에 나게 되었다. 얼마 후 왕비는 어느 귀부인에게 그 난쟁이를 선물로 보내 버렸다. 그래서 나는 다시는 그를 보지 않아도 되었다. 나로서는 정말 다행이었다. 그 고약한 불한당이 무슨 앙갚음을 꾸미고 있을지 모를 일이었기 때문이다.

왕비는 내가 겁이 많다며 자주 놀렸다. 그녀는 내가 사는 곳의 사람들이 모두 나처럼 겁쟁이들인지 묻곤 했다. 이런 일도 있었다. 그 왕국에는 여름에 파리 떼가 몹시 성가시게 들끓었다. 징그러운 파리들은 크기가 던스터블 종달새만 했는데, 식사하는 동안에도 쉼 없이 귓전에서 윙윙거리며 맴돌아 도무지 쉴 틈을 주지 않았다. 때로는 내가 먹는 음식물에 내려앉아 역겨운 배설물을 싸거나 알을 낳아놓기도 했다. 그곳 사람들의 눈에는 보이지 않는 모양이었지만 내 눈에는 그게 너무도 뚜렷하게 보였다. 거인들의 큰 눈은 작은 물건을 보는 내 눈만큼 섬세하지 못했다. 파리는 내 코나 이마에 앉아 순식간에 내 살을 찔렀는데 그럴 땐 정말 고약한 냄새를 풍겼다. 게다가 내 눈에는 파리 떼들이 내뿜는 점액질도 매우 잘 보였다. 자연과학자들은 이 점액질 때문에 파리가 천장에 거꾸로 붙어 떨어지지 않고 돌아다닐 수 있다고 했다. 나는 징그러운 파리 떼로부터 자신을 지키려고 법석을 떨었고, 파리가 얼굴 쪽으로 날아오기만 해도 몸을 움찔했다. 난쟁이는 한 손으로 쉽게 파리들을 잡아 댔다. 영국에서 어린 학생들이 파리를 잡는 것과 비슷했다. 난쟁이는 잡은 파리들을 내 코에 대고 갑자기 날려 보내 나를 놀라게 했고 그 모습을 본 왕비는 웃음을 터뜨렸다. 그러면 나는 파리가 공중에서 날아올 때 칼을 들고 파리를 두 동강내 버렸다. 나의 정확한 칼놀림에 모두들 감탄을 하곤 했다.

어느 날 아침, 글룸달클리치는 내가 집안에 있을 때 집을 창가에 내놓았다. 소녀는 좋은 날씨에는 내가 바람을 쐬도록 그렇게 집을 창가에 놓아주곤 했다. 나는 내 집 창문 하나를 들어 올려 연다음 식탁에 앉아 아침식사로 달콤한 케이크 한 조각을 먹고 있었다. 그런데 20마리도 넘는 말벌들이 음식냄새를 맡고 방안으로 날아들기 시작했다. 윙윙거리는 소리가 수십 개의 백파이프가 한꺼번에 울려대는 소리보다 더 컸다. 몇 마리는 케이크에 달려들어 야금야금 그것을 먹어치웠다. 또 몇 마리는 내 머리와 얼굴 주위로 날아들었는데, 나는 그 소리에도 매우 놀랐을 뿐 아니라, 벌침을 맞을지 모른다는 극도의 공포감에 사로잡혔다. 하지만 나는 용기를 내어 단검을 빼어들고 날아다니는 말벌들을 공격했다. 그중 네 마리를 해치우자 나머지는 모두 도망쳐 버렸다. 그리고 나는 얼른 창문을 내렸다. 그곳의 말벌은 크기가 자고새만했다. 독침을 빼서 재어 보니 길이가 약 3.8센티미터나 되었고 바늘처럼 뾰족했다. 나는 독침을 모두 보관했는데, 귀국한 후 유럽 여러 나라에서 다른 신기한 물건들과 함께 전시해놓고 사람들에게 보여주었다. 영국에 돌아온 후 벌침 한 개는 내 개인 소장용으로 집에 두었고, 세 개는 그레셤 대학에 기증하여 아직까지 그곳에 보관되어 있다.

제4장
여왕과 함께한 국토탐방

이 나라에 대하여 간단히 설명하겠다. 사실 내가 여행을 했던 지역은 로브럴그라드를 중심으로 해서 3,218킬로미터밖에 되지 않는다. 왕비는 왕이 지방 순시를 나설 때마다 동행했는데 나는 항상 왕비를 수행했다. 왕비는 왕이 국경까지 갈 때에는 수도 주위까지만 따라갔으며 그곳에 머물면서 왕이 돌아올 때까지 기다렸다. 왕의 영토는 길이가 9,600킬로미터, 너비는 4,800~8,000킬로미터 정도 뻗어 있었다. 이로 보아 유럽의 지리학자들은 큰 오류를 범하고 있음이 틀림없었다. 그들은 일본과 캘리포니아 사이에는 바다밖에 없다고 생각한다. 하지만 내 생각에 그곳에는 거대한 타타르에 견줄 만한 대륙이 있다. 그래서 지구의 균형을 잡아주는 것이다.

왕국은 반도로 이루어져 있고 동북쪽 끝은 고도가 48킬로미터나 되는 산맥이 가로막고 있다. 산꼭대기에는 화산이 있기 때문에 산을 넘는 것은 불가능하다. 그래서 학식이 아주 풍부한 학자들도 산 너머에 누가 사는지, 사람이 살기나 하는 것인지 알 수 없었다.

나머지 삼면은 바다로 둘러싸여 있었다. 그렇지만 왕국 전체를 통틀어 항구는 한 군데도 없었다. 강 하구로 연결되는 해변은 날카로운 바위투성이였고, 항상 파도가 심하기 때문에 아무리 작은 배도 얼씬거릴 엄두를 내지 못했다. 사정이 이렇듯 보니 이곳 사람들은 다른 나라들과 전혀 교역을 하지 못하고 있었다.

다행히 큰 강에는 배들이 많이 다니고 좋은 생선도 많이 났다. 이들은 바다에서는 생선을 별로 잡지 않는데, 바다생선은 크기가 유럽에서 잡히는 생선만 해서 거인들로서는 잡을 필요가 없었기 때문이다. 조물주는 오로지 이 대륙에만 이렇게 어마어마하게 큰 동식물을 번식시킨 것이다.

거인국은 인구도 상당히 많았다. 큰 도시가 51개나 되고 성벽으로 둘러싸인 작은 도시가 100여 개, 그리고 작은 마을은 수도 없이 많았다. 로브룰그루드는 거인국의 수도로, 도심을 가로지르는 강을 중심으로 두 갈래로 나뉘어 있었다. 도시에 있는 가옥은 8만여 채였다. 도시의 길이는 3글론글렁, 영국식으로 치면 70킬로미터 정도이고, 폭은 2.5글론글렁이었다. 왕의 명에 따라 제작된 왕실 지도를 땅바닥에 펼쳐놓고 보면 크기가 30미터나 되었다. 나는 맨발로 여러 번 지도 위를 왔다 갔다 하며 직접 직경과 둘레를 재고, 자로 거리를 재어서 도시의 실제 크기를 비교적 정확히 계산해냈다.

왕궁은 제대로 계획적으로 만든 건축물이 아니고 대략 11킬로미터 반경 안에 건물들이 겹겹이 세워져 있었다. 중요한 방들은 보통 높이가 72미터는 되고, 그것과 비례해서 폭도 넓고 길었다. 글룸달클리치와 나를 위해 전용 마차가 주어졌는데, 소녀의 가정교사인 여성이 자주 우리를 시내로 데리고 나가 구경을 시켜주었고 쇼핑도 데리고 다녔다. 나는 항상 상자로 만들어진 집 안에 넣어진 채 그들과 함께 다녔다. 하지만 내가 원할 때 소녀는 수시로 나를 꺼내어 손에 들고 다녔다. 그래서 언제든지 거리의 집과 사람들을 편하게 볼 수 있었다. 우리가 타고 가는 마차의 크기를 어림잡아 보니 높이는 그보다 낮았지만 크기는 영국의 웨스트민스터홀과 비슷했다.

어느 날, 함께 간 가정교사는 마부에게 상점이 늘어선 거리 앞에서 잠시 멈추자고 했다. 이를 지켜보던 거지들은 이때다 싶어 마차 옆으로 우루루 몰려들었다. 유럽에서는 본 적이 없는 처참한 광경이었다. 한 여자는 유방암에 걸렸는지 가슴이 엄청난 크기로 부풀어 올라 있었고 온통 구멍투성이였다. 어떤 구멍은 너무 커서 내가 빠지면 온몸이 잠길 것 같았다. 어떤 남자는 목에 혹을 달고 있었는데, 그 크기가 양털을 담은 자루 다섯 개를 합친 것보다 더 컸다. 또 어떤 남자는 두 다리 모두 나무 의족을 하고 있었는데, 하나의 길이가 6미터쯤 되었다.

무엇보다도 가장 역겨운 것은 거지들의 옷에 기어 다니는 이였다. 맨눈으로도 이의 징그러운 다리들이 선명하게 보였다. 유럽에서 현미경으로 보던 이의 다리보다 더 또렷하게 보였다. 돼지처럼 숙주의 피부 속에 몸을 처박고 무엇인가를 빨아먹고 있는 이의 주둥이까지 보였다. 모두 처음 보는 이였는데, 속이 완전히 뒤집어질 정도로 역겨웠다. 그래도 제대로 된 연장만 있으면 한 마리를 해부해 보고 싶다는 생각이 들었지만 말이다.

왕비는 평소에 나를 넣어 다니는 큰 상자가 불편했는지 그보다 작은 상자를 하나 더 만들라고 명령했다. 새로 만든 상자는 넓이가 3제곱미터에다 높이는 3미터가 채 되지 않아 여행할 때 들고 다니기 매우 편했다. 처음 만든 상자는 글룸달클리치가 무릎에 올려놓기에 너무 컸고 마차 안에 싣고 다니기에도 거추장스러웠다.

작은 상자도 예전의 그 기술자가 만들었는데, 제작의 모든 과정을 내가 직접 지휘했다. 이 여행용 상자는 정사각형이었다. 세 면의 벽 한가운데에는 창문을 하나씩 뚫었다. 그리고 각 창문 바깥에는 쇠창살을 달아 장거리 여행 중에 일어날지 모르는 불의의 사고에 대비토록 했다. 창문이 없는 나머지 한쪽 벽에는 튼튼한 못 두 개를 박았다. 나를 데리고 다니는 사람이 말을 탈 때 그 못에 가죽 벨트를 끼워 허리에 차도록 하기 위해서였다. 글룸달클리치가 어쩌다 컨디션이 좋지 않아 나와 동행할 수 없을 경우 그 역할은 항상 내가 믿을 수 있는 충직한 하인에게 맡겼다. 왕과 왕비의 지방 순시에 함께 따라가거나 정원에 나가 산책할 때, 아니면 궁으로 귀부인이나 각료를 만나러 갈 때 그렇게 했다. 나는 고관들 사이에서 유명인사가 되었고 내게 존경을 표하는 이도 있었다.

때로는 마차 안에 있는 것이 지겨울 때도 있었다. 그럴 때면 말을 탄 하인이 내 상자를 허리띠에 묶은 다음 자기 앞에 있는 방석 위에다 올려놓았다. 그러면 나는 세 방향으로 난 창문을 통해 탁 트인 전경을 감상할 수 있었다. 상자 안에는 간이침대 외에도 천장에 걸어놓은 그물 침대 하나가 더 있었다. 그리고 테이블과 의자도 있었는데 모두 바닥에 단단히 고정시켜 말이나 마차 위에서 흔들려도 움직이지 않도록 했다.

시내를 둘러보고 싶을 땐 언제나 여행 상자에 들어갔다. 그러면 글룸달클리치는 제 무릎에 상자를 올려놓았다. 그리고 거인국에서 흔히 하는 대로 네 명의 가마꾼이 우리가 탄 사방이 트인 가마를 짊어졌다. 그때마다 마치 오픈 세단을 탄 기분이 들었다. 왕비의 호위병 두 명도 동행했다. 내 소문을 익히 들은 사람들은 호기심을 이기지 못하고 나를 보기 위해 가마 주위로 몰려들었다. 마음씨 착한 글룸달클리치는 가마를 멈추게 하고 나를 자기 한쪽 손에 올려놓아 사람들이 잘 볼 수 있도록 해 주었다.

어느 날 글룸달리치는 거인국에서 제일 높다는 대신전의 탑으로 나를 데리고 가 주었다. 그러나 예상 외로 몹시 실망하고 말았다. 지상에서 탑의 꼭대기까지 탑의 높이가 900미터 정도밖에 되지 않았기 때문이다. 거인국과 유럽 사람들의 덩치 차이를 감안한다면, 탑의 높이는 감탄할 만큼 대단한 것이 아니었다. 비율을 감안할 때 솔즈베리 첨탑에도 미치지 못했다. 그러나 내가 많은 신세를 졌다고 인정해야 할 나라의 명예를 손상시키지 않기 위해서, 이 탑이 그리 높지는 않아도 매우 아름답고 힘이 넘친다는 점만은 기록해 두고 싶다.

탑은 벽 두께가 30미터나 되었고, 잘 다듬어진 12제곱미터짜리 석재로 쌓아올려졌다. 사면에 있는 여러 개의 벽들은 실물보다 크게 만들어진 신과 국왕들의 대리석상으로 장식되어 있었다. 나는 그 가운데 어느 석상 하나에서 떨어져 내린 손가락 하나를 재어 보았다. 길이는 정확히 1.5미터였다. 글룸달클리치는 돌아올 때 그 새끼손가락을 손수건에 싸서 주머니에 넣었다. 그 또래 아이들이 보통 그렇듯 소녀도 그런 자질구레한 물건들을 매우 좋아했다.

왕궁의 부엌은 격조 높은 건물이었다. 천장은 아치형이었고 높이는 180미터쯤 되었다. 오븐은 세인트폴 성당의 지붕 아치와 비교해도 불과 몇 걸음밖에 차이가 나지 않을 정도로 컸다. 영국에 돌아온 후에 일부러 대성당의 아치를 직접 재어 보기까지 했기 때문에 정확하다. 하지만 내가 화덕이나 엄청나게 큰 항아리, 주전자, 꼬치에 꿰어진 채 빙빙 돌아가고 있는 고깃덩어리들을 비롯해 그 밖에 여러 장면들을 묘사한다고 해도 쉽게 믿기는 힘들 것이다. 이 글을 읽는 이들은 아마 내가 과장하고 있다고 생각할 것이다. 실제로 여행가들의 기록은 그런 의심을 받는 경우가 많다. 내 경우 이런 비난을 피하고자 지나치게 축소한 것이 아닌지 우려될 정도지만 말이다. 이 이야기가 거인국 브롭딩낵의 언어로 번역된다면, 이곳 백성들은 내가 자신들의 세계를 지나치게 과소평가 했다고 불평할 것이 분명하다.

왕은 왕실 마구간에서 말을 600마리 이상은 키우지 않았다. 말의 키는 보통 16~20미터 정도 되었다. 의식을 거행하기 위해 왕이 왕궁을 나설 때는 말 탄 민병대 500명이 엄중하게 호위했다. 나는 이보다 더 멋진 광경을 본 적이 없었다. 적어도 전투하러 떠나는 왕의 군인들을 보기 전까지는 그렇게 생각했다.

제5장
잔인한 여러 편의 에피소드

몸집이 작기 때문에 황당하고 우스꽝스러운 사고를 여러 번 당하지만 않았다면 나는 거인국에서 행복하게 지낼 수 있었을지도 모른다. 내가 당했던 고초들 중 아직까지 잊히지 않는 몇 가지 사건이 있다.

글룸달클리치는 나를 여행 상자에 넣어 왕궁의 정원에 자주 데려갔다. 어떤 때는 나를 상자에서 꺼내 자기 손에 올려놓거나 땅위에 내려놓아 걷도록 하였다.

왕비의 난쟁이가 추방당하기 전에 우리를 따라서 뜰로 걸어온 적이 있었다. 글룸달클리치는 나를 땅위에 내려놓았다. 난쟁이와 나는 키 작은 사과나무에 가까이 있었다. 영국에서처럼 거인국에서도 키 작은 나무를 난쟁이에 빗대어 놀리는 말이 있었는데, 나는 난쟁이를 사과나무에 빗대어 놀려댔다. 그 말을 듣고 약이 오른 고약한 난쟁이는 기회를 엿보다가 내가 사과나무 밑을 지나가는 것을 보고 내 머리 위의 나무를 마구 흔들어댔다. 그 바람에 사과 열 몇 개가 머리 위로 떨어지며 우르르 하는 소리가 귓전을 때렸다. 사과 하나가 브리스틀 와인 술통만 했다. 몸을 움찔 하는 사이, 나는 등에 사과 하나를 맞고 땅바닥에 엎어지고 말았다. 다행히 별다른 부상을 입지는 않았다. 내가 먼저 시비를 걸어 자초한 일이었기에 난쟁이는 벌을 면할 수 있었다.

또 어느 날 내가 혼자 풀밭에서 놀고 있을 때였다. 글룸달클리치는 가정교사와 함께 조금 떨어진 곳으로 산책을 가고 없었다. 그때 갑자기 엄청난 기세로 우박이 떨어지기 시작했다. 나는 순식간에 바닥에 쓰러지고 말았다. 그러자 우박은 무서운 기세로 나의 온몸을 내리쳤다. 마치 날아오는 테니스공에 쉴 새 없이 얻어맞는 듯했다. 나는 간신히 엉금엉금 기어서 레몬 타임 나무 옆에 숨을 곳을 찾았다. 그리고 한참 동안 얼굴을 땅에 묻은 채 바짝 엎드려 있어야 했다. 그 일로 머리부터 발끝까지 온몸에 타박상을 입었고, 열흘 정도 바깥출입도 할 수 없게 되었다.

그러나 이 정도는 그렇게 놀랄 일도 아니었다. 거인국에서는 자연현상의 강도도 그들의 몸집과 같은 비율로 크게 일어났다. 우박

역시 유럽에서 볼 수 있는 것보다 1800배 가까이 컸다. 호기심에 우박의 무게와 크기를 직접 재어 본 적이 있기에 자신 있게 말할 수 있다.

그 정원에서 더 위험한 사고를 당한 적도 있었다. 글룸달클리치가 안전한 곳에 나를 데려다 놓았을 때 일어난 일이었다. 나는 종종 그렇게 해 달라고 부탁했는데, 그런 곳에서는 긴장을 놓고 조용히 명상에 잠길 수 있었다. 여행 상자는 운반하기가 불편해 왕궁에 두고 왔다. 글룸달클리치는 가정교사를 비롯해 친분이 있는 귀부인들과 함께 정원 반대편에 가 있었다. 내가 소리를 쳐도 들리지 않을 만큼 그녀가 멀리 가 있는 동안, 수석 정원사가 기르는 작고 하얀 스패니얼 강아지가 우연히 정원에 들어 왔다. 강아지는 냄새를 맡고는 곧바로 내게 달려와 나를 덥석 물고 꼬리를 흔들며 곧장 주인에게 달려가 버렸다. 다행히 강아지는 나를 조심스럽게 땅바닥에 내려놓았고, 훈련이 잘 되어 있던 터라 이빨로 물어 날랐음에도 내 몸에 상처 하나 나지 않았다. 심지어 옷도 한 군데 찢어진 곳이 없었다. 나를 잘 알고 있던 그 수석 정원사는 평소에 내게 무척 친절하게 대해 주었는데, 그 일로 엄청나게 놀라며 미안해했다. 그는 두 손으로 나를 조심스럽게 들어 올린 다음 괜찮으냐고 물었다. 나는 숨만 할딱거릴 뿐 한 마디도 할 수 없었다. 잠시 후 내가 정신을 차리자 정원사는 나를 글룸달클리치에게 데려다 주었다. 그 사이 자리로 돌아온 글룸달클리치는 나를 애타게 찾고 있었다. 그녀는 상황을 전해 듣고 강아지를 잘 돌보라며 정원사를 호되게 나무랐다.

이 사건은 철저히 비밀에 부쳐졌다. 소녀는 왕비의 노여움을 살 것이 두려웠고, 나도 체면을 생각해 일이 알려지는 것을 원치 않았다. 이후로 글룸달클리치는 무슨 일이 있어도 나를 시야 밖에서 벗어나게 하지 않았으며 절대로 혼자 두지도 않았다. 오랫동안 나는 글룸달클리치가 이러한 생각을 할까봐 두려웠다. 그래서 내가 혼자 있을 때 일어났던 좋지 않은 사소한 일들은 이제까지 감추어 두었던 것이다.

어느 날 매 한 마리가 정원 위를 맴돌다가 나를 잡으려고 달려들었던 적이 있다. 나는 단호한 자세로 단검을 빼들고 잎이 무성한 나무 밑으로 숨어 들어갔다. 빠르게 대처하지 않았더라면 보나마나 매의 발톱에 채여 갔을 것이다. 또 한 번은 두더지 굴 위로 걸어가다가 흙을 퍼내는 구멍에 빠진 일도 있었다. 목까지 흙에 잠겨 옷이 엉망이 되었는데, 다른 핑계를 지어내 둘러대느라 한심한 거짓말을 얼마나 해댔는지 모른다. 달팽이집에 걸려 오른쪽 정강이뼈가 부러진 적도 있었다. 그리운 나의 조국, 영국을 떠올리며 하염없이 걷다가 재수 없이 걸려 넘어진 것이었다.

혼자 산책을 하다가 작은 새들과 마주친 적도 있었다. 나를 보고도 전혀 겁을 먹지 않는 새들을 보고 웃어야 할지 화를 내야 할지 난감했다. 새들은 내가 서 있는 1미터 근처까지 팔짝팔짝 뛰어왔는데, 나를 전혀 신경 쓰지 않고 저희들끼리 벌레나 먹이를 찾았다. 그리고 또 한 번은 개똥지빠귀 한 마리가 겁도 없이 내 손에 쥐여져 있던 빵 조각을 부리로 쪼아 낚아채 간 적도 있었다. 내가 잡으려고 하자 새들은 겁을 내기는커녕 마구 달려들어 손가락을 쪼아댔다. 나는 부리에 닿지 않도록 손을 빼는 수밖에 없었다. 그러면 새들은 뒤로 물러나 아무 일 없었다는 듯 다시 벌레나 달팽이를 잡곤 했다. 하루는 홍방울새를 보고 굵은 몽둥이를 힘껏 집어던졌는데, 운 좋게 적중해 놈을 쓰러뜨렸다. 그 홍방울새는 영국의 백조보다 몸집이 더 컸다. 나는 두 손으로 쓰러진 새의 목을 잡아 쥐고는 신이 나서 글룸달클리치에게 달려갔다. 그런데 잠깐 기절했던 새는 곧 정신을 차리고는 날갯짓으로 내 머리와 몸통을 수없이 때렸다. 지나가던 하인 한 명이 새의 목을 비틀어 나를 구해주어 벗어날 수 있었다. 왕비에게 청해 다음날 만찬 때 그 새 요리를 먹었다.

왕비의 시녀들은 자신의 처소에 글룸달클리치를 자주 초대했다. 시녀들은 나를 구경하는 것을 좋아했고 만져보고 싶어 했다. 그녀들은 나를 머리끝부터 발끝까지 완전히 발가벗긴 후 자기들 젖가슴 위에 눕히곤 했다. 그건 정말 역겨운 일이었다. 여자들의 피부에서는 정말 고약한 냄새가 났기 때문이다. 여인들을 흉보려는 심산에서 이런 말을 하는 것은 절대 아니다. 나는 그 여인들을 정말

존중한다. 다만 덩치가 작은 만큼 감각은 더 예민했다는 사실을 강조하고 싶은 것이다. 특히 향수 냄새를 맡으면 나는 그 자리에서 거의 기절할 지경이었다. 차라리 향수를 뿌렸을 때보다 아무 것도 바르지 않은 맨살 냄새가 훨씬 견딜 만했다. 릴리풋 왕국에 있을 때 허물없는 사이였던 친구 한 명이 이런 불평을 한 적이 있었다. 이 친구는 더운 날 내가 운동을 하고 나면 내게서 몹시 악취가 난다고 했다. 나는 영국의 다른 남자 성인들에 비해 몸에서 냄새가 많이 나는 편이 절대로 아니어서 의아하게 생각했었다. 지금 돌이켜 보니 내 후각이 거인들보다 뛰어나듯, 그 소인국 친구도 나보다 후각이 더 예민했던 모양이다. 그러나 한 가지 분명히 말해 두고 싶은 점이 있다. 나의 주인인 왕비와 보모인 글룸달클리치에게서만큼은 영국의 여느 귀부인 못지않게 향기로운 냄새가 났다는 것이다.

글룸달클리치가 나를 데리고 시녀들의 처소에 방문했을 때 가장 불쾌했던 것은 그녀들이 내게 아무런 예의를 차리지 않는 것이었다. 그녀들은 나를 아무렇게나 막 대해도 되는 존재로 취급했다. 내가 보는 앞에서 으레 옷을 훌렁 다 벗고 속옷을 걸쳤다. 화장대 위에서 시녀들의 벗은 몸을 똑바로 보고 있어도 욕정이 생기기는커녕 끔찍하고 역겨울 뿐이었다. 시녀들의 피부는 가까이서 보니 매우 거칠고 울퉁불퉁했으며 색깔도 알록달록했다. 크기가 나무쟁반만한 점이 여기저기 보이고, 점에서 솟아난 털들은 포장용 노끈보다 더 굵었다. 다른 시녀들도 모두 마찬가지였다. 시녀들은 내가 보든 말든 아랑곳하지 않고 마신 것을 배출해냈다. 소변을 한 번 누면 4,000리터짜리 요강에 500리터씩 쏟아냈다. 시녀 중 가장 미모가 뛰어나고 장난기가 많은 16세 소녀는 나를 가끔 자기 젖꼭지에 올려놨다. 그리고 다른 장난도 많이 쳤는데, 떠올리는 것조차 불쾌할 뿐이다. 어쨌든 나는 글룸달클리치에게 다시는 그 시녀를 만나고 싶지 않으니 무슨 핑계든 둘러대라고 졸랐다.

어느 날, 글룸달클리치 가정교사의 조카뻘 되는 한 젊은이가 찾아왔다. 그는 두 사람을 졸라 기어코 사형장에 구경을 가자고 했다. 자기와 친한 사람을 죽인 죄인을 처형한다는 것이었다. 글룸달클리치는 가고 싶은 생각이 없었지만 겨우 설득해 함께 가기로 했다. 그런 종류의 구경거리는 싫어했지만 대단한 구경거리일 것이라는 호기심이 발동하기도 했다. 사형수는 처형대 위 의자에 묶인 채 앉아 있었다. 길이가 12미터나 되는 검으로 목을 내려치자 죄인의 머리는 단칼에 베어졌다. 잘려나간 혈관과 동맥에서는 엄청난 양의 피가 솟구쳐 올랐다. 그 기세는 베르사이유 궁전의 거대한 분수와는 비교도 안 될 정도였다. 처형대 바닥에 굴러 떨어진 머리통이 얼마나 높이 튕겨 올랐던지 나는 1.6킬로미터나 떨어진 곳에 있었는데도 깜짝 놀랐다.

왕비가 보트를 하사하다

왕비는 내가 바다 여행에 대해 이야기하는 것을 좋아했다. 내가 우울해 할 때면 그녀는 내 기분을 어떻게든 풀어주려고 애썼다. 돛과 노를 다룰 줄 안다면 운동 삼아 노를 저어보라고 권했다. 내가 배에서 원래 맡은 일은 외과 의사나 일반 의사였다. 하지만 위험한 상황이 닥치면 나도 일반 선원처럼 일을 해야 했기 때문에 노를 다룰 줄 알았다. 그러나 이 나라에서 제일 작은 나룻배도 우리가 보기에는 초대형 군함과 맞먹을 정도로 거대했다. 내 손으로 조종할수 있을 리 만무했다. 우리나라에서 하던 대로 했다가는 이곳 강물의 흐름을 절대로 이겨내지 못할 것이었다. 왕비는 내가 보트를 설계하면 전속 목수를 시켜 배를 만들고, 배를 띄울 만한 장소도 물색해 주겠노라고 했다. 목수는 천재적인 기술자였다. 그는 나의 지시에 따라 열흘 만에 모든 장구를 제대로 갖춘 유람선 한 척을 만들어냈다. 유럽인 여덟 명이 편하게 탈 수 있는 배였다. 배가 완성되자 왕비는 기쁜 나머지 배를 치마폭에 싸안고 왕에게 달려갔다. 왕은 큰 통에 물을 붓고 시험 삼아 내가 탄 배를 띄워 보라고 명했다. 왕비는 목수에게 미리 부탁해 놓았던 길이 90미터, 너비 15미터, 깊이 2.5미터짜리 나무 물통을 가져오게 했다. 물이 새지 않도록 안쪽에 칠을 꼼꼼하게 한 후 성벽을 따라 있는 왕궁 바깥 쪽 방의 바닥에 가져다놓았다. 통 바닥에는 마개가 하나 있어 물이 탁해지면 뺄 수 있도록 했다. 하인 두 명이 30분이면 다시 물을 채울 수 있었다. 나는 이 나무통에 수시로 배를 띄워 노를 저으며 기분 전환을 했다. 때로는 왕비와 귀부인들을 즐겁게 해 주었는데, 모두들 내가 민첩하고 능숙하게 배를 다루는 솜씨를 보고 좋아했다. 돛을 올리고 키만 조정하면 귀부인들이 부채질로 강풍을 만들어 주었다. 그러면 나는 자유자재로 배를 돌려가며 항해 솜씨를 과시했다. 노를 다 젓고 나면 글룸달클리치가 배를 자기 방으로 가져가서 못에 걸어놓고 말려 주었다.

이렇게 배를 타다가 한 번은 사고를 당해 목숨을 잃을 뻔도 했다. 시중을 드는 아이 한 명이 내 배를 나무통에 띄웠고, 글룸달클리치의 가정교사가 매우 조심스럽게 나를 들어 올려 배 위에 내려놓으려던 참이었다. 내 몸이 가정교사의 손가락 사이로 빠져나와 미끄러진 것이다. 12미터 아래 바닥으로 추락하기 직전이었다. 다행히 하늘이 도와 내 몸은 가정교사의 가슴 장식에 붙어 있던 예쁜 핀에 걸렸다. 핀의 머리 부분이 내 셔츠와 허리띠 사이를 지나갔고, 글룸달클리치가 달려와서 구해줄 때까지 나는 허공에 매달려 있었다.

사흘에 한 번씩 나무통에 물을 갈아주는 일을 하는 하인이 있었다. 한 번은 그가 부주의하게도 물동이 속에 몸집 큰 개구리가 있는 것을 미처 보지 못하고 그대로 물을 부어버렸다. 그 바람에 나무통 안에 개구리가 들어오게 되었다. 개구리는 물속에 가만히 숨어 있다가 내가 배에 오르자 껑충 뛰어올랐다. 그 바람에 배는 한쪽으로 크게 기울어졌고 나는 온 체중을 반대편으로 실어 배가 뒤집히는 것을 간신히 막을 수 있었다. 그러나 배에 올라 탄 개구리는 단번에 배 한가운데까지 껑충 뛰어와서는 내 머리 위를 뛰어넘었다. 이렇게 몇 번 왔다 갔다 하면서 얼굴과 옷에 끈적끈적한 점액을 덕지덕지 묻혀놓았다. 개구리가 어찌나 컸던지 그보다 더 징그럽게 생긴 동물은 또 없을 듯싶었다. 그럼에도 나는 글룸달클리치에게 내 힘으로 처리하겠다고 말한 뒤 노 하나를 집어 들고 그대로 내려쳤다. 그제야 겨우 개구리는 배에서 뛰어내렸다.

원숭이에게 납치되다.

내가 당했던 사고 중에 가장 위험했던 것은 원숭이 사건이었다. 왕실 부엌에서 일하는 시종이 키우던 원숭이가 있었다. 그날은 어쩐 일인지 글룸달클리치가 나를 방 안에 둔 채 문을 잠그고 외출했던 날이었다. 날씨가 너무 더워서 방 창문은 열려 있었고 내 집의 창문과 문도 다 열려 있었다. 나는 평소 상자로 만든 집에서 지냈는데, 넓기도 하고 지내기가 편했기 때문이다. 탁자 앞에 앉아 가만히 생각에 잠겨 있었는데 창문 밖으로 무엇인가 뛰어다니는 소리가 들리기 시작했다. 깜짝 놀란 나는 의자에서 몸을 움직이지 않고 밖을 내다보았다. 장난을 좋아하는 원숭이가 이리저리 뛰어다니고 있었다. 원숭이는 내가 들어있던 커다란 상자를 발견하고는 다가왔다. 창문을 통해 나를 들여다보며 재미있어하는 것 같았다. 나는 상자의 가장 먼 쪽 구석으로 몸을 피했다. 원숭이가 구석구석 살펴보는 통에 나는 너무 겁을 먹어 침대 밑으로 기어들어 숨을 생각조차 하지 못했다. 원숭이는 그렇게 얼마 동안 방 안을 들여다보면서 이빨을 드러내고 깩깩 거리더니 마침내 나를 발견했다. 그러고는 마치 고양이가 생쥐를 데리고 놀듯이 앞발 한 쪽을 방문 안으로 집어넣었다. 나는 그놈을 피하기 위해 계속 자리를 바꿔 이리저리 옮겨 다녔으나 결국 외투깃을 잡혀 밖으로 끌려 나가고 말았다. 놈은 오른쪽 앞발로 나를 들어 올리더니 엄마가 아이에게 젖을 먹일 때처럼 나를 끌어안았다. 유럽에 있을 때 원숭이가 고양이 새끼를 데리고 이 같은 행동을 하는 것을 본 적이 있었다. 내가 몸부림을 치자 원숭이는 나를 더 세게 껴안았다. 나는 얌전히 있는 게 차라리 낫겠다는 생각이 들었다. 놈은 나를 자기 새끼로 착각하는 것이 분명했다. 왼쪽 앞발로 내 얼굴을 부드럽게 토닥거렸다. 놈이 한창 나를 가지고 놀고 있을 때 방문 쪽에서 소리가 났다. 누군가가 문을 여는 소리였다. 그러자 원숭이는 아까 들어왔던 창문 쪽으로 냅다 뛰었고, 다시 물받이 홈통 위로 껑충 뛰었다. 앞발 하나로는 나를 잡고 나머지 세 발로 이웃 건물 지붕으로 기어 올라가 버렸다. 원숭이가 나를 데리고 나가는 바로 그 순간 글룸달클리치의 비명이 들렸다. 그녀는 거의 미친 듯이 소리를 질러댔다. 왕궁 일대가 온통 뒤집어졌다. 하인들은 사다리를 가지러 뛰어갔고, 수백 명이 몰려 나와 지붕 끄트머리에 앉아 있는 원숭이를 쳐다보고 있었다. 원숭이는 한쪽 앞발로는 나를 자기 새끼인 양 껴안고, 다른 한 발로 무엇인가를 내 입에 억지로 쑤셔 넣었다. 내가 먹지 않자 가볍게 등을 두드려 주기까지 했다. 아래서 이 모습을 보고 있던 사람들은 웃음을 참지 못하고 폭소를 터뜨렸다. 웃는 사람들을 마냥 욕할 수 없었던 것이, 누가 봐도 우리의 모습은 우스꽝스러웠기 때문이다. 원숭이를 끌어 내리기 위해 돌을 던지는 사람들도 있었는데, 곧 엄격히 제지받았다. 자칫하다간 돌에 맞아 내 머리가 박살 날 수 있었기 때문이다.

드디어 사다리가 걸쳐졌고 나를 구조하기 위한 대원 몇 명이 지붕으로 올라왔다. 원숭이는 완전히 포위되었다는 것을 알고 재빨리 달아나 버렸다. 나는 지상 90미터 높이에 홀로 앉아 있었다. 머리가 어지럽고 다리가 후들거렸다. 바람이라도 불어온다면 당장 지붕 꼭대기에서 처마까지 굴러 떨어질 기세였다. 그 사이에 글룸달클리치를 돕던 하인 한 명이 올라와서 나를 주머니에 넣고 땅바닥에 내려놓아 주었다.

원숭이가 내 목구멍에 억지로 쑤셔 넣은 더러운 음식물 때문에 나는 거의 질식사할 뻔했다. 글룸달클리치가 작은 바늘로 막힌 음식물을 꺼내주자 구토가 밀려왔고, 막힌 것을 모두 토해내고 나니 속이 아주 편안해졌다. 그래도 여전히 나는 기운을 소진한 상태였고, 그 고약한 놈이 으스러질 정도로 내 몸을 세게 잡는 바람에 양쪽 옆구리에 피멍이 들었다. 결국 2주 동안이나 앓아누워야 했다. 왕과 왕비, 그리고 왕궁의 모든 사람이 매일 사람을 보내와 안부를 물었고, 특히 왕비는 몇 번이나 몸소 병문안을 왔다. 그 원숭이는 도살되었고, 왕궁 안에서 그런 짐승을 절대로 기르지 말라는 금지령이 떨어졌다.

몸이 회복된 뒤, 왕에게 문안인사를 하러 가자 왕은 이 사건을 떠올리며 무척 재미있어 했다. 내게 원숭이 앞발에 안겨 있을 때 기분이 어땠으며, 무슨 생각을 했느냐고 물었다. 원숭이가 준 음식 맛이 어떠했으며, 원숭이가 어떻게 먹이를 주었느냐고도 물었다. 지붕 위에서 신선한 공기를 쐬고 나니 입맛이 나아졌느냐는 짓궂은 농담도 했다. 또 영국에 있었으면 내가 그 같은 상황에서 어떻게 행동했을지에 대해서도 궁금해 했다. 유럽에서는 사람들의 호기심을 만족시키기 위하여 다른 지방에서 데려오는 원숭이밖에 없으며, 그것도 아주 작은 원숭이들이기 때문에 만일 그들이 나를 공격한다면 한꺼번에 열두 마리를 당해낼 수 있다고 대답하였다. 그리고 지난번 나를 공격했던 괴물 같은 원숭이에 대해서도, 내가 단검을 빼어들어 공격하려 했다면 그 전에 얼마든지 그럴 수도 있었을 것이라고 대답했다. 혹시라도 용기를 의심받을까봐 나는 분연히 일어서서 눈을 날카롭게 치켜뜨고 칼자루를 움켜쥐었다.

그러나 나의 말은 웃음거리밖에 되지 않았다. 그것을 본 나는 자신보다 월등히 높은 사람들 앞에서 보잘것없는 사람이 명예를 지키기 위하여 노력하는 것이 얼마나 헛된 일인가를 알 수 있었다.

매일 나는 왕궁에서 우스꽝스러운 이야기를 제공하고 있었다. 글룸달클리치는 나를 무척 아꼈지만, 내가 어리석은 일을 저질렀을 경우, 그것이 왕비에게 유쾌한 이야깃거리가 된다고 생각하면 낱낱이 고하였던 것이다.

건강이 나빠진 글룸달클리치를 위하여 그녀의 가정교사와 함께 약 30분의 시간이 걸리는 50킬로미터 정도 떨어진 곳으로 산책을 나간 일이 있었다. 들판 사이에 난 작은 길에 다다르자 두 사람은 마차에서 내렸고, 글룸달클리치는 내 여행 상자를 내려놓았다. 나는 상자에서 나와 근처를 거닐었다. 그 길에는 소가 누었던 똥이 있었다. 그것을 뛰어넘기 위해서는 있는 힘을 다해야 할 것 같았다. 껑충 뛰었으나 발이 미처 닿지 못했기에, 똥 무더기 한가운데에 무룰까지 푹 빠지고 말았다. 간신히 헤치고 걸어 나왔을 때 마부가 손수건을 꺼내 닦아주었지만 똥은 온몸에 묻어 있었다. 글룸달클리치는 궁으로 돌아올 때까지 나를 상자 안에 넣어 두고 꺼내주지 않았다. 왕비는 들판에서 벌어진 일을 소상히 보고받았고, 또 그 마부가 궁 전체에 소문을 퍼뜨렸기 때문에 모두들 며칠 동안 나를 안주 삼아 신나게 떠들어댔다.

제6장
왕과 왕비를 기쁘게 하다

나는 매주 한두 번 궁중에서 거행하는 의전 행사에 참석했다. 이따금씩 이발사가 왕의 수염을 깎는 장면을 자주 목격했는데, 처음 봤을 때는 정말 무시무시했다. 면도칼의 길이가 우리가 쓰는 보통 낫의 두 배는 되었기 때문이다. 이 나라의 관습에 따라 왕은 1주일에 딱 두 번만 면도를 했다. 한 번은 이발사에게 부탁하여 왕이 면도하고 남은 거품을 얻을 수 있었다. 나는 그 거품 속에서 굉장히 굵은 털 40~50개를 주웠다. 그리고 얇은 나무판을 마련해서 머리빗 뼈대처럼 만들고, 거기다 글룹달클리치에게 얻은 작은 바늘로 일정한 간격으로 구멍을 뚫었다. 마지막으로 주머니칼로 수염 끝을 날카롭게 다듬어 구멍에 일일이 끼워 넣은 다음 단단히 잡아매었다. 꽤 쓸 만한 머리빗이 완성된 것이다. 가지고 있던 빗은 이가 거의 다 빠져 쓸 수 없게 되었던 참이었다. 거인국에서는 아무리 솜씨 좋은 기술자도 내 머리를 빗질할 수 있을 만큼 섬세하고 정교한 빗을 만들 수 없었다.

그것을 계기로 여가 시간을 보낼 소일거리 하나가 떠올랐다. 나는 왕비를 모시는 시녀에게 부탁해 머리를 빗을 때 빠지는 왕비의 머리카락을 제법 많이 구해왔다. 그다음은 내 물건을 전담하는 목수와 의논하여 의자 뼈대 두 개를 만들라고 지시했다. 크기는 내 상자 안에 있는 것보다 크지 않도록 했다. 등받이와 좌석 부분은 내가 설계하여 가는 송곳으로 작은 구멍을 뚫었다. 그 구멍에 제일 튼튼한 머리칼을 골라 끼워 넣으니 영국에서 쓰는 등나무 의자가 되었다. 나는 그것을 왕비에게 선물로 바쳤다. 왕비는 의자를 장롱에 넣어두었다가 진귀한 물건이라며 사람들에게 자랑했다. 의자를 구경한 사람들은 하나같이 벌어진 입을 다물지 못했다. 나는 자신감이 생겨서 남은 머리카락으로 작고 예쁜 주머니를 하나 만들었다. 길이는 150센티미터가량 되는데 겉에 왕비의 이름을 금실로 수놓았다. 그리고 왕비의 허락을 얻어 이 주머니를 글룸달클리치에게 선물했다. 주머니는 실제로 사용하는 용도가 아닌 장식용이었는데, 조금 큰 동전이라도 안에 넣으면 그 무게를 견디기 힘들었다. 글룸달클리치는 주머니 안에 소녀들이 좋아하는 작은 노리갯감만 몇 개 넣어 다녔다.

　음악을 좋아하는 국왕은 자주 연주회를 열었다. 가끔씩 나도 초청을 받았는데, 상자에 넣어져서 탁자에 올려진 채 음악을 들었다. 하지만 음악 소리가 너무나 컸기 때문에 음정을 거의 구분할 수가 없었다. 영국군의 드럼과 트럼펫을 모두 동원해 귀에 바짝 갖다 대고 울려대더라도 거인들의 연주소리를 따라잡을 수는 없을 것이라고 나는 확신한다. 나는 해결방안으로 연주석에서 가능한 한 먼 곳에 내 상자를 옮겨달라고 부탁했다. 방문과 창문을 모두 닫아걸고 커튼까지 쳤다. 그제야 그나마 들어줄 만한 음악이 되었다.

　나는 어릴 때 오르간을 조금 배운 적이 있었다. 글룸달클리치의 방에도 오르간이 한 대 있었는데, 1주일에 두 번 과외 선생이 와서 교습을 해 주었다. 내가 이 악기를 오르간이라고 부르는 것은 외관상 닮았고 연주법도 같았기 때문인데, 문득 내가 오르간으로 영국 음악을 연주해 주면 왕과 왕비가 좋아하지 않을까 하는 생각이 들었다. 하지만 엄청나게 어려운 일이 될 것 같았다. 오르간의 전체 폭은 18미터나 되었고, 건반 하나의 폭도 자그마치 30센티미터였다. 두 팔을 아무리 길게 벌려 봐도 건반 다섯 개밖에 닿지 않았다. 또 건반을 누르려면 주먹을 쥐고 제법 세게 내리쳐야 하는데, 힘도 들거니와 별 소용도 없었다. 그때 생각해 낸 방법이 있었다. 우선 흔히 보이는 몽둥이 크기의 둥근 막대기 두 개를 준비했다. 한쪽 끝

을 다른 쪽 끝보다 조금 더 굵게 만든 다음, 굵은 쪽을 쥐가죽으로 싸서 건반을 두드리는 것이었다. 그렇게 하면 건반도 상하지 않을 것이고 음도 중간에 끊기는 일이 없을 것이라는 생각이 들었다.

나는 오르간 건반 밑 120센티미터 떨어진 지점에 긴 의자를 하나 갖다놓고 나를 그 위에 올려달라고 부탁했다. 그리고 이쪽에서 저쪽으로 최대한 빨리 뛰어다니며 막대기 두 개를 사용해 맞는 건반을 찾아 두드렸다. 이렇게 빠른 춤곡을 한 곡 연주해냈다. 국왕 부부는 대단히 흡족해했다.

내 생전에 그처럼 격렬하게 뛰어다녀 본 적은 아마 없었을 것이다. 그럼에도 건반은 열다섯 개 이상은 연주할 수 없었고, 그래서 다른 연주자들처럼 최저음과 최고음을 모두 낼 수 없었다. 내 연주의 가장 큰 약점이었다.

영국에 대해 강의하다

누차 강조했지만 왕은 매우 영리했다. 그는 나를 상자에 담아와 자기 방 탁자 위에 올려놓으라고 명령했다. 그리고 내게는 의자를 하나 꺼내 가지고 나와서 자신의 방 옷장 꼭대기에 올라가 앉으라고 했다. 그렇게 하면 나는 3미터가 채 되지 않는 거리에서 거의 같은 높이로 왕의 얼굴을 바라볼 수 있었다. 이런 식으로 우리는 몇 차례 대화를 나누었다.

어느 날 나는 용기를 내어, 유럽과 그 밖의 세상에 대한 국왕의 비웃음은 그가 지니고 있는 훌륭한 인품과 잘 어울리지 않는다고 이야기했다. 사람의 덩치가 크다고 이성도 같이 커지는 것은 아니며, 오히려 그 반대로 유럽에서는 키가 큰 사람들이 거의 이성이 부족하다는 인식이 있다는 것도 알려주었다. 특히 꿀벌과 개미 같은 동물은 큰 동물보다도 더 부지런하고 재능과 재주도 더 많다는 말도 덧붙였다. 또한 왕은 나를 하찮은 존재로 여기지만, 그래도 나는 왕에게 무엇인가 뜻있는 봉사를 하고 싶다는 뜻을 내비쳤다.

왕은 내 말을 주의 깊게 들었다. 내 말을 수긍한 왕은 내게 영국 정부에 대한 이야기를 해 달라고 했다. 그는 군주란 자기 나라의 관습을 엄격히 지켜야 하지만, 배워서 따라해야 할 점이 있다면 기꺼이 귀를 기울이고 싶다고 했다. 왕은 나와의 대화를 통해 다른 왕국의 존재를 인식하기 시작한 것이다.

그때 나는 내게 그리스의 데모스테네스나 로마의 키케로의 혀가 주어졌으면 하는 마음이 간절했다.

나는 우선 왕에게 영국이 두 개의 섬으로 이루어져 있고, 강력한 세 개의 왕국을 한 명의 군주가 통치한다고 했다. 그리고 영국 의회에 대해 설명했다. 의회는 주교의 지위를 가진 몇 명의 신성한 사람들이 차지하고 있다. 이들은 종교의 가르침을 전파하고 신의 이름으로 사람들을 보살피는 일을 한다. 즉, 성직자들과 일반 국민의 정신적 아버지인 것이다. 주교는 생활이 깨끗하고 학식의 깊이를 인정받은 사제들 가운데에서 선발되는 명예로운 지위다.

의회에는 하원이라고 불리는 모임이 있다. 하원의원은 국민에 의해 자유롭게 선출되어, 국민의 목소리를 대변하는 역할을 한다. 상원과 하원은 유럽에서 가장 장엄한 의회를 형성하고 있으며, 국 왕과 함께 법률제정에 관한 일들을 처리한다.

나는 법원에 대해서도 이야기를 했다. 이곳에서는 현명하고 존 경받는 법관들이 악에 대한 징벌을 한다. 또 개인의 권리와 재산에 관한 문제가 생겼을 경우, 옳고 그름을 판단하여 죄 없는 사람을 보호하는 일을 주관하고 있다.

나는 각 종교나 종파에 얼마나 많은 사람들이 있는가, 또는 각 정당에 얼마나 많은 사람들이 있는가를 계산하여 영국 국민의 수 를 산출해 내었다. 운동이나 오락을 포함하여 영국의 명예를 선전 할 수 있을 것이라고 생각되는 것은 어떠한 것도 빠뜨리지 않았다. 마지막으로 나는 지난 100년간 영국에서 일어났던 역사적인 사건 들을 간추려 이야기하는 것으로 나의 말을 정리하였다.

이런 식으로 왕과의 대화는 다섯 차례 이상 이루어졌는데, 한 번 이야기를 시작하면 몇 시간씩 걸렸다. 왕은 큰 관심을 가지고 모 든 이야기를 들어주었다. 내가 하는 말을 수시로 받아 적었으며, 의 문이 가는 점도 꼼꼼하게 적어두었다.

긴 이야기를 모두 마무리하자, 왕은 그동안 적어두었던 사항에 대해 일일이 자신의 견해를 밝혔다. 회의적인 반응을 보이기도 했으며 질문을 하거나, 반대되는 생각을 내놓았다. 그는 영국의 젊은 귀족들이 마음과 몸을 단련하기 위해 어떠한 방법을 사용하는가, 그리고 그들이 대체로 무엇을 하면서 교육을 받는가에 대하여 물었다. 만일 한 귀족의 혈통이 끊어졌을 경우, 상원의회의 빈자리를 메우기 위해 어떤 방법을 사용하는가, 새로 귀족이 되기 위해서는 어떤 자격이 필요한가, 군주의 마음에 의해서인가, 아니면 궁중에 있는 귀부인이나 총리대신에게 돈을 주어야 하는가, 국민들의 이익에 어긋나는 정당을 강화하려는 계획이 새로운 귀족을 만드는 동기가 된 일은 없었는가, 귀족들은 국민들의 재산을 결정하기 위하여 자기 나라의 법을 얼마나 알고 있는가, 그들은 탐욕과 집착과 욕망에서 벗어나 있는가, 뇌물을 받거나 하는 나쁜 자리는 없는가, 신성한 주교들이 종교적인 지식과 거룩한 생활태도 때문에 그 지위에 오르게 되었는가, 그들이 아직 배우는 사제였을 때 현실과 적당히 타협한 적은 없는가, 귀족들을 위한 주교가 되어서 의사당에 가서도 그 귀족의 견해를 노예처럼 계속 따르는 사람은 없는가에 대해서도 오랜 시간에 걸쳐 질문했다.

국왕은 내가 하원의원이라고 말한 사람들을 선출하는 데 어떤 절차가 적용되는지에 대해 알고 싶어 했다. 다른 지역의 재력가가 돈으로 일반 유권자를 매수하는 일은 없는가, 의회에 들어가기 위해 가산까지 탕진하는 경우가 있다고 했는데, 월급이나 연금도 없는 하원의원이 되기 위해 그렇게까지 안달하는 이유는 무엇인가에 대해 그는 물어보았던 것이다.

국가의 중역들이 투철한 덕과 공공정신을 갖고 있는 것처럼 보이지만, 그들의 진정성과 성실성에 의심을 갖는 것 같았다. 또 이들이 그동안의 노력이나 투자한 돈을 보상받고자 공익을 저버리고 부패한 각료와 결탁하는 것은 아닌지 알고 싶어 했다.

그는 영국의 재판소에 대해서도 몇 가지 미진한 점을 갖고 있는 듯했다. 이것은 내가 가장 자신 있게 대답할 수 있는 분야였다. 예전에 고등법원에서 길게 재판을 끄는 통에 거의 파산할 지경에 빠진 적 있기 때문이었다. 내게 유리한 판결이 내려져서 비용도 돌려받을 수 있었다. 왕은 다음과 같은 질문을 던졌다. 시시비비를 가리는 데는 보통 시간은 얼마나 걸리는가, 비용은 어느 정도 드는가, 변호사나 웅변가가 부당하고 억압적인 주장을 펼치지는 않는가, 종파나 정당이 사법부의 판단에 영향을 미치지는 않는가, 변호사들은 형평법에 관한 전반적인 지식을 갖추고 있는가, 변호사나 판사들이 법 제정에 참여하고 이들이 법을 마음대로 해석하지는 않는가, 같은 사건을 두고 때에 따라 상반된 결정을 내린 적은 없는가, 똑같은 판례를 가지고 서로 정반대되는 해석을 하지는 않는가, 변호를 해

주거나 의견을 내어 준 대가로 금전적인 대가를 받지는 않는가, 법을 다루는 사람들이 하원의원으로 선출된 적은 없는가 하는 것들이었다.

다음으로는 재정에 관한 질문이 이어졌다. 먼저 그는 내 기억력을 의심했다 왜냐하면 내가 처음에 1년에 거둬들이는 세금이 500만~600만 파운드 정도가 된다고 계산했다는데, 내 이야기를 계속 듣다보면 그 액수가 두 배가 넘을 때가 있다는 것이었다. 왕은 아주 정확하게 지적했다. 그는 우리의 재정 관리법을 숙지하고 싶었기 때문에 더욱 주의 깊게 계산했다고 했다. 그는 왕국이 어떻게 파산할 수 있는 것인지 도무지 이해가 되지 않는 모양이었다. 왕은 도대체 왕국의 채권자가 누구인지 물었다. 그리고 돈은 어디서 구해 빚을 갚아야 하는지도 물었다.

나는 유럽국가들 간의 치열한 전쟁에 대해서도 언급했는데, 그 말을 듣자 그는 우리가 전쟁을 좋아하는 국민이거나, 아니면 이웃 나라들이 그렇거나 둘 중 하나임에 틀림없다고 말했다. 또 우리나라 장군들이 왕보다도 재산을 많이 탐하고 있는 것이 아니냐고 물었다. 국왕은 영국이 무역이나 조약을 체결하고, 함대로 해변을 방어하는 일 외에도 섬 바깥에서 하는 일들에 관심이 많았다. 특히 전쟁이 없는 평화로운 시기에도 자유민들로 용병을 구성해 운영한다는 말을 듣고는 크게 놀랐다. 국민들의 합의 아래 국민의 대표자들이 나라를 다스리는데, 무엇을 두려워하고 누구를 상대로 싸우려고 하는지 이해할 수 없다고 했다. 자신의 집은 길거리에서 돈을 주고 고용한 몇 명의 사람들을 불러서 지키는 것보다 그 자신과 자녀들 그리고 가족들이 더욱 잘 지킬 수 있지 않느냐는 것이다. 고용된 사람들은 그 사람이나 가족들을 죽임으로써 임금보다 수백 배나 많은 이익을 볼 수 있다는 것이다.

왕은 내가 종파나 정당에 소속된 사람들의 수를 합산해서 전체 인구를 산출해내는 방식이 아주 희한하다며 비웃었다. 그는 내 계산 방식을 희한한 산수법이라고 불렀다. 또 왜 공익에 해가 되는 의견을 가진 사람은 자신의 입장을 바꾸어야 하는지, 남들과 다른 의견은 왜 배척당하는지 그 이유를 모르겠다고 했다. 사상을 강요하는 것은 독재와 다름없다는 것이다. 누구든지 자기 집 안방에 독약도 보관할 수 있는 자유가 있고, 다만 그것을 보약이라고 속여서 파는 일만 금지하는 것이 국가가 해야 할 일이라고 했다.

귀족이나 신사들이 즐기는 오락이라며 도박에 관해 말한 것도 그는 관심을 보였다. 도박은 보통 몇 살부터 시작해 몇 살에 그만두며, 걸리는 시간은 얼마나 되는지를 물었다. 재산에 영향을 미칠 정도로 큰돈이 오가는지도 물었다. 비열한 천민들이 뛰어나게 도박을 잘해서 많은 재산을 모으는 경우가 있는지, 또는 귀족들을 빚지게 만들거나 타락시키지 않는지, 속임수로 남을 속이는 일은 없는지도 물었다.

내가 지난 100년의 영국 역사에 대해 이야기해 주자 왕은 무척
놀랐다. 영국의 역사는 온통 음모와 반역, 암살과 학살, 혁명과 추방
으로 얼룩졌다며 비난했다. 탐욕과 파당, 위선과 배신, 잔혹함, 분노,
광기, 증오, 질시, 욕정, 간계, 야망이 낳은 최악의 산물이라고 했다.

마지막 회견에서 왕은 내가 말한 것을 꼼꼼하게 요약했고, 자신
의 질문과 나의 답변을 일일이 비교했다. 그러더니 나를 친히 양 손
에 올려놓고 가볍게 토닥이며 이렇게 말했다. 나는 그때 왕이 했던
말과 그 말투를 결코 잊을 수 없을 것이다.

"내 친구 그릴드릭이여. 자네는 자네 조국에 대해 엄청난 찬사
를 늘어놓았네. 자네는 무지와 나태, 사악함이야말로 의원이 되는
데 필요한 자질이라는 것을 분명하게 보여 주었네. 법을 설명하고
해석하고 적용하는 일을 해야 할 사람들이 법을 왜곡하고 남용하
고 회피하는 일을 능사로 여기고 있으니 말일세. 만들었을 당시에
는 아주 좋았을 제도들이 자네의 나라에서 조금씩 허물어지기 시
작하다가 이제는 부패되어 완전히 희미해지거나 제멋대로 변모되
었지 않은가.

자네가 말한 것을 종합해 볼 때, 어떤 자리든 완전한 인품이 요
구되지는 않는 것 같네. 덕행을 따져 보통 사람이 귀족이 되는 일,
경건하고 학식이 높은 사제가 승진을 하고, 모범적이고 용감한 군

인이 진급을 하는 것이 불가능해 보이는 사회일세. 판사들은 일관된 태도, 상원의원들은 애국심, 자문관들은 지혜가 높다고 대우 받는 일도 더더욱 없어 보이네.

　　자네는 생애의 대부분을 여행을 다니며 보냈다고 했지. 어쩌면 그 덕분에 조국에 남아 있었더라면 당했을지 모를 많은 불합리한 일들을 피할 수 있었는지도 모르네. 자네가 말해준 사실과 내가 자네에게 물어 얻어낸 답으로 종합해 보건데 다음과 같은 결론에 도달하게 되었네. 나는 자네 나라에 사는 대부분의 인종이 조물주가 지금까지 지구상에 만들어낸 가장 징그럽고 추악한 해충이라는 결론을 내리지 않을 수 없겠네."

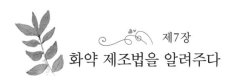

제7장
화약 제조법을 알려주다

오직 진실을 너무 사랑하는 마음 때문에 나는 이 이야기를 차마 감출 수 없었다. 분노를 드러내 보였지만 웃음거리만 되고 말았다. 나의 고귀한 조국이 그렇게 치욕적으로 취급당하는데도 참을 수밖에 없었다. 매우 유감스러운 일이었지만 왕이 지나치게 세세하게 알고 싶어 했기 때문에 나는 할 수 있는 데까지 질문에 대한 답변을 내어 놓아야 했다. 변명처럼 들리겠지만 나는 가능한 한 왕이 하는 질문을 재주껏 피했고, 피치 못할 경우 가능한 한 유리하게 대답하기 위해 노력했다.

디오니시우스 할리카르나센시스가 한 역사가에게 충고를 하였던 것처럼, 나에게는 태어나면서부터 조국을 염려하는 정신이 깃들어 있었던 것이다. 나는 조국의 정치에서 약점과 추한 점을 감추고 아름다움과 덕을 보이고 싶었다. 불행하게도 성공하지는 못하였지만, 이것은 내가 왕과 여러 번 대화하는 가운데 가장 노력했던 점이다.

하지만 왕이 외부 세계와는 완전히 차단된 채 살고 있다는 점은 감안해야 한다. 다른 나라들에서 널리 통용되는 예의나 관습에 대해 모를 수 있다는 것이다. 편견과 편협한 사고는 바로 이러한 지식의 결핍에서 초래된 것이었다. 영국을 비롯한 다른 예의 바른 유럽 국가들은 그 폐단에서 제외되어 있다. 사실 이렇게 외진 곳에 격리된 채 살아가는 나라의 국왕이 생각하는 선악에 대한 개념을 인류의 보편적인 기준으로 제시하는 것은 무리일 것이다.

위에서 내가 말한 것들을 정당화하고, 또한 고립된 교육의 비참한 결과를 보여 주기 위해 한 가지 이야기를 소개하겠다. 좀처럼 믿기 어려운 이야기가 될 것이다.

나는 왕의 비위를 맞추어 환심을 사 보겠다는 생각에 300~400년 전에 발명된 물건에 대해 말해 주었다. 화약 제조법에 대한 이야기였는데, 화약 가루에 조금만 불꽃이 일어도 한순간에 전체가 타 버리는 굉장한 물건이라고 설명해 주었다. 산더미만한 화약 더미에 불이 붙으면 천둥소리보다 더 요란한 소리와 함께 진동이 일어나면서 모든 것이 순식간에 공중으로 날아가 버린다. 이 원리를 이용하여 청동이나 쇠로 만든 속이 빈 관에 적절한 양의 화약을 채워 넣는다. 그리고 반대편에서 불을 붙이면 그 폭발력으로 쇠나 납으로 만들어진 포탄을 엄청난 속도로 날려 보낼 수 있다. 그렇게 발사된 포탄 중 아주 큰 것들은 군대 전체를 날려버릴 뿐만 아니라 아무리 튼튼한 성벽이라도 가루로 만들어 버린다. 1,000명이 탄 군함도 순식간에 바다 속으로 격침시킬 위력을 가지고 있다. 쇠사슬로 연결해놓은 군함일지라도 돛대와 밧줄까지 모두 박살이 날 뿐만 아니라, 배에 탄 수백 명의 몸이 두 동강난다. 포탄 한 발을 발사하고 나면 그 잔해가 군함 앞에 산더미처럼 쌓일 정도이다.

우리는 주로 쇠로 만든 커다란 포탄에 이 화약가루를 넣은 후 발사 기계에 넣어 적의 도시를 향해 쏜다고 했다. 그러면 포장도로가 갈라지고, 집은 산산조각 나고, 파편이 사방으로 튀어 근처에 있는 사람들의 머리통이 모두 날아가 버린다. 나는 값싸고 쉽게 구할 수 있는 화약 재료뿐만 아니라, 재료를 섞는 방법도 잘 알고 있으며, 거인국에 있는 물건의 비율에 맞게 발사관을 만들도록 지도해 줄 수 있다는 제안을 했다. 아무리 큰 포탄 관도 30미터를 넘지는 않을 것이라는 말도 해 주었다. 적당한 양의 화약과 포탄을 채워 넣은 관 20~30개만 있으면 왕의 영토 안에 있는 제아무리 튼튼한 성벽도 몇 시간 안에 완전히 가루로 만들어 버릴 수 있다. 심지어 수도 전체를 파괴할 수도 있었다. 물론, 수도가 왕의 절대 명령에 반기를 드는 경우를 가정한 말이었다. 마지막으로 나는 왕의 총애와 보호 아래 내가 누렸던 수많은 혜택들에 보답하려는 마음에서, 작으나마 감사의 표시로 왕에게 이 같은 제안을 하는 것이라 덧붙였다.

왕은 내 제안을 듣자마자 공포에 휩싸였다. 그가 한 말을 그대로 옮기면, 나처럼 하찮고 기어 다니는 벌레 같은 존재가 어쩌면 그렇게 비인간적인 생각을 할 수 있는지, 그리고 유혈이 낭자한 파괴 장면을 어쩌면 그렇게 아무렇지도 않은 태도로 이야기할 수 있는지 이해할 수 없다고 했다. 나는 대포가 일반적으로 발휘하는 위력이 그렇다는 설명을 한 것뿐이었지만 왕은 인류의 적인 사악한 악마들이 대포를 발명한 것이 틀림없다며 경멸했다. 그는 인위적인 것이든 자연적인 것이든 새로운 것을 알게 되는 일은 무척 즐겁지만, 왕국의 반을 잃는 한이 있더라도 자기는 그런 비밀 무기에 연루되는 일이 없을 것이라고 말했다. 그러면서 내가 자신의 목숨을 소중하게 생각한다면 앞으로 화약가루에 대해서는 더 이상 입 밖에 내지 말라는 명을 내렸다.

이 얼마나 편협한 원칙과 근시안적인 단견이 낳은 황당한 결론인가! 왕은 온 백성이 그를 숭배하고 존경할 만큼 훌륭한 자질을 갖추고 있었다. 강건한 신체와 지혜, 심오한 학식을, 뛰어난 통치 능력을 겸비하여 찬탄을 한 몸에 받고 있었다. 그런데 쓸데없는 양심 때문에 굴러들어온 호기를 그대로 놓쳐 버리고 있는 것이었다. 유럽에서는 그런 양심 따위는 아무도 거들떠보지 않을 것이었다. 만약 이 기회를 잡았다면 왕은 백성들의 생명과 자유와 재산을 좌지우지할 수 있는 절대 권력자가 될 수 있었을 것이다.

정치에 무지한 거인국

덕을 많이 쌓은 훌륭한 왕을 깎아내리려는 의도는 아니다. 이런 결점들이 그들의 무지 때문에 생긴 것이라는 말이다. 거인들은 정치를 학문의 영역과 철저하게 구분 짓고 있었다. 반면 유럽인들은 영리해서 정치를 학문의 영역으로 발전시켰다. 언젠가 왕과 대화를 나누는 도중에 유럽에는 통치술에 관한 서적이 수천 권에 이른다는 말을 해준 적이 있었다. 그 말을 들은 왕은 내 의도와는 반대로, 우리의 지적 능력을 지극히 업신여기는 것이었다. 자신은 군주나 각료들이 조장하는 신비감이나 세련됨, 음모 따위를 모두 혐오하고 경멸한다고 했다. 적국이나 경쟁국이 없는데 국가 기밀이란 게 도대체 무슨 말이냐고 되물었다. 그의 통치 전략은 매우 협소한 영역에 국한되어 있었다. 상식과 이성, 정의와 관대함, 민사 및 형사사건에 대한 신속한 판결만 있으면 된다는 단순한 생각뿐이었다. 그 밖에도 별로 고려할 가치가 없는 뻔한 원칙들을 몇 가지 더 갖고 있었다. 그의 가치관에 의하면 풀 한 포기나 옥수수 한 대밖에 자라지 않던 밭에서 풀 두 포기와 옥수수 두 대를 재배할 수 있다면 누구든 훌륭한 사람이 될 자격이 있었다. 심지어는 그런 사람 한 명이 정치인들을 모두 합한 것보다 더 국가에 공헌하고 있다는 것이었다.

거인국의 교육 수준은 아주 편협했다. 배우는 것이라고는 도덕과 역사, 시와 수학뿐이었다. 그래도 이 분야의 수준은 썩 괜찮은 것 같았다. 수학은 실생활에 응용되어 농업이나 기계 발전에 쓰이고 있었다. 물론 우리가 보기에 그리 대단한 수준은 아니었다. 사상이라든지 존재, 추론과 초월에 대해 설명해 보았지만 그들은 전혀 알아듣지 못했다.

이 나라의 모든 법조문은 전체 단어 수가 알파벳 숫자보다 적어야 한다는 규칙이 있었다. 알파벳 수는 총 22개였는데, 실제로 단어 수 22개를 모두 채우는 법조문은 거의 없었다. 아주 간단명료한 표현만 썼기에 그것이 가능했던 것이다. 거인들은 워낙 단순해서 한 가지 이상의 개념을 동시에 이해하지 못했다. 어떤 법이든 그에 대해 주석을 다는 자는 사형에 처해졌고 민사사건이든 형사사건이든 판례가 매우 드물었다.

거인국은 중국처럼 까마득한 옛날부터 인쇄술이 발달했다고 한다. 하지만 도서관은 그리 크지 않았는데, 제일 크다는 왕의 도서관도 소장되어 있는 책이 1,000권을 넘지 않았다. 도서관에는 길이가 360미터나 되는 서가가 있는데, 나는 거기서 마음대로 보고 싶은 책을 빌려볼 수 있었다.

왕비의 목수는 글룸달클리치가 쓰는 방에 세워두었던, 사다리 비슷하게 생긴 나무를 사용하여 기계를 고안해 내었다. 일종의 이동식 계단이었는데, 계단 하나의 길이는 15미터나 되었다. 계단 제일 아래쪽을 벽에서 3미터 떨어진 지점에 세워두었다. 내가 읽고 싶은 책을 벽에다 기대어 세워놓고 우선 사다리의 꼭대기로 올라가 책 쪽으로 고개를 돌리고 맨 위에서부터 읽기 시작한다. 행의 길이에 따라 좌우로 8~10발자국씩 움직이면서 읽고 있으면, 내가 읽는 곳이 눈보다 아래로 내려가게 된다. 그러면 다음 계단에 내려가 읽고, 또 다음 계단으로 내려가 읽고 해서 결국에는 마루로 내려온다. 그러면 다시 올라가 다른 페이지를 같은 방법으로 읽기 시작한다. 책장을 넘길 때면 두 손으로 쉽게 넘길 수 있다. 책장이 판지만큼이나 두껍고 딱딱했기 때문이다. 제일 큰 책도 위 아래 길이가 4.5~6미터를 넘지는 않았다.

책의 문체는 명료하고 남성적이고 읽기 쉽게 되어 있었다. 이들은 불필요한 말을 중언부언하거나 다양한 표현을 늘어놓는 것을 좋아하지 않았다. 나는 특히 역사와 도덕에 관한 책을 많이 읽었다.

국왕의 군대는 17만 6,000명의 보병과 3만 2,000명의 기병으로 구성되어 있었다. 하지만 그 구성원은 여러 도시에 흩어져 사는 장사꾼, 시골의 농사꾼 등 이었다. 이들을 지휘하는 역할도 임금이나, 귀족, 지주들이 맡고 있었다. 군인들은 나름의 규율이 잡혀 있었고 훈련을 받고 있었지만 대단히 훌륭한 군대라는 생각은 들지 않았다.

나는 로브룰그루드의 민병대가 도시 근교에 있는 큰 들판에 나와 훈련하는 장면을 자주 목격했다. 훈련장의 크기는 32제곱킬로미터나 되었는데 훈련받는 병력의 수는 보병 2만5,000명, 기병 6,000명이 넘지 않았다. 기병들이 큰 말에 올라타면 지상에서의 높이가 30미터는 되는 것 같았다. 이 기병 전체가 명령에 의해 한꺼번에 칼을 뽑아 휘두르는 것을 보았다. 이것은 상상을 초월하는 장엄하고 놀라운 광경이었다. 마치 하늘 구석구석에서 1만개의 번개가 동시에 치는 것 같은 장관이 연출되었다.

거인국은 외부 세계와 완전히 단절된 곳인데 국왕은 어째서 군대를 만들게 되었으며 군사훈련을 시키게 되었는지 나는 몹시 궁금했다. 얼마 지나지 않아 왕과의 대화를 통해서, 그리고 그들의 역사

책을 통해서 그 이유를 알게 되었다.

거인국 역시 여러 세대를 거치며 모든 인류가 앓고 있는 질병으로 고통 받고 있었던 것이다. 귀족은 수시로 권력을 탐하고, 백성은 자유를 원하고, 왕은 절대 권력을 갖고 싶어 하는 바로 그 고질병이었다. 이들 3자는 왕국의 법에 따라 평화를 유지하며 지내다가도 가끔씩 서로의 영역을 침범했다. 그것이 내전으로 발전하는 경우도 있었다. 마지막으로 벌어졌던 내란은 지금 왕의 조부가 거국적인 타협안을 제시함으로써 순조롭게 일단락되었다. 그 후 모든 세력의 동의 아래 민병대가 창설되어 엄격한 규율 속에 오늘날까지 이어져 내려오고 있었다.

제8장
여행을 떠나다

　나는 언젠가는 고국으로 돌아갈 수 있을 것이라는 희망을 한시도 버리지 않고 있었다. 그러나 아무리 머리를 짜내어 보아도 마땅한 방법이 떠오르지 않았다. 내가 타고 왔던 배는 이 근방 해변에서 사람들의 시야에 들어온 최초의 배였다. 왕은 만약 다른 배가 나타나거든 반드시 해변으로 끌고 와 승무원과 승객을 모조리 죄인 호송 마차에 싣고 로브룰그루드로 이송하라는 엄명을 내려놓았다.

　왕은 내가 비슷한 크기의 여자를 만나서 자손을 많이 번식해 주기를 바랐다. 하지만 나는 내 자식들이 길들인 카나리아처럼 새장에 갇혀 지내거나, 귀족들에게 구경거리로 팔려가는 치욕을 겪게 하고 싶지 않았다. 물론 나는 여기서 아주 융숭한 대접을 받았다. 왕과 왕비의 총애를 한 몸에 받았고, 왕궁 전체에 기쁨을 안겨주는 존재였다. 하지만 그것은 인간으로서의 존엄을 포기하고 비굴함을 택한 대가였다. 이제는 나도 사람들과 동등하게 대화하고 싶었다. 밟혀 죽을 걱정을 하지 않고 거리나 들판을 마음껏 활보하고 싶었다.

나의 탈출은 뜻밖에도 일찍, 그리고 매우 이상한 방법으로 찾아왔다. 거인국에 도착한 지도 어언 2년이 지나 3년째 접어든 날이었다. 글룸달클리치와 나는 왕국의 남쪽 해변을 순시하러 가는 왕과 왕비를 따라 나섰다. 목적지에 도착한 왕은 플란플라스닉 인근에 있는 별궁에서 며칠 보내기로 했다. 플란플라스닉은 해변에서 30킬로미터 정도 떨어진 도시였다. 글룸달클리치와 나는 매우 지쳐 있었다. 그러나 나는 바다가 너무 보고 싶었다. 만약 내가 탈출하게 된다면 바다가 유일한 통로일 것이라고 생각했다. 나는 실제보다 더 피곤한 척 엄살을 부리며 글룸달클리치에게 바람을 쏘이고 싶다고 졸라댔다. 글룸달클리치는 내키지 않으면서도 마지못해 허락해 주었다. 자신이 몸이 아파 함께 갈 수 없었으므로 믿을 만한 시종 아이에게 나를 잘 돌봐달라고 부탁했다. 그러다 문득 무슨 예감이라도 들었는지 갑자기 눈물을 펑펑 쏟았다. 결코 잊지 못할 장면이었다. 시종 아이는 나를 상자에 넣어 들고 성에서 나와 30분 정도 걸어 바위가 많은 해변으로 갔다. 나는 아이에게 내려달라고 부탁했다. 그리고 창문 하나를 열어놓은 채 심란한 마음으로 바다를 바라보았다. 몸 상태가 여전히 좋지 않아서 눈을 조금 붙이고 싶었다. 내가 방안으로 들어가자 아이는 찬바람이 들어오지 않도록 창문을 닫아주었다. 나는 곧 잠이 들었는데 시종 아이는 그동안 별일이야 일어나겠는가, 생각하고 바위 쪽으로 새알을 찾으러 갔던 것 같다.

독수리의 습격

한참 잠에 빠져있던 중 나는 누군가가 상자 꼭대기에 달린 고리를 확 낚아채는 것을 느끼고 잠에서 깨어났다. 곧 상자는 하늘 높이 뜨는 듯싶더니 엄청난 속도로 앞으로 나아갔다. 상자가 한 번 심하게 흔들리는 바람에 그물 침대에서 떨어질 뻔했으나 곧 잠잠해졌다. 나는 있는 힘껏 소리를 지르며 여러 번 아이를 불러 보았으나 아무 소용이 없었다. 창문 밖으로 보이는 것이라고는 하늘과 구름뿐이었다. 그 순간 머리 바로 위에서 퍼덕이는 날갯짓 소리 같은 것이 들렸다. 이 얼마나 끔찍한 상황인가. 독수리란 놈이 상자의 고리를 물고 날아가다가 바위에 떨어뜨린 것이다.

얼마 있자 날갯짓 소리는 더 크고 빨라졌다. 그리고 이내 비 오는 날 간판이 흔들리듯 상자가 튀어 올랐다 떨어졌다 하며 아래위로 심하게 요동쳤다. 퍽퍽 하며 부딪히는 소리도 들렸다. 독수리가 무엇인가에 얻어맞는 것 같았다. 그러더니 갑자기 수직으로 추락하는 느낌이 들기 시작했고 그런 느낌이 1분 동안 계속되었다. 어찌나 빠른 속도로 떨어지는지 숨이 거의 멎을 뻔했다. 철썩 하는 엄청난 소리와 함께 떨어지는 것이 멈췄다. 그 소리는 나이아가라 폭포에서 떨어지는 물 소리보다 더 크게 들렸다. 그로부터 1분가량은 상자 안이 깜깜했다. 그러더니 상자는 불쑥 위로 솟구쳤고, 창문 윗부분에서 빛이 새어 들어왔다. 그제야 나는 내가 바다에 떨어졌다는 사실을 깨달았다. 상자는 내 몸무게뿐만 아니라 그 밖에 잡다한 물건들의 무게 때문에, 그리고 바닥과 천장을 튼튼히 하기 위해 네 모서리에 덧댄 강철판 때문에 어느 정도 무게가 나가 1.5미터는 물속에 잠긴 채 떠 있었다.

곰곰이 생각해 보니, 내가 든 상자를 낚아채어 날아가던 독수리가 다른 독수리 두세 마리에게 쫓겼던 것이 분명했다. 먹이를 빼앗으려고 달려드는 다른 독수리들과 몸싸움을 벌이다가 나를 떨어뜨린 것이었다. 바닥에 댄 강철판은 천장에 댄 것보다 더 튼튼했기 때문에 추락할 때 상자의 균형이 흐트러지지 않게 도와주었고, 수면에 닿을 때도 상자가 부서지지 않도록 지켜주는 역할을 했다. 상자의 모서리 부분은 모두 접합이 잘되어 있었고, 문도 여닫이가 아니라 미닫이로 되어 있어서 바닷물이 거의 방 안으로 스며들지 않았다. 나는 힘겹게 그물 침대에서 내려온 다음 우선 앞서 언급한 바 있는 천장 구멍의 판자를 열어서 환기라도 시켜보려고 했다. 공기가 부족해 거의 질식할 것만 같았다. 글룸달클리치와 함께 있었더라면 하는 생각을 얼마나 했는지 모른다. 단 한 시간 만에 그녀와 이렇게 멀리 떨어져 홀로 있게 되다니. 내 처지가 긴급한 와중에도 나는 가엾은 글룸달클리치의 생각이 먼저 들었다. 나를 잃어버린 줄 알고 그녀가 얼마나 슬퍼할지, 왕비가 얼마나 노여워 할지, 그래서 지금까지 그녀가 누렸던 혜택을 모두 빼앗기게 되지나 않을지 걱정이 되었다.

바람이 한 번 심하게 불거나, 파도가 세차게 몰아치면 상자는 금방이라도 산산조각 날 것 같았다. 창문 하나만 깨져도 나는 곧바로 죽을 운명이었다. 여행 중 혹시 모를 사고를 예방하기 위해 바깥에 쳐놓았던 쇠창살이 아니었더라면 창문은 버티지 못했을 것이다. 바닷물이 상자의 벌어진 틈으로 조금씩 스며드는 것이 보였다. 새어 들어오는 양은 많지 않았지만 그래도 나는 할 수 있는 데까지 막아 보려고 애를 썼다. 천장에 있는 판자는 열 수가 없었다. 판자라도 열 수 있었으면 상자 꼭대기에 올라가 앉아 있고 싶었다. 그러면 이렇게 감방 같은 상자 안에 갇혀 있는 것보다는 나을 것이었다. 이런 식으로 하루 이틀 더 버틴들 결국에는 얼어 죽거나 굶어 죽을 것임이 틀림없었다. 순간순간 이것이 마지막이구나 하는 생각을 반복하면서 네 시간을 버텼다.

극적인 구출

그런데 갑자기 벽 한 쪽에서 삐걱거리는 소리가 들려왔다. 그리고 상자가 끌어올려지거나, 아니면 어디론가 끌려가는 것 같은 느낌이 들었다. 뭔가가 상자를 세게 잡아당기는 것 같았고 그 바람에 바닷물이 창문 꼭대기까지 밀려올라와 상자 안이 거의 깜깜해졌다. 어쩌면 구조될지도 모른다는 생각이 얼핏 들었다. 나는 바닥에 고정되어 있는 의자 가운데 하나의 나사를 푼 다음, 조금 전 열어둔 천장 구멍 바로 밑으로 끌고 가 그곳에다 다시 고정시켰다. 그리고 의자 위에 올라가 천장 구멍에 최대한 입을 가까이 대고 큰 소리로 도와달라고 외쳤다. 할 줄 아는 언어는 총동원해서 소리를 질러댔다. 또 평소 갖고 다니던 지팡이에 손수건을 매달아 구멍 밖으로 밀어낸 다음 공중에 대고 몇 차례 흔들어 댔다. 지나던 배나 보트라도 있으면 선원들이 상자 안에 웬 불쌍한 인간이 들어 있다는 생각을 해줄 것을 바랐기 때문이다.

갖은 노력을 다해 봤지만 소용이 없었다. 다만 내가 들어있는 상자가 계속 끌려가고 있다는 것은 분명히 느낄 수 있었다. 그렇게 한 시간 넘게 지났을 무렵 갑자기 벽이 무언가 딱딱한 것에 부딪혔다. 보통 때보다 훨씬 몸이 더 튕겨 오른 것으로 미루어 나는 암초에 부딪힌 것이라고 생각했다. 그런데 상자 뚜껑 쪽에서 쇠줄 소리가 들렸다. 고리에 걸린 쇠줄이 내는 소리였다. 상자가 천천히 들어올려져 1미터가량 올라갔다. 나는 거기서 다시 손수건을 맨 지팡이를 빼들고 목이 터져라 도와달라고 외쳤다. 그러자 누군가가 크게 세 번 외치는 소리가 들려왔다. 그 소리를 듣고 내가 얼마나 신이 났던지는 겪어보지 못한 사람은 모를 것이다. 상자 위에서 발소리가 들렸고, 누군가가 구멍에 대고 큰 소리로, 그것도 영어로 이렇게 말했다.

"안에 누가 있으면 대답해 보시오."

나는 내가 영국인이라는 사실을 밝히고, 사정이 있어 이곳에 갇히게 되었으니 내가 나갈 수 있도록 도와달라고 외쳤다. 그 목소리의 주인공은 내가 들어 있는 상자를 자신들의 배에 단단히 묶어 놓았으니 안심해도 좋다고 대답해주었다. 그리고 곧 목수가 도착해 상자 뚜껑에 구멍을 크게 뚫어 나를 꺼내 주겠다고 했다. 그때까지도 나는 내가 원래 살던 크기의 세상으로 다시 돌아왔다는 생각은 꿈에도 하지 못하고 있었다.

나는 목수를 부를 필요가 없다고 하면서, 선원 한 사람이 손가락으로 상자 윗부분에 있는 고리를 잡고 천장 문을 열어주기만 하면 된다고 말했다. 그러자 사람들은 내가 미쳤다고 생각했는지 껄껄 웃어 댔다. 한참 뒤, 목수가 도착했고 톱으로 내가 빠져나올 만한 큰 구멍을 만들었다. 그렇게 간신히 구조됐을 때, 나는 극도로 쇠약해져 있었다.

선원들은 모두 눈이 휘둥그레진 채 질문 세례를 퍼부었다. 나는 대답하고 싶은 마음이 들지 않았다. 내 눈에는 그들이 모두 난쟁이처럼 작게 보였다. 내 눈이 거대한 것에 너무 익숙해져 있었기 때문이다.

다행히 슈롭셔 출신인 토마스 윌콕스 선장은 정직한 사람이었다. 그는 내가 금방이라도 기절할 것처럼 보이자 나를 자기 방으로 데려가 음료수를 먹여주고 기운을 차리게 해주었다. 그리고 푹 쉬라며 자기 침대를 내어주었다.

나는 몇 시간 눈을 붙였는데, 떠나온 곳과 그곳에서 겪었던 갖가지 일들이 꿈에 나타나 잠을 설쳤다. 그래도 한결 기운이 났다. 선장은 내가 오랫동안 굶었을 것이라고 생각하고 무척 친절하게 대해주었다. 그리고 어쩌다가 그런 끔찍한 나무 궤짝에 갇혀 표류하게 되었는지 그 경위를 궁금해 했다.

나는 거인국에 관해서 그간의 일을 설명하기 시작했다. 그는 처음에는 내 말을 믿지 않았다. 정신이 온전치 않다고 생각하는 것인지, 내게 눈을 좀 더 붙일 것을 권했다. 그러나 진실은 언제나 통하는 법이다. 선장은 학식이 풍부했으며 사리분별력이 뛰어난 사람이었다. 그는 앞 뒤 경황과 나의 논리를 고려하여, 내가 진실을 말한다는 것을 금방 알아차렸다. 나는 거인국에서 가져 온 신기한 물건들도 보여주었다. 왕의 수염과 왕비의 엄지 손톱으로 만든 빗, 30센티미터에서 45센티미터가량 되는 바늘과 못처럼 생긴 말벌 침 네개, 빗질하다 빠진 왕비의 머리카락, 왕비가 선물로 준 금반지, 시녀의 발에서 잘라낸 티눈도 보여주었다. 그것의 크기는 켄트산 피핀 사과만했는데, 나중에는 너무 딱딱하게 굳어 영국으로 돌아온 후에는 빈 컵에 넣은 다음 은으로 덮어 씌웠다. 마지막으로 내가 입고 있던 바지를 보여주었다. 그것은 쥐 가죽으로 만든 것이었다.

선장은 내 이야기를 듣던 도중 갑자기 거인국 사람들이 혹시 귀가 어두운지를 물었다. 그는 내 목소리가 너무 커서 귀가 아프다고 했다. 아, 나는 지난 2년 동안 이렇게 큰 소리로 말하는 데 익숙해져 있었던 것이다! 거인국에 오래 있다 보니 내 모든 기준은 그들에게 맞춰져 있었다. 선장이나 선원들이 하는 말은 마치 작은 속삭임처럼 들렸다. 사실 처음 구조되어 주위에 몰려든 선원들을 보았을 때, 순간적으로 '정말 작고 보잘것없이 생겼다'는 생각이 스쳤던 사실까지 털어놓았다. 특히 선원들과 함께 식사할 때는 웃음을 참을 수가 없었다. 3펜스짜리 동전 크기의 쟁반, 한 입도 안 될 것 같은 돼지다리, 땅콩 크기 술잔들이 너무 우습게 느껴졌다. 사람들이 자신의 결점은 쉽게 보지 못하고 남을 평가하는 것처럼, 거인국에 있는 동안 나는 내가 작다는 사실을 망각하고 있었다.

나는 1706년 6월 3일, 다운즈항에 도착하기까지 배에서 단 한 발짝도 내려가지 않았다. 거인국에서 탈출한 지 약 9개월 만이었다. 선장과 아쉬운 작별 인사를 나누면서 나는 그에게 레드리프에 있는 내 집에 꼭 들르라고 말했다. 배에서 내린 후 나는 5실링으로 말 한 마리와 안내인 한 명을 구했다.

집으로 향하는 길가에 있는 집이나 나무, 가축 그리고 사람들은 너무 작아 보였다. 마치 다시 릴리풋 왕국에 온 것 같았다. 집에 도착해 아내와 아이들을 품에 안고 그동안 못 다한 이야기를 나누었다. 아내는 어떤 사악한 운명이 나를 여행으로 내몰아도 이제 다시는 절대 항해에 나서지 말라고 단호하게 못 박았다. 그러나 이후 내 운명이 어떻게 되었는지는 곧 알게 될 것이다. 나의 불운했던 여행기 제2부는 일단 여기서 끝내기로 한다.

3
하늘을 나는 섬나라
『라퓨타, 발니바비, 루그낵, 글룹둡드립, 일본 여행기』

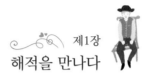

제1장
해적을 만나다

　집에 돌아온 지 겨우 열흘쯤 지났을 때, 콘월 지방의 상선인 '호프웰' 호의 윌리엄 로빈슨 선장이 우리 집을 찾아왔다. 그 전에 나는 그가 선장으로 있는 배에서 외과의사로 일한 적이 있었다. 당시 지중해 동부의 레반트 지역으로 항해할 때 선장은 배의 지분 4분의 1을 갖고 있었다. 그는 항상 나를 부하라기보다는 동생처럼 대해 주었는데, 내가 귀국했다는 소식을 듣고 찾아온 것이었다. 그러나 너무 오랫동안 보지 못했기 때문에 의례적인 인사말 외에는 달리 할 말이 생각나지 않았다. 그럼에도 선장은 자주 나를 찾아왔고, 내가 건강하게 잘 지내는 모습을 보고 매우 기뻐했다. 그러더니 한번은 이제 이곳에 영영 눌러 살 작정이냐고 물었다. 자신은 두 달 후

동인도로 출항할 것이라고 했다. 그러고는 결국 미안하다는 변명과 함께, 외과의사로 함께 가지 않겠느냐고 솔직하게 제안했다. 내 밑에 외과의사 한 명과 조수 두 명을 붙여줄 것이며, 임금은 예전보다 두 배로 올려주겠다고 했다. 나의 항해 지식도 자기 못지않은 것을 안다면서 갈등이 생길 때 내 말을 따르겠다는 약속까지 했다. 아예 선장 권한을 공동으로 갖자는 식이었다.

그는 그 밖에도 자기가 지킬 의무 사항들을 줄줄이 늘어놓았다. 나는 그가 정직한 사람이라는 것을 알고 있었으므로 그 제안을 딱 잘라 거절할 수 없었다. 나도 그 많은 고생을 했음에도 또다시 새로운 모험에 대한 충동이 그 어느 때보다 강렬하게 일어나고 있었다. 가장 큰 문제는 아내를 설득하는 일이었다. 하지만 선장이 아이들의 교육비를 비롯한 장래의 경제적 기반까지 보장된, 너무나도 큰 조건을 제시하자 결국 아내도 허락하게 되었다.

마침내 1706년 8월 5일, 우리는 항해에 올랐고, 1707년 4월 11일에 세인트 조지 요새에 도착했다. 그곳에서 3주 동안 머물면서 선원들은 원기를 회복하기를 기다렸다. 아픈 사람이 많았기 때문이다. 그곳에서 우리는 베트남의 통킹으로 가서 한동안 시간을 보내기로 했다. 선장이 사들이기로 한 물건들이 아직 준비되지 않았고, 제대로 출발하려면 몇 달은 더 기다려야 했다. 할 수 없이 추가 비용을 벌충해 볼 생각으로 선장은 범선을 한 척 사들였다. 그리고 통킹 사람들이 인근 섬 지역에 내다파는 물건 몇 가지를 배에 실었다. 또 그곳 주민 세 명을 포함해 선원 열네 명을 태운 다음, 내게 범선의 지휘를 맡겼다. 자신은 통킹에서 남은 일을 마무리할 테니 나보고 해상무역을 하라는 것이었다.

그런 연유로 항해를 시작한 지 사흘째 되는 날이었다. 사나운 폭풍우가 몰아치는 바람에 우리는 닷새 동안 북북동 방향으로, 그리고 다시 동쪽으로 떠밀려갔다. 그 후 날씨는 좋았지만 강한 서풍이 계속 불었다. 열흘째 되던 날, 우리는 두 척의 해적선에 쫓기게 되었는데, 해적선은 단숨에 우리를 따라잡았다. 우리 범선은 화물을 많이 실었기 때문에 속도도 매우 느렸고, 그렇다고 우리 스스로 방어할 준비도 갖추고 있지 않았다.

해적선 두 쪽에서 동시에 해적들이 건너왔다. 해적들은 두목을 중심으로 우르르 몰려들었다. 나는 선원들에게 모두 갑판에 엎드리라고 지시했다. 해적들은 우리를 억센 밧줄로 꽁꽁 묶고, 보초를 한 명 세워 지키게 한 후 범선을 뒤지기 시작했다.

해적들 중에는 네덜란드인이 한 명 있었다. 두목은 아닌 듯했지만, 꽤 실력자인 것 같았다. 그는 우리를 보더니 곧바로 영국인인 것을 알아차리고 우리를 바다에 던져버리려고 했다. 나는 네덜란드어를 조금 할 줄 알았기 때문에 우리의 신분을 밝히고 자비를 베풀어 달라고 통사정 했다. 그러나 네덜란드인은 더욱 불같이 화를 내며 우리를 위협하더니 고래고래 소리를 질렀다. '크리스티아노'라는 말을 자주 입에 올렸는데, 일본어인 것 같았다.

두 척 가운데 큰 해적선의 두목은 일본인 선장이었다. 이 일본인 두목은 네덜란드어에 굉장히 서툴렀다. 그는 내게 몇 가지 질문을 했고, 나는 아주 공손한 태도로 대답했다. 그는 우리를 죽이지는 않겠다고 했다. 그러나 우리 선원들은 두 그룹으로 나뉘어져 각 해적선에 나뉘어 타야 했다. 나는 따로 작은 카누에 태워져 노와 돛, 그리고 나흘 치 식량과 함께 망망대해에 버려졌다. 해적선이 서서히 멀어져 가자 나는 포켓 망원경을 꺼내 주위를 살폈다. 남동쪽에 섬 몇 개가 있었다. 순풍이 불었으므로 돛을 올려 가장 가까이 있는 섬으로 향했다.

낯선 섬에 상륙하다

약 세 시간 만에 섬에 도착했는데, 온통 바위투성이였다. 그곳에서 새알을 많이 주울 수 있었고, 관목이나 마른 해초로 불을 지펴 알을 구워 먹었다. 가지고 온 식량은 최대한 아껴야 한다는 생각에 저녁식사는 그것으로 때웠다. 커다란 바위 밑에 피할 곳을 찾아 관목을 깔고 누웠더니 깊이 잠들 수 있었다.

다음날, 나는 내가 있던 섬의 옆, 그리고 그 옆, 거기서 또 그 옆의 세 번째, 네 번째 섬으로 계속 옮겨 다녔다. 어떤 때는 돛을 올리고, 어떤 때는 노를 저었다. 닷새째 되는 날, 나는 내 눈에 보인 마지막 섬에 도착할 수 있었다. 섬을 거의 한 바퀴 다 돌고 나서야 배를 대기에 편리한 장소를 한 군데 찾아냈다. 작은 만이었는데, 폭이 내가 탄 카누 너비의 세 배 정도 되었다. 섬은 듬성듬성 관목이 자라고 있었고 여기저기 향기로운 냄새가 나는 풀이 돋아 있었다. 나는 식량을 조금 꺼내 요기를 하고 기운을 차렸다. 섬에는 동굴이 아주 많았다. 바위틈에서는 새알을 많이 주울 수 있었고, 이것을 구워 먹기 위한 마른 해초와 풀도 잔뜩 모을 수 있었다. 다행히 나는 부싯도구, 성냥, 그리고 불을 피우는 데 쓰는 볼록렌즈를 갖고 있었다.

밤에는 음식을 넣어둔 동굴에 들어가 잠을 청했는데, 땔감으로 쓰기 위해 모아놓은 마른 관목과 해초를 침대 삼아 깔고 누웠다. 그러나 잠은 쉽게 오지 않았다. 몸은 지쳤지만 불안한 마음에 뜬눈으로 밤을 새웠다. 이런 황량한 곳에서 목숨을 부지해 나가기가 얼마나 힘들지, 내 최후는 얼마나 비참할지를 생각하니 앞이 막막했다. 기운도 없고 의욕이 떨어져 자리에서 일어나고 싶은 생각도 들지 않았다. 가까스로 기운을 차려 동굴 밖으로 기어 나와 보니 해는 벌써 중천에 떠 있었다. 나는 한동안 바위틈을 걸어 다녔다. 하늘은 구름 한 점 없이 맑고 햇살은 너무 눈부셔 바로 쳐다볼 수 없을 정도였다. 바로 그 순간 갑자기 거대한 물체가 지나가며 태양을 가렸다. 분명히 구름은 아니었다. 깜짝 놀라 고개를 돌려보니 거대한 불투명체가 3킬로미터가량 공중에 뜬 채로 섬 쪽을 향해 움직이고 있었다. 그 물체가 태양을 지나가는 데 6~7분 정도가 걸렸다. 갑자기 기온이 싸늘해졌다거나, 더 어두워진 것 같지는 않았다. 그보다는 산그늘이 가리는 것 같다는 생각이 들었다. 그 물체는 내 머리 위로 가까이 다가왔다. 그것의 표면은 단단했으며, 바닥은 평편하고 부드러웠다. 수면에서 반사되는 빛 때문에 아주 밝게 빛나고 있었다. 그때 나는 해발 200미터 정도쯤 되는 높은 곳에 있었다. 그 거대한 물체는 내가 서 있는 곳과 거의 같은 높이까지 내려왔다. 나와 물체의 거리는 1.6킬로미터 정도밖에 되지 않았다. 나는 얼른 휴대용 망원경을 꺼내어 살펴보았다. 많은 사람이 물체의 가장자리에서 오르락내리락하는 모습이 또렷하게 보였다. 가장자리는 경사면인 것 같았는데, 사람들이 무엇을 하고 있는지는 알 수 없었다.

살아야겠다는 마음이 들면서 내심 반가웠다. 다시 한 번 모험을 감행해서 어떻게든 이 척박한 곳에서 벗어날 수 있을 것이라는 희망이 생겨났다. 게다가 그 섬에는 사람도 살고 있었다. 이들은 섬을 마음대로 올렸다 내렸다 하거나 천천히 전진시키는 등 자유자재로 움직일 수 있는 것 같았다. 얼마 안 있어 섬은 내가 있는 쪽으로 더 가까이 다가왔다. 섬의 가장자리에는 여러 층의 회랑과 계단이 일정한 간격으로 나 있어서 사람들은 그 길로 자유롭게 통행할 수 있었다. 가장 낮은 회랑에는 사람들이 긴 낚싯대를 들고 낚시를 즐기고 있었다. 그것을 구경하는 사람들도 보였다. 나는 챙이 닳아 없어진 모자와 손수건을 꺼내 섬 쪽을 향해 흔들어댔다. 섬이 조금 더 가까이 다가왔을 때 나는 목이 터져라 소리를 질러댔다. 그러자 내가 잘 보이는 쪽으로 사람들이 모여들었다. 내가 외치는 소리에 무어라고 대꾸를 하는 사람은 없었지만, 나를 손으로 가리키는 것을 보아 그들이 나를 본 것은 분명했다. 네댓 명이 계단을 허둥지둥 뛰어올라서 섬 꼭대기로 가는 것도 보였다.

사람들은 계속해서 나를 보기 위해 몰려들었다. 불과 30분만에 섬은 가장 낮은 회랑이 내가 서 있는 곳에서 100미터도 안 떨어진 곳에 수평으로 놓일 만큼 가까이 다가왔다. 나는 무릎까지 꿇어 보이며 간절하게 도움을 청했다. 그러나 여전히 아무런 반응이 없었다. 가장 앞쪽에 서 있는 사람들은 화려한 옷차림으로 보아 그들 중 신분이 높은 자들임이 틀림없었다. 마침내 그들 중 한 사람이 입을 열었다. 분명하면서도 정중하며 부드러운 말투였다. 이탈리아어와 비슷하게 들려서 나는 이탈리아어로 답했다. 억양이 비슷하다면 저들의 귀에 거슬리지 않을 것이라고 생각했다. 그러나 언어는 전혀 통하지 않고 나는 내 몸짓으로 상황을 알릴 수 있었다.

그들은 바위에서 내려와 해변으로 가라는 신호를 보냈고, 나는 그들이 시키는 대로 했다. 날아다니는 섬은 적당한 높이로 떠오르더니 가장자리를 내 머리 바로 위쪽과 가깝게 두었다. 가장 낮은 회랑에서 사슬이 내려왔고, 사슬 끝에는 의자 하나가 매달려 있었다. 내가 의자에 올라앉자, 사람들은 도르래를 이용해 나를 끌어올렸다.

제2장
하늘의 섬, 라퓨타 이야기

섬에 도착하자 많은 사람이 모여들어 나를 에워쌌다. 그들의 표정이나 몸짓을 보니 나를 무척 신기하게 여기는 것 같았다. 하지만 나도 그들 못지않게 놀랐다. 생김새와 행동거지, 용모가 그처럼 희한한 종족은 한 번도 본 적이 없었기 때문이다. 사람들의 머리는 모두 오른쪽, 아니면 왼쪽으로 기울어져 있었다. 한쪽 눈은 안쪽을 향하고, 다른 한 눈은 위를 향하고 있었다. 겉옷에는 해나 달, 별 모양뿐만 아니라 바이올린, 플루트, 하프, 트럼펫, 기타, 하프시코드, 그리고 유럽에서 볼 수 없는 별의별 악기들이 그려져 있었다.

귀족이 아닌 평민들은 짧은 막대기 끝에 탱탱하게 부푼 바람주머니를 매달아 도리깨처럼 들고 다녔다. 공기 주머니 안에는 말린

완두콩이나 작은 조약돌이 몇 개씩 들어 있었는데, 평민들은 이 공기 주머니로 서로의 입과 귀를 수시로 후려쳤다. 이곳 사람들은 워낙 사색에 몰두하기 때문에, 자신이 말을 할 때나 다른 사람이 말하는 것을 들을 때 외부에서 발성 기관과 청각 기관에 충격을 가해 주어야 하는 것이었다. 그래서 귀족들이나 경제적으로 부유한 사람들은 항상 '때리는 사람', 즉 그들 말로 '클리메놀'을 고용해 가정부처럼 데리고 다녔다. 그들은 클리메놀 없이는 외출도 하지 않았다. 두세 사람 이상이 모인 자리에서 클리메놀은 말하는 사람의 입을 공기 주머니로 가볍게 때려 주기도 했으며, 듣는 사람의 오른쪽 귀를 살짝 쳐 주기도 했다. 주인이 길을 걸어갈 때에는 부지런히 주인을 돌보아 주어야 하는데, 수시로 주인의 눈을 살짝살짝 때려 주어야 한다. 그렇게 하지 않으면 주인은 깊은 생각에 골몰한 나머지 절벽에서 추락하거나, 기둥에 머리를 부딪치고, 하수구에 빠지는 경우가 있었다.

이 사람들은 나와 함께 계단을 오르면서도 자신들이 무슨 일을 하고 있는지 수시로 잊어 버렸다. 클리메놀이 때려 주어 기억이 되살아날 때까지 그들은 나를 그냥 방치해 두었다. 그들과는 다른 나의 괴이한 생김새나 이상한 행동을 보고도 그들은 전혀 이상하다고 생각지 않는 것 같았다. 그나마 조금은 제정신인 평민들이 소리를 질러도 귀족들은 별다른 반응을 보이지 않았다.

마침내 우리는 왕궁에 도착해 접견실로 들어갔다. 왕은 옥좌에 앉아 있었고, 양 옆에는 최고위 관리들이 서 있었다. 왕의 거대한 탁자 위에는 지구본, 천체의, 그 밖에 여러 종류의 수학 기구들이 가득 놓여 있었다. 왕은 우리를 본 척도 하지 않았다. 우리가 들어올 때 왕궁에 있는 사람들이 모두 따라왔기 때문에 꽤 소란스러웠음에도 왕은 문제를 푸느라 여념이 없었다. 우리는 왕이 그 문제를 다 풀 때까지 한 시간이나 더 기다려야 했다. 왕 옆에는 어린 시종 두 명이 양 손에 공기 주머니를 들고 서 있었다. 왕이 자기만의 세계에 잠기는 듯 싶으면 한 시종은 왕의 입을, 다른 시종은 귀를 살짝 쳐 주었다. 그러면 왕은 갑자기 잠에서 깨어난 사람처럼 우리를 둘러보았다. 그리고 이미 보고를 통해 들었을 텐데도, 우리가 왜 그곳에 있는지 그 이유를 골똘히 생각했다.

어린 시종은 내게도 가까이 다가와 공기 주머니로 오른쪽 귀를 살짝 때려주었다. 나는 제스처를 통해 내게는 그런 도구가 전혀 필요 없다는 뜻을 간신히 전했다. 그러나 오히려 그런 행동 때문에 왕과 왕궁에 있던 사람들은 내가 지능이 떨어진다고 생각했던 모양이다.

왕은 나와 의사소통을 시도했고, 나 역시 알고 있는 언어란 언어를 모두 동원해 대답해 보았지만 전혀 통하지 않았다. 왕은 나를 왕궁의 처소로 데려가라고 명령했다. 그는 외지인들에게 매우 관대했다. 처소에는 하인 두 명이 배치되어 내 시중을 들었다. 두 코스로 진행되는 저녁 식사는 코스마다 세 가지 음식이 나왔다. 첫 번째 코스에서는 정삼각형으로 자른 양의 어깨 요리와 마름모꼴의 쇠고기 요리, 원형 모양의 푸딩이 나왔다. 두 번째 코스에는 오리 두 마리를 바이올린 모양으로 만든 꼬치 오리, 플루트와 오보에 모양의 소시지와 푸딩, 하프 모양의 송아지 가슴살이 나왔다. 하인들은 빵도 원뿔 모양, 원통형, 평행사변형 등 여러 가지 수학적 도형으로 잘랐다.

식사 도중에 나는 용기를 내어 몇 가지 물건의 이름을 물어보았다. 클리메놀의 도움을 받아 내 말을 알아들은 고위 관리들은 매우 재미있어하며 대답해 주었다. 내가 그 대답을 듣고 자신들을 존경하게 될 것이라고 기대하는 듯했다. 나는 금세 빵이나 술 등 내가 원하는 것은 무엇이든 달라고 요구할 수 있게 되었다.

식사가 끝나고 손님들이 모두 돌아간 다음, 왕의 명에 따라 내게 언어를 가르칠 선생이 방문했다. 그는 펜과 잉크, 종이 그리고 책 서너 권을 가지고 있었다. 우리는 네 시간 동안 같이 앉아 공부하며 단어를 많이 적었는데, 종이 한쪽에는 그 나라 단어를 적고, 다른 한쪽에는 번역한 단어를 적었다. 나는 우여곡절 끝에 간단한 문장을 몇 개 배울 수 있었다. 선생은 해와 달, 별, 별자리, 적도지방, 극지방의 그림을 보여주었고, 입체 도형, 평면 도형도 보여주었다. 또 그 나라에 있는 모든 악기의 이름과 성능, 악기마다 연주할 때 쓰이는 용어까지 가르쳤다. 그가 돌아간 다음, 나는 배운 단어를 번역한 뜻과 함께 알파벳 순으로 모두 정리했다. 이리하여 며칠 만에, 나는 뛰어난 기억력에 힘입어 이곳 언어를 어느 정도 알아듣게 되었다.

내가 '날아다니는 섬' 혹은 '떠다니는 섬'이라고 번역한 것을 이곳 말로는 '라퓨타'라고 했다. 정확한 어원이 무엇인지는 알 수 없었으나 이곳 언어로 '랖'은 '높은'이라는 뜻이고 '운트'는 '통치자'를 가리키는 말이었다. 두 말을 합쳐 '라푼투'라고 부르던 것이 바뀌어 '라퓨타'가 되었다고 했다. 그렇다고는 했지만 나는 너무 억지해석이라는 생각을 지울 수 없어 학자들에게 내 나름의 해석을 말해 주었다. 라퓨타는 '랖아우티드'에서 온 말이 아닐까 하는 것이었다. '랖'은 '바다 위에 춤추는 햇살'이라는 뜻이고, '아우티드'는 '날개'라는 뜻이다.

시종들은 내게 제대로 된 옷을 입히기 위해 다음날 아침 곧장 재단사를 불러 치수를 재도록 했다. 이들은 유럽의 재단사와 치수를 재는 방식이 전혀 달랐다. 먼저 천문 관측기로 내 키를 잰 다음, 자와 컴퍼스를 가지고 몸 전체의 치수와 윤곽을 알아냈다. 그렇게 엿새 후에 옷을 만들어 왔는데 치수도 맞지 않고, 모양도 엉망이었다. 숫자 계산을 잘못 하는 바람에 그렇게 된 것이었다. 그나마 위안이 된 것은 이런 일이 하도 자주 일어나기 때문에 누구도 그런 것에 신경을 쓰지 않는다는 사실이었다.

음악을 사랑하는 사람들

왕은 섬을 북동쪽으로 이동시킨 후 다시 동쪽으로 가서, 왕국의 수도인 라가도에 수직이 되는 지점으로 비행하라고 지시했다. 라가도는 우리가 있던 곳에서 430킬로미터쯤 떨어진 곳에 있었는데, 거기까지 가는 데 나흘하고 반나절이 걸렸다. 섬이 공중에서 떠가는 동안 나는 섬이 움직인다는 느낌을 전혀 받지 못했다.

둘째 날 오전 열한 시쯤이었다. 왕이 귀족과 관리를 거느린 채 손수 악기를 준비한 다음 세 시간 동안 쉬지 않고 음악을 연주했다. 소리가 얼마나 컸던지 귀가 다 멍멍해졌다. 왜 갑자기 연주를 하는지 까닭을 몰라 어리둥절해 있는데, 나를 가르치는 선생이 그 이유를 알려 주었다. 이 섬의 주민들은 지상의 음악에 귀가 적응되어 있었다. 지상의 음악은 특정 시기에 연주되는데, 왕궁 사람들 모두 자신이 가장 자신 있는 악기 하나를 선택해 맡은 부분을 연습했다.

수도인 라가도로 향해 가던 도중, 왕은 도시나 마을에 잠깐씩 멈추어 백성들의 탄원을 들었다. 왕의 신하가 끝에 추를 단 노끈을 몇 개 내려 보내면 백성들은 탄원서를 매달았고, 그 끈을 다시 끌어올리면 신하는 그것을 왕에게 가져다 주었다. 가끔은 도르래로 포도주나 먹을 것이 달려 올라오기도 했다.

내가 가지고 있던 수학 지식은 이곳 사람들이 쓰는 표현을 배우는 데 많은 도움이 되었다. 이곳의 문체는 과학과 음악에 바탕을 두고 있었다. 이들은 선과 도형으로 자신의 생각을 표현했다. 예를 들어 아름다운 여자나 귀여운 동물을 표현할 때 마름모, 원, 평행사변형, 타원을 비롯해 여러 기하학 용어들을 사용하는 것이다. 음악 용어도 많이 사용했는데, 다행히 나는 음악에도 상당 수준의 지식이 있었다. 왕실 부엌에는 온갖 종류의 측량 도구와 악기들이 있었는데, 그 모양을 본떠 자른 고기 요리가 왕의 식탁에 올려졌다.

이곳 사람들이 사는 집은 건축디자인이 엉터리로 된 것처럼 보였다. 벽은 비스듬히 기울여져 있고, 방의 각도가 제대로 된 집이 한 곳도 없었다. 실용 기하학을 우습게 여긴 결과였다. 이들은 실용 기하학이 천박하고 기계적이라며 깔보았고, 현장 인부들이 알아듣지 못하는 어려운 표현만을 고집했다. 그러니 엉뚱한 실수가 수시로 발생했다. 이들은 이론적으로는 자나 연필, 컴퍼스에 능통했다. 하지만 일상생활에서 이것들을 다룰 때는 엄청나게 어수룩했으며 응용에도 서툴렀다.

수학과 음악을 제외한 다른 분야에서는 이들보다 더 느리고 어리숙한 사람들을 나는 본 적이 없었다. 논리를 전개하는 능력이 매우 뒤떨어졌고, 남의 의견에 격렬하게 반대하기를 좋아했다. 어쩌다가 옳은 의견을 내놓기도 하지만, 그런 경우는 매우 드물었다. 상상력, 공상, 발명이라는 개념을 전혀 모르기 때문에 그들의 언어에 이런 것들은 존재하지도 않았다. 이들의 생각과 정신은 오로지 수학과 음악, 이 두 학문에만 갇혀 있었다.

이들은 대부분, 특히 천문학을 다루는 사람들은 점성술을 크게 신봉했는데, 그러면서도 그런 사실을 겉으로 드러내는 것은 부끄러워했다. 내가 매우 감탄하면서도 도저히 설명할 길이 없는 사실이 하나 있었는데, 그것은 바로 이곳 사람들이 뉴스와 정치에 관심이 많다는 것이었다. 사람들은 끊임없이 공적인 일에 대해 질문을 던지고 국가가 하는 일에 자신의 입장을 피력했다. 또 정당의 공식 입장에 대해 꼬치꼬치 따져가며 열띤 토론을 벌였다. 유럽에서 내가 알던 수학자들의 성향도 그랬다. 정치학과 수학은 아무런 연관이 없는 학문이었지만 수학을 하는 사람들 역시 작든 크든 원의 각도는 다 똑같다고 생각하는 주의였다. 그래서 그들은 지구의를 돌리고 만질 줄만 알면 세상일을 전부 다룰 수도 있다고 생각했다.

이곳 사람들은 항상 불안해했고, 단 1분도 마음의 평화를 누리지 못했다. 일어나지 않을 일들을 걱정하는데 시간을 할애했다. 예를 들면 그들은 천체에 어떤 무서운 변화가 일어날까봐 걱정했다. 지구가 계속 태양 쪽으로 가까이 가면 언젠가는 태양이 지구를 삼켜 버릴지도 모른다는 것이었다. 태양이 내뱉는 악취가 태양의 표면을 뒤덮어 온 세상이 암흑천지가 되지는 않을까 하는 걱정도 했다. 얼마 전에는 지구가 혜성 꼬리와의 충돌을 간신히 피했는데, 만약 충돌했더라면 지구는 아마 잿더미가 되었을 것이라고 했다. 그리고 수학적으로 31년 후에 다시 날아올 혜성은 틀림없이 지구를 완전히 파괴해 버릴 것이라며 걱정했다. 혜성이 태양의 근일점에서 일정한 각도로 돌진할 경우, 시뻘겋게 이글거리는 쇳덩어리보다 1만 배는 더 높은 열을 발산하게 될 것이라고 했다. 이들이 하는 계산대로라면 그럴 만도 했다. 혜성은 태양에서 멀어지면 길이가 16만 킬로미터가 넘는 불타는 꼬리를 달게 된다. 그래서 지구가 혜성의 핵, 혹은 본체에서 16만 킬로미터나 떨어진 곳을 지난다 하더라도, 지구는 불이 붙어 결국 잿더미가 되고 마는 것이다. 태양이 아무런 영양분도 보충하지 않고 매일 광선을 내보내기만 하기 때문에 결국엔 모든 것을 다 허비하고 사라져 버릴 것이며, 그렇게 되면 지구를 비롯해 태양빛으로 살아가는 모든 행성들도 같은 길을 걷게 될 것이다.

사람들은 항상 이런 종류의 걱정과, 조만간 닥칠지 모르는 엄청난 위기 때문에 불안해서 잠도 제대로 못 자고, 일상의 재미나 즐거움도 맛보지 못했다. 이곳의 아침 인사말은 간밤에 태양에 별 문제가 없었는지 묻는 것이었다. 해가 지고 뜰 때 큰 일이 일어나지는 않았는지, 혜성이 날아오면 충돌을 피할 가능성은 얼마나 되는지 하

236
237

는 식이었다.

섬의 여자들은 정력이 넘쳤다. 여자들은 자기 남편을 무시하기 일쑤였으며, 외지인을 지나치게 좋아했다. 섬에는 아래쪽 대륙에서 올라온 남자들이 넘쳐났다. 섬에 있는 마을이나 회사에서 일을 보기 위해 온 사람도 있고, 개인적인 일 때문에 오는 사람들도 있었다. 육지에서 올라온 사람들은 섬사람들에 비해 지성이 떨어졌기 때문에 대접을 받지 못했다. 그럼에도 이곳 부인들은 육지에서 올라온 남자들 중에 애인을 골랐다. 남편들은 안중에도 없었으며 남편들 역시 사색에 빠져 있느라 부인들의 외도에 관심이 없었다. 심지어 클리메놀이 곁에 없을 때 부인들은 남편이 보는 앞에서 애인과 진한 애정 표현을 하는 것도 서슴지 않았다. 부인이든 아가씨든 섬에 갇혀 지내는 처지를 비관했지만 사실 세상에서 이곳만큼 여자들이 살기 편한 곳은 없었다. 여자들은 풍족했으며, 사치를 누렸고, 무엇이든 하고 싶은 대로 하며 살 수 있었다. 그러나 여자들은 더 넓은 세상을 보고 싶어 했고, 큰 도시로 내려가고 싶어 했다. 도시로 내려가기 위해서는 왕의 특별 허가가 필요했는데, 그 허가를 얻기는 매우 힘들었다. 한 번 밖으로 나간 여자들을 다시 데려오는 것은 거의 불가능했기 때문이다.

섬에 온 지 한 달 정도 지나자 나는 이곳 말을 제법 유창하게 구사할 수 있게 되었다. 왕을 보러 가는 기회가 생기면, 그가 던지는 물음에도 대부분 답할 수 있게 되었다. 그는 내가 여행한 나라들의 법률이나 정부, 역사, 종교 또는 풍습에 대해서는 일절 관심이 없었고, 오로지 수학이 어느 정도 발달했는지에 대해서만 관심이 있었다. 그나마도 질문만 던져놓았을 뿐, 내가 하는 대답은 안중에도 없었다. 클리메놀에게 계속 귀를 때리도록 명령하면서도 내가 하는 이야기들을 건성으로 들었다.

제3장
섬의 움직임을 통제하는 천연자석

내가 섬에 있는 진귀한 것들을 둘러볼 수 있게 해달라고 간청하자 왕은 기꺼이 승낙했다. 나는 가장 먼저 섬이 어떤 원리에 의해 움직이는지 알고 싶었다. 날아다니는, 혹은 떠다니는 섬은 완벽한 원형 모양이었다. 직경은 약 7킬로미터쯤 되고 전체 면적은 1만 에이커였다. 두께는 270미터 정도 되었다. 밑에서 올려다보면 섬의 바닥은 평편한 금강석 판인데, 제일 두꺼운 곳은 180미터쯤 되었다. 그 석판 위로 몇 가지 광물들이 순서대로 쌓여 있었다. 그 위로는 비옥한 땅이 3~3.6미터 높이로 덮여 있다. 섬의 경사는 가장자리에서 중앙으로 갈수록 낮아졌는데, 이슬이나 비는 자연적으로 작은 냇물을 이루며 중앙으로 흘러들어간다. 이렇게 흘러간 물은 커다란 저수지 네 곳에 모였다. 저수지의 물은 낮 동안 햇빛을 받아 계속 증발하기 때문에 저수지의 범람을 효과적으로 막아 준다. 게다가 왕은 직권으로 구름이나 수증기보다 더 높은 곳으로 섬을 상승시킬 수 있기 때문에 언제든지 섬에 이슬이나 비가 내리지 않도록 할 수 있었다. 자연과학자들도 인정하듯이, 구름은 고도 3.2킬로미터보다 더 높은 곳에서는 생성되지 않는다. 특히 이곳에서는 그 정도 높이에서도 구름이 생성된 경우가 단 한 번도 없었다.

섬의 한가운데에는 직경 45미터 정도 되는 협곡이 하나 있었다. 그곳으로 내려가면 천문학자들이 이용하는 거대한 돔이 하나 있다. 플란드나 가그놀, 즉 '천문학자들의 동굴'이라고 부르는 곳이었다. 동굴 안에는 램프 20개가 계속 켜져 있는데, 그 불빛이 금강석에 반사되어 사방을 밝혔다. 그 안에는 아주 다양한 종류의 망원경과 천체 관측의를 비롯한 갖가지 천문학 기구들이 갖추어져 있었다. 가장 신기한 것은 바로 섬의 운명이 달려 있는 엄청나게 큰 천연 자석이었다. 자석의 모양은방적공들이 사용하는 거대한 베틀 북처럼 생겼다. 이 자석의 한가운데를 다이아몬드 축이 관통하여 지탱하고 있는데, 가장 약한 힘으로도 움직일 수 있게 정확하게 균형을 잡고 있었다. 천연 자석은 다이아몬드 원통에 둘러싸여 있으며, 원통의 아치형 천장은 다이아몬드로 된 8개의 기둥이 지탱하고 있었다. 이 기둥들은 섬의 바탕을 이루는 다이아몬드에 붙어있어서 하나의 몸체와 같았다. 따라서 절대 이동할 수 없었다.

섬의 이동은 천연 자석의 작용에 의해 이루어졌다. 자석의 양(揚) 극이 육지를 향하면 섬은 육지를 향해 하강한다. 자석의 음(陰)극이 육지 쪽으로 향하면 섬은 육지에서 멀리 떨어져 하늘로 향했다. 섬을 비스듬하게 움직이고 싶으면 자석을 비스듬하게 움직이면 되었다.

천문학자들은 하나같이 천연 자석과 관련된 일에 종사했다. 그들은 자석을 주의 깊게 관리하고 보호했으며, 왕의 명령에 따라 현명하게 조종했다. 그들은 아침부터 밤중까지 플란드나 가그놀에서 생활했다. 천연자석을 조종하지 않을 때에는 완벽한 도구로 하늘을 관측했다. 그들은 1미터짜리 망원경을 가지고도 우리가 매우 커다란 망원경을 사용해 얻을 수 있는 결과를 얻어냈다.

그러나 과학부문에서 괄목할 만큼 진보한 사람들이 사회 문화적 측면에서도 그에 걸맞게 진보적인 의식을 가진 것은 아니었다. 왕은 내가 생각한 것처럼 많이 깨우친 사람 같지 않았다. 오히려 다소 독재적인 면이 있다고 봐야 할 것이다. 다행히 라푸타의 대신들은 큰 부자여서 왕의 절대 권력을 옹호하는 데 관심을 갖지 않고 국민들의 자유를 보호하는 데 더 할 나위 없이 성실하게 앞장섰다. 육지에서 반란이 일어나는 경우, 예를 들어 그곳 주민들이 과도하게 매겨진 세금 납부를 거부하는 경우에 왕은 백성들을 좀 더 유순하게 만들기 위해 두 가지 방책을 쓴다.

첫 번째 방법은 그나마 가벼운 방법으로, 문제를 일으킨 도시와 그 주변 토지의 상공에 섬을 떠 있게 하는 것이다. 그러면 햇빛과 비가 완전히 차단된다. 주민들은 결국 식량 부족과 질병의 고통을 겪게 된다. 죄가 무거운 경우에는 위에서 커다란 돌을 아래로 마구 집어던지는데, 밑에 있는 주민들은 아무런 방어도 할 수가 없다. 집이란 집은 지붕이 모두 산산조각난다. 그래도 항복하지 않고 계속 반란을 일으킬 때 왕은 최후의 수단을 쓴다. 바로 섬을 주민들 머리 위에 곧바로 떨어뜨리는 것이다. 그러면 집이고 사람이고 모두 완전히 부서지고 만다. 하지만 왕이 이렇게 극단적인 수단을 사용하는 경우는 극히 드물다. 실제로 왕은 이러한 벌을 내릴 마음도 없고, 각료들도 왕이 그런 조치를 취하도록 권하지 않는다. 만약 그렇게 했다간 자신들의 영지도 막대한 피해를 입게 될 것이기 때문이다. 육지에 있는 땅들은 모두 대신들의 소유지이고, 왕이 소유한 재산은 날아다니는 섬 말고는 없었던 것이다.

제4장
라퓨타를 떠나다

　이 섬에서 내가 그렇게 푸대접을 받은 것은 아니었다. 하지만 모두들 내게 무관심했고, 나는 무시당하는 기분을 느꼈던 적이 많았다. 왕과 백성들은 수학이나 음악 외 분야에 대해서는 일절 관심이 없었고 나는 수학과 음악에 대한 지식이 이들보다 훨씬 뒤떨어졌다. 이곳에 머문 두 달 동안 나는 여자들과 장사치, 클리메놀 그리고 왕궁의 시동들과만 대화를 나눈 것이 고작이었다. 열심히 공부한 덕분에 언어도 모두 익혔지만 막상 대화상대가 없었던 것이다. 섬의 신기한 것들을 모두 구경하고 나자, 섬을 떠나고 싶은 마음은 더욱 간절해졌다.

　왕궁에는 왕과 무척 가까운 혈연 사이인 고위 각료가 한 명 있었다. 사람들은 그를 함부로 대하지 못했다. 그는 왕에게 헌신적이었으며, 선천적으로 타고난 재주도 무척 뛰어난 사람이었다. 됨됨이가 훌륭하고 명예를 소중히 여겼다. 그러나 그는 무식하고 어리석은 사람으로 평판이 나 있었다. 지독한 음치였기 때문이다. 그를 미워하는 사람들은 그가 툭하면 박자를 놓친다고 비난했다. 선생들은 그에게 제일 간단한 수학 방정식 하나 가르치는 데도 엄청나게 애를 먹었다. 그는 내게 무척 잘 대해 주었는데, 고맙게도 자주 나를 찾아와 주었고, 유럽의 정세를 비롯해 내가 여행한 여러 나라의 법과 관습, 풍습과 학문에 대해 관심을 가져주었다. 그는 내 말을 아주 주의 깊게 들었고 내가 말한 내용에 대해 아주 날카로운 의견을 제시했다. 클리메놀 두 명이 그를 보좌했지만, 왕궁에서나 의전용 방문을 하는 경우 외에 이들의 도움을 받는 일은 거의 없었다.

나는 라퓨타에서 가장 믿을 만하다고 판단되는 이 사람에게 라퓨타를 떠나게 해달라고 부탁했다. 그리고 그의 도움으로 2월 16일, 드디어 라퓨타 왕궁을 떠날 수 있었다. 왕은 내게 200파운드에 상당하는 선물을 주었으며, 수도인 라가도에 있는 친구에게 나를 소개하는 편지를 써주었다. 나는 라퓨타 왕의 속국인 육지 발니바르비의 수도 라가도로 '하강'할 준비를 했다.

날아다니는 섬이 산 위를 지나고 있을 때였다. 나는 섬으로 끌

어울려진 때와 같은 방법으로 아래로 내려가 산의 정상에 내렸다. 그러나 그곳은 라가도와 거리가 멀었다. 왕의 친구라는 무노디라는 사람은 매우 정직한 인물로, 왕의 신임을 얻고 있었다. 오래전 왕궁의 주요 요직에 있던 중요한 인물이었으나 몇몇 대신들이 모함하여 그를 자리에서 몰아냈다고 한다.

나는 그의 집을 금방 찾을 수 있었다. 그는 나를 크게 반겨 주었다. 자기 집에 내 처소를 마련해 주었고, 아주 융숭한 대접을 해 주었다.

내가 도착한 다음날, 그는 나를 마차에 태워 시내 구경을 시켜 주었다. 도시는 크기가 런던의 절반만했는데, 집들의 모양이 이상했고, 대부분 수리를 하지 않은 채였다. 거리에 다니는 사람들은 발걸음이 빨랐고, 거칠어 보였으며, 시선은 어딘가 고정되어 있었는데, 모두들 다 헤진 옷을 걸치고 다녔다. 우리는 성문을 빠져나와 교외로 5킬로미터 정도 나갔다. 많은 사람들이 들판에서 여러 가지 도구를 가지고 일을 하고 있었다. 무슨 일을 하는지는 알 수 없었으나 토지는 비옥해 보였다. 그런데 이상한 것은 옥수수 이삭 한 알, 풀한 포기조차 보이지 않는 것이었다. 도시에서나 시골에서나 이렇게 이상한 광경이 펼쳐지자 나는 무슨 영문인지 궁금해서 참을 수 없었다. 나는 용기를 내어 사람들이 일을 많이 하는 것 같긴 한데 결실이 없는 것 같다고 말했다. 들판의 땅은 전혀 갈지 않았고 도시는 아름다운 모습이라곤 조금도 없는데, 상황이 어쩌다 이렇게 됐는지 궁금하다고 그 까닭도 물었다. 무노디 경은 수도의 요직을 오랫동안 맡고 있었기 때문에 문제점들을 잘 알고 있으리라고 생각했다. 그래서 결정적인 대답을 듣기를 희망했던 것이다. 그러나 그는 내 질문에 시원한 대답을 해 주지 않았다. 그는 한 나라에 대한 평가는 그렇게 쉬운 것이 아니라고 대답했다. 이곳에서 좀 더 살아 봐야 아는 것이라고 했다. 나라마다 풍습과 특징이 다르다는 것이었다.

저택으로 돌아왔을 때 무노디는 내게 여러 가지 의견을 물어왔다. 건물은 어땠는지, 어떤 점이 엉터리라고 생각되었는지, 또 자기 집 하인들의 복장이나 모습에 어떤 문제가 있는지 등에 대해 물었다. 무노디는 이런 질문들을 거침없이 해댔다.

나는 이 집이 지금까지 라가도에서 가본 곳 중 제일 정상적인 분위기를 가진 유일한 장소라고 대답했다. 이 집은 세심하고 훌륭한 감각으로 다듬어졌다는 점도 칭찬했다. 아마 분명 당신의 지성과 신분 덕분에 주민들이 겪는 불행을 피할 수 있었던 것 같다고 말했는데, 이 말에 대해서 그는 침묵을 지켰다. 더 이상 그 문제를 깊이 있게 얘기하고 싶지 않은 것 같았다. 그러나 곧 자기 영지에 있는 시골 별장에 가보지 않겠느냐고 제안하면서, 이런 대화를 편하게 나누기에는 그곳이 적당할 것이라고 했다.

우리는 이튿날 아침 그의 별장으로 향했다. 여행 중에 그는 내게 농부들이 땅을 일구는 여러 가지 방법들을 살펴보라고 했다. 그러나 몇 킬로미터를 달려도 전날 본 도시 중심부나 나중에 본 외곽 들판 풍경이 다를 바 없었다. 야위고 근심에 찬 농부들의 얼굴이 한층 더 괴상하게 보였고, 농부들은 맥없이 일을 하고 있었다. 그런데 세 시간쯤 지나 무노디 경의 소유지가 나오면서부터는 풍경이 완전히 바뀌었다. 정말 아름다운 시골 풍경이 눈앞에 펼쳐지는 것이었다. 예쁘게 지은 농가들이 옹기종기 모여 있었고, 울타리가 쳐 있는 들판에는 포도밭과 옥수수밭, 풀밭이 자리하고 있었다. 일찍이 본 적이 없는 상쾌한 광경이었다.

그런데 그는 갑자기 한숨을 푹 내쉬기 시작했다. 이곳 사람들은 무노디 경이 영지를 이렇게밖에 돌보지 못한다며 비난한다고 했다. 그는 자신이 시대에 뒤떨어진 방식을 아직도 버리지 못하고 있다며 고집 세고 반동적인 사람이라고 자책했다. 그래서 나라에서도 대접을 받지 못하고 있는 것이며, 조만간 현대적인 기술을 배울 것이라고 했다. 나는 무노디 경의 말을 전혀 이해할 수 없었다. 그의 말을 듣는 동안 우리는 별장에 도착했다. 별장은 고상한 건축물로 고대 건축 기술에 따라 지어져 있었다. 분수와 정원, 산책로, 대로, 과수원 등이 모두 훌륭한 안목과 취향에 따라 배치되어 있었다. 나는 눈에 보이는 것마다 찬사를 늘어놓았지만, 무노디는 내가 하는 말에는 일절 관심을 보이지 않았다.

저녁식사를 마치고 단 둘만 남게 되자 그는 침울한 어조로 말했다. 시내에 있는 집과 이곳 별장을 부수고 현대식으로 새로 지어야겠다는 것이었다. 또 밭에 심어놓은 작물도 모두 파내 없애고 현대식 영농법으로 새로 일궈야겠다고 했다. 소작인들에게도 똑같이 하라고 지시를 해야겠다며, 그렇게 하지 않으면 자신은 거만함, 괴상함, 자만, 무지, 변덕의 죄를 범하게 될 것이고 왕의 노여움은 더 커질 것이라는 말이었다.

그는 자기가 들려줄 이야기 때문에 내가 왕국에 대해 가지고 있던 경외심이 사라지지는 않을까 걱정된다고 했다. 위쪽에 있는 사람들은 사색에 몰두해 있느라 이곳에서 일어나는 일에는 신경도 쓰지 않으니 왕궁에서는 이런 이야기를 아마도 들어 보지 못했을 것이라고 했다.

그가 들려준 이야기는 이랬다. 약 40년 전에 어떤 사람들이 라퓨타를 방문한 적 있었다. 이들은 다섯 달 후 돌아왔는데 수학에 대해서는 거의 배운 것이 없었고, 허영심만 가득차서 돌아왔다. 이들은 돌아온 다음, 지상에서 쓰고 있는 모든 운영 방식에 염증을 느꼈다. 그리고 모든 예술, 학문, 언어, 기계 기술을 새로운 토대 위에 마련한다는 계획에 돌입했다. 이를 위해 그들은 왕의 특별 허가를 얻어서 라가도에 '계획자 아카데미'를 세웠다. 온 나라가 이 아카데미 설립 열풍이 불었는데, 도시치고 이 아카데미를 세우지 않은 곳이 없을 정도가 되었다. 아카데미에서 교수들은 새로운 영농법과 건축 기술을 만들어내고, 교역과 제조업에 새로운 방식을 도입하는 일에 몰두했다. 교수들은 신기술을 적용하면 한 사람이 열 사람의 일을 해낼 수 있다고 주장했다. 일주일이면 궁전을 하나 지을 수 있고, 그 재료는 보수하지 않아도 영구히 지속가능하다고 떠들어댔다. 세상에 있는 모든 과일은 우리가 원하는 계절에 익게 될 것이며, 수확량은 지금의 100배로 늘어날 것이라고 했다. 그 밖에 꿈 같은 제안들이 수도 없이 쏟아져 나왔다. 그러나 이 계획 중에 어느 하나도 아직 완성된 것이 없다는 것이었다.

그러는 동안 온 나라가 비참한 상태로 방치되어 가옥은 폐허처럼 변하고, 사람들은 먹을 것과 입을 것도 없이 지내게 되었다는 것이다. 그런데도 계획자들은 기세가 꺾이기는커녕 더 열성적으로 계획을 추진했다.

무노디는 이전의 방식대로 일을 하는 것에 만족하고 있었다. 조상들이 지은 집에 살면서 조상들이 해 오던 생활 방식을 고수했다. 관료나 귀족 중에서 이처럼 살아가는 사람도 더러 있었지만, 그들은 갖은 멸시를 받고 악담을 들어야 했다. 이들은 예술의 적이요, 무지하고 나라 전체의 화합을 해치는 자들로 간주되었다. 국가 전체의 발전보다는 개인의 안락함을 우선하는 게으름뱅이라고 손가락질 받았다.

그는 내가 아카데미를 구경하는 기쁨을 망치지 않으려면 이제 이런 세세한 이야기는 그만두어야겠다며 말을 끊었다. 그는 내가 그곳에 반드시 가 보아야 한다고 했다. 마지막으로 그는 우리가 대화를 나누던 곳에서 5킬로미터 정도 떨어진 곳에 봉긋하게 솟은 산기슭에 폐허가 된 건물을 가리키며 이렇게 설명했다. 그는 별장에서 800미터 떨어진 곳에 아주 편리한 물레방앗간을 하나 가지고 있었다. 큰 강에서 흘러내리는 물의 힘으로 돌아가던 그 물레방아는 자기 가족뿐만 아니라 많은 소작농이 사용하기에도 충분했다. 그런데 약 7년 전, 이 계획자 클럽이라는 단체가 와서 이곳에 있는 물레방아를 없애고 산등성이에 새 물레방아를 지으라고 제안했다고 한다. 길게 운하를 파서 저수지를 만들고 파이프와 기계를 이용해 물레방아에 물을 공급할 수 있도록 만들자는 제안이었다. 그들은 높은 곳에서 부는 바람을 이용해 공기가 저수지에 파도를 일게 하면 방아가 돌아갈 것이라고 주장했다. 경사진 곳을 내려가는 물의 힘은 수평으로 흐르는 물의 힘보다 두 배는 세기 때문에 절반의 물로도 물레방아를 돌릴 수 있다는 것이다. 무노니 경은 그 제안을 따라 2년 동안 100명의 인부를 고용해 대대적인 공사에 착수했다. 그러나 공사는 제대로 진행되지 않았고, 계획자들은 모든 비난을 그에게 떠넘긴 채 떠나 버렸다. 그 후에도 그에 대한 비난은 계속되었다. 계획자들은 같은 명분으로 무노디를 제외한 다른 사람들에게도 같은 제안을 했고, 매번 똑같이 실패를 반복했다.

　며칠 후 우리는 시내로 돌아왔다. 무노디 경은 자신의 평판이 좋지 않으니 아카데미에는 함께 가지 않겠다고 했다. 대신 나를 아카데미에 대신 데려가줄 친구를 한 명 소개시켜주겠다고 했다.

제5장
아카데미를 시찰하다

아카데미의 건물은 길 양편에 늘어선 몇 채의 건물로 이루어져 있었는데 모두 황폐해져 가는 모습이었다. 원장은 나를 매우 친절하게 맞아주었고, 나는 며칠 동안 계속 이곳을 방문했다. 방의 개수는 모두 합쳐 500개는 족히 되었는데 방마다 한두 명의 계획자들이 연구를 진행하고 있었다.

그곳에서 처음으로 만난 남자는 매우 초췌한 몰골이었다. 손과 얼굴에 시커멓게 검댕이 묻어 있었고 긴 머리에 수염은 덥수룩했다. 군데군데 갈라지고 그슬린 흔적이 남아 있는 옷과 셔츠, 살갗도 모두 마찬가지였다. 이 사람은 오이에서 태양 광선을 추출하는 연구 프로젝트에 8년째 매달리고 있었다. 추출해 낸 태양 광선은 유리

병에 넣어 밀봉한 뒤, 여름철 궂은 날에 병에서 꺼내어 공기를 데운다는 원리였다. 그는 내게 말하기를 앞으로 8년만 더 연구하면 총독의 정원에 싼 가격으로 태양 광선을 공급할 수 있을 것이라고 했다. 그러면서 자신이 재능을 살릴 수 있도록 격려하는 뜻에서 조금만 도와달라고 간청했다. 특히 오이 값이 매우 비싼 계절이라서 형편이 어렵다고 그는 말했다. 나는 돈을 조금 내놓았는데, 나의 주인이 이럴 때 쓰라고 준 돈이 있었기 때문이다. 이 사람들이 찾아오는 손님에게 구걸을 한다는 사실을 주인은 알고 있었던 것이다.

이번에는 다른 연구실로 들어갔다. 이곳은 너무 지독한 냄새가 코를 찔러 그냥 되돌아 나오고 싶었다. 하지만 안내를 맡은 사람이 무례한 행동을 해서는 안 된다며 귓속말을 했다. 이 방에 있는 계획자는 아카데미에 온 지 가장 오래된 최고참 연구자였다. 얼굴과 수염은 누르스름했고, 두 손과 옷은 오물로 뒤덮여 있었다. 내 소개를 하자 계획자는 나를 꼭 안아주었다. 정말 피하고 싶은 친절이었다. 그는 아카데미에 들어온 이후 줄곧 인간의 분뇨를 소화 전 음식의 상태로 되돌리는 연구를 하고 있었다. 인분에서 몇 가지 성분을 분리해내고, 쓸개즙에서 나온 색을 제거한 다음, 악취를 없애고, 침 성분을 제거하는 과정을 거쳐야 했다. 매주 아카데미 협회로부터 인분이 가득 든 통을 하나 공급받는데, 큰 브리스틀 나무통만 했다.

나는 이곳에서 얼음으로 화약을 만드는 연구를 하는 사람도 보았고, 새로운 건축 기술을 고안해낸 천재적인 건축가도 만났다. 그는 특이하게도, 집을 지을 때 지붕을 가장 먼저 지었다. 그리고 점점 밑으로 내려가면서 기초 공사는 제일 나중에 했다. 그는 벌과 거미같이 아주 신중한 곤충들도 그러한 방식으로 집을 짓는다면서 자신의 건축 이론을 정당화했다.

어떤 계획자는 태어날 때부터 눈이 보이지 않았다. 그는 휘하에 여러 명의 제자를 두고 있었는데, 그들은 화가들을 위해 색을 배합하는 일을 하고 있었다. 스승은 제자들에게 촉각과 후각으로 색을 구분하는 방법을 가르쳤다. 그러나 애석하게도 내가 방문한 날 제자들은 제 기량을 발휘하지 못했다. 더구나 스승도 실수를 연발했다. 그러나 이곳에 일하는 모든 동료들은 그를 격려하고 존중해 주었다.

다른 방에서는 비용을 절약하기 위하여 돼지로 밭을 가는 방법을 연구하는 계획자를 만날 수 있었다. 그의 방법대로라면 쟁기와 가축, 그리고 노동력에 드는 비용을 훨씬 절감할 수 있었다. 그의 방법은 다음과 같았다. 1에이커의 땅에 도토리, 대추, 밤, 그 밖에 돼지가 제일 좋아하는 열매와 갖가지 채소를 묻어둔다. 그리고 이곳에 돼지 600여 마리를 풀어놓으면 돼지들은 먹이를 찾기 위해 불과 며칠 만에 땅을 몽땅 헤집어 놓는다. 그러면 땅은 씨뿌리기에 적당한 상태가 될 뿐 아니라 돼지 똥을 거름으로 삼는 효과도 얻을 수 있었다. 그러나 막상 실험을 진행해 보니, 노력과 비용은 엄청나게 들어가는데 반해 밭에서 나는 수확량은 극히 적었다. 그럼에도 모든 계획자들은 그의 이론이 위대한 진보를 이룩할 것이라고 믿었다.

또 다른 연구실에서는 한 연구자가 누에고치 대신 거미로부터 실크를 뽑아내기 위한 방법을 찾기 위해 직물 연구에 전념하고 있었다. 그 연구실은 벽과 천장이 온통 거미줄로 가득 차 있었는데, 내가 입구에 들어서자마자 그 방의 연구자는 내게 거미줄을 건드리지 말라며 외마디 비명을 질렀다. 그는 누구라고 할 것도 없이 핏대를 올리며 비난을 퍼부었다. 그리고 누에고치를 기르는 일은 바보 같은 짓이라고 설명했다. 거미줄을 뽑아내는 것 말고도 줄로 집을 짤 줄 아는 거미 같은 곤충들을 자유롭게 이용하면 된다는 것이다. 그는 자신의 거미들을 이용해 형형색색의 실크를 생산할 수 있다고 했다. 색깔 있는 파리들을 거미에게 먹이로 주기만 하면 나머지는 자연히 해결된다는 것이다. 그는 아름다운 색을 띤 엄청난 수의 파리 떼를 보여주었는데, 매우 그럴듯했다. 그는 파리의 색이 다양하기 때문에 소비자들의 욕구를 모두 충족시킬 수 있을 것이라는 말을 하며, 직접 파리를 거미에게 먹이로 주었다. 더 나아가 파리에게 껌이나 기름을 비롯한 접착성 물질까지 먹인다면, 거미줄도 더욱 튼튼하고 점성이 강해질 것이라고 했다. 나는 아예 그의 말을 반박하고 싶은 생각조차 들지 않았다.

나는 갑자기 배가 몹시 아파오는 것을 느꼈다. 안내인은 나를 다른 방에 있는 저명한 외과의사에게 데려가주었다. 그는 독특한 방법으로 복통을 치료하는 연구를 하고 있었다. 그의 치료 장비는 길고 가느다란 상아 주둥이가 달린 넓은 풀무였다. 항문에 풀무를 20센티미터가량 깊이 밀어 넣은 후 공기를 빨아들이면, 내장이 마른 바람주머니처럼 홀쭉해지면서 복통이 사라진다고 했다.

복통이 더 심할 경우에는 환자의 항문에 풀무를 넣어 몸속에 공기를 빵빵하게 채웠다. 그다음 풀무를 빼내고, 엄지로 항문을 꽉 누르는데 이 방법을 서너 번 반복하면 펌프에서 물이 뿜어져 나오듯 배에서 공기가 빠져나온다. 동시에 악성 물질도 함께 제거되면서 환자가 회복되는 원리라고 그는 설명했다. 그리고 그는 곧장 개에게 두 가지 실험을 해 보였다.

첫 번째 치료법은 효과가 없었다. 두 번째 치료법을 쓰자 개는 몸이 터질 듯 부풀어 오르더니, 곧 이어 세차게 오물을 뿜어냈다. 나도 그랬지만 의사와 안내인 역시 지독한 냄새에 눈살을 찌푸렸다. 개는 현장에서 즉사했다. 우리는 동일한 치료법으로 개를 살려내 보이겠다는 의사를 남겨둔 채 방에서 나왔다.

지금까지 내가 말했던 연구자들은 모두 발명에 몰두하는 사람들로 아카데미의 한쪽 방향에 그들의 연구실이 늘어서 있었다. 그리고 우리가 빨리 지나쳐온 연구소의 다른 쪽 방향에는 '저명한 사상가'들이 살고 있었다. 그중 가장 유명한 인물로는 '만능 기술자'라 불리는 사람이 있었다. 그는 온 생애를 인간성에 대한 근본적인 문제를 해결하는 데 바쳤다. 그는 많은 연구 보조원들을 거느리고 있었는데, 모두들 그가 진행하고 있는 연구에 참여하고 있었다. 몇 사람은 공기를 응축하여 마른 고체로 만드는 연구를 하고 있었다. 대리석을 말랑말랑하게 만들어 베개와 바늘꽂이를 만드는 연구를 하는 사람들도 있었다. 또 살아 있는 말의 발굽을 딱딱하게 만들어 닳지 않도록 하는 연구에 몰두하는 사람도 있었다. 만능기술자는 당시 엄청난 계획 두 가지에 몰두하느라 여념이 없었다.

첫 번째 계획은 왕겨를 땅에 뿌리는 것이었다. 그는 왕겨 속에 씨앗을 움트게 하는 능력이 숨어 있다고 믿었다. 두 번째 계획은 고무와 광물, 채소를 적당히 섞어서 어린 양 두 마리에게 발라 양털이 자라지 않도록 하는 것이었다. 그는 때가 되면 털 없는 양을 왕국 전체에 퍼뜨리게 될 것이라고 했다.

학자들의 프로젝트

우리는 길을 건너 맞은편 아카데미로 갔다. 그곳에는 사색적 학문을 연구하는 자들이 살고 있었다. 제일 먼저 만난 학자는 아주 큰 방에서 40명의 어린 제자들과 함께 있었다. 내가 인사를 한 뒤 방 한 쪽을 넓게 차지하고 있는 틀을 진지하게 쳐다보자, 학자는 사색적 지식을 넓히는 계획에 실용적, 기계적 원리를 이용하는 틀이 왜 필요한지를 설명했다. 그러면서 조만간 틀의 용도를 세상이 전부 알게 될 것이라고 했다. 그는 자신의 아이디어가 인간의 머리에서 나올 수 있는 가장 고상한 것이라고 자화자찬했다.

지금까지 해 오던 방식대로 예술과 학문을 익히려면 무척 힘들다는 것은 모두가 아는 사실이다. 그런데 이 학자가 고안해낸 틀을 사용하면 제아무리 무지한 사람이라고 하더라도 많은 비용이나 노력을 들이지 않고도 철학, 시, 정치, 법률, 수학, 신학에 대한 책도 쓸 수 있다는 것이었다. 천재가 아니라도, 공부를 하지 않아도 가능하다는 것이었다. 학자는 나를 그 틀로 데려갔다. 틀 양 옆에는 제자들이 일렬로 서 있었다. 크기가 6제곱미터쯤 되는 틀은 방 한가운데 놓여 있었다. 표면은 들쭉날쭉한 주사위 정도 크기의 나뭇조각들로 만들어져 있었다. 나뭇조각들은 모두 가는 철사로 연결되어 있었다. 나뭇조각 각 면에는 종이쪽지가 한 장씩 붙어 있는데, 종이에는 그 나라 말로 어법, 시제, 격변화를 시킨 단어들이 두서없이 적혀 있었다. 학자는 장치를 작동시킬 준비를 하면서 나더러 잘 지켜보라고 했다. 학자가 시키는 대로 제자들은 틀 가장자리에 고정되어 있는 쇠 손잡이 40개를 한 개씩 잡았다. 그리고 손잡이를 갑자기 한 바퀴 휙 돌렸다. 그러자 단어 배열이 완전히 뒤바뀌었다. 학자는 36명의 제자들에게 틀에 나타난 문장들을 천천히 읽어 보라고 지시했다. 거기서 문장이 되는 단어 서너 개를 찾아내면 나머지 네 명의 학생이 받아 적도록 그것을 불러 주었다. 이런 식으로 서너 차례 반복했는데, 틀이 한 번씩 회전할 때마다 나뭇조각이 아래위로 뒤집혀서 단어들은 새로운 자리에 앉혀졌다.

어린 제자들은 하루에 여섯 시간씩 이 일에 매달렸다. 학자는 내게 단어가 엉망으로 뒤섞인 2절 크기의 책 몇 권을 보여 주었다. 그는 이 문장들을 조합하고, 이렇게 모은 풍부한 자료를 바탕으로 예술과 학문의 완전한 체계를 내놓을 계획이라고 했다. 물론 앞으로 이 일을 좀 더 발전시키기 위해서는 사람들이 라가도에 이런 틀 500개를 만들어 사용할 수 있도록 국가의 지원이 더 필요하다는 것이었다.

사색적 학자의 방을 나와 우리는 언어학교로 발길을 옮겼다. 그곳에서는 세 명의 교수가 자국어 발전 방안을 놓고 토의를 진행하고 있었다. 첫 번째 방안은 다음절어를 단음절어로 만들어 문장을 줄이고, 동사와 분사도 모두 없애자는 것이었다. 현실에서 상상할 수 있는 모든 것은 명사뿐이라는 것이 그 근거였다.

또 하나의 방안은 단어를 모두 없애 버리자는 것이었다. 호흡기 관과 발성 기관이 힘든 수고를 하지 않아도 되기 때문에 백성들의 건강에도 유익하다는 논리였다. 그러나 첫 번째 학자는 단어가 없다면 어떻게 의사소통을 할 수 있느냐고 반문했다. 그랬더니 또 다른 학자는 단어란 사물의 이름에 불과하다고 했다. 따라서 특정한 사안에 대해 거론하고 싶으면 그 물건을 직접 들고 다니는 게 더 편하다고 했다.

운 좋게도 비록 일부지만 나는 이 매력적인 기획안이 라가도에서 실제로 적용되고 있는 것을 보았다. 이 방식을 사용하는 사람들은 짐을 나르는 짐승처럼 짐을 지고 다니거나 아주 건장한 짐꾼 하인을 대동하고 다녔다. 하인은 종류가 천차만별인 온갖 잡동사니들의 무게에 짓눌려 허리가 구부정했다.

길을 가다가 나는 이따금 몇 군데 대화에 뛰어들 일이 생겼다. 상대방은 아주 짧고 간단한 대화를 위해 대답에 사용할 물건들을 조그만 상자에 넣어 겨드랑이에 끼고 다녔다. 더욱 원칙적으로 이 방법을 고수하려는 사람들은 어깨에 자루를 메고 다녔다. 이들은 서로 만나면 멈춰 서서 자루를 바닥에 내려놓고 필요한 물건들을 꺼내 대화를 나누었다.

라가도 연구소는 이 발명에 대한 자부심이 무척 강했다. 그들은 세상에서 최초로 '우주어'로 사용할 수 있는 대화법을 개발했다고 방문자들에게 주지시켰다.

연구소 방문은 며칠이 걸렸다. 연구소가 수없이 많은 분과로 구성되어 있었기 때문이다. 가장 중요한 연구 분과 가운데 하나인 수학 연구소를 방문하는 데는 꼬박 하루가 걸렸다. 나는 무엇보다도 이 연구소의 독특한 방식이 인상에 남았다. 실험실에서는 그 독특한 방법으로 선생들이 제자들에게 학문을 터득하는 방법을 차근차근 가르치고 있었다.

그 방법이란 이러했다.

얇은 웨이퍼 과자에 두뇌용 팅크제로 만든 잉크로 명제와 논증을 또렷하게 적어 넣는다. 학생들은 위를 완전히 비운 상태에서 과자를 삼킨다. 그러고 나서 사흘 동안 빵과 물 외에는 아무 것도 먹지 않는다. 웨이퍼가 소화되고 나면 팅크제 잉크는 뇌로 올라가고, 잉크로 써놓은 명제도 함께 뇌로 올라간다. 하지만 이 방법이 성공했다는 소리는 아직 듣지 못했다. 양이나 성분 조절을 제대로 못한 탓도 있고, 학생들이 장난을 친 탓도 있다고 했다. 과자를 먹기가 너무 역겨운 나머지 아이들이 먹지 않고 몰래 숨겨놓거나, 소화되기 전에 토해 버리기도 한다고 했다. 그리고 과자를 먹을 때는 오랫동안 아무 것도 먹지 않아야 하는데, 아이들이 이를 지키지 못하기 때문이라는 말도 있었다.

제6장
정치에 관해 새로운 제안을 하다

　나는 정치 연구 계획자들의 학교에서 제대로 된 대접을 받지 못했다. 그곳의 교수들은 완전히 제정신이 아닌 듯했다. 이 한심한 계획자들은 군주들에게 신하를 고를 때 지혜, 능력, 덕성만 보라고 제안했다. 또 각료들에게 공공의 이익을 생각하도록 가르쳐야 한다고 주장했다. 재능과 탁월한 능력, 뛰어난 공로를 세우면 이를 포상해야 하며 군주들에게는 백성의 이익과 군주의 이익을 동등한 잣대로 평가하라고 가르쳤다. 게다가 자질 높은 인재를 등용한다느니 하는 식의 상상도 못할 터무니없는 망상들을 늘어놓았던 것이다. 철학자들이 진리라고 주장한 것 중에는 엉뚱하고 비합리적인 것이 있다더니, 옛말이 그르지 않다는 걸 다시 한 번 확인해 준 제안들이었다.

하지만 이쪽 아카데미 계획자들 모두가 다 몽상적인 것은 아니었다. 천재적인 박사가 한 명 있었는데, 그는 정부의 본질과 시스템을 완전히 꿰고 있는 사람이었다. 이 훌륭한 학자는 자신이 닦은 학문을 매우 유용하게 응용하여 타락과 부패를 효과적으로 치유할 방법을 찾아냈다. 이 치유법은 통치자의 악행과 나약함뿐만 아니라 백성들의 무책임한 방종을 치료하는 데도 효과가 있었다. 사상가라면 누구나 인정하듯, 사람의 몸과 정치 구조는 유사한 점이 매우 많다. 그러니 사람이나 정치 구조 모두 건강을 유지하고 병을 치료하는 데 같은 약을 쓰는 것이 타당한 논리가 아닌가? 상원과 하원은 종종 여러 질병에 시달린다. 양손, 특히 오른손에 강한 경련과 신경 및 힘줄이 심하게 수축되는 병을 앓기도 하며 울화병, 위장병, 현기증, 정신착란, 고름과 함께 잔뜩 짓무른 종양, 신트림, 채워지지 않는 허기증과 소화불량, 그 밖에 일일이 열거할 수도 없는 많은 질병이 있다.

이에 박사는 다음과 같은 제안을 했다. 상원에서 회의가 개최되면 회의가 시작되는 날부터 의사들이 사흘 동안 참석하는 것이었다. 그리고 매일 회의가 끝나면 상원의원들의 맥박을 잰다. 나흘째되는 날 의사들은 미리 준비한 약을 가지고 상원으로 간다. 의원들이 자리에 앉기 전에 한 사람 한 사람에게 증상에 따라 진통제, 식

욕 촉진제, 장세척제, 부식제, 억제제, 통증 완화제, 하제, 두통약, 황
달약, 가래약 등을 투약하고, 약효를 봐가면서 다음 회의 때 같은
약을 쓸지, 바꿀지, 아니면 투약을 중단할지 여부를 결정한다.

이런 계획이 백성들에게 그렇게 큰 경제적 부담을 지우지는 않
을 것이다. 그리고 상원이 입법권을 행사하는 나라에서는 업무의
속도도 빨라질 것이다. 결국, 안건은 만장일치로 통과될 것이며, 토
론 시간은 단축될 것이다. 입을 꽉 다문 이들의 말문을 열고, 열려
있는 많은 입은 다물게 하며, 젊은 의원의 혈기를 누그러뜨리고, 나
이 든 의원들의 자만을 바로잡아 주고, 어리석음을 일깨우며, 오만
방자함을 누그러뜨릴 수 있게 될 것이다.

군주의 총애를 받는 신하들은 기억력이 짧고 약하다는 것이 많
은 백성들의 불만이었다. 이에 박사는 이런 제안을 했다.

'제1장관을 만나는 사람은 최대한 짧고 간단명료하게 용건을
설명한다. 말을 마치고 돌아갈 때는 수상의 코를 비틀고, 배를 발로
차거나, 아픈 티눈을 밟고, 양쪽 귀를 세 번 잡아당기거나, 허벅지를
핀으로 찌르고, 멍들 정도로 팔을 세게 꼬집어서 그가 들은 말을
잊어버리지 않도록 한다. 용건이 처리되거나 아예 거절당할 때까지
그를 만나러 갈 때마다 같은 짓을 되풀이한다.'는 것이었다.

그 밖에 박사가 제안한 것은 의회에서 상원의원이 어떤 사안에
대해 발언하고, 옹호하는 토론을 하고 나면 표결 때는 반대표를 던

지도록 한다는 것이다. 그러면 투표 결과는 반드시 백성들에게 이로울 것이라는 논리였다.

정당 간 분쟁이 심한 경우에 대해서도 박사는 이들을 화해시킬 수 있는 기발한 묘수를 제안했다.

'각 정당에서 지도자 100명씩을 선정한다. 양쪽 정당에서 머리 크기가 비슷한 사람끼리 짝을 짓는다. 노련한 외과의사 두 명이 한 커플을 이루는 사람들 뇌의 후두부를 동시에 자른다. 뇌를 정확히 2등분한다. 잘라낸 후두부를 교환하여 상대편 정당 사람의 뇌에 넣는다.'

이는 정확성을 요하는 방법임에 틀림없었다. 하지만 박사는 정교하게만 처리하면 틀림없이 효과를 볼 것이라고 호언장담했다. 서로 다른 주장을 하던 뇌가 한 두개골 안에 반쪽씩 들어갔기 때문에 이들끼리 의견 교환을 할 수 있게 되면 사안을 잘 이해하게 된다는 것이다. 그러므로 중용할 줄 알게 되며, 절제할 줄 알게 된다고 했다. 이는 세상을 감시하고 통치하기 위해 태어났다고 착각하는 사람들에게 정말 바람직한 처방이었다. 정당 지도자들 뇌의 용적이나 질적인 면에서의 차이는 어떻게 하느냐는 질문에 박사는 큰 차이가 없는 문제라며 전혀 신경 쓰지 않아도 된다고 답했다.

제7장
마법자들의 섬을 여행하다

　　이 왕국이 속해 있는 대륙은 내가 보기에 동쪽으로는 아메리카 대륙의 미개척지, 서쪽으로는 캘리포니아 서쪽, 북쪽으로는 태평양에 닿아 있는 듯했다. 라가도로부터는 240킬로미터가 넘지 않는 거리였다. 이 왕국에는 커다란 항구가 있는데, 루그낵이라는 큰 섬과 활발하게 교역하고 있다. 루그낵 섬은 왕국에서 북서 방향, 정확히 북위 29도, 동경 140도 지점에 있었다. 이 섬의 남동쪽 지점에는 일본이 있었는데, 일본 왕과 루그낵 왕은 긴밀한 동맹관계였다. 나는 이곳으로 발길을 돌려 유럽으로 돌아가겠다고 결심했다. 노새 두 마리를 구하고, 길 안내와 작은 짐을 들어줄 사람을 한 명 고용했다. 그리고 그동안 내 후견인 역할을 해준 주인에게 작별인사를 했는데 그는 내게 작별 선물을 푸짐하게 주었다.

　여행 중에 큰 사건이나 모험은 겪지 않았다. 말도나다라는 항구에 도착하고 보니 루그낵 섬으로 가는 배는 한 척도 없었다. 그곳은 도시 크기가 영국의 포츠머스만 했는데, 그곳에서 사람들을 몇 명 알게 되었고 아주 좋은 대접을 받았다. 점잖은 신사 한 명이 앞으로 한 달간은 루그낵으로 가는 배가 없을 테니 글룹둡드립 섬에 잠시 여행 삼아 다녀오는 것도 괜찮을 것이라는 말을 했다. 남서쪽으로 24킬로미터 떨어져 있는 섬이었다. 신사는 친구 한 명을 데리고 나와 동행하겠다는 뜻을 전해왔고, 여행을 위해 작고 다루기 편한 범선도 한 척 마련해 보겠다고 했다.

　글룹둡드립이란 문자 그대로 해석하면, 마법사 혹은 마술사의 섬이라는 뜻이다. 섬의 규모는 영국 와이트 섬의 3분의 1 정도로, 아주 비옥한 곳이었다. 섬을 다스리는 사람은 모두가 마법사인 어떤 종족의 족장이었다. 이들은 자기들끼리만 혼인을 했다. 그리고 가장 나이 많은 사람이 군주나 총독 자리를 승계하였다. 총독은 화려한 궁전과 높이가 6미터나 되는 돌담이 늘어선 3,000에이커의 공원을 소유하고 있었는데, 그 공원에는 목장, 옥수수 밭, 정원 등 몇 개의 구획이 나뉘어져 있었다.

　총독과 총독의 가족은 조금 특이한 사람들에게 시중을 받았다. 이 하인들은 총독이 마법을 통해 죽음에서 불러낸 자들로, 딱

24시간 동안만 시중을 들 수 있었고 3개월 안에는 한 번 불러냈던 하인을 다시 불러낼 수 없었다.

우리가 섬에 도착한 때는 오전 열한 시쯤 되었다. 동행했던 신사 중 한 명이 총독에게 출입을 허락해 줄 것을 요청했다. 즉시 허락이 떨어졌고 우리 셋은 성문 안으로 들어갔다. 성문 양쪽에는 근위병이 나란히 정렬해 있었는데, 무기와 옷차림 모두 무척 구식이었다. 이들의 표정에는 딱히 말로 표현할 수는 없지만 뭔가 등골을 오싹하게 만드는 것이 있었다. 우리는 몇 군데 처소를 지나갔는데, 같은 종류의 하인들이 근위병들처럼 양쪽으로 늘어서 있었다. 접견실에 도착한 우리 셋은 세 번 깍듯한 인사를 받고 몇 가지 의례적인 질문을 받았다.

이곳 언어는 발니바비 언어와 달랐지만 총독은 발니바비 말을 알아들었다. 그는 나의 여행 이야기를 듣고 싶어 했다. 또 나를 너무 의례적으로 대하지 않는다는 것을 보여 주기 위해 손가락을 한 번 튕겨 하인들을 모두 물러가게 했다. 그러자 놀랍게도 하인들은 순식간에 사라져 버렸다. 꿈에서 본 환영들이 아침햇살에 눈을 뜨는 순간 순식간에 사라지는 장면과 매우 흡사했다.

영광스럽게도 나는 총독과 식사를 함께 했는데, 새로 등장한 유령 하인들이 고기를 나르고 식사 시중을 들었다. 그들의 모습이 익숙해지자 처음에 봤을 때처럼 끔찍하지는 않았다. 나는 해질 무렵까지 성에 머물렀는데, 성에서 하룻밤을 보내라는 총독의 권유를 정중히 거절했다. 나는 친구 두 명과 성 옆 도시에 있는 민가에서 밤을 보냈다. 우리는 열흘 동안 이런 식으로 낮 시간은 총독과 함께 시간을 보내고, 밤에는 민가의 숙소에서 취침을 했다. 섬에서의 생활이 열흘간 계속되었다. 유령을 보는 것도 금방 익숙해져서, 서너 번째부터는 별다른 느낌이 들지 않았다.

마법사 총독은 내게 태초부터 지금까지 죽은 자 가운데 누구든, 몇 명이든 불러내 주겠다고 했다. 그들에게 원하는 만큼 질문을 해도 좋으나 질문할 때는 그 사람이 살았던 시대에 일어났던 일들에 관해서만 물어봐야 한다고 했다. 또 영혼의 세계에서는 진실만이 통하기 때문에 그들이 거짓말을 하지 않을지 걱정할 필요는 없다고 일러주었다.

나는 제일 먼저 화려하고 거창한 장면을 보고 싶었다. 알렉산드로스 대왕이 아르벨라 전투를 치른 직후 선두에서 대군을 이끄는 모습이 가장 궁금했다. 마법사가 손가락을 한번 까딱 움직이자, 곧바로 우리가 서 있는 창문 밑 넓은 마당에 알렉산드로스 대왕의 대군이 나타났다. 알렉산드로스 대왕과 나는 오랫동안 이야기를 나누었다. 비록 대왕이 말하는 그리스어를 무척 힘들게 알아듣긴 했지만, 어쨌거나 그는 퍽 호감 가는 인물이었다.

나중에는 한니발과 카이사르가 불려나왔다. 그들은 역사에서 기술하고 있는 자신들에 대한 기록은 전혀 사실과 다르다고 말했다. 오히려 그들 시대에 관해 전해 내려오는 기록들은 대부분 거짓말이라고 했다.

내가 불러낸 수많은 위인들을 일일이 소개한다면 이야기는 아마 너무 지루해질 것이다. 나는 앞서 있었던 고대 세계의 모습이 어떠했는지 일일이 보고 싶었다. 그러나 실로 그것은 결코 채워질 수 없는 욕심이었다. 나는 주로 폭군을 타도한 영웅들과 억압받는 백성들에게 자유를 돌려준 영웅들을 불러냈다. 이들을 통해 내가 알게 된 것은 여러 가지 역사적 사건들에 대한 이면의 진실들이었다.

제8장
호메로스와 아리스토텔레스
등을 만나다

　재치와 학식을 갖춘 고대 유명 인사들을 만나고 싶어 나는 별도로 하루의 시간을 냈다. 나는 마법사에게 호메로스와 아리스토텔레스, 그들의 주석가들을 모두 만나보고 싶다고 부탁했다. 그는 내 부탁을 즉시 들어주었는데 주석가들이 너무 많아 왕궁 마당과 외궁에 있는 방들을 꽉 채우며 인산인해를 이루었다. 나는 그 많은 인파 가운데에서도 두 영웅을 한눈에 알아보았다. 누가 호메로스이고, 누가 아리스토텔레스인지도 금방 알아보았다.

　호메로스는 나이에 비해 몸이 꼿꼿했고, 눈매는 날카롭고 빛났다. 반면 아리스토텔레스는 허리가 구부정했고 지팡이를 짚고 있었다. 얼굴은 야위고 머리칼은 길게 늘어졌으며 목소리는 힘이 없

었다. 나는 곧 두 사람이 주석가들과는 일면식도 없다는 것을 알게되었다. 두 사람 모두 주석가들에 대해서는 본 적도, 들은 적도 없다고 했다.

어떤 유령이 내게 귓속말로 알려준 바로는, 주석가들은 저승에서 호메로스나 아리스토텔레스와는 아주 멀리 떨어진 곳에서 지낸다는 것이었다. 두 철학자가 의도한 바를 후대에 너무도 잘못 전했다는 죄책감 때문이다.

나는 마법사에게 부탁하여 데카르트와 가생디를 불러내어 그들의 이론 체계를 아리스토텔레스에게 설명해 보라고 부탁했다. 위대한 철학자인 아리스토텔레스는 자연과학 분야에서 자신이 저지른 실수를 순순히 인정했다. 자신이 너무 많은 이론을 추론에만 근거하여 전개했기 때문에 발생한 일이라는 것이었다. 데카르트의 가설도 같은 문제를 안고 있으며, 현대 지식인들이 열렬히 신봉하는 만유인력의 법칙도 마찬가지라고 말했다. 그는 새롭게 증명된 자연법칙조차 시대에 따라 변하는 일종의 유행에 불과하다고 했다. 또한 가생디가 에피쿠로스의 쾌락주의 이론을 너무 자의적으로 해석한 점에 대해서도 지적했다.

이 밖에도 나는 닷새 동안 초기 로마제국의 황제들을 비롯해고대의 많은 학자들과도 대화를 나누어 볼 수 있었다. 영국을 비롯해 유럽의 다른 나라에서 지난 200~300년 동안 가장 위대했던 인물들도 만나보았다.

어떤 특정 인물들의 과거를 거슬러 올라가 보고, 또 어떤 가문의 첫 조상까지 거슬러 올라가 보는 것은 나름대로 즐거운 일이었다. 무엇보다도 놀라웠던 것은 많은 귀족의 혈통이 도박꾼, 선장, 소매치기 등 비도덕적인 악행들로 인해 대가 끊겼다는 사실이었다.

제일 혐오스러운 것은 근대 역사였다. 지난 100년간 왕궁에서 이름을 떨친 위대한 인물들을 모두 철저히 살펴보았는데, 그 결과 창녀처럼 몸을 판 작가들에 의해 이 세상이 얼마나 잘못 인도되었는지 알게 되었다. 이들은 전쟁의 위대한 공적을 겁쟁이들에게 돌리고, 가장 현명한 조언은 바보들의 공으로, 진지한 조언을 아첨꾼의 공으로, 로마식의 덕을 반역자의 공으로, 신앙심의 공을 무신론자에게, 순결을 남색가에게, 진실의 공을 밀고자에게 돌렸다. 얼마나 무고한 인재들이 부패한 판사, 파벌과 결탁한 권력의 손에 의해 형장으로 보내졌는지 모른다. 얼마나 많은 악당들이 최고위 관직을 차지하여 신임, 권력, 권위, 이득을 챙겼는지 모른다. 궁전, 평의회, 상원에서 결정되는 사안들이 포주, 창녀, 악당, 기생충, 허풍쟁이들의 손에 휘둘린 일은 또 얼마나 많은지 모른다.

근대사를 통해 일화나 비화를 쓴다는 사람들은 얼마나 비양심적이며 무지했던가. 그들은 수많은 왕이 독약 한 컵에 독살 당했다고 주장했다. 그리고 누구도 본 사람이 없는 왕과 수상이 나눈 대화 내용을 퍼뜨렸다. 대사와 국무대신들의 생각을 퍼뜨리고, 비밀 서류를 공개했다. 그리하여 사실이 아닌 내용 사실로 전파되도록 했다. 나는 지극히 위대한 공적과 혁명들이 어떤 동기에 의해 벌어 졌는지도 알게 되었고 인간의 지혜와 인격에 대해 크나큰 실망을 했다.

제9장
말도나다로 돌아가다

열흘 뒤, 우리는 마법사와 작별인사를 나누고 글룹둡드립을 떠나 말도나다 총독에게 작별 인사를 고하고 두 명의 동행인과 함께 말도나다로 돌아왔다. 거기서 2주를 기다린 끝에 루그낵으로 가는 배 한 척을 마련할 수 있었다. 두 신사뿐 아니라 다른 사람들도 나를 무척 따뜻하게 대해 주었고, 떠날 때에는 먹을 것까지 챙겨 주었다. 항해는 한 달이 걸렸다. 항해 도중 한 차례 강한 태풍을 만나 할 수 없이 서쪽으로 뱃머리를 돌려 250킬로미터에 걸쳐 있는 무역풍의 영향권에 들어가게 되었다.

1708년 4월 21일, 우리는 루그낵의 남동부 끝단에 있는 항구도시 클루메그닉의 강에 들어섰다. 우리는 항구에서 4킬로미터 정도 떨어진 곳에 닻을 내린 뒤 수로 안내인에게 신호를 보냈다. 30분도 안 되어 안내인 두 명이 배에 올랐고, 이들의 안내를 받아서 우리는 항해에 큰 위험이 되는 암초와 수심이 얕은 곳을 피해 넓은 항만으로 들어섰다. 도시의 성벽에서 185미터 거리에 있는 항만은 함대가 안전하게 드나들 수 있을 정도의 크기였다.

나를 밀고하려 했던 것인지 아니면 실수로 그랬는지 선원 몇 명이 내가 외국인이며, 여행을 많이 한 사람이라는 사실을 안내인에게 알렸다. 안내인들은 그 사실을 세관원에 신고했고, 나는 엄격한 심사를 받은 다음에야 상륙할 수 있었다. 세관원 관리는 발니바비 말을 사용했는데, 교역이 활발해짐에 따라 이 도시에서 선원과 세관원은 대부분 발니바비 말을 쓸 줄 알았다. 나는 몇 가지 사항만 간략히 이야기했다. 나의 출신지는 숨겨야겠다는 생각이 들어 네덜란드인이라고 속였다. 나는 목적지가 일본이라고 했는데, 일본 왕국에 입국이 허용되는 유럽인은 오직 네덜란드인밖에 없다는 것을 알고 있었던 까닭이다. 이에 관리는 왕궁에서 명령이 하달될 때까지는 나를 감금해야 한다고 했다. 지금 즉시 왕국으로 서신을 보내면 2주일 안에 답신이 내려올 것이라며 나를 안락한 숙소로 안내했다. 문 앞에는 보초가 한 명 있었다. 그래도 정원에는 마음대로 나가 볼 수 있었고, 인간적인 대접을 받았다. 모든 경비는 왕궁에서 부담해 주었다. 여러 사람이 나를 찾아왔는데 주로 호기심 때문이었다. 내가 자신들이 한 번도 들어 보지 못한 아주 먼 나라에서 왔다는 소문이 퍼졌던 것이다.

　나는 같은 배에 타고 온 젊은이를 통역사로 고용했다. 젊은이는 루그낵 출신이었는데 말도나다에서 몇 년 살아서 두 언어를 완벽하게 구사했다. 그의 도움을 받아 나는 찾아오는 손님들과 대화를 나눌 수 있었다.

　왕궁에서 보낸 전령이 우리가 예상했던 날에 도착했다. 전령이 가져온 내용은 나를 데려가겠다는 것으로, 트랄드라그럽인지 트릴드로그드립인지로 열 명의 기병대가 우리 일행을 데려 간다는 것이었다. 나는 혼자서 갈 수 없었기에 통역을 하는 청년에게 도움을 요청했다.

　우리가 왕궁에 도착한 이틀 뒤, 나는 왕을 만나러 가게 되었다. 그때 나는 배를 땅에 붙이고 바닥을 핥으며 기어가라는 명을 받았다. 다행히 내가 외국인이란 사실을 감안하여 바닥을 깨끗하게 닦아놓았기 때문에 먼지는 그렇게 많지 않았다. 나는 특별 대접을 받은 것이었다. 이런 방식의 인사 기회는 왕을 알현하고자 하는 최고위 관리들에게만 주어지는 것이었다. 왕을 알현하러 간 사람이 왕의 면전에서 침을 뱉거나 입을 닦으면 곧바로 사형에 처해졌다.

　나는 왕좌에서 4미터 떨어진 지점까지 기어갔다. 이어 조심스럽게 무릎을 꿇고 몸을 일으켜 이마를 바닥에 일곱 번 치면서 전날

밤 배운 말을 읊조렸다.

'익플링 글로프트룹 스쿠트세룸 블히옵 플라쉬날트 즈윈 트노 드발크구프 슬히오파드 구드룹 아쉬트.'

왕을 알현하는 사람이 읊조리는, 왕에 대한 칭송이었다.

'하늘처럼 높으신 폐하께서 태양보다 11개월 보름을 더 장수하시길 빕니다.'라는 의미이다.

이어 통역사가 불려왔고, 그의 도움으로 나는 왕과 대화를 나눌 수 있었다.

왕은 나와 보낸 시간을 매우 즐거워하며, 내가 묵을 거처를 마련해 주겠다고 했다. 왕은 매일 한 번씩 나를 불러 식사를 함께 했고, 여행경비에 보태라며 금을 넣은 큰 지갑도 하사했다.

이 나라에서 보낸 석 달 동안 나는 왕에게 무조건적인 충성을 바쳤다. 왕은 나를 매우 총애했고 영광스러운 지위를 제의하기도 했다. 그러나 나는 남은 생애를 아내와 가족과 함께 보내는 것이 옳은 일이라는 생각이 들었다.

제10장
신비로운 불멸의 인간

  내가 데리고 다니는 통역사는 아주 똑똑했다. 그 덕분에 나는 루그낵 주민들과 갖가지 주제를 갖고 흥미로운 대화를 나눌 수 있었다. 루그낵 주민들은 우수한 사람들이었다. 약간 오만한 구석이 있었지만 마음이 열려 있고 관대한 데다 매우 친절했다.

  루그낵에는 스트룰드브루그라는 특별한 사람들이 살고 있었다. 영원히 죽지 않는 사람들을 가리키는데, 특별히 남다른 데가 없는 일반 가정에서 태어날 수 있으며, 그 징표로 이마에 붉은 점이 있었다. 왜 어떻게 그런 사람들이 태어나는지 루그낵 사람들은 알지 못했다. 이마의 점은 시간이 흐르면서 변화되었다. 붉은 색이 초록색으로 변했다가 나중에는 파란색으로, 결국에는 검은색으로 바뀐다. 그리고 그 이후로는 영원히 검은색으로 남는다.

스트룰드브루그의 수는 얼마 되지 않아 채 50명을 넘지 않았다. 당시에 가장 어린 스트룰드브루그는 세 살이었다. 스트룰드브루그의 불멸성은 유전이 아니었다. 그들의 자식일지라도 스트룰드브루그가 아니면 다른 평범한 사람들처럼 죽었다.

이 사실을 알고 난 후 나는 말로 표현할 수 없는 기쁨을 느꼈다. 나는 흥분해서 큰 소리로 떠들어댔다. 나는 환희에 차서 울기까지 했다. 영원히 죽지 않는 존재로 태어날 수 있다니 얼마나 행복한 나라인가! 예부터 전해오는 덕목을 구현하는 표본 같은 인물들이 살아 있고, 흘러간 시대의 지혜를 가르쳐 줄 스승들이 있다니 얼마나 좋은가! 하지만 누구보다도 행복한 것은 스트룰드부룩 자신들이다. 인간은 끊임없이 죽음을 생각하며 마음이 무겁고 불안을 느낀다. 그런데 불멸의 인간들은 이런 마음의 짐에서 벗어나 자유롭다. 인간이면 누구나 겪어야 할 불행에서 면제된 존재들인 것이다.

사람은 누구든지 한 발을 무덤에 들여놓으면, 다른 발은 한사코 들여놓지 않으려고 발버둥을 치는 법이다. 아무리 나이 많은 노인이라도 하루만 더 살고 싶어 하고, 죽음을 제일 무서운 악마로 생각하며, 가능한 한 죽음으로부터 물러나 있으려고 하는 것은 너무도 자연스러운 일이다.

그러나 이 루그낵 섬에서만은 유독 사람들이 삶에 대한 욕망이 그리 간절하지 않았다. 그것은 스트룰드부룩은 이 나라에만 있는 특이한 종족이었기 때문이다. 루그낵 섬의 사람들은 스트룰드부룩의 불멸의 삶을 직접 눈으로 볼 수 있었다.

　스트룰드부룩들은 서른 살쯤 될 때까지는 보통 사람들처럼 행동한다. 그러나 서른 살이 넘어가면서부터 이들은 우울해지고 기운이 없어지는데, 이런 현상은 여든 살까지 점점 더 심해진다. 그리고 여든 살이 되면 이 왕국에서 최고령 층에 속하게 되는데, 스트룰드부룩들도 그 나이가 되면 다른 보통 인간들처럼 어리석어지고 몸도 쇠약해진다. 이뿐만 아니라 영원히 죽을 수 없다는 끔찍한 생각에 훨씬 더 고통을 받는다고 했다. 이들은 고집 세고, 짜증 잘 내고, 탐욕스럽고, 침울하며, 공허하고, 말이 많았다. 우정이 무엇인지 모를 뿐만 아니라 인간이라면 누구나 가질 수 있는 애정에 전혀 무관심하여 손자 이하로는 누구에게도 애정을 주지 않았다. 이들의 가장 큰 관심사는 질투와 공허한 욕망뿐이었다. 특히 이들의 가장 큰 질투 대상은 어린 사람들이 저지르는 악행과 늙은이들의 죽음이었다. 젊은이들을 시기하는 것은 자신들은 더 이상 젊음의 쾌락을 누릴 수 없다는 것을 알기 때문이었다. 이들은 장례식을 볼 때에도 자기네들의 신세를 한탄하며 불평을 쏟아내었다. 남들은 안식의 항구에 도착해 닻을 내리는데, 자신들은 그럴 수 없었다. 스트룰드부룩들이 기억하는 것이라고는 어릴 때부터 중년이 되기까지 배우고

관찰한 것이 전부인데, 그것마저도 매우 부정확했다. 어떤 일의 진상이나 세부 사항을 알고 싶으면 이들의 기억을 믿는 것보다는 일반적인 전통에 의지하는 것이 훨씬 안전했다. 노망이 들어 이해력을 완전히 상실한 자들은 그나마 사정이 제일 나은 축에 든다. 이들은 사람들에게 동정과 도움도 더 많이 받는데, 그나마 다른 스트룰드부룩들이 갖고 있는 온갖 나쁜 성품들이 없어지기 때문이다.

스트룰드부룩끼리 결혼을 하게 되는 경우, 배우자 두 사람 가운

데 나이가 적은 쪽이 여든 살이 되면 왕국의 관례에 따라 결혼은
무효가 된다. 그들은 아무런 잘못도 없이 이 세상에서 영원히 살아
가야 하는데, 아내라는 짐까지 얻어 그 고통을 두 배로 지는 것은
가혹하다고 하여 배려해 주자는 취지였다.

그들은 또 여든 살이 되면 법적으로는 사망자로 분류된다. 그
래서 자손들이 모든 재산을 즉각 상속받는다. 스트룰드부룩들은
생계 유지에 필요한 최소한의 지원만 받고, 극빈자는 국가의 지원

으로 생계를 이어간다. 여든 살이 넘으면 이들은 기금을 다루거나 이윤을 추구하는 직업을 가질 수 없다. 토지를 매입하거나 임차할 수 없고, 민사재판이든 형사재판이든 증인으로 채택될 수 없으며, 토지의 경계를 결정하는 재판에도 증인으로 설 수 없다.

아흔 살이 되면 이들은 이빨과 머리카락이 빠진다. 미각도 잃는다. 맛도 모르면서 그저 눈앞에 보이는 대로 무엇이든 먹고 마신다. 병은 악화되지도 낫지도 않고 계속된다. 말할 때는 사물이나 사람의 이름을 잊어버린다. 심지어 가장 가까운 친구나 친지의 이름도 잊어버리는 경우가 있다. 독서의 즐거움도 맛보지 못하게 된다. 이는 기억력이 없어져 문장 첫머리에서 읽었던 것을 문장 끝에 가면 잊어버리기 때문이다. 기억력이 없어지는 바람에 그나마 누릴 수 있던 유일한 오락거리마저 잃어버리게 되는 것이다.

또 이 나라에서는 언어도 계속 변하기 때문에 한 시대에 태어난 스트룰드부룩은 다른 시대에 태어난 스트룰드부룩의 말을 알아듣지 못한다. 또 200년 뒤에는 이웃의 보통 인간들과 몇 마디 기본적인 단어 외에는 말이 통하지 않게 된다. 그러니 자기 나라에 있으면서도 외국인처럼 살아야 하는 불편을 겪게 된다.

스트룰드부룩에 대해 들은 이야기 중 기억나는 것은 이 정도다. 이 일이 있은 후, 나는 서로 다른 시대에 태어난 스트룰드부룩을 대여섯 명 만나 보았는데, 가장 나이 어린 사람이 200세 정도였다. 내 친구들은 이들을 여러 차례 만나게 해주었다. 이들은 내가 여행을 많이 하고 세상 구경을 많이 한 사람이라는 말을 들었는데도 내게 한 마디 질문도 던지지 않고 아무런 호기심도 나타내 보이지 않았다.

이곳 사람들은 하나같이 스트룰드부룩을 경멸하고 싫어했다. 스트룰드부룩이 태어나는 것을 불길한 징조로 여기고 아주 특이한 방식으로 출생 기록을 한다. 그래서 그 기록을 통해 이들의 나이를 알 수 있도록 되어 있다. 하지만 출생 기록도 1,000년 이상은 보관하지 않고, 또한 시간이 오래 지나면서, 혹은 사회적 혼란으로 인해 파기되고 없었다. 이들의 나이를 가늠할 때 가장 흔히 쓰는 방식은 이들에게 직접 기억하는 왕이나 위대한 사람이 누구인지 물어보는 것이다. 그런 다음 역사 기록을 찾아 대조해 본다. 그러면 십중팔구는 마지막으로 기억나는 왕이 그 스트룰드부룩이 여든 살이 되기 전에 즉위한 것으로 나타났다.

스트룰드부룩들은 내가 본 사람들 중 가장 비참한 몰골을 하고 있었다. 여자가 남자보다 더 끔찍해 보였다. 보통 나이가 아주 많으면 신체가 이상하게 변하긴 하지만, 나이가 많으면 많을수록 그녀들은 더 귀신같이 보였다. 그 모습은 너무 끔찍해 형언할 수 없을 정도였다. 스트룰드부룩들 여섯 명을 놓고 보면 누가 제일 나이가 많은지 금방 구분할 수 있었다. 나이 차이는 100년이나 200년 정도

인데 외모는 확연히 차이가 났다.

스트룰드부룩에 관한 정보를 들은 후 한 가지 확신이 들었다. 그들을 다루는 법이 매우 현명하다는 것이다. 나이가 들면 욕심이 많아지는 법이기 때문에, 법으로 규정하지 않는다면 스트룰드부룩들은 왕국 전체를 손아귀에 넣고 백성을 지배하려 했을 것이다. 그러나 100살이 넘을 경우 통치하는 데 필요한 명석함을 상실해 나라는 멸망의 길로 빠져들게 되었을 것이다.

나는 적어도 지금까지 내가 읽은 어떠한 여행기에서도 이와 같은 이야기는 접해 본 기억이 없다. 이제 나의 이 흥미로운 여행이 어떻게 끝났는지 이야기하고자 한다. 아시다시피 루그낵의 왕은 수도 없이 나를 붙잡으려 애썼지만 나는 영국으로 돌아가리라 결심을 굳혔다. 마침내 왕은 기꺼이 내게 떠나도 좋다고 허락했다. 영광스럽게도 왕은 일본 황제에게 자필 소개장까지 써주었다.

1709년 5월 6일, 나는 왕을 비롯해 나의 모든 친구들에게 정중하게 작별 인사를 고했다. 왕은 자비롭게도 근위병 한 명에게 명령해 나를 섬의 남서쪽에 있는 왕실 전용 항구인 글라구엔스탈드 항까지 호위하도록 했다. 엿새 후 나를 일본으로 데려다줄 배에 올랐고, 항해에만 보름이 걸렸다. 우리는 일본 남동쪽에 있는 자모스치라는 작은 항구도시에 상륙했다. 항구는 좁은 해협이 있는 도시 서쪽에 자리 잡고 있었는데, 해협은 북쪽으로 길게 뻗어 바다로 이어졌다. 도시 북서쪽에 일본의 수도인 에도가 있었다. 상륙하자마자 나는 세관원 관리들에게 루그낵 왕이 일본 황제에게 보내는 소개장을 보여 주었다. 세관원들은 봉인을 한눈에 알아보았다. 봉인은 내 손바닥 크기만 했다. 봉인에는 왕이 절름발이 거지를 일으켜 세우는 모습이 새겨져 있었다. 친서에 대한 소식을 들은 도시의 관리들은 나를 공식 각료처럼 영접했고 마차와 하인은 물론, 에도까지 갈 수 있는 경비도 대어 주었다. 에도에 도착한 다음, 일본 왕을 알현하도록 허락이 내려져 루그낵 왕의 친서를 전달했다. 친서는 매우 거창한 의식을 거쳐 개봉되었다. 일본 왕은 동맹국 루그낵 왕을 대신해 원하는 것은 무엇이든지 다 들어주겠다고 했다. 통역사는 네덜란드인들과의 교역을 위해 고용된 사람이었는데, 내 모습을 보고 내가 유럽인이라는 것을 바로 알아챘다. 그래서 왕의 명을 네덜란드어로 통역해 주었다. 나는 미리 생각해 놓은 대로 네덜란드 상인이라고 대답했다. 아주 먼 나라에서 배가 난파되어 그때부터 바다와 육지를 통해 떠돌다가 루그낵까지 오게 되었다고 했다. 고국 사람들이 일본과 자주 교역하는 것을 알기 때문에 일본으로 오는 배를 탔다고 했다. 이곳에서 자국인을 만나면 유럽으로 돌아갈 수 있으리라고 생각했다고 했다. 나는 나가사키까지 안전하게 이송될 수 있도록 왕이 자비를 베풀어주었으면 좋겠다고 정중하게 청했다.

또 네덜란드인의 의무인 '십자가를 밟는 의식'을 면제해 달라고 부탁했다. 나는 그저 운이 없어 일본까지 흘러들어온 것일 뿐, 이곳에서 장사를 할 생각이 전혀 없기 때문이라고 말했다.

통역가가 왕에게 전하자, 다소 의외라는 듯 왕은 네덜란드인 중에 그 의식을 꺼리는 사람은 처음이라며 내가 혹시 네덜란드인이 아닌, 그리스도교도인지 의심이 간다고 했다. 어쨌든 왕은 결국 나의 특별한 요구를 들어주겠다고 했다.

1709년 6월 9일, 멀고도 힘든 여행 끝에 나가사키에 도착했다. 나는 곧 네덜란드 선원 몇 명을 알게 되었는데, 이들은 암스테르담의 450톤급 상선 암보냐호 소속이었다. 라이덴에서 공부하면서 네덜란드에 오래 산 적이 있었기 때문에 나는 네덜란드 말을 잘했다. 나는 항해 도중 의사 노릇을 한다는 조건 아래 운임을 반만 지불하기로 계약하고 배에 올랐다. 우리는 순풍을 타고 희망봉까지 항해했고 4월 6일, 암스테르담에 무사히 도착했다. 항해 도중 병으로 선원 세 명을 잃었고, 기니 해변 인근에서 돛대에 있던 선원이 바다로 추락하는 바람에 또 한 명을 잃었다. 암스테르담에 도착한 나는 암스테르담 소속 작은 범선을 얻어 타고 곧장 영국으로 출발했다.

1710년 4월 10일, 드디어 다운즈항으로 들어갔다. 나는 이튿날 아침에 상륙했고, 이리하여 5년 6개월 만에 다시 고국에 발을 디뎠다. 나는 곧장 레드리프로 향해 출발했고, 그날 오후 두 시 집에 도 착해 건강하게 지내고 있는 아내와 가족을 만났다.

4
후이님 나라 여행

제1장
선장이 되다

집에서 아내와 아이들과 함께 보낸 다섯 달은 너무나 행복했다. 그 행복의 소중함을 일찍 깨달았더라면 얼마나 좋았을까. 하지만 나는 또다시 가엾게도 배부른 아내를 남겨둔 채 어드벤처 호의 선장으로 와달라는 솔깃한 제안을 받아들이고 말았다. 그리하여 1710년 9월 2일, 포츠머스항에서 출항했다. 선원 몇 명이 항해 도중 일사병으로 죽는 바람에 바베이도스와 리워드 제도에서 새로 선원을 보충해야 했다. 그러나 알고 보니 이때 새로 고용한 선원들 대부분은 해적이었다. 남쪽 바다에서 인디언들과 교역하고, 또 새로운 교역지를 발견하는 것이 나의 임무였는데 내가 새로 뽑은 악당들은 다른 선원들까지 꼬드겨 배를 탈취하고 나를 감금한다는 음모를 꾸몄다. 이들은 어느 날 갑작스럽게 거사를 벌였다. 선실로 뛰어들어와서 내 손발을 묶고, 반항하면 배 밖으로 던져 버리겠다고 위협했다. 나는 포로가 되었으니 시키는 대로 하겠다고 빌었다. 놈들은 보초 한 명을 시켜 내가 도망칠 낌새를 보이면 쏴 죽이라는 지시를 내리고 배의 지휘권을 가져갔다. 그들은 해적이 되어 스페인 상선들을 약탈하는 게 목적이었는데, 사람이 더 모일 때까지 아직 일을 저지르지는 못하고 있었다. 그래서 우선 배에 있는 물건들을 모두 팔아치운 다음 선원들을 모집하기 위해 마다가스카르 섬으로 갈 계획이었다. 내가 갇혀 있는 동안 선원들은 많은 수가 죽었고, 그들은 여러 주 동안 항해하며 인디언들과 거래도 했다. 나는 놈들이 어느 항로로 가는지 전혀 알 수 없었고, 꼼짝 없이 내내 선실에 갇혀 지내니 이대로 죽음을 당하는 것 아닌가 하는 걱정밖에 들지 않았다. 놈들은 툭하면 죽여 버리겠다고 나를 위협했다.

1711년 5월 9일, 제임스 웰치라는 자가 선실로 내려와 나를 해변에 내려놓으라는 선장의 지시를 받았다고 전했다. 나는 어떻게든 그를 구슬려 보려고 했지만 소용이 없었다. 새 선장이 누구인지도 말해 주지 않았다. 놈들은 내가 가지고 있는 옷 가운데서 새 것이나 다름없는 제일 좋은 옷을 골라 입히고, 작은 보따리도 들려서 강제로 구명보트에 태웠다. 무기라고는 단검 한 자루밖에 가져가지 못하게 했다. 다행히도 주머니를 뒤지는 무례한 자는 없어서 내가 가진 돈과 필요한 물건들을 조금 넣어 갈 수 있었다. 선원들은 5킬로미터 정도 노를 저어 가서 나를 해변에 내려놓았다. 그곳이 어디인지 말해 달라고 했다. 하지만 그들도 모르기는 매한가지라고 대답했다. 다만 자기네 새 선장이 물건을 다 팔고 나면, 나를 제일 처음 나타나는 땅에 내던져 버리겠다고 했다는 것이다. 선원들은 나에게 파도에 휩쓸리지 않으려면 서두르라고 충고하고는 곧바로 배를 돌려 떠났다.

지성을 가진 말(馬), 후이님

나는 낮은 둔치를 찾아 쉬면서 앞으로 어떻게 해야 좋을지 곰곰이 생각해 보았다. 기운을 차린 다음 나는 좀 더 위로 올라가 보기로 했다. 이곳에 사는 야만인이라도 만날 수 있다면 팔찌나 유리반지, 자질구레한 장신구들을 죄다 바치고서라도 목숨을 구걸해 보기로 했다. 땅 양 옆으로는 나무가 길게 늘어서 있었는데, 규칙적으로 심은 것이 아니라 자연적으로 자란 나무들이었다. 풀도 꽝장히 많이 자라고 있었고 귀리밭도 여기저기 눈에 띄었다. 나는 누군가가 갑자기 나타날까봐, 아니면 등 뒤나 양 옆에서 화살이라도 날아 올까봐 잔뜩 겁을 먹은 채로 조심스레 걸어갔다. 평지에 이르자 사람들의 발자국이 보이고 암소 발자국도 더러 보였다. 대부분은 말 발자국이었다. 밭에는 동물 몇 마리가 있었고 숲속에도 한두 마리가 보였다. 그 동물들은 매우 이상하게 기형으로 생겼기 때문에 나는 조금 겁이 났다. 나는 동물들을 좀 더 자세히 관찰하기 위해 덤불 뒤로 몸을 낮춰서 숨었다. 몇 마리가 내가 숨어 있는 곳으로 다가왔을 때 동물의 생김새를 분명하게 볼 수 있었는데 얼굴과 가슴에 털이 무척 많았다. 곱슬거리는 털과 직모가 섞여 있었는데 턱수염은 꼭 염소수염 같았고, 등과 다리, 발 앞쪽에는 털이 길게 나 있었다. 그 밖에 나머지 부분에는 털이 없이 맨살이 드러나 있었는데 황갈색이었다. 양쪽 엉덩이에도 털이 없었는데, 항문에는 털이 나 있었다. 아마도 땅바닥에 앉을 때 항문을 보호하기 위해 털이 난 것이 아닌가 하는 생각이 들었다. 동물들은 주로 앉아 있을 때가 많았는다. 때로는 누워 있기도 하고 뒷다리를 구부리고 앉기도 했다. 이들은 다람쥐처럼 재빠르게 나무 위를 기어오르기도 했다. 앞발과 뒷발에 갈고리처럼 뾰족하고 튼튼한 발톱이 달려 있어 이것으로 나무를 찍으며 올라갔다. 또한 잠시도 가만히 있지 못하고 여기저기 뛰어다녔다. 암컷은 수컷보다 몸집이 조금 작았다. 머리에는 길고 부드러운 털이 나 있었고, 항문과 외음부를 제외한 나머지에는 솜털만 조금 나 있었다. 젖통은 앞다리 사이에 늘어져 있어서 걸을 때 땅에 닿을 것만 같았다. 암컷이건 수컷이건 털 색깔은 갈색, 빨간색, 검은색, 노란색 등 몇 가지 색을 하고 있었다. 여행을 많이 다녀 봤지만 이렇게 징그럽고 혐오스러운 동물은 본 적이 없었다.

더 이상 쳐다보고 싶은 생각이 들지 않아서 나는 일어나 가던 길을 계속 갔다. 가다 보면 인디언들이 사는 오두막이라도 나오겠지 하는 생각에서였다. 그런데 얼마 가지 않아, 조금 전에 본 그 동물이 길을 가로막는 것이었다. 이 흉측한 괴물은 곧장 나에게 다다와 오만상을 찌푸리며 처음 보는 신기한 동물이라도 만난 듯 나를 빤히 쳐다보았다. 그리고 조금 더 가까이 다가오더니 앞발을 하나 들어 올렸는데, 내가 신기해서 그러는 것인지 아니면 해치려고 하는 것인지 알 수가 없었다. 어쨌든 나는 단검을 뽑아들고 손잡이 쪽으로 힘껏 내리쳤다. 칼날로 내리쳐서 죽이거나 다치게라도 했다가 이곳 주민들로부터 가축을 해쳤다고 해코지를 당할까 겁이 났기 때문이다. 얻어맞은 짐승은 뒤로 물러나며 어찌나 크게 소리를 질러댔던지 40마리쯤 되어 보이는 짐승들이 근처 들판에서 떼거리로 몰려와 으르렁대며 험상궂은 표정들을 지었다. 나는 나무에 등을 기댄 채 단검을 휘두르며 녀석들이 접근하지 못하도록 했다. 그런데 이 저주받을 짐승 몇 놈이 뒤쪽에서 나뭇가지를 잡고 나무 위로 뛰어올라가서는 내 머리 위로 똥을 싸기 시작했다. 다행히 나무에 바싹 붙어서 피하기는 했지만, 사방에서 떨어져 내리는 오물 때문에 숨이 멎을 것만 같았다.

한참 이렇게 곤욕을 치르고 있는데, 갑자기 동물들이 순식간에 사라져 버렸다. 나는 나무 밑에서 나와 가던 길을 계속 갔다. 그러면서 도대체 그놈들이 왜 그렇게 놀라 도망쳤는지 궁금했다. 그러던 중 왼쪽으로 보이는 들판에 말 한 마리가 느릿느릿 걸어가는 것이 눈에 들어왔다. 조금 전 나를 괴롭히던 놈들이 보고 놀란 까닭이 바로 그 말 때문이었던 것이다. 말은 내게 가까이 다가오면서 조금 놀라는 것 같았다. 그러다가 곧 아무렇지도 않은 듯 나를 정면으로 빤히 바라보았다. 신기하다는 표정이 역력했다. 말은 주위를 몇 바퀴 빙빙 돌면서 내 손과 발을 쳐다봤다. 나는 가던 길을 계속 가고 싶었지만 말이 앞길을 가로막고 있는 바람에 어쩔 도리가 없었다. 말은 아주 순한 표정으로 나를 쳐다보았고, 난폭하게 굴 기미는 일절 보이지 않았다. 우리는 한동안 그렇게 서로 마주 바라보며 서 있었다. 그러다 결국 내가 먼저 용기를 내어 놈의 목을 쓰다듬어 주려고 한 손을 뻗었다. 마치 기수들이 처음 대하는 말을 다룰 때와 같이 행동하며 휘파람도 불었다. 그런데 말은 나의 예절 바른 행동을 경멸하는 듯 머리를 좌우로 흔들고 이맛살을 찌푸리며, 내 손을 떨쳐 내려고 왼쪽 앞발을 위로 슬쩍 들었다. 그러고는 서너 번 울었는데, 그 간격이 너무 불규칙해서 혹시 혼자서 무슨 말을 중얼거리는 게 아닌가 하는 생각이 들 정도였다.

잠시 후 처음 만났던 말과 종류가 같은, 교양 있는 분위기를 풍기는 다른 말이 내 앞으로 다가왔다. 두 놈은 서로 오른쪽 앞발굽을 부드럽게 치며 여러 번 교대로 울어댔다. 다양한 소리를 내며 우는 게 마치 음절을 발음하는 것처럼 들렸다. 그들은 몇 발짝 가더니 무슨 중요한 얘기를 나누는 사람들처럼 앞뒤로 왔다 갔다 했다. 그러면서 수시로 고개를 뒤로 돌려 나를 쳐다보았는데, 마치 내가 도망칠까봐 감시하는 것 같았다. 야생동물들이 이 정도로 행동하는 것을 보면 이곳에 사는 사람들의 지적 수준은 얼마나 높을까 하는 생각이 들었다. 아마도 지구상에서 가장 현명한 사람들이 사는 건 아닐까 하는 생각까지 들었다. 그러자 마음이 한결 놓이면서 길을 계속 가볼 마음이 생겼다. 멀지 않아 집이나 마을이 나타나든지, 원주민이라도 만나겠지 하는 생각에서였다. 그렇게 내가 다시 걸음을 옮기려는 찰나, 두 마리의 말이 가까이 다가왔다. 그러고는 무척 진지한 표정으로 내 얼굴과 손을 번갈아 쳐다보았다. 회색 말은 내 모자를 오른쪽 앞발굽으로 문질러댔다. 그 바람에 모자가 엉망이 되어버려 할 수 없이 모자를 벗어 모양을 제대로 만든 다음 그것을 다시 눌러썼다. 그러자 회색 말과 옆에 있던 적갈색 말은 깜짝 놀라는 것 같았다. 적갈색 말은 내 코트깃을 만져 보더니 그것이 내 몸과 분리되어 있다는 것을 알고는 또다시 깜짝 놀라는 것이었다. 적갈색 말은 내 오른손을 툭툭 치면서 부드러운 살결이나 뽀얀 피부색에 감탄하는 기색을 나타냈다. 그런데 손을 발굽과 발목 사이에 끼우고 너무 세게 조이는 바람에 나는 그만 비명을 지르고 말았다. 그런 다음부터 말들은 나를 무척 조심스레 만지기 시작했다. 특히 내 양말과 신발을 보고 많이 놀라는 것 같았는데, 냄새도 자꾸 맡아보고 자기들끼리 서로 울어대며 갖가지 몸짓을 해댔다. 그 모습이 마치 새로 맞닥뜨린 어려운 현상을 이해해 보려고 머리를 싸맨 철학자들 같았다.

어쨌든 두 마리 말의 행동이 꽤나 사려 깊어 보였기 때문에 나는 이들이 틀림없이 마법사일 것이라는 생각이 들었다. 길을 가다가 이방인을 보고, 어떤 의도에선지 말로 변신해서 이방인을 희롱하는 것 같았다. 아니면 내가 그곳에 사는 사람들과 옷이나 체격, 생김새가 너무 다른 것을 보고, 아주 먼 나라에서 온 사람인가 싶어 정말로 놀라서 그렇게 행동하는지도 몰랐다. 어쩌면 내 추측이 맞을지도 모른다는 생각에 나는 말들에게 이런 식으로 말해 보기로 했다.

"여러분, 나는 여러분이 마술사일 거라고 믿습니다. 만약 그렇다면 내 말을 알아들으시겠지요. 존경하는 마법사님들께 감히 고하건대 나는 불쌍한 영국 사람으로 우여곡절 끝에 이곳 해변으로 밀려오게 되었습니다. 여러분 중 누구라도 진짜 말처럼 나를 등에 태워 집이나 마을이 있는 곳까지 데려다 주어서 목숨을 구해 주십사고 부탁드립니다. 그렇게만 해 주신다면 이 칼과 팔찌를 보답으로 드리겠습니다."

이렇게 말하며 나는 주머니에서 칼과 팔찌를 꺼내 보였다. 말들은 내가 말하는 동안 열심히 듣는 듯 잠자코 서 있었다. 내가 말을 마치자 둘은 다시 심각한 대화를 나누는 듯 서로 쳐다보며 여러 번 울음소리를 냈다. 내가 보기에 이들이 쓰는 언어는 감정을 매우 잘 표현할 수 있고, 중국어보다도 더 쉽게 철자로 옮길 수 있겠다는 생각이 들었다.

말들이 나누는 대화에서는 야후라는 말이 여러 번 들렸다. 두 마리 모두 이 말을 여러 차례 썼다. 나로서는 그게 무슨 뜻인지는 알 길이 없었다. 하지만 말들이 대화를 나누느라 여념이 없는 동안 나는 야후라는 단어를 흉내 내어 보려고 했다. 그리고 말들의 대화가 끊긴 틈을 타서 말 울음소리에 최대한 가깝게 큰 소리로 야후라고 외쳤다. 그러자 두 마리 모두 깜짝 놀라는 모습이 역력히 드러났다. 회색 말은 같은 말을 두 번 반복했는데, 마치 내게 정확한 억양을 가르쳐 주려는 것 같았다. 그래서 나도 최선을 다해 그가 시키는 대로 따라해 보았다. 그랬더니 원래 발음과는 거리가 멀었지만 그래도 매번 나아지는 것 같은 기분이 들었다. 이번에는 적갈색 말이 다른 말을 가르쳐 주려고 했는데, 처음 단어보다 발음하기 훨씬 더 어려웠다. 굳이 글자로 나타내 본다면 후이늠으로 쓸 수 있을 것이다. 두세 번 더 발음해 보니 한결 좋아졌다. 내가 금방 말을 배우자 말들은 나의 능력에 무척 놀라는 것 같았다.

그 둘은 좀 더 대화를 나누었는데 나에 대해 이야기하는 것 같았다. 그리고 처음 만났을 때처럼 서로 발굽을 툭툭 치더니 곧 길을 나섰다. 회색 말은 나에게 앞장서라는 신호를 보냈고, 나는 더 나은 길 안내인을 만날 때까지는 그 말에 따르는 게 현명할 것이라고 생각했다. 내가 좀 천천히 걷자고 하자, 말은 히힝, 히힝 하며 울었다. 나는 너무 피곤해서 더 빨리 못 걷겠다는 뜻을 재주껏 전달했다. 그러자 말은 제자리에 멈춰 서서 내가 조금 쉴 수 있게 해주었다.

제2장
후이님의 집에서
생활하게 되다

　5킬로미터쯤 걸어간 뒤 우리는 기다란 목조건물에 도착했다. 그 건물은 기둥들을 땅바닥에 박고 나뭇가지들을 가로로 걸쳐서 엮어 벽들을 만들었고 낮은 지붕은 밀짚으로 덮여 있었다. 그때서야 마음이 조금 놓인 나는 몇 가지 자질구레한 장난감을 몇 개 꺼냈다. 여행가들이 흔히 아메리카 대륙이나 기타 지역을 여행할 때 인디언 원주민들에게 선물로 주려고 갖고 다니는 물건이었다. 선물을 보면 그곳 사람들이 나를 좀 더 친절하게 대해 주겠지 하는 기대에서였다. 회색 말은 나에게 앞장서라는 몸짓을 해보였다. 방은 상당히 넓었고 바닥은 매끄러운 진흙으로 덮여 있었다. 한쪽 벽에는 시렁과 여물통이 나란히 놓여 있고, 망아지 세 마리와 암말 두 마리가 있었다. 그런데 몇 놈은 여물을 먹는 것도 아니면서 엉덩이를 바닥에 붙이고 앉아 있었다. 더 놀라운 것은 집안 일을 하는 말도 있었다는 것이다. 보기에는 보통 가축과 다를 바 없는데 정말 놀라웠다. 아마 내가 가장 먼저 떠올렸던 추측이 맞는 것 같았다. 야만적인 짐승들을 이렇게 길들인 사람들이 세상에서 제일 지혜로운 종족일 것이라는 생각이었다. 회색 말은 나를 바로 뒤쫓아 들어와서 방 안에 있는 다른 말들이 나를 해코지하지 못하도록 했다. 회색 말은 여러 번 위엄 있는 소리로 울어댔고, 다른 말들도 이에 답하며 울었다.

방은 세 개가 더 있었다. 건물 맨 끝 방으로 가려면 마주 보는 문 세 개를 통과해야 했다. 우리는 두 번째 방을 지나 세 번째 문 앞까지 갔다. 회색 말은 내게 잠시 기다리라는 신호를 보낸 뒤 먼저 들어갔다. 나는 주인과 안주인에게 줄 선물을 꺼내놓고 기다렸다. 선물은 칼 두 개와 모조 진주 팔찌 두 개, 그리고 작은 거울과 구슬 목걸이 한 개였다. 안에서 말 울음소리가 서너 번 들려서 나는 이제 사람 목소리가 들리겠지 하고 기다렸다. 그런데 기다리던 사람 목소리는 들리지 않고 회색 말의 울음소리보다 더 날카로운 말 울음소리만 한두 번 들렸다. 사람을 집안에 들이는데 이렇게 까다로운 절차를 거치게 하는 것을 보면서 나는 이곳이 꽤 지체 높은 귀족의 집일것이라고 생각했다. 그러면서도 지체 높은 양반이 왜 말들의 시중을 받는지 이해가 되지 않았다. 혹시 너무 힘들고 어려운 일들을 많이 겪은 탓에 내 머리가 어떻게 된 게 아닌가 하는 걱정까지 들었다. 나는 마음을 다잡고 혼자 있던 방을 둘러보았다. 방은 첫 번째 와 다를 바 없이 꾸며져 있었지만 좀 더 우아해 보였다. 눈을 계속 비벼 보아도 방의 모습은 그대로였다. 혹시 내가 꿈을 꾸는 건 아닌가 싶어서 팔과 양쪽 옆구리를 꼬집어보기도 했다. 그러다가 결국 이 모든 것이 틀림없이 강신술이나 마법을 부린 것이란 생각이 들었다. 바로 그때 회색 말이 밖으로 나왔다. 그리고 세 번째 방으로 따라들어 오라는 몸짓을 했다.

　방 안에는 무척 잘생긴 암말이 망아지를 데리고 밀짚 돗자리 위에 엉덩이를 붙이고 앉아 있었다. 돗자리는 제법 솜씨 있게 짰는데, 깔끔하고 청결했다. 암말은 내 손과 얼굴을 찬찬히 살피더니 아주 업신여기는 시선으로 나를 바라보았다. 그러더니 회색 말 쪽으로 몸을 돌려 이야기를 나눴다. 암말 역시 '야후'라는 단어를 많이 사용했다. 회색 말은 머리로 나를 가리키며 길에서 하던 것처럼 히힝, 히힝 하고 소리를 질렀다. 자기를 따라오라는 것 같았다. 그를 따라가니 마당 같은 곳이 나왔고, 조금 떨어진 곳에 건물이 또 한 채 있었다. 안으로 들어가 보니 이곳에 와서 처음 보았던 그 징그러운 괴물 세 마리가 나무뿌리와 날고기를 먹고 있는 것이 아닌가.

괴물들은 당나귀나 개, 그리고 사고나 병에 걸려 죽은 암소 고기를 먹고 있었다. 세 마리 모두 나무기둥에 붙들어 매여져 있었는데, 두 개의 앞발로 고기를 움켜잡은 채 이빨로 고기를 물어뜯고 있었다.

회색 말은 하인으로 부리는 밤색 말에게 가장 몸집 큰 짐승을 풀어서 마당으로 데려오라고 시켰다. 주인 말과 하인 말은 나와 그 짐승을 나란히 세워놓고 낱낱이 비교하면서 야후라는 말을 몇 차례나 되풀이했다. 이 무시무시한 짐승에게서 완벽한 사람의 용모를 발견하고서 나는 말로 표현할 수 없을 정도로 놀라고 겁이 났다. 짐승의 얼굴은 평평하고 넓었으며, 코는 찌그러졌고, 입술은 두껍고, 입이 컸다. 미개한 나라 사람들 얼굴과 비슷했다. 아이들을 엎어서 누이거나, 등에 업힌 아기가 어미의 어깨에 얼굴을 비비대어서 얼굴 모양이 일그러졌을 때, 마치 그런 얼굴과 같았다. 야후의 앞발은 내 손과 하나도 다를 게 없었다. 다만 손톱이 나보다 더 길고 손바닥이 거칠고 갈색이었으며, 손등에 털이 난 것이 다를 뿐이었다. 발도 마찬가지로 비슷했다. 내가 신발과 양말을 신고 있어서 말들은 눈치 채지 못했지만 나는 발도 나와 비슷하다는 걸 알 수 있었다. 머리칼과 피부색만 제외하면 몸은 사람과 완벽히 똑같았다.

후이님 나라에 적응해가다

두 마리의 말은 어쩔 줄 몰라 하는 것 같았다. 나의 신체가 야후와 너무 달랐기 때문이다. 그것은 내가 입고 있는 옷 덕분이었는데, 말들은 옷이 무엇인지에 대한 개념이 없었다. 밤색 말은 발굽과 발목으로 나무뿌리를 움켜쥐고는 나에게 내밀었다. 나는 한 손으로 나무뿌리를 받아 냄새를 맡아 보고는 최대한 공손하게 되돌려 주었다. 그러자 이번에는 야후 소굴에서 당나귀 고기를 한 덩어리 집어왔는데, 냄새가 너무 고약해서 나는 고개를 돌려 버렸다. 그러자 밤색 말은 고기 덩어리를 야후에게 던져 주었고, 야후는 그걸 게걸스럽게 먹어치웠다. 그다음에는 건초와 귀리 한 다발을 내밀었지만, 나는 그런 것은 먹지 않는다는 표시로 고개를 좌우로 흔들어 보였다. 그제야 나는 나와 같은 종족을 만나지 못하면 완전히 굶어죽겠다는 생각이 들었다. 야후들은 아무리 뜯어봐도 혐오스럽지 않은 구석이 한군데도 없었다. 내가 그 나라에 머무는 동안 야후들은 가까이 가면 갈수록 더 역겨웠다. 주인 말은 이런 나의 행동을 눈치 챘는지 야후들을 도로 우리로 들여보냈다. 주인 말은 한쪽 앞 발굽을 자기 입에 갖다 대었는데 그 동작을 얼마나 쉽고 자연스럽게 하는지 나는 그걸 보고 놀라 자빠질 뻔했다. 주인 말은 내가 무엇을 먹는지 물어보려고 여러 가지 동작들을 해보였다. 나는 나름대로 대답을 했지만, 주인 말은 전혀 알아듣지 못했다. 그리고 설령 내 말을 알아들었다고 해도 말이 무슨 수로 내가 먹는 음식을 구해다 줄 수 있을까. 이렇게 생각하고 있을 때 마침 암소 한 마리가 옆을 지나갔다. 나는 암소를 가리키며 젖을 짜고 싶다는 뜻을 전달했다. 다행히 이번에는 효과가 있었다. 주인 말은 나를 집으로 도로 데리고 들어가서는 하인 암말에게 방문을 열어 주라고 했다. 방에는 아주 깨끗하고 가지런하게 놓아둔 토기와 목기들에 우유가 가득 들어 있었다. 암말은 커다란 사발에 우유를 가득 채워 주었다. 그걸 실컷 마시고 나자 한결 기분이 나아졌다.

정오께 야후 네 마리가 썰매에 얹은 마차 같은 것을 끌고 집으로 오는 것을 보았다. 안에는 늙은 말이 타고 있었는데 지체가 높은 신분 같았다. 그 말은 사고로 왼쪽 앞발을 다치는 바람에 뒷다리를 먼저 내려놓으며 마차에서 내렸다. 늙은 말은 우리 주인 말과 식사를 하러 왔는데, 주인 말은 손님을 아주 정중히 맞이했다. 두 말은 제일 좋은 방에서 식사를 했다. 두 번째 코스에서는 우유에 넣어 끓인 귀리를 먹었다. 이들이 쓰는 여물통은 방 한가운데에 동그랗게 놓여 있는데 여러 칸으로 나뉘어져 있었다.

말들은 밀짚 방석에 엉덩이를 깔고 동그렇게 모여 앉았다. 한가운데에는 큰 선반이 있는데, 여물통의 각 칸을 향해 각이 져 있었다. 그래서 암말과 수말들은 각자 건초와 우유를 섞은 귀리죽을 아주 점잖고 품위 있게 먹었다. 어린 망아지들은 아주 예의 바르게 행동했고 주인 말 부부도 손님에게 아주 쾌활하고 공손하게 대했다. 회색 말은 나에게 자기 옆에 서 있으라는 뜻을 전했다. 친구 말과 많은 이야기를 나누었는데 아마도 나에 관해 이야기하는 듯싶었다. 친구 말이 자꾸 나를 쳐다보며 야후라는 말을 수시로 반복했기 때문이다.

그때 나는 아무 생각 없이 장갑을 손에 끼었다. 회색 말은 그걸 보더니 크게 놀라는 것 같았다. 내가 내 앞발에 무슨 기적이라도 일으킨 것 같은 표정이었다. 말은 발굽으로 서너 번 장갑 낀 내 손을 툭툭 쳤는데 마치 이전 상태로 되돌려 놓으라고 하는 것 같았다. 그래서 나는 장갑을 벗어 주머니 속에 도로 집어넣었다. 이번 행동에 대해서도 말들은 대화를 계속했다. 친구 말이 그 행동을 보고 무척 재미있어 했는데, 그걸 보고 나는 그런 행동을 하길 잘했다는 것을 알아챘다. 나는 아는 단어 몇 개를 말해 보라는 지시를 받았다. 식사를 하는 동안 주인 말은 귀리, 우유, 불, 물을 비롯해 몇 가지 단어를 가르쳐 주었다. 나는 어릴 적부터 언어에는 소질이 뛰어났던 터라 발음을 쉽게 따라할 수 있었다.

식사를 마친 주인 말은 나를 한쪽으로 데려가더니 몸짓과 단어 몇 개로 내가 먹을 것이 없어 걱정이라는 뜻을 전달했다. 귀리는 이 나라 말로 흘룬이었다. 나는 이 말을 서너 번 발음해 보았다. 사실 처음에는 귀리를 못 먹겠다고 했는데, 다시 생각해보니 귀리를 가지고 빵 같은 것을 만들어 우유와 함께 먹으면 목숨을 연명할 정도는 될 것 같았다. 그렇게 해서 버티다가 다른 나라로 도망을 가든, 아니면 나와 같은 사람을 만날 때까지만 버티면 된다는 생각을 했다. 회색 말은 즉시 집안에서 부리는 흰색 하녀 암말에게 지시해 나무 쟁반 같은 것에 귀리를 가득 담아 나에게 가져다주라고 했다. 나는 귀리를 불에 최대한 가까이 대어 뜨겁게 한 다음 비벼서 껍질을 벗겨 내고 키질을 해서 알맹이만 골라냈다. 그리고 돌 두 개를 맞대어 그 사이에 넣고, 갈고 빻아 가루로 만든 다음 물을 부어 반죽을 만들었다. 그것을 불에 구워 따끈따끈한 빵을 만들어 우유와 함께 먹었다. 유럽에서도 이런 빵을 먹는 나라가 많기는 하지만 처음에는 아무 맛도 없었다. 그래도 시간이 지나자 먹을 만해졌다. 하도 자주 어려운 일을 당하다 보니, 인간의 본능적 욕구는 이렇게 쉽게 해결할 수 있다는 것을 깨우칠 수 있었다. 나는 야후의 털로 덫을 만들어 토끼나 새를 잡기도 했고 약초를 캐서 끓여 먹거나 샐러드로 만들어 빵과 함께 먹기도 했다. 간혹 버터도 조금씩 만들었고, 남은 유장을 먹기도 했다. 처음에는 소금이 없어 견디기 힘들었는데, 그것도 습관이 되니 소금 없이도 먹을 만했다.

그 이후부터 나는 소금을 자주 사용하는 것이 일종의 낭비라는 생각을 갖게 되었다. 인간 말고는 소금을 좋아하는 동물이 없다.

사실 소금은 술을 마실 때 알코올 자극제로 처음 사용되었고, 장거리 여행 때, 혹은 시장이 멀리 떨어진 지방에서 고기를 저장하기 위한 수단일 뿐이었다. 이 섬을 떠난 후 나는 음식의 짠맛에 다시 적응하는 데 한참 시간이 걸렸던 것으로 기억한다.

날이 저물자 회색 말은 내가 머물 곳을 정해 주었다. 그곳은 집에서 불과 6미터 떨어진 곳이었고, 야후 우리와는 완전히 떨어져 있었다. 밀집도 구할 수 있었고, 천을 구해 덮어서 잠도 푹 잘 수 있었다. 얼마 지나지 않아서 내 생활은 한결 더 편안해졌다.

제3장
그들의 언어에 익숙해지다

　나는 우선 그곳 말을 배우는 데 힘을 쏟았다. 나의 주인(이제부터 회색 말을 주인이라고 부르기로 한다)과 주인의 자녀들, 그리고 하인들 모두가 나에게 말을 가르치고 싶어 했다. 나처럼 야만스러운 동물이 이성적 행동을 한다는 것을 신기하게 생각하는 것 같았다. 나는 주위에 보이는 것은 모두 가리키며 이름이 무엇인지 물었다. 혼자 있을 때는 그것을 필기장에 적고, 가족에게 수시로 발음해 보라고 하여 잘못된 억양을 고쳤다. 특히 하인 말 중에서 밤색 말이 나를 열심히 도와주었다.

　말은 발음할 때 코와 목구멍으로 소리를 냈다. 그들이 쓰는 말은 내가 아는 유럽어 중에서 독일어와 발음이 가장 흡사했는데, 그보다 더 우아하고 함축적이었다. 찰스 5세 왕도 말과 통할 수 있는 언어가 있다면 그것은 독일어일 것이라는 말을 한 적이 있다.

주인은 워낙 호기심이 많은 데다 성미도 급해서 쉬는 시간은 나를 가르치는 일로 시간을 보내는 때가 많았다. 나중에 주인이 털어놓은 바에 의하면, 주인은 나를 틀림없이 야후라고 생각했다는 것이다. 그래서 나의 배우는 능력, 예의 바름, 청결함에 매우 놀랐다고 했다. 이는 야후와는 정반대되는 품성들이기 때문이다. 주인은 내 옷 때문에 가장 당혹스러웠는데, 옷이 자기처럼 내 몸의 일부로 붙어 있는 것인지 아닌지 몰라 당황스러웠다고 했다. 나는 그들이 모두 잠든 다음에야 옷을 벗고, 아침에는 아무도 일어나기 전에 옷을 입었기 때문에 그럴 만도 했다. 주인은 또 내가 어디서 왔는지, 내가 하는 모든 이성적인 태도는 어디서 습득했는지 알고 싶어 했다. 그리고 내 이야기를 직접 내 입을 통해 듣고 싶어 했다. 내가 그들의 단어와 문장을 익히고 발음하는 데 워낙 우수한 능력을 보였기 때문에 주인은 그러한 바람이 곧 이루어질 것이라고 생각했다. 기억력을 높이기 위해 나는 배운 것을 모두 영어 철자로 바꾸어 적어 놓고 그 옆에 해석도 곁들여 적어 두었다. 얼마 후에는 주인이 보는 앞에서도 개의치 않고 적었다. 하지만 내가 하는 일을 주인이 알아듣도록 설명하느라 무척 애를 먹었다. 이곳 주민들은 책이나 문서에 관한 개념이 전혀 없었기 때문이다.

이곳에 온 지 10주 정도 지났을 때 나는 주인이 물어보는 것은 대충 다 이해할 수 있었고, 석 달이 지나자 대답도 어느 정도 할 수 있게 되었다. 주인은 처음에 내가 야후인 줄 알았다고 했다. 이 섬에서 야후는 매우 교활한 데다 사악하기까지 해서 짐승 중 가장 가르치기 힘든 동물로 알려져 있었다.

　나는 내가 바다 건너 아주 먼 나라에서 왔으며, 나와 같은 종족 여러 명과 함께 나무로 만든 속이 텅 빈 배를 타고 왔다고 말했다. 그리고 동료들이 강제로 나를 이곳 해변에 혼자 내려놓고 떠나 버렸다고도 했다. 물론 그들 말로 이런 사실을 말하는 것이 쉽지는 않았지만, 여러 가지 몸짓을 해가며 겨우 내 뜻을 이해시켰다. 그러자 주인은 내가 무언가 잘못 알고 있거나, 사실이 아닌 말을 한다고 생각했다.

　사실 이 나라 말에는 거짓말이나 허위를 나타내는 단어가 없었다. 주인은 바다 건너 어떤 나라가 존재한다는 것은 있을 수 없는 일이며, 야만스러운 짐승이 나무로 배를 만들어 물 위를 마음대로 떠다니는 것도 불가능하다고 말했다. 주인은 살아 있는 후이넘들 가운데 그런 통을 만들 줄 아는 자는 아무도 없고, 또 야후들에게 통의 조종을 맡기는 것도 불가능한 일이라고 확신했다.

　후이넘이란 단어는 그들 언어로 말을 의미하며, 어원상으로는 대자연의 완성품이라는 뜻이다. 나는 주인에게 지금은 표현력이 부족하지만 가능한 한 빨리 실력을 늘리도록 최선을 다하겠다고 말했다. 그렇게 되면 곧 주인에게 놀라운 사실을 알려줄 수 있으리라는 말도 덧붙였다. 그는 아내 암말과 자녀 망아지, 그리고 집 안의 모든 하인들에게도 기회 있을 때마다 나에게 말을 가르치라고 지시했다. 게다가 본인이 직접 나서서 하루에 두세 시간씩 나를 가르쳤다. 신기한 야후가 있다는 소문이 퍼지면서 주위에 살고 있는 지체 높은 말들이 수시로 내가 사는 집에 들렀다. 나는 후이님처럼 말도 하는 야후이며, 내 언행으로 봐서 미미하나마 이성도 갖추고 있다는 소문이 났다. 찾아온 손님 말들은 나와 담소하는 것을 좋아했다. 그들은 많은 질문을 했고, 나는 능력껏 대답해 주었다. 그 덕분에 나는 말이 무척 많이 늘어서 이곳에 온 지 5개월이 지나면서 후이님들이 하는 말을 전부 이해했고, 내 의사도 명확히 표현할 수 있게 되었다.

야후가 아님을 증명하다

나를 구경하고, 또 나와 대화를 나누려고 찾아온 후이님들이 나를 야후라고 생각하지 않았던 결정적인 이유는 내 옷차림이었다. 옷을 차려입은 몸이 다른 야후들의 맨 몸과는 달라 보였기 때문이다. 하지만 2주일 전에 일어난 어떤 사건 때문에 내 비밀을 주인에게 그만 들키고 말았다.

앞에서도 이야기했듯이 나는 매일 밤 가족이 모두 잠든 다음에 옷을 벗어서 그것을 덮고 잤다. 그런데 어느 날 아침 일찍 주인이 나를 불러오라고 하인 밤색 말을 보냈다. 밤색 말이 들어왔을 때 나는 곯아떨어져 있었는데, 옷은 한쪽으로 미끄러져 있었고 셔츠만 허리께에 얹어 있었다. 나는 밤색 말이 들어오는 소리에 잠이 깼고, 밤색 말은 내 벗은 몸을 보고 크게 놀란 뒤 주인에게 횡설수설하며 알렸다. 나는 사태를 파악하고 재빨리 옷을 주워 입었다. 주인은 대관절 자기 하인이 무엇을 보았기에 그런 말을 하느냐고 나에게 물었다. 하인 말은 내가 잘 때는 평소와 다른 모습이 된다고 했다는 것이다. 또 내 몸에 하얀 부분이 있고, 노란 부분, 아니 적어도 하얗지 않은 부분이 있으며, 갈색인 부분도 있다고 했다는 것이다.

나는 그동안 저 저주받은 야후들과는 어떻게든 다르다는 것을 보여주고 싶어서 내 옷에 관한 비밀을 숨겨왔다. 하지만 이제는 더 이상 그렇게 하기가 힘들게 되었다는 생각이 들었다. 더구나 옷과 신발이 벌써 다 해져가고 있었기 때문에 얼마 안 있으면 다 떨어질 것이고, 그렇게 되면 야후나 다른 짐승의 가죽으로 옷가지를 만들어 입어야 할 판이니, 비밀은 어차피 들통 나게 되어 있었다. 그래서 나는 주인에게 내가 살던 나라에서는 나와 같은 사람들이 더위와 추위를 피하고 또한 체면을 지키기 위해 동물의 털을 가공한 것으로 항상 몸을 감싸고 다닌다고 설명해 주었다. 주인이 명령만 내린다면 당장 증거를 보여줄 수 있다는 말도 했다. 다만 대자연이 우리에게 가리라고 가르친 부분은 보여줄 수 없으니 양해해 주기 바란다는 말을 덧붙였다. 주인은 내가 하는 말이 매우 이상하며, 특히 마지막 말이 더 그렇다고 했다. 도대체 자연이 우리에게 준 것을 왜 가려야 하는지 모르겠다는 것이다. 또 자기나 자기 가족 모두는 신체 중 어떤 곳도 부끄러워하지 않는다고 했다. 그러면서도 나보고 좋을 대로 하라고 했다. 그래서 나는 단추를 풀어 외투를 먼저 벗고, 다음으로 조끼를 벗었다. 이어 신발, 양말, 바지까지 벗었다. 그러고 나서 셔츠를 허리 쪽으로 내리고 속옷을 끌어당겨 허리 부분에서 띠처럼 묶어 중요한 곳을 가렸다.

주인은 호기심과 찬탄이 뒤얽힌 눈으로 나의 일거수일투족을 지켜보았다. 그는 내 옷을 발목으로 하나하나 들어 올리더니 일일이 관찰했다. 그러더니 내 몸을 아주 조심스럽게 두드려 보기도 하고 내 주위를 몇 번씩 돌아보기도 했다. 그러고 나서는 내가 틀림없는 야후이기는 한데 피부가 부드럽고 하얀 것, 몸의 여러 부위에 털이 없는 것, 앞발톱과 뒷발톱이 짧고 그 모양새가 다른 것, 계속 뒷발로 서서 걷는 점이 야후와 크게 다르다고 했다. 주인은 내가 추워서 부들부들 떠는 것을 보고는 이제 그만 보겠다며 옷을 도로 입으라고 했다.

나는 주인이 나를 툭하면 그 재수 없는 동물인 야후라는 명칭

으로 불러서 기분이 좋지 않다는 뜻을 밝혔다. 나는 그 짐승이 너무도 싫고 혐오스러웠다. 나는 주인에게 이제 나를 그렇게 부르지 말아달라고 부탁하고, 가족과 나를 보러 오는 자기 친구들에게도 그렇게 하도록 지시를 내려달라고 했다. 그리고 내 몸을 덮고 있는 가짜 피부의 비밀은 지금 입고 있는 옷이 다 해질 때까지 주인만 알고 있었으면 좋겠다고 부탁했다. 그걸 본 밤색 말에게도 절대 다른 말들에게 누설하지 말도록 지시해 달라고 부탁했다.

너그럽게도 주인은 나의 청을 모두 들어주었고, 이리하여 내 비밀은 옷이 다 떨어질 때까지 지켜질 수 있었다. 그 후에도 여러 가지 옷가지를 마련할 수밖에 없었는데, 그에 대한 설명은 나중에 하겠다. 그러는 한편, 주인은 내가 부지런히 자기네 말을 배우길 바랐다. 사실 주인은 나의 생김새나, 내 몸이 뭔가에 덮여 있는지 여부보다는 내가 말을 하고 사고를 할 수 있다는 것에 더 놀라워했다. 주인은 내가 해주겠다고 약속한 신기한 이야기를 하루 빨리 듣고 싶다는 말도 덧붙였다.

그 후로 주인은 내게 말을 가르치기 위한 노력을 두 배로 늘렸다. 그는 자기가 가는 모임에 항상 나를 데려갔고, 다른 말들에게는 내게 예의를 갖춰 대하라고 시켰다. 나에게 잘 대해 줘야만 내가 기분이 좋아져서 자기네들을 더 즐겁게 해준다는 말을 했던 것이다.

내가 주인을 모시는 동안 주인은 매일 나를 가르치는 수고를 하는 것 외에도 틈틈이 나에 대해 물었고, 나는 최선을 다해 성의껏 대답했다. 이리하여 주인은 모든 사정을 다 알게 된 것은 아니지만, 대략적인 사정은 파악하게 되었다. 내가 언어 실력을 높여 정상적인 대화를 할 수 있게 되기까지의 단계를 일일이 설명하면 너무 장황해질 것이다. 그러니 내가 나 자신에 관해 처음으로 어느 정도 논리정연하게 소개한 대목만 적어 보도록 하겠다.

　전에도 주인에게 말하려 했듯이 나는 아주 먼 나라에서 나와 같은 종족 50여 명과 함께 왔다. 우리는 나무로 만든 속이 빈 큰 통을 타고 항해했으며, 그 통은 주인의 집보다 더 크다고 설명했다. 나는 내가 아는 가장 적절한 단어들을 골라 써가며 배에 대해 묘사했다. 손수건을 펴서 바람을 타고 배가 어떻게 앞으로 나아가는지도 말해 주었다. 그리고 배에서 선원들끼리 싸움이 일어나는 바람에 이곳 해변에 버려졌고, 어디인지도 모른 채 무작정 걸었던 과정도 이야기했다. 그러다가 그 못된 야후들이 못살게 굴 때 주인이 나타나 나를 구해주었다고 했다. 주인은 누가 배를 만들었으며, 우리나라에 사는 후이늠들은 어떻게 야만적인 짐승들에게 배를 맡길 수 있는지 물었다. 나는 이렇게 대답했다. 우선 주인에게 내가 하는 말 때문에 기분 나빠하지 않겠다는 맹세를 하겠느냐고 요청했고, 그렇게 하면 내가 약속했던 신기한 일들을 이야기해 주겠다고 했다. 주인이 동의하자 나는 이야기를 시작했다. 배를 만드는 것은 바로 나 같은 사람들이고 내가 사는 나라는 물론 내가 여행한 많은 나라들에서는 나 같은 인간들이 세상을 지배하며 유일하게 이성을 가진 동물이다. 그래서 이곳에 와서 후이님들이 이성적으로 행동을 하는 것을 보고 나도 무척 놀랐다. 주인이나 주인의 친구들이 나를 야후라고 부르며 이성적인 행동을 더러 한다고 놀랐던 것과 마찬가지였다. 물론 내가 야후를 많이 닮은 것은 사실이지만, 그들이 왜 그렇게 퇴보하고 야만적인 동물이 되었는지는 나도 알 수 없었다. 만약 내가 운이 좋아 고국으로 돌아가 이곳에서 겪은 일을 얘기하면 아무도 믿지 않을 것이다. 나는 이렇게 강조했다.

제4장
영국의 말에 대해서
이야기하다

    주인 말은 당혹해하는 표정이 역력했다. 이 나라에서는 남의 말을 의심한다든지 믿지 않는다든지 하는 일이 극히 드물기 때문에, 못 믿을 상황에 처해지면 어떻게 처신해야 할지 몰라 쩔쩔매는 것이었다. 그러고 보니 다른 곳에 사는 인간들의 본성에 대해 주인과 얘기를 나누다가 거짓말이라든가 허위라는 개념을 이야기하면 주인이 말뜻을 알아듣지 못해 애를 먹는 경우가 종종 있었다. 그럼에도 불구하고 주인은 아주 정확한 판단을 내렸다. 주인은 이렇게 주장했다. 말(言) 서로 의사소통을 하고, 어떤 사실에 대한 정보를 얻기 위해 하는 것이다. 따라서 누군가 사실이 아닌 것을 말한다면, 이는 말(言)을 하는 목적에 어긋난다는 것이다. 왜냐하면 나는 이 말(言)을 이해했다고 할 수 없고, 어떤 정보를 얻은 것은 더더욱 아니기 때문이다. 차라리 그런 정보는 모르는 게 더 낫다는 것이다. 왜냐하면 그 때문에 나는 흰 것을 검다고 믿고, 긴 것을 짧다고 믿게 되기 때문이다. 거짓말에 관해 주인이 가지고 있는 생각들은 이 정도였는데, 인간들이 하는 거짓말에 대해 너무도 잘 파악하고 있었다.

다시 본론으로 돌아가기로 한다. 내가 우리나라를 지배하는 동물은 야후뿐이라고 하자 주인은 도저히 이해할 수 없다며 혹시 우리나라에 후이님이 있는지, 있다면 무슨 일을 하는지 물었다. 나는 후이님이 아주 많다고 대답하고, 하는 일은 여름에는 들에서 풀을 뜯고, 겨울에는 집에 들어앉아 건초와 귀리를 먹으며 지낸다고 했다. 또한 하인 야후들이 후이님의 가죽을 부드럽게 마사지도 해주고, 갈기를 빗어주기도 하며, 발굽이 자라면 잘라주고, 먹을 것을 챙겨주고 잠자리도 보살펴 준다고 했다. 그러자 주인은 잘 알겠다며 이렇게 말했다.

"네가 말하는 것을 모두 종합해 보니, 아무리 야후가 이성을 가진 동물인 척해도, 결국 후이님이 너희들의 주인임이 틀림없다. 우리 야후들도 그렇게 고분고분하면 얼마나 좋을까."

나는 주인에게 이쯤에서 말을 마치는 것을 양해해 달라고 했다. 내가 하려는 말이 그의 기분을 몹시 언짢게 할 것이 틀림없었기 때문이다. 그런데 주인은 제일 좋은 것과 제일 나쁜 것을 모두 알아야 겠다며 나를 계속 다그쳤다. 하는 수 없이 나는 우리 세계에서는 후 이님을 말이라고 부르는데, 제일 온순하고 잘 생긴 동물이라고 했다. 또 말은 힘도 좋고 굉장히 민첩하며, 귀족들이 여행이나 경주, 마차를 끄는 데 이용하기 때문에 무척 신경 써서 소중히 다룬다고 했다. 병에 걸리거나 다리를 절뚝거리기 전까지는 그렇게 다룬다는 말도 했다. 병이 들면 팔아치우는데, 팔려 가면 죽을 때까지 온갖 고생을 다한다고 했다. 죽으면 가죽은 벗겨 적당한 값에 팔리고 나머지 신체 부위는 개나 맹금류가 먹어치운다. 또 이 정도 운도 안 되는 보통 말들은 농부나 마차꾼, 기타 천한 백성들이 데려다가 무지하게 힘든 일을 시킨다. 제대로 먹이지도 않는다. 나는 또 우리가 말을 타는 방법, 고삐와 안장, 박차, 채찍, 마구와 바퀴는 어떻게 생겼고 어떤 용도로 쓰는지 설명해 주었다. 또한 말발굽에는 쇠라고 부르는 단단한 물질을 박아 넣어 말을 타고 여행할 때 돌이 많은 길에서 발굽이 부러지지 않도록 보호한다고 했다.

주인은 어떻게 감히 후이님의 등에 올라탈 생각을 하느냐며 엄청나게 분개했다. 그러면서 자기 집에서 부리는 제일 허약한 하인 후이님이라도 제일 힘센 야후를 흔들어 떨어뜨려 버릴 수 있다고 했다. 그뿐만 아니라 등을 굴려 깔아 버리면 그 야만적인 짐승의 목숨도 빼앗을 수 있다고 말했다. 나는 이렇게 대답했다.

"내가 사는 곳에서는 말이 서너 살 되면 훈련을 시켜서 여러 용도로 써먹는다. 너무 난폭한 말은 마차를 끄는 데 쓰고, 아무리 어린 말이라도 못된 짓을 하면 가차 없이 채찍질을 가한다. 승마나 마차를 끄는 등 일상적으로 쓰는 수말은 태어난 지 2년이 되면 보통 거세해서 고분고분하고 온순하게 만든다. 또 말은 상과 벌에 민감하다. 그러나 이 나라에서 야후들이 그런 것처럼 그곳에서는 말들이 전혀 이성적이지 않다는 점을 주인께서 알아주기 바란다."

이리저리 둘러대면서 내가 말하고자 하는 뜻을 주인에게 제대로 전달하려니 보통 힘든 게 아니었다. 후이님은 우리보다 욕망이나 열정이 적기 때문에 이런 감정을 표현하는 단어가 부족했다. 어쨌든 우리가 후이님을 야만적으로 다루는 것을 알고 주인이 얼마나 분노했는지는 말로 다할 수 없을 정도였다. 특히 우리가 말을 거세해서 종족의 번식을 막고, 더 고분고분하게 만든다는 말을 듣자 주인의 분노는 극에 달했다. 주인은 만약 어떤 나라에서 야후만이 이성을 가진 동물이라면, 야후가 그 나라를 다스리게 될 것이라고 했다. 왜냐하면 시간이 지나면 결국 이성이 야만적인 힘을 이기기 때문이라는 것이다. 하지만 우리의 신체 구조, 특히 나를 보면 우리만큼 잘못 만들어진 동물도 없고, 그래서 일상생활에서 이성이 발휘되기는 힘들 것이라고 했다. 그러면서 내가 사는 곳의 야후들이 나와 닮았는지, 아니면 이곳의 야후들과 닮았는지 물었다. 나는 주인에게 나는 내 나이 또래들과 비슷하게 생겼으며, 나보다 더 젊은 사람이나 여자들은 나보다 더 살결이 부드럽고 곱다고 했다. 특히 여자들의 피부는 우유빛처럼 희다고 했다. 그러자 주인은 실제로 내가 다른 야후들보다 훨씬 더 깨끗하고 야후들처럼 징그럽지도 않다는 점을 인정했다. 그러면서도 실질적인 장점을 따져보면 내가 더 불리하다고 지적했다. 예를 들어, 손톱이나 발톱은 전혀 쓸모가 없다고 했다. 또한 앞발은 걸을 때 전혀 사용하지 않기 때문에 앞발이라고 부를 수 있을지 의문이 들 정도라고 했다. 또한 앞발은 너무 약해서 땅을 딛고 다닐 수도 없을 것이라고 했다. 그리고 보통 앞발에는 아무 것도 씌우지 않은 채 드러내놓고 다니며, 가끔 앞발에도 무엇을 씌우기는 하지만 뒷발에 씌우는 덮개와 모양도 다르고 그만큼 튼튼하지도 않아 보인다고 했다. 또 내가 걷는 모습도 영 불안해 보인다고 했다. 왜냐하면 뒷발 가운데 어느 한쪽이라도 미끄러지면 영락없이 넘어질 것이기 때문이라는 것이었다. 그는 내 몸의 다른 부위에 대해서도 단점을 열거하기 시작했다. 얼굴은 평평하고, 코는 너무 튀어나왔으며, 또 두 눈은 너무 앞쪽에 붙어 있어서 어느 쪽이든 고개를 돌려야만 옆을 볼 수 있다는 등의 지적을 했다. 또한 한쪽 앞발을 입으로 가져가야만 음식을 먹을 수 있는데, 대자연이 그러한 필요성을 충족시키기 위해 앞발에 마디 관절을 여러 개 만들어 놓았다고 했다. 하지만 뒷발이 여러 가닥으로 갈라지고 마디가진 이유는 무엇인지 도무지 모르겠다고 했다. 발이 너무 부드러워서 다른 동물의 가죽으로 만든 덮개를 씌우지 않고는 딱딱하고 뾰족한 돌을 딛고 나닐 수 없다고 했다. 또 몸은 더위와 추위로부터 보호해 주어야 하기 때문에 매일같이 귀찮고 힘들게 덮개를 씌웠다 벗겼다 해야 한다는 것이었다. 마지막으로 주인은 이 나라에서는 누구나 야후를 혐오해서 야후보다 약한 짐승은 야후를 피하고, 강한 짐승은 야후를 쫓아버린다고 했다. 그러면서 아무리 우리가 이성의 축복을 받고 태어났다고 하더라도 다른 짐승이 우리를 싫어하는 것을 막을 도리는 없을 것이라고 했다. 그렇기 때문에 다른 동물들을 길들여서 부리는 것도 불가능한 일이라고 주장했다. 어쨌든 주인은 더 이상 이 문제에 대해서는 말하고 싶지 않으며, 전에도 말했듯이 이제는 나 자신에 대해서, 내가 어느 나라에서 태어났고, 이곳에 오기 전에 어떤 일을 겪었는지에 대해 알고 싶다고 했다.

제5장
유럽의 군주들과 전쟁

　다음은 내가 주인과 나눈 여러 차례의 대화 내용을 발췌한 것이다. 2년 이상 걸쳐 논의한 내용 중 가장 핵심적인 부분만 간추린 것이다. 나의 후이님 언어 구사 능력이 크게 향상됨에 따라 주인은 점점 더 상세한 설명을 해달라고 주문했다. 나는 내 역량이 허락하는 한 유럽의 전반적인 상황에 대해 최대한 자세히 설명해 주었다. 무역과 제조업, 예술과 과학에 대해서도 설명했다. 주인은 여러 가지 주제에 대해 많은 질문을 했고, 나도 그에 대해 일일이 대답해 주었으며, 그런 식으로 우리의 대화는 끝도 없이 이어졌다. 여기 소개하는 내용은 나의 조국에 대해 우리가 나눈 대화 내용의 요지만 간추린 것이다. 시간이나 상황은 고려하지 않고, 알아듣기 쉽도록 간략하게 그리고 오직 진실만을 기록했다. 다만 나의 능력 부족으로, 그리고 영어가 워낙 폭력적인 언어이다 보니 번역하는 데도 문제가 있어 주인의 주장과 표현을 제대로 옮기는 게 힘들었다.

주인의 명을 받들어 나는 오렌지 공 치하에서 발발한 혁명부터 언급을 시작했다. 오렌지 공이 프랑스를 상대로 일으킨 전쟁은 끊임없이 이어져 현재 그의 뒤를 이은 여왕 치하에서도 계속된다고 설명해 주었다. 그리스교 국가 중 가장 강력한 두 나라가 서로 싸우고 있으며, 그 전쟁은 지금까지도 계속되고 있다고 했다. 주인이 물어 보기에 나는 이 전쟁이 이어지는 동안 사망한 야후가 100만 명 정도 되고, 100개가 넘는 도시가 파괴되었으며, 그보다 다섯 배나 많은 배가 불에 타거나 침몰했을 것이라고 했다.

주인은 어떤 나라가 다른 나라를 상대로 전쟁을 일으키는 이유나 동기가 무엇이냐고 물었다. 나는 그 이유는 수없이 많다고 하고, 가장 중요한 이유 몇 가지만 말해 주겠다고 했다.

첫째는 자신이 다스리고 있는 영토와 백성이 충분치 않다고 생각하는 군주들의 야욕 때문에 전쟁이 일어나는 경우다. 그다음은 부패한 관리들이 사악한 정권에 대한 백성들의 원망을 억누르거나 불만을 다른 곳으로 돌리기 위해 군주를 부추겨 전쟁으로 내모는 경우가 있다. 그다음은 견해 차이 때문에 수백만 명이 죽어 나가기는 경우다.

예를 들면 다음과 같은 견해차들이 있다. 기독교회에서 살이 빵이냐, 빵이 살이냐 하는 논쟁. 딸기 주스를 놓고 피냐 와인이냐 하는 다툼. 휘파람을 부는 것은 악인가 선인가. 십자가에 입을 맞출 것인가, 아니면 불속에 던져 버리는 게 나은가. 검정, 흰색, 빨간색, 회색 중 어떤 색이 외투에 가장 잘 어울릴까를 놓고 왈가왈부하는 것. 외투는 길어야 하나 짧아야 하나, 통이 넓어야 하나 좁아야 하나, 더러워야 하나 깨끗해야 하나 등등 문제는 수도 없이 많다. 이런 견해차로 인해, 하찮은 경우일수록 전쟁은 더 치열하고 유혈이 낭자하며 오래 끌게 된다.

두 사람 중 누구도 권리가 없는 제3자의 영토를 서로 차지하겠다고 군주끼리 싸움을 벌이는 경우도 있다. 또한 상대가 먼저 전쟁을 걸어올 것이 두려워 먼저 선공을 하기도 한다. 적이 너무 강해도 전쟁이 일어나고, 적이 너무 약해도 전쟁이 일어난다. 이웃나라에서 빼앗고 싶은 것이 있을 때에도 전쟁이 일어난다. 백성들이 기근이나 역병으로 죽어 나갈 때, 또는 자기들끼리 당파싸움으로 나라가 어지러우면 이웃나라에서는 이를 명분으로 삼아 선제공격을 가한다.

예를 들면 어떤 군주가 가난하고 무지한 백성이 사는 나라에 군대를 보냈다고 하자. 그곳 백성을 개화하여 보다 넉넉한 생활수준을 누리게 해준다는 명분이 있다면, 절반을 죽음으로 몰고 나머

지 절반을 노예 삼더라도 그것은 합법적인 일이 된다.

또 어떤 군주가 적의 침략을 받아 다른 군주에게 도움을 청했다고 가정하자. 지원군이 침략자를 물리친 후, 그 영토를 차지하기 위해 그 지역의 군주를 살해한다면 이는 매우 명예스러운 일로 평가받는다. 이런 일은 실제로 자주 일어난다. 혈연이나 결혼으로 동맹을 맺는 것도 군주들 간에 전쟁을 일으키는 충분한 원인이 된다. 가까운 혈족일수록 싸움이 일어날 가능성은 더 높다. 가난한 나라는 굶주리고, 부유한 나라는 오만하다. 오만함과 굶주림은 영원히 대립할 수밖에 없다. 이 때문에 군인이 가장 영예로운 직업으로 간주된다. 군인이란 자신을 도발하지 않았음에도 같은 종족을 냉혹하게, 그리고 가능한 한 많이 죽이라는 임무를 부여받은 야후이기 때문이다.

유럽에는 스스로 전쟁을 이끌 능력이 없는 가난한 군주들이 있는데, 이들은 다른 부유한 나라에 용병을 보내어 군사 한 명당 노임을 받는다. 이 중 4분의 3을 자신이 차지하고, 국가유지비 대부분을 충당한다. 북유럽의 많은 군주들이 이 경우에 해당한다.

이 말을 듣고 주인은 이렇게 말했다.

"전쟁에 관한 말을 듣고 보니, 네가 가지고 있다는 이성이 초래하는 결과가 어떤 것인지 여실히 알겠다. 그나마 수치심이 위험보다 더 크고, 대자연이 너희들로 하여금 더 나쁜 짓을 못하도록 만들어 놓은 것이 다행이다. 너희들은 입이 얼굴에 평편하게 붙어 있어서 서로 합의하지 않으면 절대로 서로 물어뜯지는 못할 것이니 다행이다. 또 너희들의 앞발톱과 뒷발톱은 너무 짧고 부드러워 이곳에 있는 야후 한 마리가 너희들 열두 마리는 이겨낼 수 있을 것이다. 전투에서 목숨을 잃었다는 야후들의 숫자를 다시 헤아려 보니, 네가 사실이 아닌 말을 했다고 생각할 수밖에 없다.”

나는 주인이 몰라도 너무 모른다는 생각에 고개를 가로저었다. 나는 전쟁 기술에 문외한이 아닌지라 주인에게 대포, 컬버린포, 머스켓 소총, 카빈총, 권총, 탄환, 화약, 장검, 대검, 포위, 후퇴, 공격, 갱도 파기, 대항 갱도 파기, 포격, 해전, 수병 1,000명을 태우고 침몰한 군함, 쌍방에 전사자 2만 명, 죽어가는 군사들의 신음 소리, 공중으로 튀어오른 팔다리들, 포연, 소란, 혼란, 기병의 말발굽에 깔려 죽는 자들, 패주, 추격, 승리, 개나 늑대, 맹금의 먹이가 된 채 시체들이 나뒹구는 들판, 약탈, 몰수, 방화, 파괴에 대해 말해 주었다. 덧붙여 나 역시 전투에 참가한 적이 있었는데, 그때 경험했던 동포들의 용기에 대해서도 당당하게 자랑했다. 포위된 적군 100명을 한꺼번에 날려 보내는 것도 보았고, 갈기갈기 찢긴 시체들이 구름을 뚫고 떨어는 광경 또한 대단한 볼거리였다고 했다.

내가 자세한 이야기를 더 늘어놓으려고 하는 찰나, 주인은 그만 입을 다물라고 했다. 주인은 야후의 본성대로라면 내가 말한 일들

340
341

을 실제로 저지르고도 남을 것이라고 했다. 주인은 이 나라에 사는 야후들이 못된 성질을 가지고 있어서 혐오하기는 했지만 벌레나 파충류보다 특별히 더 싫어하는 것은 아니었다고 했다. 그런데 이성이 있다고 하는 야후들이 그토록 잔인한 행위를 저지른다고 하니, 이성의 타락이 잔인함보다 더 악독한 것 같아 겁이 난다고 했다. 이제 주인은 우리가 이성을 갖춘 것이 아니라, 타고난 사악함을 더 악독하게 만드는 어떤 특성을 지니고 있다고 확신하는 눈치였다. 물결이 거친 강에 모습을 비춰보면 일그러진 육신의 모습은 더 크고, 더 일그러져 보이는 것과 같은 이치였다.

영국의 헌법

주인은 이해하기 힘든 것이 하나 더 있다고 말했다. 나는 내가 고용했던 선원들이 법 때문에 파산해서 고국을 떠날 수밖에 없었다고 설명한 적이 있었다. 또 법이라는 단어의 의미에 대해서도 말해 주었다. 그런데 주인은 어떻게 모든 사람을 보호하기 위해 만들었다는 법이 한 인간을 파산으로 내몰 수 있는지 도저히 이해가 되지 않는다고 했다. 주인은 내가 살던 나라에서 실행되고 있는 관례를 바탕으로 법의 의미가 무엇인지, 그리고 그것을 집행하는 자들은 누구인지 설명을 부탁했다.

나는 주인에게 법이라는 학문은 내가 억울한 일을 당했을 때 변호사를 고용하는 일 외에는 제대로 아는 바 없다고 했다. 또 사실은 변호사를 고용해도 별 도움이 되지 않는다는 것도 말해주었다. 그렇지만 아는 데까지 최선을 다해 설명하도록 하겠다고 했다.

"우리가 사는 곳에는 특정한 사람들로 구성된 일련의 집단이 있다. 이 사람들은 어릴 때부터 목적에 따라 무엇이든 말로 증명하는 기술을 배운다. 받는 보수에 따라 하얀 것을 검다고 하고, 검은 것을 희다고 말하는 기술이다.

예를 들어, 이웃이 내 암소를 탐낸다면 변호사를 고용해 내 암소가 자기 소유라는 점을 증명해 보일 수 있다. 그러면 나도 내 권리를 지키기 위해 변호사를 고용해야 한다. 자기가 자신을 직접 변호할 수는 없도록 법으로 금지되어 있기 때문이다. 이 경우 암소의 실제 소유자인 나는 크게 불리한 점 두 가지를 갖고 있다. 하나는 내가 고용한 변호사가 아주 어렸을 적부터 거짓만을 변호해 왔기 때문에 정의를 변호하는 일에 너무나 서툴다는 점이다. 무척 부자연스러운 일이다 보니, 내 변호사는 작심하고 나쁜 마음을 먹지 않는 한 아주 서툴 수밖에 없다.

다른 불리한 점 하나는 내 변호사가 매우 신중하게 일을 처리해야 한다는 점이다. 그렇지 않으면 판사들로부터 질책을 받거나 동료 변호사들로부터 미움을 사기 때문이다.

그러니 나로서는 내 암소를 지킬 방법이 두 가지밖에 없다. 첫째는 상대방이 고용한 변호사에게 두 배의 비용을 지불하고 그를 매수하는 것이다. 그러면 변호사는 정의가 자신의 편에 있다고 은근히 암시하면서 자신의 고객을 배반할 것이다.

둘째는 아예 내 변호사가 나의 주장이 부당하다는 점을 강력하게 내세워서 상대방이 내 암소를 가져가도록 하는 것이다. 만약 변호사가 능숙하게 변론만 해준다면 판사들은 내 변호사의 손을 들어줄 것이 분명하다.

여기서 주인이 알아두어야 할 점은 판사들이라는 사람들은 재산 분쟁이나 형사소송에서 판결을 내려야 하기 때문에 가장 유능하지만 늙고 게을러진 변호사들 중에서 임명된다는 사실이다. 이들은 평생을 진리와 평등은 등지고 살아온 사람들이다. 그래서 반드시 사기와 위증, 억압의 편에 서서 손을 들어 줄 수밖에 없게 되어 있다. 나는 이런 판사들 가운데 정의로운 쪽에서 건넨 막대한 뇌물을 거절한 사람들도 알고 있다. 자신들의 직무 성격에 반하는 행동을 해서 판사로서의 전문성에 먹칠을 하느니, 차라리 돈을 거절하는 쪽을 택하는 것이다.

과거에 행해진 적이 있는 일이면 무엇이든 합법적으로 할 수 있다는 말은 이들 변호사 사이에서 원칙처럼 통하는 말이다. 그래서 이들은 보편적 정의나 인류의 보편적 이성에 반해 내려진 판례들을 특별히 신경 써서 수집해 둔다. 그리고 판례라는 미명 아래 말도 안 되게 부당한 주장들을 정당화해 주고, 판사들도 이에 질세라 그에 맞게 판결을 내린다.

변론을 할 때는 소송의 핵심을 언급하는 일을 가급적 피하고, 대신 사건과는 아무 관계도 없는 정황들을 모두 끌어 모아 목소리를 높여 거칠고 장황하게 상대방을 물고 늘어진다.

앞에서 언급한 예를 다시 한 번 보자. 변호사들은 나의 이웃이 어떤 명분으로 내 암소에 대한 소유권을 주장하는지에는 아무런 관심이 없다. 대신 문제의 암소가 붉은 소인지 검은 소인지, 뿔은 긴지 짧은지, 내가 소를 놓아먹이는 풀밭이 원형인지 사각형인지, 집에서 젖을 짜는지 바깥에서 짜는지, 어떤 병에 잘 걸리는지 같은 얼토당토 않은 문제들에만 관심을 쏟는다. 그런 다음에는 판례를 들먹이고, 수시로 재판을 연기하는 바람에 판결이 내려지기까지 10년, 20년, 때로는 30년이 걸리기도 한다.

또한 이 집단에서는 다른 사람들은 전혀 이해할 수 없는 자기들끼리만 통하는 독특한 은어와 전문용어를 사용한다. 법도 모두 그런 전문용어로만 기록해 놓았고, 그런 용어 사용을 가급적 더 늘리려고 각별히 신경을 쓴다. 이렇게 해서 진실과 거짓, 옳고 그름에 대한 본질을 완전히 혼란스럽게 만들어 놓았다. 그러다 보니 선대로부터 6대째 물려받은 내 땅이 내 것인지, 아니면 480킬로미터 떨어진 곳에 사는 낯선 사람의 것인지 가리는데 무려 30년이라는 세월이 걸리게 되는 것이다.

　국가 반역죄로 기소된 죄인을 재판하는 과정은 이보다 훨씬 더 간단하고 바람직하게 진행된다. 판사는 권력을 쥔 사람들의 입장을 먼저 파악한 다음, 철저히 법의 테두리 안에서 죄인에게 사형을 선고하거나 무죄를 선고해 석방시킨다."

　이때 주인이 끼어들면서 이렇게 말했다. 내 말을 듣고 보니 변호사라는 자들은 뛰어난 능력을 갖고 있는 것 같은데, 어찌하여 다른 사람에게 지혜나 지식을 가르치는 선생이 되지 않는지 유감이라는 것이었다. 이 말에 대해 나는 변호사란 자들이 자기 직업 외의 분야에서는 제일 무지하고 어리석은 자들이라고 답했다. 이들은 일상적인 대화를 나눌 때에도 가장 비열한 모습을 보이고, 지식이나 학문과는 아예 드러내놓고 담을 쌓고, 직업 때문인지 어떤 대화 주제가 나오더라도 인간의 보편적인 이성을 타락시키려고 든다고 했다.

제6장
영국인의 생활에 대한
추가 설명

　나의 주인은 이 변호사라는 종족들이 무슨 동기로 그렇게 불의와 야합하며, 불안해하고 초조해하는지 이해하지 못했다. 단지 같은 족속의 동물들에게 해를 끼치기 위해서 그렇게 한다니 도무지 이해를 못하겠다는 것이었다. 그리고 변호사를 고용한다는 말도 무슨 뜻인지 모르겠다고 했다.

　나는 주인에게 돈이란 어떤 용도로 쓰이며, 돈을 만드는 재료는 무엇이고, 또 돈의 가치라는 것에 대해서 애써 설명해주었다. 야후가 이 귀한 금속을 많이 가지고 있으면 마음에 드는 무엇이든 다 살 수 있다고 했다. 좋은 옷, 멋진 저택, 넓은 땅, 값비싼 음식과 술 등등. 그리고 제일 예쁜 암놈 야후를 고를 수도 있다고 설명해 주었다. 오직 돈만이 이런 일을 해낼 수 있기 때문에 우리 야후들은 아무리 돈을 써대거나, 긁어모아도 항상 돈이 부족하다고 느낀다. 야후들은 원래부터가 사치와 탐욕을 타고났기 때문이다. 부자들은 가난한 사람이 힘들여 일구어놓은 결실을 누린다. 비율로 따지면 가난한 사람 1,000명에 부자는 1명꼴이 된다. 그러니 수많은 야후들이 쥐꼬리만한 노임을 받으며 매일 힘든 노역을 해서 몇 명 안 되는 부자들이 흥청망청 살도록 해주는 것이다.

나는 여러 가지 사례를 더 들어주었다. 그럼에도 주인은 여전히 납득하지 못했다. 주인은 어떤 동물이든 땅에서 난 것 가운데 자기 몫을 챙길 권리가 있다는 사실을 전제하기 때문이었다.

주인은 그 비싸다는 고기가 무엇이며, 야후들이 고기를 원하는 이유에 대해서도 물었다. 나는 생각나는 대로 고기의 종류를 수없이 열거했고, 요리법에 대해서도 얘기해 주었다. 또한 고기는 세계 곳곳에 상선을 보내어 싣고 와야 한다는 사실도 말해 주었다. 그 밖에 술, 소스, 기타 셀 수 없이 많은 각종 일용품들도 마찬가지라고 했다. 그리고 지구를 적어도 세 바퀴는 돌아야 상류층 암컷 야후가 아침에 마실 차나 찻잔을 구할 수 있을 것이라고 했다.

주인은 다른 것보다도 그렇게 넓은 땅덩어리에서 어떻게 마실 물이 나지 않아 식수를 구하러 바다로 나가야 하는지 모를 일이라고 했다. 나는 영국에서는 사실 백성들이 먹을 식량의 세 배나 되는 곡식이 생산된다고 했다. 음식뿐만 아니라 곡물에서 추출한 술이나 과일을 짜서 만든 맛 좋은 술도 그만큼 생산된다고 설명했다. 다른 일용품들도 마찬가지라고 했다. 다만 수컷 야후들의 사치와 방종, 암컷 야후들의 허영을 충족시키느라 백성들에게 필요한 생활필수품을 대량으로 외국에다 내다팔고, 대신 질병과 어리석음, 악행을 불러오는 물건들을 들여와서 소비한다고 했다. 이렇다 보니 필연적으로 우리 백성들 가운데 많은 이가 살아남기 위해 구걸을 하고, 강도, 절도, 사기, 매춘 알선, 위증, 아첨, 매수, 위조, 도박, 거짓말, 허세, 투서, 공상, 독살, 위선, 명예훼손, 방종 같은 분야에 뛰어들 수밖에 없게 되었다고 했다.

또한 와인을 외국에서 들여오는 이유는 물이나 음료가 부족하기 때문이 아니라 이것을 마시면 기분이 좋아지고 이성이 마비되기 때문이라고 설명했다. 술은 우울한 상념을 모두 몰아내고, 허황된 공상을 하게 만들며, 희망에 들뜨게 하고, 두려움을 쫓아버린다. 술을 마시면 일시적으로 이성을 잃고 사지를 움직일 수 없게 되며, 결국 깊은 잠에 곯아떨어지게 된다. 하지만 술이 깰 때는 언제나 온몸이 아프고 기운이 빠져버린다. 그래서 술을 많이 마시면 병에 걸려 몸이 불편하게 되며, 결국에는 우리의 수명을 단축시키게 된다.

어쨌든 대부분의 야후들은 부자들에게 생필품과 편의용품을 제공하고, 또 자기들끼리 물건을 교환하며 생계를 꾸려 나간다. 예를 들어 내가 집안에서 몸에 맞는 옷을 입고 있다는 것은 상인 100명의 손을 거쳐서 만들어진 옷을 입는다는 것을 의미한다. 내 집의 건물과 가구도 그만큼의 일손이 들어간 대가이다. 특히 아내를 예쁘게 가꾸기 위해서는 그보다 다섯 배나 많은 사람들의 손이 필요하다.

이번에는 아픈 사람들을 돌보며 생계를 꾸려나가는 사람들에 대해 말해 주려고 했다. 이미 주인에게 내가 데리고 있던 많은 선원이 병에 걸려 죽었다는 말을 한 적이 있었다. 이 부분에서도 내가 하는 말을 이해시키는 데 무척 힘이 들었다. 후이님들도 죽기 며칠 전부터는 몸이 약해지고 무거워진다는 것을 주인은 쉽게 이해했다. 그리고 사고를 당해 팔 다리를 다칠 수도 있다는 것도 쉽게 납득했다. 하지만 만물을 완벽하게 만드는 대자연이 우리 몸속에 어떤 고통의 씨를 심는다는 것은 말도 안 되는 일이라고 주인은 생각했다. 그래서 도대체 어떻게 해서 그런 말도 안 되는 사악한 일이 생기는지 알고 싶어 했다.

나는 우리가 1,000가지나 되는 음식을 섭취하는데, 이들은 서로 상충되는 작용을 한다고 설명했다. 우리는 배가 고프지 않을 때도 먹고, 목이 마르지 않아도 마신다. 안주도 없이 독한 술을 밤새

마셔서 몸이 나른해지고 열이 펄펄 나기도 하며, 소화가 너무 빨리 되거나 아예 되지 않기도 한다. 그리고 매춘을 하는 암컷 야후들은 뼈가 썩는 병에 걸리고 이들과 성교를 한 수컷들도 그 병에 걸린다. 이 병을 비롯해 다른 수많은 질병들이 부모에서 자식으로 감염되어, 고약한 질병에 걸린 채 세상에 태어나는 아이들의 수가 엄청나게 증가한다. 인간의 몸이 걸릴 수 있는 질병은 일일이 다 열거할 수 없을 정도였다. 팔다리와 관절 마디마디에 생기는 병만 해도 500~600종은 된다. 이런 질병을 치유하기 위해 어려서부터 교육을 받아 환자들을 치료하거나, 혹은 치료하는 흉내를 내는 직업을 가진 사람들도 있다. 나는 주인에게 이 방면에 약간 기술이 있으니 원한다면 기꺼이 치료 행위의 비밀과 방법을 알려주겠다고 했다.

치료법의 기본은 모든 질병의 근원이 포식에서 온다는 점에서 시작한다. 그래서 자연적인 배설이나 구토를 통해 먹은 것을 몸 밖으로 모두 내보내야 한다. 그다음에는 약초, 광물, 고무, 기름, 조개껍데기, 소금, 즙, 해초, 배설물, 나무껍질, 뱀, 두꺼비, 개구리, 거미, 시체의 살과 뼈, 새, 짐승, 물고기를 섞어 냄새와 맛이 제일 고약하고 역겨운 약을 만들어 먹이면 위가 구역질을 하며 즉시 먹은 것을 밖으로 내보낸다. 치료하는 사람들은 이것을 구토라고 부른다. 또는 이 약에 독성분을 첨가해서 의사가 자기 임의대로 위에 있는 구멍인 입이나 밑에 있는 구멍인 항문을 통해 약을 집어넣기도 한다. 이 약도 무척 역겹고 불쾌해서 내장이 견디지 못하고 늘어지면서 안의 내용물이 모두 빠져나오게 된다. 이를 세척 또는 관장이라고 부른다. 의사들의 주장에 따르면 자연은 위쪽 전면에 있는 구멍으로 고체와 액체를 넣고, 아래쪽 뒷면에 있는 구멍으로는 배출만 하도록 만들어놓았다. 이들은 질병이란 자연이 제 기능을 발휘하지 못해 생긴다는 기발한 생각을 했다. 그래서 자연의 기능을 회복하기 위해서는 각 구멍의 용도를 거꾸로 활용하자고 한다. 다시 말해 항문으로 고체와 액체를 삽입하고 입으로 배출하게 만든다는 것이다.

의사라는 족속들이 가장 탁월한 능력을 발휘하는 부분은 바로 진단이다. 진단은 틀리는 경우가 거의 없다. 사실 병은 어느 정도 악화되면 보통 죽음에 이른다. 그래서 곧 죽는다는 의사의 진단은 대부분 정확하다. 그러나 간혹 환자가 죽을 것이라고 진단을 내렸는데 회복될 기미가 보이는 경우가 있다. 재미있는 것은 이때 그 의사는 처방을 잘해서 병이 나았다며 자신의 의술을 떠벌리고 다닌다는 것이다.

영국의 수상들에 대해서

나는 이전에도 주인과 정부의 일반적인 특성에 대해 논의할 기회가 종종 있었다. 특히 우리나라의 탁월한 헌법에 대해서도 자주 이야기했다. 나는 우연히 각료라는 말을 언급한 적이 있었는데, 나중에 주인은 내가 각료라고 부르는 야후 종족은 어떤 자들인지 물어보았다.

나는 영국의 대표적 관료인 수상이라는 자에 대해 자세히 설명해주었다. 이 야후는 기쁨이나 슬픔, 사랑과 미움, 동정이나 분노 따위는 전혀 모르는 동물이다. 부와 권력, 출세욕을 제외하고 다른 열정은 하나도 갖고 있지 않다. 목적을 달성하기 위해 온갖 말을 늘어놓지만 자신의 속마음을 드러내는 법은 절대로 없다. 절대로 진실을 말하는 법이 없으며, 어쩌다 진실을 말하더라도 듣는 상대방이 거짓인 줄 알도록 만들 의도에서 그렇게 말한다. 그렇다고 거짓을 말하는 것도 아닌데, 다만 상대방이 그 말을 진실이라고 믿도록 할 의도가 있을 때 한해 거짓말을 한다. 이 수상에게서 받을 수 있는 최악의 선물은 약속이다. 맹세까지 한 약속은 더욱 그렇다. 현명한 자들은 수상의 약속에 모든 희망을 접기도 한다.

수상의 자리에 오르는 데는 세 가지 방법이 있다. 첫째는 아내와 딸 혹은 누이를 어떻게 교묘하게 잘 이용하느냐는 것이다. 둘째는 전임자를 배반하거나 깎아내리는 것. 마지막으로는 대중 집회에서 왕실의 부패상을 격렬하게 공격하는 것이다. 현명한 군주는 이 가운데서도 마지막 방법을 선택한 사람을 중용한다. 이런 열성분자들이 언제나 군주의 뜻과 욕망을 충족시키기 위해 아첨을 가장 많이 하고 비굴하게 굴기 때문이다. 각료들은 왕궁의 모든 관직 종사자들을 손아귀에 넣고 상원의원과 하원의원에게 뇌물을 갖다 바치며 권력을 유지한다. 또 최후의 수단으로 면책법을 이용해 나라에서 빼낸 부수입을 챙겨 공직에서 물러난 다음, 자신들의 안위를 도모한다.

수상 관저는 수상의 이익을 위해 봉사하는 사람들을 훈련시키

는 학교와 같다. 시동이나 하인, 짐꾼들이 모두 주인을 흉내 내어 지방정부에서 각료가 된다. 이들은 주로 오만함, 거짓말, 뇌물 공여라는 세 가지 기술을 배우는 데 탁월하다. 이들은 이런 식으로 파벌도 형성한다. 왕궁에서는 파벌 수장의 지위에 따라 급료도 지불한다. 가끔 약삭빠르고 뻔뻔하게 움직여 단계적으로 올라가 자기 주인의 자리를 물려받는 자들도 있다. 수상은 보통 부패한 하녀나 총애하는 하인을 내세워 군림한다. 수상이 베푸는 특혜는 모두 이들을 통해 전달되기 때문에, 이들은 최후의 호소처, 혹은 왕국의 지도자들로 불려도 무방하다.

어느날 주인에게 영국 귀족에 대한 이야기를 해준 적이 있었다. 그랬더니 주인은 나를 과분하게 치켜세웠다. 주인은 내가 귀족 가문에서 태어난 것으로 믿었다. 생김새나 피부색, 청결함에 있어 내가 이곳에 있는 야후들보다 훨씬 뛰어났기 때문이다. 물론 힘이나 민첩성에서는 뒤졌지만, 그마저도 짐승들과는 다른 생활방식 때문에 그렇게 된 것이라고 생각했다. 또한 내가 언어 구사 능력을 갖추었을 뿐만 아니라, 어느 정도 기본적인 이성도 갖추고 있어 주인이 아는 후이님들도 모두 나를 모두 천재라고 생각했다.

주인은 후이님 가운데 흰색, 밤색, 회색 말들은 적갈색 말이나 회색 반점이 있는 말, 검은색 말과 생김새가 다르다고 설명해 주었다. 정신적 재능이나 그 재능을 발전시킬 능력 또한 다르다고 했다. 그래서 이런 말들은 평생을 하인 신분으로 살며, 자기 주제에 걸맞지 않은 일은 넘보지 않는다고 했다. 그리고 그런 일은 또한 이 나라에서 터무니없고 사리에 어긋나는 일로 간주된다고 했다.

나는 주인에게 나에 대해 높이 평가해 주어 아주 고맙다는 뜻을 전하고, 동시에 내가 낮은 신분 출신이며, 교육은 괜찮게 받을 수 있도록 해준 평범하고 정직한 부모님에게서 태어났을 뿐이라고 했다. 그리고 우리나라의 귀족들은 주인이 생각하는 것과는 전혀 다른 족속이라는 것도 알려 주었다.

젊은 귀족들은 어려서부터 게으름과 사치 속에서 자란다. 그리고 나이가 조금 들면서부터는 정력을 낭비하여 추잡한 여자들과 놀아나다가 지저분한 병에 걸린다. 그러다 재산을 다 탕진할 때쯤이면 자신이 혐오하고 경멸하는 비천한 가문의 못 생기고 체격도 형편없는 여자와 오로지 돈 때문에 결혼한다. 이런 결혼으로 태어난 아이들은 대부분 연주창(부스럼)에 걸리거나 곱추, 혹은 기형인 경우가 많다. 그러니 3대 이상 대를 잇는 집안이 별로 없다. 부인이 특별히 신경을 써서 이웃이나 하인들 가운데서 건강한 지아비를 찾아 종자를 개량하고 대를 이어나가는 경우를 제외하고는 그렇다. 약하고 병든 몸, 말라비틀어진 얼굴, 창백한 혈색이야말로 귀족 혈통의 특징이다. 건강하고 건장한 체격은 지체 높은 귀족의 품위를 떨어뜨리고 세상 사람들로부터 진짜 아버지는 하인이나 마부가 틀림없다는 소리를 듣게 만든다. 신체적 결함과 더불어 정신적 결함도 함께 나타난다. 우울, 나태, 무지, 변덕, 호색, 자만 등 정신적 결함이 함께 뒤섞여 나타나는 것이다.

그런데 이렇게 높으신 몸의 동의 없이는 어떤 법도 제정, 폐지, 개정할 수 없다. 또한 이들 귀족은 우리 같은 일반 백성들의 재산도 좌지우지하는 결정권을 갖고 있다. 이에 대해 일반 백성은 호소할 곳이 아무 데에도 없다.

제7장
후이님 나라와 영국의
차이점

　감히 고백컨대 이 훌륭한 네 발 달린 짐승들은 인간의 부패에 대해 안타까워하며, 나의 눈을 뜨게 해주었다. 이들이 나의 사고의 폭을 넓혀 주었기에 나도 인간의 행동과 욕망을 다른 시각에서 바라볼 수 있게 되었다. 그리고 인간의 명예라는 걸 굳이 지키려고 노력할 가치가 있는가 하는 생각도 하게 되었다. 더구나 내 주인처럼 날카로운 판단력을 가진 인물 앞에서는 더욱 불가능한 일이었다. 주인은 매일같이 내가 미처 알지 못했던, 그리고 우리들 사이에서는 단점으로 간주되지도 않을 단점들을 수도 없이 일깨워 주었다. 또한 나는 주인을 본받아 모든 거짓이나 위선을 무척 싫어하게 되었다. 그리고 진실이 너무 소중한 것이라고 생각해 앞으로는 진실을 지키기 위해 무슨 희생이든 치를 각오가 되어 있다.

좀 더 솔직하게 고백하자면 사실 내가 작심하고 이야기를 시작한 데에는 이유가 있었다. 이곳에 도착한 지 1년도 채 되지 않았지만, 나는 이곳에 사는 후이님들에게 애정과 존경의 마음을 갖게 되었다. 심지어 이제 인간 세상으로 돌아가지 않고 여생을 이 훌륭한 후이님들과 함께 명상과 덕행을 실천하며 보낼 결심까지 했다. 이곳에서는 누구도 보고 배울 만한 악행을 저지르지 않았고, 악행을 부추기지도 않았다.

영예롭게도 내가 주인을 섬기며 함께 보내는 동안 나누었던 대화 내용 가운데 핵심 내용을 여기에 소개한다. 많은 부분을 생략하고 간단히 적었다는 사실을 미리 밝혀둔다.

주인이 하는 질문에 모두 답했기 때문에 나는 주인의 호기심이 충분히 해소됐을 것이라고 생각했다. 그런데 어느 날 주인은 나를 가까이 불러다 앉혀놓고 이야기했다. 주인은 내 조국에 관한 이야기를 아주 진지하게 생각해 보았다고 했다. 그는 어떤 우연에 의해서인지는 모르겠지만, 우리 야후들이 이성이라는 것을 아주 조금은 갖고 태어난 것 같다고 했다. 그런데 이 능력이 충분치 않다보니 선천적으로 갖고 태어난 불신을 더욱 악화시키는 데만 쓸 뿐 아니라, 후천적인 불신을 습득하는 데까지 쓰고 있다는 것이었다. 대자연이 우리에게 준 몇 안 되는 좋은 점들은 버리고, 원초적인 부정한 욕구를 증폭시키는 데에서만 성공을 거두었다는 것이다. 우리 야후들은 평생 이 욕구를 채우기 위해서 쓸데없는 물건들을 만들어 내는 것이라고 했다.

주인은 내가 다른 야후들처럼 힘이 세지도 않고 민첩하지도 않다고 말했다. 뒷발로 늘 불안하게 걸으며, 손톱 발톱도 자기 방어에 아무 쓸모없이 만들어졌다. 햇빛과 악천후로부터 몸을 보호해 줄 턱수염을 밀어버린 것도 쓸데없는 짓이라고 했다. 또한 이 나라에 사는 다른 형제 야후들처럼(주인은 이들을 내 형제라고 불렀다) 빨리 달리지도 못하고, 나무에 기어오르지도 못한다는 것이었다.

그리고 우리나라의 정부 조직과 법체계가 그렇게 되어 있는 것은 우리의 이성이 부족하기 때문이라고 말했다. 이성적인 동물을 다루기 위해서는 이성만 있으면 충분하다는 것이다. 따라서 우리는 이성을 갖고 있다고 주장할 수 없으며, 그 사실은 내가 우리 자신들에 대해 말했던 설명만 들어도 알 수 있는 일이라고 했다. 주인은 내가 동족에 대해 긍정적으로 말하기 위해 많은 부분을 숨기고, 수시로 약간의 축소와 과장을 덧붙였다는 것도 알고 있었다.

주인은 우리 종족의 신체가 타락을 나타내는 거울이라고 했다. 이 섬의 야후처럼 강하지도 민첩하지도 못하고 두 다리로 불안하게 서 있을 뿐이다. 연약한 발톱으로는 그 어떤 공격도 막을 수 없다. 주인은 아주 예전에, 야후가 날렵하게 나무 위로 기어오르자 내가 부러운 눈초리로 바라보는 것을 본 적이 있다고 했다.

주인은 야후들 역시 다른 짐승보다 오히려 자기들끼리 서로 더 적대적이라고 했다. 처음에 주인은 주된 이유, 보통 자신들의 눈에도 징그러울 정도의 외모 때문이라고 생각했다. 우리가 옷을 고안해내어 기형적인 몸을 감추는 것도 그런 이유에서일거라고 추측했다고 한다. 그렇지 않으면 서로 봐 주기 힘들 것이기 때문이다. 그런데 알고 보니 우리 야후들은 외모의 추악함 때문에 서로 증오하는 것이 아니라 그 내면의 사악함과 결함이 그 원인이라고 했다. 그 결함에 대해서라면 야후들은 많은 결함을 갖고 있다고 했다.

그중 첫 번 째는 도무지 만족을 모른다는 것이었다. 다섯 마리의 야후에게 50마리분의 음식을 던져 주면, 그놈들은 평화롭게 먹이를 먹는 대신 서로 먹이를 독차지하기 위해 싸운다. 그래서 야후들을 밖에 내놓고 먹이를 먹이는 동안 항상 하인 한 명이 곁에 서서 감시해야 한다고 했다. 우리에 남아 있는 야후들도 서로 멀찌감치 묶어 놓는다.

또 암소 한 마리가 죽게 되면 후이님들이 자기가 키우는 야후들에게 먹이기 위해 보관하기도 전에, 이웃에 있는 야후들이 떼거지로 몰려와 암소를 물어 뜯는다고 했다. 또한 내가 앞서 말한 것처럼 자기들끼리 대판 싸움을 벌여 손톱 발톱으로 큰 상처를 입힌다.

물론 우리처럼 쉽게 생명을 앗아가는 도구를 발명해 내지는 않았기 때문에 서로 죽이는 경우는 극히 드물었지만 말이다. 서로 이웃에 사는 야후들끼리는 뚜렷한 이유도 없이 이렇게 종종 싸움을 벌였다. 한 구역에 사는 야후들은 다른 구역에 사는 야후들이 대비하기 전에 급습할 기회만 노린다. 그러다가 계획이 수포로 돌아가면 우리로 돌아오는데, 외부의 적이 없어졌기 때문에 이제는 자기들끼리의 내전을 벌인다.

후이님에 대한 자세한 관찰

야후들에게는 또 다른 기이한 특성이 있었다. 반짝거리면서 색깔이 있는 돌만 보면 사족을 못 썼다. 그들은 그런 돌들을 손에 넣기 위해 미친 듯이 손톱으로 땅을 판다. 그것들을 어느 정도 모으면 다른 야후들이 훔쳐갈까 두려워 몰래 자신만의 은닉처에 숨긴다.

내 주인은 야후들이 왜 그렇게 그 돌들을 갖고 싶어 하고, 도대체 그것들이 무슨 소용이 있는지 의아해하곤 했다. 내가 인간들의 탐욕에 대해 이야기하자 그는 곧 그것을 이해했다.

어느 날 주인 말은 그의 노예인 야후가 돌들을 숨기는 것을 보자 한 가지 생각이 떠올랐다. '저 돌들을 숨겨놓으면 무슨 일이 벌어질까?'하는 것이었다. 과연 그랬더니 세계의 종말이 온 것같이 무시무시한 광경이 펼쳐졌다. 그 야후는 자기의 돌들이 없어진 것을 알자 귀신 들린 악마처럼 꽥꽥거리며 악을 썼다. 다른 야후들은 무슨 일이 일어났나 보기 위해 잔뜩 몰려들었다. 그러자 그 야후가 미친 듯이 그들을 향해 덤벼들어 감당하기 힘든 혼란이 벌어졌다.

다음날 아침이 되어 잠깐 분노가 가라앉나 싶었는데 분위기가 이상할 정도로 의기소침했다. 불행한 야후는 더 이상 먹지도 마시지도 않고 잠도 자지 않았다. 그 모습은 본 주인은 하인을 시켜 그 돌들을 원래 자리에 도로 가져다 놓게 했다. 그러자 돌이 되돌아온 것을 본 야후는 곧바로 기운을 차리고 즐거워했다. 그 일을 두고 주인이 내게 말했다.

"이것이 가장 격렬한 싸움이 일어나는 곳은 돌들이 많이 나는 곳이라는 증거다. 두 야후가 뒤엉켜 싸우는 동안 또 다른 야후가 싸움의 대상인 돌들을 가져가 버리는 일도 빈번하다."

나도 역시 그런 일을 목격했다고 말하자 주인 말은 우리나라 야후들의 합법적인 투쟁이라는 것도, 이 섬의 야후들의 싸움처럼 끝나는 것 같지 않느냐며 예리한 지적을 했다. 그 말을 듣고 나는 너무나 큰 충격을 받아 얼마나 당황했는지 모른다. 상상이 되겠지만 몹시 혐오감을 불러일으키는 야후들이 지닌 또 다른 특징은 엄청난 식탐이었다. 그들은 보이는 대로 날름날름 음식을 삼키려는 욕구가 있었다. 온갖 종류의 야채, 나무뿌리, 열매, 썩은 짐승 고기까지 가리지 않고 눈에 보이는 대로 먹어치우는 천박한 식욕을 가졌다. 야후들은 성질도 고약해서 집에서 주는 좋은 먹이보다, 먼 곳에 가서 약탈하거나 훔친 먹이를 더 좋아했다. 놈들은 먹이가 보이면 배가 터질 때까지 먹어댔다. 그리고 자연이 가르쳐 준 어떤 식물의 뿌리를 씹어 먹고는 그동안 먹은 것을 모조리 배설해 버리는 습성이 있었다.

그들이 특히 좋아하는 음식중에는 물이 많이 나오는 나무뿌리도 있었다. 흔치 않아 찾아내기가 쉽지는 않았지만 야후들은 이것을 기를 쓰고 찾아다녔고, 눈에 보이기만 하면 미친 듯이 빨아먹는다. 이 뿌리는 와인과 같은 효과를 내었다. 뿌리를 빨고 나면 야후들은 서로 껴안고 마구 할퀴어대기도 했다. 서로 으르렁대기도 하고 피식피식 웃어대기도 했다. 재잘거리고, 갈지자로 비틀거리고, 구르기도 하고, 그러다가는 진흙탕에 몸을 처박고 잠에 곯아떨어졌다.

야후는 정말로 이 나라에서 질병을 옮기는 유일한 짐승이었다. 그래도 야후들이 걸리는 질병이 우리나라에서 말이 걸리는 질병보다는 그 수가 훨씬 적었다. 병에 걸리는 이유도 학대를 당해서가 아니라 탐욕스러운 짐승의 불결함과 욕심 때문이었다. 질병을 가리키는 이름도 일반적인 명칭으로 충분했다. 병의 이름도 이 짐승의 이름에서 따온 것으로, 흐네아-야후, 즉 '야후의-악'이라고 불렀다.

노 주인은 호기심 많은 다른 후이님들이 하는 말을 들어 보면, 어떤 야후 종족 중에는 그들을 이끄는 우두머리가 있다고 했다. 그런데 그 우두머리는 동료들보다 더 끔찍하고 나쁜 놈이라는 것이다. 그놈은 뭐든지 자기 뜻을 따르는 하인을 두고 있는데, 그 하인은 주인이 원하는 것을 언제든지 만족시켜주려고 온갖 저속한 아첨을 떨 준비가 되어 있었다. 하인이 그렇게 기분을 맞춰주면 우두머리는 보상으로 당나귀 고기를 나눠준다고 했다.

　나는 주인의 심술궂은 암시에 한 마디도 대꾸할 엄두를 못했다. 주인은 인간의 이성을 평범한 사냥개의 지능보다 하찮은 것으로 간주했다. 사냥개는 무리 중 가장 우수한 개가 짖는 소리를 단 한 번의 실수 없이 구분하여 복종할 만큼 우수한 판단력을 가지고 있기 때문이었다.

　주인은 야후들이 가진 특이한 성질 중에는 내가 인간에 대해 설명할 때 전혀 언급하지 않았거나, 가볍게 다루고 넘어간 내용들도 있다고 했다. 주인의 말에 의하면, 야후들도 다른 짐승들처럼 암컷을 공유했다. 하지만 다른 동물과 달리 이들은 암컷이 임신 중일 때도 수컷을 받아들인다고 했다. 수컷들은 암컷을 차지하기 위해 서로 싸우고, 암컷들과도 매우 격렬하게 싸운다고 했다. 이 두 가지 행동은 너무나 야만적이어서 세상에 그 어떤 동물도 그 정도로 야만적이지는 않았다.

　주인의 말에 따르면, 야후들은 가끔 망상에 빠지는지 한쪽 구석에 가서 드러눕거나 으르렁대고, 신음 소리를 낸다고 했다. 그런가 하면 가까이 다가오는 야후들을 모두 쫓아내버리기도 했다. 야후들이 그럴 때에는 어리고 살찐 놈조차 먹이도 먹지 않고 물도 마시지 않았다. 주인의 하인들이 찾아낸 유일한 치료법은, 이런 야후들에게 고된 일을 시키는 것이었다. 그렇게 하면 야후들은 백발백중 제정신으로 돌아왔다.

주인은 또한 암컷 야후가 수시로 둑이나 풀숲에 몸을 숨긴 채 지나가는 젊은 수컷 야후를 훔쳐 보는 것을 즐긴다는 말도 했다. 그리고 몸을 드러냈다 숨었다 하면서 기괴한 몸짓과 표정을 지어 보인다는 것이었다. 그리고 그럴 때는 아주 고약한 냄새를 풍긴다고 했다. 그러다가 수컷이 다가오면 암컷은 천천히 뒤로 물러나는데, 뒤를 흘끗흘끗 돌아보며 무서워하는 척한다는 것이다. 그러다가 수컷이 따라올 만한 적당한 장소로 도망간다고 했다.

주인이 한 모든 말들은 자신의 눈으로 직접 본 것이거나, 다른 후이님들에게서 들은 내용을 어느 정도 윤색한 것인지도 모르겠다. 그러나 나는 음탕함, 교태, 스캔들 등의 기본적인 성향이 암컷들의 본능 속에도 자리 잡고 있다는 사실에, 놀라운 마음과 함께 서글픈 마음도 들었다.

제8장
야후들의 특징

인간의 본성에 관해서는 주인보다 내가 더 잘 이해할 것이기 때문에, 주인이 설명해 준 야후의 습성을 인간에게 적용해 보는 것은 쉬운 일이었다. 그리고 나는 직접 야후들을 관찰해 보면 더 많은 사실을 알 수 있으리라 생각했다. 그래서 수시로 주인에게 부탁해 이웃에 살고 있는 야후 무리를 보러 다녔다. 주인은 항상 호의적으로 내 청을 들어 주었는데, 내가 워낙 이 짐승들을 미워했기 때문에 이들로부터 나쁜 물이 들 가능성은 전혀 없을 것이라 믿었기 때문이다. 주인은 하인들 중 매우 정직하고 힘이 센 갈색 말에게 나의 경호를 맡겼다. 이 말이 보호해 주지 않는다면 나는 감히 야후들을 만날 엄두도 내지 못했을 것이다. 앞서 말한 것처럼 나는 이곳에 도착하자마자 이 재수 없는 짐승들에게 얼마나 괴롭힘을 당했는지 몰랐다. 칼도 없이 근처를 걸어가다가 야후들에게 잡힐 위험에 빠진 적도 서너 차례나 있었다. 야후들은 내가 자신들과 같은 종족이라고 생각하는 듯했다. 나는 경호를 맡은 갈색 말과 함께 있을 때 소매를 걷어 올려 맨 팔과 가슴을 드러내는 일이 잦았는데, 그래서 더 같은 동족이라고 생각하는 모양이었다. 어떤 때는 대담하게도 바짝 다가와 원숭이처럼 내 행동을 흉내 내기도 했다. 그러면서도 언제나 증오에 가득 찬 몸짓을 해 보였다. 마치 모자를 쓰고 양말을 신은 갈까마귀가 난폭한 야생 갈까마귀들 사이에서 괴롭힘을 당하는 것 같았다.

야후들은 어릴 적부터 아주 기민했다. 한 번은 내가 세 살짜리 어린 수컷 야후를 팔에 안은 적이 있었다. 나는 어린 야후를 안고 쓰다듬어 주려고 했다. 그런데 어린 놈이 어찌나 소리를 지르고 할퀴고 물어대는지 놔 주지 않고는 배길 수 없었다. 그때 놓아주길 정말 잘했던 것이, 시끄러운 소리를 듣고 나이 많은 야후 놈들이 떼거지로 몰려나왔던 것이다. 놈들은 도망친 어린 야후가 안전한 것을 보고, 또한 내 옆에 갈색 말이 붙어 있는 것을 보고는 다가올 엄두를 내지 못했다. 어린 야후의 몸에서는 지독한 냄새가 났는데, 족제비나 여우 냄새와 비슷하면서도 훨씬 더 고약했다. 내가 그 불쾌한 어린 짐승을 두 손으로 잡고 있을 때 그놈이 누런 물 같은 배설물을 내 옷에 흠뻑 쏟아내었던 적이 있었다. 다행히 근처에 작은 냇물이 있어서 몸을 씻을 수 있었지만 냄새가 완전히 가시기 전까지는 주인 옆에 가까이 갈 엄두도 내지 못했다.

내가 관찰한 바로는, 야후는 짐승들 가운데서도 무엇을 가르치기가 제일 힘든 동물이었다. 짐을 끌거나 운반하는 것 외에 다른 일은 아예 할 능력이 없었다. 내가 보기에 야후들이 이렇게 모자라는 것은 무엇보다 이들의 성질이 심술궂고 고집불통이기 때문이었다. 야후들은 교활하고 사악하며 배신을 잘하고 복수심이 강했다. 또 신체적으로는 힘이 세고 단단할지 모르지만 정신력은 매우 약했으며 비굴했다. 그래서 무례하고 비열하며 잔인할 수밖에 없었다. 암놈과 수놈을 막론하고 붉은 털이 난 야후들은 다른 놈들보다 유난히 음란하고 남을 해코지하기 좋아하며, 힘은 훨씬 더 세고 엄청나게 날뛰었다.

후이님들은 잔심부름을 시킬 야후들을 집에서 멀지 않은 오두막에 가두어놓고 키웠다. 나머지는 들판으로 내보내는데, 들판에 나간 야후들은 나무뿌리를 캐먹고, 여러 가지 풀도 뜯어먹으며, 짐승의 썩은 고기를 찾아다니고, 가끔 족제비와 야생 들쥐들을 잡아먹는다. 야후들은 봉우리가 보이면 옆쪽에다 손톱 발톱으로 구멍을 깊게 파고는 그 안에 들어가 잠을 잔다. 암컷들이 들어가는 구멍은 보통 새끼 두서너 마리가 함께 들어갈 수 있을 정도로 더 크다.

야후들은 새끼 때부터 개구리처럼 헤엄을 치고, 물속에 오래 잠수할 수 있는 능력을 타고나 물고기를 잡기도 한다. 암컷들은 이렇게 잡은 물고기를 소굴로 가져가 새끼들에게 먹인다.

어느 날, 갈색 경호 말과 함께 밖으로 나갔는데 날이 매우 더웠다. 나는 근처 강에서 수영을 하려고 옷을 모두 벗고 물가로 조심스럽게 내려갔다. 그런데 젊은 암컷 야후 한 마리가 강둑 뒤에 숨어서 내 행동을 모두 지켜보고는 몸이 달았던 모양이다. 암컷 야후는 전속력으로 달려와서는 내가 몸을 담그고 있는 지점에서 불과 5미터 떨어진 물속에 풍덩 뛰어들었다. 내 평생 그렇게 놀라 보긴 처음이었다. 당시 갈색 말은 아무 일도 없겠지 하는 생각에 조금 떨어진 곳에서 한가롭게 풀을 뜯고 있었다. 암컷 야후는 정말 역겹게 나를 꽉 껴안았다. 나는 목이 터져라 소리를 질러댔고, 그 소리를 들은 갈색 말이 허겁지겁 달려왔다. 그러자 암컷 야후는 못내 아쉽다는 듯 마지못해 껴안았던 팔을 풀고 반대편 강둑으로 뛰어 달아났다. 암컷 야후는 그곳에 서서 내가 옷을 입는 동안에도 내내 나를 쳐다보며 신음소리를 냈다.

이 일에 대해 주인과 주인 가족은 무척 재미있어 했지만, 나는 너무도 창피했다. 이제는 팔 다리 등 모든 생김새까지 내가 진짜 야후가 맞다는 것을 더 이상 부정할 수 없게 되고 말았다. 암컷 야후들이 나를 같은 종족으로 생각하고 자연스럽게 욕정을 느낀다는 게 바로 그 방증이었다. 이 암컷 야후에게 붉은 털이라도 나 있었다면 내게 엉뚱한 욕정을 느낀 것이 이해될 수 있을지도 모른다. 하지만 암컷의 털은 야생 자두처럼 검었고 생김새도 다른 암컷들처럼 심하게 징그럽지도 않았다. 기껏해야 열한 살 정도밖에 안 된 암컷이었다.

후이님들의 가치관과 그들의 교육법

고귀한 후이님들은 원래부터 온갖 덕성을 타고났고, 이성적 동물이 사악한 행동을 한다는 것은 상상조차 하지 못했다. 이들의 가장 중요한 생활 원칙은 이성을 가꾸고, 또한 전적으로 이성의 지배 아래 산다는 것이었다. 이들의 이성은 완전해서, 우리처럼 문제를 일으킬 여지가 전혀 없었다. 나는 의견이라는 단어를 주인에게 이해시키는 것이 무척 힘들었던 기억이 난다. 그리고 어떤 문제를 놓고 논란이 벌어지는 것에 대해서도 이해시키기가 힘들었다.

이성이란 본래 어떤 문제에 대해 확신이 서는 경우에 긍정이나 부정을 하도록 판단하는 능력이다. 따라서 우리가 모르는 문제에 대해서는 긍정도 부정도 할 수 없는 것이다. 따라서 후이님들은 논란, 말다툼, 논쟁 그리고 거짓 명제나 의심이 가는 명제에 대해 확신을 갖는 일이 없으며 잘못된 판단을 저지르지 않는다.

내가 자연철학의 체계에 대해 주인에게 설명했을 때, 주인은 웃으며 '어떻게 이성을 가지고 있다고 자부하는 사람이 다른 사람들이 만든 추론에 근거해서 지식을 내세우느냐'고 했다. 명명백백한 지식은 그런 가정을 세울 필요조차 없는 것이었다. 이 부분에서 주인의 생각은 플라톤이 전한 소크라테스의 생각과 전적으로 일치했다. 이는 내가 철학자들의 왕인 소크라테스에게 바칠 수 있는 최대의 찬사다.

후이님들은 우정과 자애심을 가장 큰 미덕으로 쳤다. 그리고 이 미덕은 특정한 대상에게만 베풀어서는 안 되고 종족 전체에게 보편적으로 베푸는 것이어야 했다. 먼 나라에서 온 낯선 자라 할지라도 친한 이웃과 똑같이 대해야 하고, 어떤 낯선 곳을 가더라도 자기 집처럼 따뜻한 대접을 받을 수 있도록 해야 한다. 후이님들은 예절과 교양을 대단히 존중하지만 겉치레라는 것은 일절 알지 못했다. 이들은 자녀 교육에 있어서도 전적으로 이성의 가르침을 따랐다. 나는 주인이 이웃의 새끼 망아지들에게도 자기 새끼들과 똑같은 사랑을 보여주는 것을 보았다. 후이님들은 자신들이 종족 모두를 사랑하도록 타고났다고 생각했다. 그리고 이성의 가르침에 따라 더 많은 미덕을 행하는 것만이 자신들을 다른 짐승들과 구별시키는 것이라고 믿었다.

　암말이 암수 한 쌍의 망아지를 낳고 나면 배우자들은 더 이상 동침하지 않는다. 망아지 중 한 마리를 사고로 잃을 경우는 예외가 되는데, 그런 경우는 매우 드물다. 새끼를 잃으면 부부가 다시 만나서 함께 산다. 간혹 암말이 가임 연령을 넘겼을 경우에는 다른 부부가 자기 자식을 보내준다. 그 부부는 다시 자식이 생길 때까지 동침한다. 이러한 조치는 후이님의 수가 너무 많아져 나라에 부담이 되지 않도록 하기 위해서 취해졌다. 다만 자라서 하인이 될 신분이 낮은 후이님들은 이 규정의 제약을 엄격하게 받지 않았다. 이들은 암수 각각 세 마리씩 새끼를 둘 수 있도록 허용되며, 새끼들은 자란 다음 모두 귀족 집안의 하인이 되었다.

　혼인할 때는 새끼 중에서 미운 잡종이 나오지 않도록 신중하게 털 색깔을 고른다. 수컷은 힘, 암컷은 생김새가 가장 중요하다. 중요한 것은 애정이 아니라 종족이 퇴보되지 않도록 지키는 것이다. 그래서 만약 암컷이 힘이 세면 상대 수컷은 생김새가 뛰어난 놈 중에서 고른다. 구애, 사랑, 선물, 미망인 상속, 유산 같은 개념은 존재하지 않는다. 이들이 쓰는 말에는 이런 개념을 설명할 수 있는 단어도 없다. 젊은 암수가 만나 결합하는 것은 부모와 친구들이 그렇게 정해 주기 때문에 따라서 하는 것뿐이다. 태어날 때부터 그렇게 봐 왔기 때문에, 그렇게 하는 게 이성적인 존재가 취하는 행동 중 하나라고 생각한다. 혼인 정신을 위반했다거나 불륜이 저질러졌다는 말은 들어 보지 못했다. 혼인한 암수는 평생 동안 동족들에게 베푸는 우정과 관용을 서로에게 베풀며 산다. 질투나 애정, 다툼이나 불만 같은 것은 겪지 않는다.

암수를 불문하고 어린 망아지들을 교육하는 방법은 매우 훌륭해서 우리도 보고 배울 점이 많다. 새끼들이 열여덟 살이 되기 전까지는 특별한 날을 제외하고는 절대로 귀리를 먹이지 않는다. 우유도 극히 드문 경우를 제외하고는 먹이지 않는다. 여름철에는 아침에 두 시간, 저녁에 두 시간 밖에서 풀을 뜯고, 어미 말들이 옆에서 이를 지켜본다. 하인들은 한 시간 동안만 풀을 뜯을 수 있도록 허용된다. 그리고 뜯은 풀 대부분을 집으로 가져와서는 일을 하지 않아도 되는 제일 편한 시간에 먹는다.

어린 후이넘들은 체력과 달리는 속도, 강인함을 기르는 훈련을 받는데, 이를 위해 가파른 언덕을 달려 올라갔다 내려오고, 딱딱한 돌이 많은 길을 달리도록 시킨다. 훈련 후 온몸이 땀에 젖으면 머리까지 잠기도록 연못이나 강물에 뛰어들도록 한다. 1년에 네 번은 한 지역의 어린 후이넘들이 한 자리에 모여 달리기와 도약, 그 밖에 힘과 민첩성을 겨루게 한다. 승자에게는 칭찬하는 노래가 포상으로 주어진다. 경기가 벌어지는 날에는 하인들이 건초와 귀리, 우유 등 후이넘들의 먹을거리를 야후 무리에게 들게 해서 들판으로 간다.

그런 다음에는 경기에 방해되지 않도록 이 짐승들은 즉시 돌려보낸다.

4년에 한 번씩 춘분에 전국 대표자 회의가 개최된다. 주인의 집에서 30킬로미터 정도 떨어진 평원에서 개최되는 이 회의는 5~6일간 계속된다. 회의에서는 여러 지역이 처한 상황에 대한 논의가 이루어진다. 건초나 귀리, 암소나 야후가 부족하거나 남아돌지는 않는지 등을 알아보는 것이다. 아주 드문 경우지만 혹시 부족한 지역이 있으면 이를 즉시 보충해 주자는 안건이 만장일치로 통과된다. 회의에서는 어린 후이님들에 관한 안건도 다루는데, 예를 들어 수컷 새끼만 둔 후이님은 암컷 새끼만 둔 후이님과 새끼를 하나씩 맞바꾼다. 또 사고로 새끼를 잃었는데 어미가 가임 연령을 넘긴 경우에는 어느 집에서 대신 새끼를 낳아줄지도 결정한다.

제9장
거창한 토론

    내가 이 나라에 머물고 있는 동안, 그러니까 이 나라를 떠나기 3개월 전에 후이님들의 총회가 개최되었다. 그리고 나의 주인은 지역 대표로 참가했다. 총회에서는 오래도록 지속해온 토론이 다시 반복되었는데, 그것은 이 나라에서 벌어진 유일한 토론이었다. 주인은 회의에서 돌아온 뒤 나에게 총회 내용을 아주 상세하게 들려주었다.

    토론에서 다룬 주제는 야후를 지구상에서 없애 버릴 것인가 말 것인가 하는 문제였다. 없애 버려야 한다고 주장한 후이님 중 하나가 매우 설득력 있고 무게 있는 논거를 몇 가지 내놓았다. 그는 야후들은 자연이 만든 동물 중 가장 더럽고 악취 나며, 기형적으로 생

긴 짐승일 뿐만 아니라, 난폭하고 다루기 힘들며, 고약하고 사악하다고 주장했다. 야후들은 후이님이 키우는 암소 젖을 몰래 빨아먹고, 고양이들을 죽여서 먹어치우고, 귀리와 풀을 짓밟는 등 잠시라도 감시가 소홀하면 끝도 없이 말썽을 피운다는 것이었다. 그 후이님은 또한 야후가 원래부터 이 나라에 있던 짐승이 아니라는 속설을 상기시켰다. 여러 세대 전에 야후 두 마리가 갑자기 산에 나타났는데, 뜨거운 햇빛이 부패한 진흙과 점토에 내려 쪼이면서 생겨났는지, 아니면 바닷물의 습기나 거품에서 태어난 것인지는 아무도 모른다. 그런데 이들이 새끼를 치며 순식간에 숫자가 불어나 온 나라에 야후들이 들끓게 되었다는 것이다. 후이님들은 이 사악한 무리를 제거하기 위해 대규모 사냥에 나섰고, 결국 무리 전체를 한곳에 가두었다. 그리고 나이 많은 야후들은 모두 제거하고, 후이님들은 각각 어린 야후 한 쌍씩을 맡아서 우리에 넣어 길렀다. 그래서 야만성을 타고난 이 짐승을 그나마 이 정도까지 길들인 것이다. 후이님들은 주로 수레를 끌거나 짐을 운반할 때 야후들을 부려먹었다. 이러한 속설은 상당 부분 사실인 듯했다. 또 이 짐승들은 도저히 이 땅의 원주민일 리 없을 것 같았다.

다른 후이님 몇 명도 같은 취지의 의견을 내놓았다. 그러자 주인은 대의원들에게 절충안을 내놓았다. 사실 내게서 힌트를 얻은 것이었다. 우선 주인은 앞서 발언한 존경하는 의원이 제기한 속설이 정확하다고 인정했다. 그러면서, 처음 목격된 두 마리 야후는 바다를 건너온 것이라고 주장했다. 동족들에게 버림받아 이 땅에 상륙한 야후들은 산속으로 숨어들어가 세월이 지나면서 점차 퇴화하여, 훨씬 더 야만적으로 변했다는 것이다. 주인은 나의 존재를 그 근거로 들었다. 의원들 대부분이 나에 대해서 알고 있었고, 직접 본 대의원도 많았다. 주인은 처음 나를 발견했을 때의 상황을 설명했다. 내 몸은 전신이 다른 동물의 가죽과 털로 만든 인공 덮개로 싸여 있었다고 했다. 그리고 나름대로 언어를 구사했으며, 후이님의 말도 빨리 배웠다. 이곳에 흘러오기까지의 사정도 설명해 주었다고 했다. 그는 덮개를 벗었을 때 나를 보았더니 모든 부분이 영락없는 야후였다고 하면서, 단지 피부가 더 하얗고, 털이 다른 야후들보다 적고, 손톱 발톱이 더 짧다고 말했다. 내가 살던 곳을 비롯해 여러 나라에서 야후들은 지도자로 행세하는 이성적인 동물이고 후이님을 종으로 부리고 있다고 했다. 내가 자신들을 설득하려고 했다는 말도 했다. 내가 야후의 습성을 그대로 가지고 있고, 다만 이성이 약간 있어서 조금은 교양이 있는 편이라고 했다. 하지만 내 이성은 후이님에 비하면 훨씬 더 열등하다고 했다. 이는 야후들이 나보다 열등한 것과 마찬가지라고 했다. 그리고 무엇보다도 내가 사는 곳에서는 어린 후이님들을 온순하게 길들이기 위해 거세하는 풍습이 있다고 말했다. 거세는 아주 간단하고 안전한 방법으로 한다. 짐승에게서 지혜를 배운다고 부끄럽게 생각할 일은 아니다. 그것은 우리가 개미에게서 근면함을 배우고 제비에게서 집 짓는 것을 배우는 것과 같다. 이 거세라는 수법을 이곳의 어린 야후들에게 써먹을 수도 있다고 그는 말했다. 그렇게 하면 야후들을 더 다루기 쉽고 부려먹기 쉽게 될 뿐만 아니라, 죽이지 않더라도 한 세대가 지나면 종족이 전멸해 버릴 것이라고 했다. 대신 당나귀를 기르는 것을 적극 권장하자고 했다. 당나귀는 모든 면에서 야후보다는 훨씬 쓸모 있는 동물이었다. 야후들은 태어나서 12년이 지나야 부려먹을 수 있지만 당나귀는 5년이면 충분히 써먹을 수 있었기 때문이다.

후이님들의 학식과 문화

후이님들은 문자를 사용하지 않기 때문에 이곳의 모든 지식은 입으로 전승된다. 그러나 이들은 결속력이 강하고, 풍부한 덕성을 타고났으며, 완전히 이성적으로 판단하고 다른 나라와 상업적인 교류를 전혀 하지 않기 때문에 별다른 문제가 발생하지 않았다. 사건들을 기억하느라 골머리를 썩지 않아도 역사는 별 문제 없이 전달되었다. 이미 밝혔듯이 후이님들은 병에 잘 걸리지 않기 때문에 의사가 필요하지 않았고, 약초로 만든 용한 약들이 있었기 때문에 상처가 났을 경우 치료도 가능했다.

후이님들은 해와 달의 도는 움직임을 기준으로 연도를 계산했는데, 주를 나누지는 않았다. 이들은 해와 달의 움직임에 대한 지식이 해박하고 일식이나 월식에 대해서도 잘 알고 있었다. 천문학 분야가 크게 발전했기 때문이었다.

특히 시에 관한 한 후이님들은 지구상의 어떤 존재보다도 뛰어났다. 정확한 비유나 세밀한 묘사는 흉내조차 내기 힘들었다. 후이님들이 짓는 시구는 비유와 묘사가 넘쳐났다. 우정이나 관용 등 고상한 주제를 담고 있거나, 아니면 경주나 다른 운동에서 승리한 자들을 찬양하는 내용을 담고 있었다.

후이님들이 사는 건물은 매우 거칠고 단순해 보이지만 불편하지 않았고, 추위와 더위를 잘 막아 주도록 지어졌다. 이 나라에는 아주 곧게 자라는 특이한 나무가 있는데 후이님들은 쇠를 사용하지 않고 이 나무로 집을 지었다.

우리가 손을 쓰는 것과 비슷하게 후이님들은 앞발의 발목과 발굽 사이에 있는 움푹 들어간 부분을 사용했다. 한 번은 내가 일부러 집에 있는 흰 암말에게 바늘을 빌려 준 적이 있었는데, 말발굽의 그 부분을 이용해서 바늘에 실을 꿰는 것을 본 적이 있었다. 그 말발굽으로 소젖을 짜고 귀리를 거둬들이기도 하며, 우리가 손을 필요로 하는 일을 그런 식으로 전부 해냈다.

사고를 당하지 않는 한 후이님들은 보통 천수를 누렸고, 죽으면 가장 어두침침한 곳에 묻혔다. 그들은 죽음을 맞이하는 것에 대해

슬퍼하지도 기뻐하지도 않았다. 죽음을 마치 이웃집에 갔다가 다시 자신의 집으로 돌아가는 것같이 받아들였다. 한 번은 주인이 친구와 친구 가족들에게 중요한 일이 있으니 집으로 와달라고 하는 걸 본 적 있다. 그런데 약속한 날 친구의 부인이 새끼 둘을 데리고 아주 늦게 도착했다. 친구의 부인은 늦은 이유 두 가지를 말해 주었는데, 첫 번째 이유는 남편이 바로 그날 아침 르누운했다는 것이었다. 후이님의 언어로는 매우 강한 의미를 가진 단어인데, 영어로 옮기기가 쉽지 않다. 굳이 풀이하자면 '그의 최초의 어머니에게로 돌아가다.'는 뜻이다. 즉 부인이 더 빨리 오지 못했던 것은 남편이 아침 늦게 저세상으로 떠났고, 또 시신을 묻어야 할 적당한 장소를 찾느라 시간이 많이 걸렸기 때문이었던 것이다. 나는 부인이 주인집에 있는 동안 평소와 똑같이 쾌활하게 지내는 것을 보았다.

후이님의 평균 수명은 70~75세이고 80세까지 사는 경우는 아주 드물었다. 죽을 시기가 다가오면 몇 주 전부터 기력이 자꾸 쇠약해지는 것을 느낀다고 했다. 이 기간에는 친구들이 자주 찾아오는데, 그것은 자신이 이전처럼 마음대로 편하게 외출을 할 수 없기 때문이다. 그리고 정확히 죽기 열흘 전쯤이 되면 지금까지 찾아온 가까운 이웃들을 답례 방문한다. 답방을 마치고 돌아갈 때는 경건하게 작별인사를 한다. 먼 곳으로 떠나 그곳에서 여생을 보낼 사람처럼 행동하는 것이다.

훌륭한 후이님들의 예절과 덕목을 계속해서 더 설명하고 싶지만, 조만간 이 부분만 따로 다룬 책을 펴낼 예정이기 때문에 이 정도에 그친다. 이제부터는 내게 닥친 슬픈 재앙에 대한 이야기다.

제10장
행복을 만끽하는 나날들

　　형편은 보잘것없었지만 나는 나름대로 만족하며 지냈다. 주인
은 나를 위해 5미터쯤 떨어진 곳에 방을 꾸며주었다. 나는 벽과 방
바닥에 진흙을 바른 다음, 내 손으로 직접 만든 골풀 매트를 깔았
다. 들에서 자라는 야생 대마를 베어서 삼베 자루를 만들고, 야후
의 머리털을 이용한 덫으로 새를 여러 마리 잡아 그 깃털을 자루
에 채워 넣었다. 새고기는 대단히 훌륭한 음식이 되었다. 또 내가 가
지고 있는 칼로 의자 두 개를 만들고, 그보다 더 험하고 힘든 일들
은 하인인 갈색 말의 도움을 받았다. 입고 있던 옷이 해져서 너덜너
덜해지면 토끼 가죽으로 새로 옷을 만들어 입었다. 몸집이 토끼만
한 누흐노라는 예쁜 동물의 가죽에는 부드러운 솜털이 달려 있었

다. 그 가죽으로 그런 대로 괜찮은 양말도 만들었다. 구두에는 나뭇
조각으로 밑창을 대고 위에는 가죽을 댔다. 가죽이 다 떨어지면 햇
볕에 말린 야후 가죽을 대신 댔다. 속이 빈 나무에서 수시로 꿀도
채취해서 물에 타서 마시거나 빵에 발라 먹었다. 먹고 자는 것은 크
게 어려운 문제가 아니었다. 필요는 발명의 어머니라는 두 가지 말
이 진리라는 것을 나보다 더 잘 입증할 사람은 아마도 없을 것이다.
몸은 나무랄 데 없이 건강했고, 마음은 편안했다. 친구가 나를 배신
한다거나 변덕을 부리는 일도 없고, 숨어 있는 적이나 공개적으로
드러난 적으로부터 해를 입는 일도 없었다. 높은 사람이나 그 똘마
니에게 잘 보이기 위해 뇌물을 바치거나 아첨하고, 포주 노릇을 할
필요도 없었다. 사기를 당하거나 남에게서 억압을 받을까봐 경계할
필요도 없었다. 내 건강을 망칠 의사도 없었고, 내 재산을 탕진시킬
변호사도 없었다. 이곳에는 남을 조롱하는 자, 욕하는 자, 뒤에서 험
담하는 자, 소매치기, 노상강도, 좀도둑, 변호사, 포주, 허풍쟁이, 도
박꾼, 정치가, 재담꾼, 심술쟁이, 지겨운 수다쟁이, 논쟁을 일삼는 자,
강간범, 살인자, 강도도 없었다. 정당이나 파벌의 지도자도 없고 추
종자도 없었다.

　나는 주인을 만나러 찾아오거나 같이 식사하러 온 후이님 여러
명이 모인 자리에 함께 낄 수 있는 특혜도 누렸다. 주인은 인자하게
도 후이님들이 하는 이야기를 함께 들을 수 있도록 해주었다. 그들

이 하는 대화에서는 유용한 말만 오갔으며, 말수는 적으면서도 가장 의미심장한 단어들만 골라서 썼다. 앞에서 말한 것처럼 서로 최대한 예의를 갖추면서도, 겉치레라고는 눈곱만큼도 찾아볼 수 없었다. 누구든 발언할 때는 기쁜 마음으로 했고 듣는 사람도 즐겁게 만들었다. 남의 말을 끊는 법도 없고, 지루하거나, 과열되는 일도 없었다. 후이님들은 서로 만나면 잠시 침묵하는 것이 대화에 도움이 된다는 것을 알았다. 잠시 대화를 멈춘 사이에 새로운 생각이 떠오르고, 그러면 대화가 훨씬 더 활기를 띠게 되었다. 이들이 하는 대화 주제는 주로 우정과 관용, 질서와 경제였다. 가끔 눈에 보이는 자연의 법칙, 고대로부터 내려오는 전통, 덕성의 영역과 한계, 견고한 이성 법칙들이 화제에 오르기도 했다. 다음 회의에서 다룰 일부 안건들에 관해서도 이야기를 나누었다. 다양한 종류의 우수한 문학작품도 수시로 화제에 올랐다. 나 역시 후이님들에게 수시로 충분한 대화거리를 제공할 수 있었다. 주인이 나와 우리나라에 관한 이야기를 자주 언급했기 때문이다. 이야기를 듣고 난 다음 후이님들은 인간에 대해 그리 호의적이지 않은 쪽으로 이런저런 이야기를 늘어놓았다.

주인은 야후들의 본성을 나보다 훨씬 더 잘 이해하고 있었다. 주인은 우리가 갖고 있는 악함과 어리석음을 꿰뚫고 있었고, 내가 말해 주지 않은 특성들까지도 알아차렸다. 이곳에 사는 야후들이 갖고 있는 특성에 이성을 약간 가미하면 인간이라는 결과가 나온다고 했다. 그 짐승은 사악할 뿐만 아니라 매우 비참한 존재임이 분명하다고 주인은 확신했다.

나의 지식 중 조금이라도 가치 있는 지식은 모두 주인에게서 배운 것이었다. 나는 이들의 말에 귀를 기울이는 것이 유럽의 가장 위대하고 현명한 자들의 학당에 가는 것보다 훨씬 더 만족스러웠다. 나는 후이넘들의 강한 힘과 용모, 빠른 속도에 감탄했다. 이렇게 호감이 가는 종족이 덕성까지 갖추고 있으니 나로서는 존경해 마지않을 수 없었다. 야후나 그 밖에 다른 동물들과 달리 나는 처음부터 이들을 놀랍게 생각했던 것은 아니다. 하지만 이들에 대한 존경심은 차츰차츰 커졌고, 그 속도도 굉장히 빨랐다.

이제 와서 나의 가족, 친구, 동포를 만난다면 생김새나 성격 모두 영락없는 야후라는 생각이 들지 몰랐다. 다만 조금 더 문명화되고 언어 구사 능력을 갖고 있다는 점이 다를 뿐이다. 우리 종족은 오로지 악행을 늘리는 데만 이성을 사용하는데 반해, 이곳에 사는 형제 야후들은 그나마 자연이 부여한 악행만을 행했다. 나는 어쩌다 호수나 샘물에 비친 내 모습을 보고 그 모습이 무섭고 혐오스러워 얼굴을 돌리게 되었다. 내 자신보다는 다른 야후들을 보는 것이 차라리 더 마음 편했다.

후이넘들과 대화를 나누기도 하고, 또 즐거운 마음으로 그들을 대하다 보니 나는 어느새 그들의 걸음걸이와 행동까지 따라하게 되었다. 이제는 그것이 마치 습관처럼 내 몸에 뱄다. 지금 나의 친구들은 내 걸음걸이가 꼭 말(馬)같다는 말(言)을 수시로 한다. 하지만 나는 친구들이 조롱하는 소리를 오히려 대단한 칭찬으로 받아들인다. 앞으로도 말할 때 후이님의 목소리와 말투를 흉내 내는 습관을 버리지 않을 것이고, 이로 인해 웃음거리가 되더라도 조금도 창피하게 여기지 않을 것이다.

후이님 나라와 작별하다

행복한 하루하루를 보내며 평생 이곳에 자리 잡고 싶다는 생각을 하던 어느 날, 주인은 평소보다 조금 이른 아침에 나를 불렀다. 표정을 보니 약간 당황한 것 같았고, 어떻게 말을 꺼내야 할지 몰라 난감해 하는 것 같았다. 잠시 침묵이 흐르고 난 뒤, 주인은 자신이 지금부터 하는 말을 내가 어떻게 받아들일지 모르겠다며 말을 시작했다. 그러면서 지난번 회의에서 야후에 관한 사안이 논의되었을 때 자기가 집에서 기르는 야후(나를 가리킴)를 야만적인 짐승으로 대하지 않고 후이님처럼 대한다고 다른 대의원들이 문제 제기를 했다는 것이었다. 회의에서는 주인에게 나를 다른 야후들처럼 다루든지, 아니면 떠나온 곳으로 나를 되돌려보내라고 권고했다는 것이었다.

첫 번째 권고 사항은 주인뿐만 아니라 나를 본 적이 있는 후이 님들이 모두 거부했다. 내가 야후들이 갖고 있는 악한 천성에 초보 적인 이성을 겸비했기 때문에, 혹시 야후 무리들을 이끌고 숲이나 산으로 들어갈 수도 있다는 이유에서였다.

주인은 매일같이 이웃의 후이님들로부터 압박을 받고 있다면 서, 이제 더 이상 미룰 수 없게 되었다고 했다. 그는 내가 다른 나라 까지 헤엄쳐간다는 것은 불가능한 일임으로. 내가 전에 말한 적 있 는, 바다에서 나를 태우고 갈 장치를 만들어 보라고 했다. 주인은 내가 살아 있는 한 자기 밑에 두고 싶었다는 얘기도 했다. 내가 천 한 본성을 타고났지만, 그래도 후이님들을 본받기 위해 노력해서 나쁜 습관과 성질을 스스로 고쳐 나가는 것에 매우 감명받았다는 것이다.

이 나라에서는 총회에서 결정된 사항을 '흔흘로아인이'라고 했 다. 가장 가까운 말로 번역하자면 '권고 사항'이다. 후이님들에게는 이성적인 동물에게 강제로 무엇을 시킨다는 개념이 없었고, 단지 조언을 하거나 권고를 할 수 있을 뿐이었다. 왜냐하면 이성적인 존 재임을 스스로 포기하지 않는 한 이성의 말에 거역할 리 없기 때문 이다.

나는 주인의 말을 듣고 너무나 슬픈 절망감을 느꼈다. 그 아픔 을 참을 길이 없어 나는 주인의 발 밑에 쓰러져 정신을 잃고 말았다. 눈을 떠 보니 주인은 내가 죽은 줄만 알았다고 했다. 나는 꺼져 가는 소리로 차라리 죽는 편이 훨씬 더 행복하겠다고 했다. 나를 태우고 갈 작은 배를 만드는 데 필요한 많은 재료들은 이 나라에서 다 구할 수가 없었다. 주인에게 복종하고 고마움을 전하는 마음에서 시도는 해보겠지만, 불가능한 일이라는 생각이 들었다. 나는 이미 죽은 목숨이나 마찬가지였다. 가까스로 목숨을 건진다고 해도, 야후들 틈에서 여생을 보내고, 덕의 길로 이끌어 주는 본보기도 없는 곳에서 예전처럼 다시 타락의 길로 돌아간다는 것은 생각조차 하기 싫었다. 그러나 현명한 후이님들이 내린 결정은 모두 견고한 이성에 바탕을 두고 있기 때문에 불쌍한 한 마리의 야후에 불과한 내가 반박한들 절대 흔들리지 않을 것이라는 것도 잘 알고 있었다.

결국 나는 주인에게 배 만드는 일을 도와줄 하인을 보내달라고 부탁했다. 또 미천한 목숨이나마 잘 보존해서 영국으로 돌아가게 되면, 그곳 사람들이 훌륭한 후이님들을 칭송하고 후이님의 덕을 본받도록 하겠다고 말했다.

나는 갈색 말과 함께 제일 먼저 반란을 일으킨 선원들이 나를 강제로 내려놓았던 해변으로 가 보았다. 나는 높은 곳으로 올라가 사방 바다를 유심히 살펴보았다. 북동쪽에 작은 섬이 하나 있는 것 같았다. 포켓 망원경을 꺼내어 살펴보니 내 짐작으로는 15킬로미터 정도 떨어진 곳에 작은 섬이 분명하게 보였다. 하지만 갈색 말의 눈에는 그게 푸른 구름으로만 보인다고 했다. 그러나 섬을 발견하고 나자 나는 더 이상 망설일 필요가 없었다. 이곳에서 쫓겨나면 그 섬을 내 첫 번째 행선지로 삼을 것이고, 그다음 일은 운명에 맡기기로 했다.

집으로 돌아와 갈색 말과 의논한 후, 함께 근처 숲으로 갔다. 나는 내 칼을 가지고 갔고, 갈색 말은 자신들이 하는 방식으로 나무 손잡이를 묶은 날카로운 부싯돌을 가지고 갔다. 우리는 지팡이 굵기 떡갈나무의 곁가지들과 그보다 조금 더 큰 가지들도 잘라냈다. 나는 힘이 많이 드는 일은 갈색 말의 도움을 받아서 6주 만에 인디언 카누 비슷한 것을 완성했다. 크기는 카누보다 훨씬 더 컸고, 야후 가죽을 내가 직접 대마로 만든 실로 꿰어 지붕을 덮었다. 돛도 야후 가죽으로 만들었다. 하지만 늙은 야후 가죽은 너무 거칠고 두꺼웠기 때문에 가능한 한 어린 야후 가죽을 구해다 썼다. 노도 네 개 정도 준비했다. 삶은 토끼고기와 새고기도 준비했다. 통 두 개에다 우유와 물도 한 통씩 가득 채워 넣었다.

나는 주인집 근처에 있는 넓은 연못에서 배를 미리 시험해 보고 문제가 있는 곳을 바로잡았다. 배의 틈새에는 야후 기름을 발라 물이 새지 않도록 해서 내 몸무게와 짐 무게를 견딜 수 있도록 했다. 드디어 내 능력껏 최선을 다해 배가 완성되자 나는 갈색 말과 다른 하인들의 지시 아래 야후들을 시켜서 아주 조심스럽게 배를 해변으로 옮겼다.

　　모든 준비가 끝나고 떠날 날이 되자 나는 주인과 안주인, 그리고 모든 가족에게 작별 인사를 했다. 하염없이 눈물이 쏟아졌고 슬픔에 겨워 마음은 한없이 무거웠다. 나는 밀물을 기다리느라 한 시간 정도 지체한 다음, 다행히 바람이 내가 가려는 섬 쪽으로 부는 것을 보고서 다시 한 번 주인에게 작별 인사를 했다. 내가 발굽에 입을 맞추려고 몸을 굽히자 주인은 영광스럽게도 천천히 발굽을 내 입까지 들어 올려 주었다. 나는 주인과 함께 온 다른 후이님들에게도 작별 인사를 했다. 그리고 카누에 올라 해변에서 멀어져 갔다.

제11장
위험한 항해의 시작

옛날 달력으로는 1714년, 새로운 달력으로는 1715년, 2월 15일 오전 아홉 시에 나는 이 필사적인 항해를 시작했다. 순풍이 불었지만 처음에는 오로지 노만 저었다. 그러다가는 금방 지칠 것 같았고, 바람이 언제 잠잠해버릴지도 모른다는 생각이 들자 작은 돛을 올리는 모험을 감행했다. 파도를 탄 덕분에 배의 빠르기가 시속 8킬로미터는 되는 것 같았다. 주인과 그의 친구들은 내가 거의 시야에서 사라질 때까지 계속 해변에 머물러 있었다. 항상 나를 아껴주던 갈색 말이 "흐누이 일라 니하 마이야 야후" 하고 우는 소리도 들렸다. '착한 야후야, 몸 조심해'라는 뜻이었다.

나는 사람이 살지 않고, 살아가는 데 필요한 물건은 충분히 갖추고 있는 섬이 나왔으면 좋겠다는 생각을 했다. 그러는 편이 유럽에서 제일 우아한 왕궁에서 수상 노릇을 하는 것보다 훨씬 더 행복할 것이라고 생각했기 때문이었다. 야후들이 살고 야후가 다스리는 사회로 다시 돌아가 산다는 것은 생각만 해도 끔찍했다. 혼자서 살게 되면 적어도 사색을 즐길 수 있고, 흉내조차 내기 힘든 후이님들의 덕을 즐겁게 회상할 수 있기 때문이다. 더구나 혼자 살면 우리 종족이 저지르는 악행과 부패에 다시 발을 담그는 기회를 갖지 않을 것이라고 생각했다.

후이님의 나라에 오기 전 선원들이 반란을 일으켜서 나를 선실에 가둔 일이 있었다. 그리고 어디로 가는지도 모른 채 몇 주 동안 그렇게 갇혀 지냈던 적이 있었다. 긴 보트에 태워져 해변에 내려졌을 때도 선원들은 그곳이 어딘지 알지 못한다고 했다. 당시 나는 우리가 희망봉에서 남쪽으로 10도 정도 내려온 곳, 즉 남위 45도 정도에 있다고 추측했다. 나는 동쪽으로 방향을 잡기로 마음먹었다. 그러면 뉴홀란드의 남서 해변에 닿을 것이고, 그곳 서쪽 해변에 있는 섬들 가운데서 내가 원하는 섬을 찾을 수 있을지 모른다고 기대했다. 때마침 바람이 서쪽에서 불어와 저녁 여섯 시쯤에는 동쪽으로 적어도 85킬로미터 정도 나아간 것 같았다. 그리고 2.5킬로미터 떨어진 곳에 작은 섬이 보여 금방 닿을 수 있었다. 비바람에 깎여 자연적으로 형성된 아치형 만 하나가 있는 바위섬이었다. 나는 만에 배를 대고 섬 한쪽으로 기어 올라갔다. 거기서 보니 동쪽에 남북으로 쭉 뻗은 육지가 한눈에 들어왔다. 나는 배에서 밤을 보내고, 다음날 아침 일찍 다시 항해에 나서서 일곱 시간 만에 뉴홀란드의 남동쪽 끝 지점에 닿았다. 이를 통해 내가 오래도록 갖고 있었던 생각이 정확하다는 것이 확인되었다. 그러니까 지도나 항해도에는 뉴홀란드의 위치를 실제보다 적어도 3도는 동쪽으로 옮겨다 놓은 것이다. 몇 년 전에 나는 이런 생각을 친구인 허먼 몰에게 얘기하면서 그렇게 생각하는 이유를 말해 주었는데, 그래도 그는 다른 사람들의 주장을 따랐다.

상륙해 보니 사람은 한 명도 눈에 띄지 않았다. 나는 무기를 갖고 있지 않았기 때문에 더 깊숙이 들어가 볼 엄두가 나지 않았다. 해변에서 조개를 주워 날로 먹었다. 불을 피우면 혹시 원주민들에게 발각될까봐 두려웠기 때문이다. 식량을 아끼기 위해서 굴과 꽃조개만 먹으며 사흘을 보냈다. 다행히 물맛이 좋은 냇물을 발견하여 한결 안심이 되었다.

나흘째 되던 날, 아침 일찍 조금 더 멀리까지 가보았다. 한 500미터 떨어진 곳에 있는 언덕 위에 원주민 20~30명이 눈에 들어왔다. 실오라기 하나 걸치지 않은 남자, 여자, 아이들이 모여 있었는데, 연기가 나는 것으로 미루어 불을 피워놓고 있는 것 같았다. 그중 한 명이 나를 발견하고 나머지 사람들에게 알렸다. 여자들과 아이들은 불가에 남겨둔 채 어른 남자 다섯 명이 나 있는 쪽으로 다가왔다. 나는 재빨리 해변으로 달려가 배를 집어타고는 노를 저어 도망쳤다. 원주민들은 내가 도망가는 것을 보고는 바로 뒤쫓아 달려왔다. 나는 해변에 도착하기 전에 그들이 쏜 화살 한 발을 맞아 왼쪽무릎에 깊은 상처를 입고 말았다. 나는 당황해서 어찌할 바를 몰랐다. 처음에 상륙했던 곳으로 돌아갈 엄두는 나지 않았고, 계속 북쪽 방향으로 노를 저어갈 수밖에 없었다. 바람은 내가 가려는 방향과 반대 방향인 북서쪽으로 불었다. 안전한 착륙 장소를 찾던 도중 북북동 쪽에서 돛이 보였는데, 시간이 지날수록 더욱 더 뚜렷이 보였다. 나는 배가 다가올 때까지 기다릴까 말까 망설이다가 결국 배를 돌려 돛을 올린 다음 노까지 저어서 남쪽으로 향했다. 그리고 그날 아침 배를 대었던 바로 그 아치형 만으로 다시 들어갔다. 유럽의 야후들과 사느니 이곳의 야만인들과 사는 것이 차라리 낫다고 생각한 것이다. 나는 배를 해변에 최대한 가까이 댄 다음, 물맛 좋은 그 시냇가 바위 뒤로 몸을 숨겼다.

포르투갈 선박으로 끌려가다

그 배는 만 안으로 2.5킬로미터 정도까지 들어왔고, 식수를 길러가기 위해 통을 실은 긴 보트를 내보냈다. 아마 이곳은 선원들 사이에 이미 잘 알려진 식수원인 것 같았다. 하지만 나는 그 배가 해변에 거의 닿을 때까지 미처 보지 못했기 때문에 몸을 숨길 다른 장소를 찾기에는 때가 늦었다. 배에서 내린 선원들은 내 카누를 보고는 샅샅이 뒤졌고 배 주인이 멀리 가지 않았다는 것을 금방 알아냈다. 단단히 무장한 선원 네 명은 갈라진 틈이나 눈에 잘 띄지 않는 구멍을 모조리 뒤졌고, 결국 바위 뒤에 얼굴을 묻고 숨어 있는 나를 찾아냈다. 선원들은 괴상망측한 내 몰골을 보고 한동안 입을 다물지 못했다. 그때 나는 가죽으로 만든 외투, 나무 밑창을 댄 신발, 털가죽으로 만든 양말 등을 걸치고 있었다. 선원들은 내 꼴을 보고는 내가 벌거벗고 사는 이곳 원주민이 아니라고 판단했다. 선원 중 한 사람이 포르투갈어로 내게 일어나라고 한 다음, 도대체 누구냐고 물었다. 나는 포르투갈어를 잘 알기 때문에 자리에서 일어났다. 그리고 후이님들에게 추방당한 가련한 야후라고 말하고, 제발 나를 그냥 놓아달라고 했다. 내가 자신들의 언어로 대답하자 선원들은 무척 놀라는 눈치였다. 그리고 내 생김새를 보고는 유럽인이 틀림없다고 생각했다. 하지만 내가 말한 야후나 후이님이 무슨 뜻인지 몰라 어리둥절해 했다. 그리고 히힝대는 말 울음소리를 닮은 희한한 억양을 듣고는 웃음을 터뜨렸다. 그러는 와중에도 나는 두려움과 혐오감으로 계속 몸을 부들부들 떨었다. 나는 다시 한 번 그만 가보겠다며 배 쪽으로 슬슬 다가갔다. 하지만 선원들은 나를 붙잡고는 내가 어느 나라 사람인지, 어디서 오는 길인지 등 여러 가지 질문을 해댔다. 나는 영국에서 태어났으며 영국을 떠난 지 5년 되었다고 대답했다. 내가 떠날 때는 포르투갈과 영국이 서로 사이가 좋은 나라였다고 했다. 그러니 나를 적으로 대하지 말아달라고 부탁하면서, 나도 그들을 해칠 생각이 없다는 뜻을 밝혔다. 나는 내가 그저 불행한 여생을 보낼 한적한 장소를 찾고 있는 가엾은 야후일 뿐이라고 말했다.

선원들은 자기들끼리 말을 하기 시작했는데 그처럼 부자연스러운 말은 생전 처음 듣는 것 같았다. 마치 영국에서 개나 암소가 말을 하거나, 후이님의 나라에서 야후가 말을 하는 것처럼 괴상망측하게 들렸다. 정직한 그 포르투갈 사람들은 내가 입고 있는 이상한 옷과 나의 이상한 말투를 보고 듣고 매우 의아해했다. 물론 내가 하는 말의 뜻은을 잘 알아들었다. 그들은 인정이 많은 사람들이었는데, 자기들 선장이 공짜로 리스본까지 나를 데려다 줄 터이니, 거기서 내 나라로 돌아가면 되지 않겠느냐고 제안했다. 일단 선원 두 명이 배로 돌아가서 선장에게 이 일을 알리고, 어떻게 처리할지 지시를 받아오겠다고 했다. 그동안 내가 도망치지 않겠다고 단단히 약속하지 않으면 강제로라도 나를 잡아두겠다고 했다. 지금은 이들의 말을 듣는 게 최선이었다. 선원들은 내 사연을 굉장히 궁금해 했지만 나는 별다른 이야기를 해주지 않았다. 그들은 내가 너무 불행한 일을 겪다 보니 정신이 나간 것 같다고 추측했다.

물통을 싣고 간 배는 두 시간 만에 다시 돌아와 선장이 나를 데려오라고 했다는 말을 전했다. 나는 제발 풀어달라고 무릎 꿇고 사정했지만 소용이 없었다. 선원들은 나를 밧줄로 묶은 후 보트에 태워서 배로 옮겨 실어 다시 선장실로 데려갔다.

이름이 돈 페드로 데 멘데즈인 선장은 매우 예의 바르고 관대한 사람이었다. 선장은 나에 대해 이야기를 좀 해보라고 하면서 먹고 마시고 싶은 것은 없는지 물었다. 그는 내가 자기와 같은 대우를 받을 것이라고 하고, 그 밖에도 자상한 말들을 많이 해주었다. 야후 중에 이렇게 예의 바른 자들이 있는 게 의아스러웠다. 그래도 나는 화난 듯 입을 굳게 다물고 있었다. 나는 선장과 선원들에게서 나는 역겨운 냄새 때문에 거의 정신을 잃을 지경이었다. 결국 나는 내 카누에 실어놓은 음식을 먹고 싶다고 했다. 선장은 닭요리와 고급 포도주를 먹으라고 내놓았고, 선원들에게 아주 깨끗한 선실에다 내 잠자리를 마련해 주라고 지시했다. 나는 옷도 안 벗고 침대보 위에 그냥 누워 있었다. 30분쯤 뒤에 나는 이제 선원들이 저녁을 먹겠지 하면서 선실을 몰래 빠져나왔다. 그리고 바다에 뛰어들어 죽기 살기로 헤엄쳐 도망갈 작정으로 배 측면으로 다가갔다. 야후들 틈에 사느니 그렇게 하는 게 낫겠다는 생각에서였다. 그런데 선원 한 명이 나를 저지했고, 선장에게 이 사실을 알리는 바람에 나는 쇠사슬에 묶인 채 선실에 갇히고 말았다.

저녁식사를 마친 다음 돈 페드로 선장은 내게 와서 왜 그렇게 필사적으로 도망을 치려고 했는지 그 이유를 들려달라고 했다. 그러면서 자기가 내게 해줄 수 있는 일이 있으며 최선을 다해 도와주겠다고 했다. 선장이 워낙 진지한 말투로 이야기하는 바람에 나는 그를 이성을 약간 가진 동물로 간주하기로 했다. 나는 선장에게 항해 중 겪은 일을 간략하게 이야기했다. 선원들이 반란을 일으킨 일, 선원들이 나를 어느 해변에 내려놓은 일 그리고 내가 그곳에서 보낸 5년 동안의 생활에 대해 얘기해 주었다. 내 말을 모두 들은 선장은 내가 꿈을 꾸었거나 환상을 본 것으로 치부했다. 선장의 그런 태도에 나는 기분이 크게 상했다. 나는 야후들이 다스리는 모든 나라에서 거짓말하는 것은 야후들의 특이한 능력 가운데 하나라는 사실을 잊고 있었다. 따라서 같은 종족이 말하는 진실을 의심하는 것도 야후들의 습성이라는 것을 잊고 있었던 것이다. 나는 선장에게 그 나라에서는 사실이 아닌 것을 말하는 게 관례냐고 물었다. 또한 나는 거짓이라는 말이 무슨 뜻인지조차 잊어버렸다고 했다. 그리고 만약 내가 후이넘 나라에서 1,000년을 산다고 하더라도 아주 비천한 하인의 입에서도 거짓말이 나오는 것은 한 번도 듣지 못할 것이라고 말했다. 나는 선장이 나를 믿든 말든 개의치 않고 말을 계속했다. 선장이 베풀어 준 친절에 보답한다는 뜻에서, 나는 그의 본성이 그렇게 타락했다는 것을 너그럽게 이해해 주기로 했다.

현명한 선장은 계속 내가 하는 말에 트집을 잡으려고 했지만, 결국 내 말이 사실이라는 것을 점차 믿기 시작했다. 하지만 내가 계속해서 진실에 집착하는 모습을 보이기 때문에, 선장은 나보고 여행 중에 내 생명을 위태롭게 하는 일은 두 번 다시 하지 말고 끝까지 자기와 함께 가겠다는 맹세를 하라고 했다. 그렇게 하지 않으면 리스본에 도착할 때까지 나를 가두어 놓겠다고 말했다. 나는 선장이 원하는 대로 하겠다고 약속했다. 하지만 그러면서도 아무리 힘든 일을 겪더라도 야후들 틈에 돌아가 사는 것보다는 나을 것이라는 생각을 했다.

가족들과의 재회

항해는 순행했다. 선장이 베풀어 준 호의에 보답하기 위해서 나는 가끔 선장이 간절하게 요구해 오면 그와 식사를 같이하기도 했고, 인간들에게 품고 있는 혐오감도 감추려고 노력했다. 그래도 그런 감정은 이따금씩 밖으로 터져 나왔다. 그러면 선장은 못 들은 체하며 별다른 내색을 하지 않았다. 어쨌든 나는 대부분의 시간을 선실에 틀어박혀 지냈고, 되도록이면 선원들과 마주치지 않으려고 했다. 선장은 나보고 야만스런 옷을 벗어 던져 버리고 자기 옷 중에서 제일 좋은 옷을 줄 테니 그걸 입으라고 했다. 하지만 나는 그 호의를 받아들이지 않았다. 야후의 몸을 덮었던 것으로 내 몸을 덮는다는 건 생각만 해도 끔찍했기 때문이었다. 대신 선장에게 깨끗한 셔츠 두 장만 빌려달라고 했다. 선장이 입고 나서 세탁한 옷이어서 내 몸을 크게 더럽히지는 않으리라 생각했기 때문이었다. 나는 셔츠를 번갈아 가며 매일 갈아입었고 세탁도 내가 직접 했다.

우리는 1715년 11월 5일에 리스본에 도착했다. 상륙할 때 선장은 온갖 부류의 사람들이 내 주위로 몰려들지 않도록 자기 망토를 내게 억지로 걸쳐주었다. 나는 선장의 집으로 옮겨졌고, 나의 요청에 따라 제일 꼭대기 층의 구석진 방에 묵게 되었다. 또 선장에게 내가 들려준 후이넘에 관한 이야기는 누구에게도 하지 말라고 신신당부했다. 이런 이야기는 조금만 알려져도 나를 구경하겠다고 사람들이 떼거리로 몰려들 뿐 아니라, 나를 감옥에 집어넣거나 종교재판에 넘겨 화형에 처할지도 모를 일이기 때문이었다. 선장은 내게 양복을 새로 한 벌 맞춰 입으라고 권했다. 하지만 나는 재단사가 내 몸 치수를 재는 것을 절대 허락하지 않았다. 대신 돈 페드로 선장의 체격이 나와 거의 같았기 때문에 그의 옷이 내게 아주 잘 맞았다. 선장은 필요한 물건들도 모두 새것으로 사 주었는데, 나는 그 물건들을 만 24시간 동안 바람을 쏘인 다음에 사용했다.

선장은 아내도 없었고 하인도 세 명밖에 없었다. 그는 무척 자상하고 이해심도 많았기 때문에 함께 지내는 것은 그럭저럭 견딜 만했다. 선장이 하도 설득하는 바람에 나는 뒤쪽 창문으로 밖을 겨

우 내다볼 수 있을 정도까지 되었다. 그리고 차츰 다른 방으로 옮겼는데, 처음에 그 방에서 길거리를 슬쩍 내다보다가 기겁을 하고 머리를 도로 집어넣고 말았다. 선장은 나를 설득해 일주일 뒤에는 출입문까지 내려오게 만들었다. 나도 무서움이 차츰 사라지는 것을 느꼈다. 하지만 증오와 혐오감은 더 커진 것 같았다. 나중에는 선장과 함께 길거리를 걸어 다닐 정도로 대담해졌지만, 향기 나는 풀이나 궐련으로 코를 단단히 틀어막고 다녀야만 했다.

리스본에 도착한 지 열흘 후, 내 가족 이야기를 들은 돈 페드로 선장은 나보고 고국으로 돌아가 집에서 아내와 자식들과 함께 사는 것이 명예와 양심을 지키는 길일 것이라고 말했다. 마침 출항을 앞둔 영국 상선 한 척이 있는데, 필요한 것은 자기가 다 준비해 주겠다는 것이었다. 선장이 나를 설득하기 위해 한 말과 내가 반박한 말을 일일이 소개하면 너무 지루할 것이다. 어쨌든 선장은 내가 원하는 그런 무인도를 찾는 것은 사실상 불가능할 것이라고 했다. 그러니 차라리 집으로 돌아가 하고 싶은 대로 살고, 또 원하는 만큼 틀어박혀 지내면 될 것 아니냐고 했다.

어쩔 도리가 없다는 것을 깨닫고 나는 마침내 선장의 말을 따르기로 했다. 나는 11월 24일, 영국 상선에 몸을 싣고 리스본을 떠났다. 상선의 선장이 누구인지도 나는 물어보지 않았다. 돈 페드로 선장은 배까지 나를 배웅해 주었고 20파운드를 빌려 주었다. 그는 따뜻한 작별 인사를 건네고, 헤어지기 전에 포옹까지 해주었는데, 나는 억지로 참았다. 이 마지막 항해에서는 선장이나 선원들과 말 한 마디 나누지 않았다. 그저 아프다는 핑계를 대고는 꼬박 선실에만 틀어박혀 지냈다. 1715년 12월 5일 오전 아홉 시께 우리는 마침내 다운즈 항에 닻을 내렸다. 나는 오후 세 시에 레드리프에 있는 집에 무사히 도착했다.

아내와 가족은 매우 놀라면서도 크게 기뻐하며 나를 반겨주었다. 내가 틀림없이 죽었을 것이라고 생각했기 때문이다. 그런데 솔직히 고백하자면, 그들을 보니 혐오감, 역겨움, 경멸의 감정만 치밀어 오르는 것이었다. 이들과 내가 가까운 피붙이라는 것을 생각하니 그런 기분은 더했다. 나는 운이 나빠 후이님의 나라에서 추방되었기 때문에 어쩔 수 없이 꾹 참고 야후들을 쳐다보고, 돈 페드로데 멘데즈 선장과는 대화까지 나누었던 것이다. 하지만 아직도 내 기억과 상상은 저 고귀한 후이님들의 덕성과 생각으로 꽉 차 있었다. 그런데 야후 종족의 암컷 한 마리와 섹스를 하고 야후 여러 마리의 아버지가 되었다고 생각하니 너무도 수치스럽고, 혼란스럽고, 끔찍했다.

집 안에 들어가자마자 아내는 나를 두 팔로 안고 입을 맞추었다. 징그러운 짐승과 접촉해 보지 않은 지 여러 해가 지난 터라 나는 거의 한 시간 동안 기절해 있었다. 이 여행기를 쓰는 것은 영국

으로 돌아온 지 5년이 지나서다. 첫 해에는 아내와 자식들이 내 곁에 있는 것을 견디지 못했다. 너무나 역겨운 냄새가 났기 때문이다. 한 방에서 같이 식사한다는 것은 더구나 못 견딜 일이었다. 지금 이 순간까지도 아내와 아이들은 내가 먹을 빵을 손으로 만지지도 못하고 같은 컵을 사용할 수도 없다. 또한 누구도 내 손을 잡을 엄두도 못 내게 했다. 도착해서 내가 돈을 들여 제일 먼저 산 것은 어린 종자 말 두 필이었다. 나는 말들을 훌륭한 마구간에서 길렀다. 말 다음으로 좋아하게 된 것은 말을 돌보는 하인이었다. 하인 몸에 밴 마구간 냄새를 맡으면 정신이 맑아졌다. 말들은 내 말을 꽤 잘 알아들었다. 나는 매일 말과 네 시간 정도 대화를 나누었다. 이 말들에게는 고삐나 안장은 채워 본 적이 없다. 말들은 자기들끼리 다정하게 지내는 것은 물론이고, 나하고도 아주 사이좋게 지냈다.

제12장
여행기를 마치며

　나는 16년 7개월 동안에 걸친 여행기를 성실하게 글로 풀어놓으려 노력했다. 미사여구를 동원하기보다는 실제로 있었던 일에 대해서만 이야기했다. 진실을 말하기 위하여 장식에는 별다른 신경을 쓰지 않았다. 나도 다른 여행가들처럼 있을 수 없는 이야기로 독자를 놀라게 할 수도 있었다. 하지만 나는 가장 단순한 어법과 문체를 통해 오직 사실만을 쓰기로 했다. 나의 주된 목적이 여러분에게 진실을 제공하는 것이지, 재미를 선사하려는 것이 아니기 때문이다.

　영국인이나 유럽인이 잘 가지 않는 먼 나라들을 여행하는 여행가들이라면 바다와 땅에 서식하는 이상한 동물들에 대한 이야기를 꾸며내는 것은 쉬운 일이다. 하지만 여행가들의 주된 목적은 인간을 더 현명하고 더 훌륭한 존재로 만들고, 외국에서 보고 들은 좋은 사례와 나쁜 사례들을 모두 전달함으로써 인간의 정신을 더욱 더 고양시키는 것이어야 한다.

나는 다음과 같은 법이 만들어지기를 간절히 바란다. 모든 여행가가 여행기 출판 허가를 받으려면 자신이 기록한 내용이 자기가 아는 한 전적으로 진실만을 담고 있음을 대법관 앞에서 선서하도록 의무화하는 것이다. 그렇게 하면 지금처럼 세상 사람들이 모두 속는 일은 막을 수 있을 것이다. 요즘은 일반 대중에게 말도 안 되는 거짓 이야기를 늘어놓고 순진한 독자들을 우롱하는 작가들이 있다. 나도 어린 시절 여러 권의 여행기를 재미있게 찾아 읽었다. 하지만 세계 곳곳의 많은 곳을 직접 여행해 보았고, 이제는 내가 직접 보고 들은 사실을 가지고 허무맹랑한 이야기들을 반박할 수 있을 정도가 되었다. 그러다 보니 이제는 그런 종류의 여행기를 읽으면 아주 역겨움을 느끼게 된다. 그뿐만 아니라 사람의 믿음이 그렇게 쉽사리 농락당한다는 사실에 분노마저 느낀다. 그래서 나를 아는 사람들은 나의 보잘것없는 노력이 조국의 독자들에게 기꺼이 받아들여질 것이라고 생각했다. 나는 스스로 한 가지 원칙을 정하고 절대로 거기서 벗어나지 않겠다고 다짐했다. 그 원칙은 바로 항상 진실에 충실하겠다는 것이다. 어떤 유혹이 있더라도 나는 진실을 왜곡하려는 유혹에 절대로 흔들리지 않을 것이다. 나의 위대한 주인과 훌륭한 후이님들의 말을 오래도록 경청하는 영광을 누렸고, 그들의 가르침과 본보기를 마음속에 간직하고 있는 한 나는 그렇게 할 것이다.

Nec si miserum Fourtuna Sinonem
Finxit, vanum etiam, mendacemque improba finget

(행운의 여신은 시논을 비참하게 만들었다. 하지만 아무리 그가 밉더라도 그의 입으로 허위사실을 말하도록 만들거나, 그를 거짓말쟁이로 만들 수는 없다.)

나는 천재성과 학식, 그 밖에 다른 어떠한 재능도 필요 없이 오직 뛰어난 기억력과 정확한 일지를 바탕으로 해서 저술을 했을 때 얻을 수 있는 명성이 얼마나 보잘것없는 것인지 잘 알고 있다. 또 더 최신 정보를 담은 책, 그래서 제일 윗자리에 놓이는 책의 무게와 부피에 짓눌려 망각의 바다로 빠져들고 만다는 사실도 잘 알고 있다. 더구나 누군가 내 책에 쓴 나라들을 나중에 방문하게 된다면, 그래서 나의 오류를 발견하고 새롭게 변화된 내용을 대폭 추가한다면, 나는 뒤로 밀려나게 될 것이다. 그러면 세상 사람들은 내가 한때 그런 책을 쓴 사람이었다는 사실조차 잊어버리게 될 것이다. 내가 명성을 얻으려고 이 글을 썼다면, 이런 일들은 내게 참기 어려운 굴욕이 될 것이다. 하지만 나의 목적은 오직 공공의 이익뿐이었기 때문에, 그런 일에 절대로 실망하지 않을 것이다. 사실 훌륭한 후이님들의 덕성에 대해 읽은 독자들 가운데 자신을 나라를 다스리는 이성적 동물이라고 생각하는 사람이라면, 스스로의 부덕함을 부끄럽게 여기지 않을 사람이 어디 있겠는가. 야후들이 통치하는 먼 나라들에 대해서는 입에 올리지도 않겠다. 그중 가장 덜 부패한 브롭딩낵 사람들의 도덕과 정치에 관한 지혜로운 격언들만이라도 우리가 지킬 수 있다면 다행이라고 생각한다. 하지만 이제 내가 더 이상 떠들기보다는 독자들 스스로 현명한 판단을 하고, 그 판단에 따라 실천하도록 맡겨두려고 한다.

내 작품에 대한 비난이 없을 것이라는 점이 나는 여간 마음에 드는 게 아니다. 하기야 그렇게 먼 나라에서 벌어진 일을 오직 사실에 의거해서 담담하게 기록한 작가에게 어떤 반대 의견을 내놓을 수 있겠는가? 더구나 이들 나라는 무역이나 협상에 있어서도 전혀 우리의 관심 밖에 있다. 나는 여행기 작가들이 쉽게 빠져서 욕을 먹는 오류를 범하지 않으려고 세심한 주의를 기울였다. 특정 정당의 이해관계에 일절 끼어들지 않았고, 어떤 특정 개인이나 단체에 대한 열정, 편견, 악의를 가지고 글을 쓰지도 않았다. 오직 인간에게 정보를 주고, 인간을 깨우칠 목적으로만 글을 썼다. 나는 오랜 시간 훌륭한 후이님과 대화를 나누면서 많은 것을 배웠다. 그래서 다른 사람들보다 약간은 더 잘난 체를 하고 있는지도 모르겠으나, 절대로 비난받을 수 없는 작가라고 당당하게 자부할 수 있다.

나는 영국 국민이기 때문에 고국에 돌아오면 즉시 국무장관에게 여행 기록을 제출할 의무가 있다는 말을 얼핏 들은 적이 있다. 백성이 어떤 새로운 땅을 발견하면 그것은 왕의 소유가 되기 때문이다. 하지만 내가 발견한 나라들을 정복하는 것이 페르디난도 코르테즈가 아메리카 대륙의 벌거벗은 인디언들을 정복하는 것처럼 쉬울지, 그것은 의문이다. 사실 릴리풋 사람들을 무찌르기 위해서는 대규모 함대나 군대를 동원할 필요도 없을지 모른다. 하지만 브롭딩낵을 공격하는 것은 불가능하며, 영국 군인들이 머리 위로 날아다니는 섬을 얼마나 손쉽게 공격할 수 있을지도 모르겠다. 후이님들은 사실 전쟁에 제대로 대비하고 있는 것 같지도 않다. 전술에는 완전히 문외한이고, 특히 쏘아 날리는 무기에 대해서는 아무 것도 모르는 자들이다. 하지만 내가 국무장관이라면 후이님들을 공격하라는 명령은 절대로 내리지 않을 것이다. 그들은 신중하고 단결력이 뛰어나며, 공포가 뭔지 모르고 투철한 애국심이 있기 때문에 전술 측면에서의 약점을 충분히 벌충할 수 있을 것이라고 생각하기 때문이다. 후이님 2만 마리가 유럽 군대 한가운데로 치고 들어온다고 상상해 보자. 후이님들은 군대의 대열을 흩어놓고, 마차를 뒤집어엎고, 병사들의 얼굴을 발로 걷어차 시체로 만들어 버릴 것이다. 후이님들에게는 아우구스투스처럼 자기 자신을 지키기 위해 사방으로 마구 발길질을 해대는 성질이 있다. 나라면 이 훌륭한 나라를 정복하려고 나서는 대신, 이들에게 유럽을 계몽시킬 사절단을 충분히 보내달라고 부탁할 것이다. 그래서 우리에게 명예, 정의, 진리, 절제, 공익, 용기, 순결, 우정, 관용, 성실의 기본 원리를 가르쳐 달라고 청할 것이다. 이런 덕성들을 나타내는 명칭은 지금도 대부분의 유럽 언어에 남아 있고, 고대의 책자뿐만 아니라 근대 서적들에도 이런 단어들이 다루어지고 있다. 나도 책을 많이 읽지는 못했지만 그 정도는 알고 있다.

나는 또 다른 한 가지 이유 때문에 내가 발견한 나라를 정복해서 왕의 영토를 넓히는 일에 찬동하지 않는다. 솔직히 말해, 군주들이 내세우는 분배의 정의에 대해 다소 의심을 품기 때문이다.

예를 들어 해적들이 폭풍우를 만나 어딘지 모르는 곳으로 표류해 가고 있었다. 그러다 돛대 위에서 망을 보는 소년이 육지를 발견했다. 이들은 약탈과 강탈을 자행하기 위해 상륙했다. 그런데 내려가서 보니 그곳 사람들은 더없이 순진한 사람들이었고, 해적들을 극진히 대접했다. 해적들은 이 땅에 새로운 이름을 붙이고 왕의 땅으로 공식 접수했다. 그리고 썩은 널빤지나 돌로 기념비를 세운 다음 원주민 20~30명을 살해한다. 해적들은 원주민 한 쌍을 본보기로 강제로 배에 태워 고국으로 돌아와 사면을 받는다. 이렇게 해서 신권이 부여해 준 새로운 영토가 생긴 것이다. 당장 함대가 파견되고 원주민들은 쫓겨나고, 마을은 파괴된다. 원주민 군주들을 고문해 금을 빼앗고, 온갖 비인간적인 행위와 욕정을 채우기 위한 짓을 마음껏 자행한다. 이리하여 대지는 원주민의 피로 붉게 물든다. 이토록 신성한 원정에 동원된 저주받을 도살자 무리가 바로 우상을 숭배하는 야만족을 개종시키고 계몽시킨다는 명분으로 투입된 근대의 식민지 군대다.

그러나 내가 이런 말을 하는 것이 영국의 위신을 실추시키려는 것은 결코 아니다. 영국은 식민지 건설에 있어 지혜, 배려, 정의를 실천하여 전 세계의 모범이 되는 국가라고 할 수 있다. 그리하여 종교와 학문의 발전을 위해 아낌없이 노력하며 기독교를 전파하기 위해 헌신적이고 유능한 성직자를 발탁하고, 건전한 생활을 영위하고 진실한 대화를 하는 사람들을 신중히 선발해서 식민지로 파견했다. 그리고 식민지 각지에 정의를 골고루 실현하기 위해 민간 행정부를 세우고 유능하고 부패에 전혀 물들지 않은 관리를 파견했다. 무엇보다도 백성의 행복과 자기가 모시는 왕의 명예만을 생각하는 가장 용의주도하고 덕이 많은 총독들을 파견하였다.

그러나 내가 지금까지 설명한 나라들은 정복되거나 노예로 전락되고, 대학살을 당하거나 식민지 군대에 의해 쫓겨나고 싶은 생각이 전혀 없는 것 같다. 또 그곳에는 금이나 은, 설탕이나 담배가 풍부하게 생산되지도 않는다. 그러니 감히 말하건대, 이들은 우리가 열성을 기울이거나 용기를 내고 관심을 가질 대상이 결코 아니다. 하지만 식민지 문제에 관여하는 사람들이 나와 생각이 다르고, 그래서 나를 합법적으로 소환한다면, 나는 이 나라들을 방문한 유럽인은 내가 최초라고 진술할 용의가 있다. 그곳에 사는 주민들이 하는 말을 믿는 경우에는 그렇다는 말이다.

하지만 나는 내가 섬기는 왕의 이름으로 이 나라들을 공식 소유하겠다는 생각은 한 번도 해본 적이 없다. 설사 그런 생각을 했더라도, 나의 신상이 관련된 문제이기 때문에, 목숨을 부지하기 위해 그런 생각은 더 적절한 때가 올 때까지 다음 기회로 미루었을 것이다.

이로써 나는 여행가로서 받을 수 있는 단 한 가지 비난에 대한 답변을 모두 마쳤다. 이제 이 여행기에 마침표를 찍고 레드리프에 있는 나의 자그마한 정원에서 사색이나 즐겨야겠다. 또 후이넘들과 살면서 배운 훌륭한 덕성을 실천하고, 나의 가족 야후들을 가르쳐 최대한 온순한 동물로 길들이며, 내 모습도 거울에 자주 비춰봐 앞으로 시간이 지나면 인간들을 참고 볼 수 있도록 노력해야겠다. 내 조국에서 후이넘들이 받는 야만적인 대우를 보면 개탄스럽지만, 나의 주인과 그의 가족, 친구 그리고 모든 후이넘들을 대신해 여기 있는 말들을 최대한 존중하며 보살피겠다. 우리 말들은 영광스럽게도 외모는 후이님을 쏙 빼닮았지만, 지능이 퇴화한 것은 안타까운 일이다.

지난주부터 나는 아내더러 나와 같은 식탁에서 저녁식사를 해도 좋다고 허락했다. 물론 아내는 긴 식탁 반대편 끝에 앉아 식사를 하고, 내가 묻는 몇 가지 안 되는 질문에만(최대한 간단하게) 답해야 한다. 하지만 야후들에게서 나는 냄새는 지금도 너무 역겨워서 항상 향풀이나 라벤더, 담배 잎사귀로 코를 단단히 틀어막고 있어야 한다. 인생 후반에 들어선 사람이 오래도록 몸에 밴 습관들을 떨쳐버리기는 힘든 일이다. 하지만 나는 언젠가는 야후의 이빨이나 발톱을 겁내지 않고, 이웃 야후와 자리를 같이할 날이 올 것이라는 희망을 아직 버리지 않고 있다.

야후들이 자연으로부터 부여받은 사악함과 어리석음에서 더 나아가지만 않는다면 내가 야후 족속과 화해하는 것도 그리 어려운 일은 아니다. 이제 나는 변호사, 소매치기, 대령, 바보, 귀족, 도박꾼, 정치인, 포주, 의사, 증인, 위증인, 검사, 반역자 같은 야후들을 만나도 전혀 화가 나지 않는다. 원래 세상 이치가 그런 것 아닌가! 하지만 신체와 마음이 모두 뒤틀리고 병든 데다 오만한 야후를 보면 나는 금방 인내심을 잃고 만다. 또 아무리 생각해 봐도 이해할 수 없는 점은 어떻게 이런 끔찍한 동물이 그토록 오만함이라는 악덕까지 갖고 있는가 하는 점이다. 이성적 동물이 가질 수 있는 모든 장점이 넘쳐나며, 현명하고 훌륭한 후이넘들에게는 오만이라는 용어 자체가 없다. 또한 나쁜 뜻을 나타내는 말은 전혀 없고, 야후들의 나쁜 습성을 나타내는 단어들만 있을 뿐이다. 그런 단어들로는 오만함을 표현할 수 없다. 그것은 이들이 인간이 통치하는 나라에서 보이는 인간의 본성을 제대로 이해하지 못하기 때문이다. 하지만 경험이 더 많은 나는 야생 야후들에게서 사악한 인간 본성이 자리 잡고 있음을 분명히 볼 수 있었다.

이성의 지배를 받고 있는 후이넘들은 자신이 가진 장점을 더 이상 자랑거리로 내세우지 않는다. 이는 내가 팔다리가 멀쩡히 붙어 있다고 해서, 그걸 가지고 우쭐거리지 않는 것과 마찬가지다. 내가 이 문제에 관해 이렇게 파고드는 것은 영국 야후들이 사는 사회가 어떻게든 사람이 살 만한 곳이 되기를 바라는 마음에서다. 그러니 당부하건대 이 어리석기 짝이 없는 오만이라는 악덕을 조금이라도 갖고 있는 사람들은 내 눈 앞에 얼씬도 하지 말았으면 좋겠다.

(끝)

작품소개

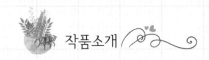

작품소개

아일랜드의 대표적 고전명작 『걸리버 여행기』는 걸리버가 소인국, 거인국, 말의 나라를 유랑하면서 겪는 기상천외한 모험들로 가득하다. 전 세계에 아이들을 위한 동화로 알려져 있는 이 작품은, 사실 어른들을 위한 정치풍자극이다. 처음 작가 스위프트가 책을 출판 할 때 그는 자신의 정체를 철저히 숨겼다. 출판사 역시 원본을 그대로 출판하는 것에 부담을 느끼고 내용 중 일부를 삭제했다. 우리가 현재 읽고 있는 완역본은 그로부터 10년 후에야 세상에 알려진 것이다.

흥미진진한 여행기로만 보이는 이 작품을 출판사가 그토록 조심스러워했던 까닭은 바로 이 소설이 단순한 해학차원에 머무르는 이야기가 아니기 때문이다. 명작의 반열에 올라, 오늘날까지 세계인의 필독서로 널리 읽히는 까닭도 그렇다. 걸리버 여행기는 소인국, 거인국, 라퓨타, 말의 나라를 통해 당대 사회와 인간의 모습에 대한 비판적 통찰을 제공한다.

12배나 축소된 소인국의 릴리풋 사람들은 멀리서 바라본 인간의 모습을 대변한다. 이들은 작고 하찮지만 매우 자기중심적이며, 사소한 문제로 당파를 만들어 다툼을 일삼는다. 한편, 거인국 브롭딩낵 사람들은 인간의 모습을 크게 확대하여 제시한다. 자세히 살펴보면 알 수 없었던 인간의 추함과 결점이 걸리버의 눈을 통해 적나라하게 드러나는 것이다. 날아다니는 섬 라퓨타 사람들을 통해서는 과학만능주의에 빠져있는 현대인들을 비판한다. 라퓨타 섬의 연구자들은 삶에서 별로 중요하지 않거나, 무의미한 일들을 위해 자연법칙을 거스르며 과학실험을 한다. 마지막으로 후이님의 나라에서는 인간의 이성에 대한 반성을 촉구한다. 우리는 스스로 이성적 동물이라고 자부하고 있지만 과연 얼마나 이성적으로 살고 있는지 되돌아보게 된다.

우리는 그들의 모습을 통해 당대 영국인의 모습을 발견할 수 있을 뿐만 아니라, 오늘날의 인간의 모습 또한 발견할 수 있다. 그래서 비현실로 가득한 상상의 모험담을 읽으면서도 고개를 끄덕이게 되는 것이다. 영원한 고전이란 이처럼 통시대적인 교훈을 주는 작품에 부여되는 최고의 찬사일 것이다.

저자 | 조나단 스위프트

영국의 풍자작가 겸 성직자이자 정치평론가이다. 1667년 아일랜드 더블린에서 아버지 없이 태어나 큰아버지의 집에서 자랐다. 트리니티 칼리지를 졸업하고, 아일랜드에서 영국교회의 목사가 되었다. 정치에 큰 야심이 있었던 그는 당시 양대 정치 세력이었던 휘그당과 토리당에서 의회활동을 했다. 1713년 더블린의 세인트패드릭 대성당의 사제장으로 임명되었고 그 후로도 정계와 문단의 막후 실력자로 활동했다. 말년에 정계에서 은퇴한 후 아일랜드로 귀향했으나 1730년대 말엽부터 정신착란 증세에 시달렸고 1745년에 세상을 떠났다.

주요 저서로 정치·종교계를 풍자한『통 이야기 A Tale of Tub』 (1704),『책의 전쟁 The Battle of the Books』(1704),『스텔라에게의 일기 The Journal to Stella』(1710~1713) 등이 있다.

역자 | 이기동

경북대 철학과, 서울대 대학원을 졸업하고 미국 미시간대에서 저널리즘을 공부했다. 서울신문에서 모스크바 특파원과, 정책뉴스 부차장, 국제부장, 논설위원을 지냈으며 「인터뷰의 여왕 바버라 월터스 회고록」, 「미하일 고르바초프 최후의 자서전」을 번역했다. 저서로는 「기본을 지키는 미디어 글쓰기」가 있다.

일러스트 | 박정윤

홍익대학교 대학원에서 시각디자인을 전공했다. 일러스트레이터이자 그래픽디자이너로 활동하고 있으며 따뜻한 메시지가 담긴 감성적인 그림을 추구한다. 디자인, 공예를 비롯한 다양한 작업과 함께 사보, 교과서, 영상, 일러스트등 전시활동을 한다. All live, All new fram에서 아트상품을 진행하고 있다.

Bestseller World's Classics 001

걸리버 여행기

초판 1쇄 인쇄 | 2015년 12월 01일

초판 1쇄 발행 | 2015년 12월 10일

지은이 | 조나단 스위프트   **옮긴이** | 이기동

펴낸이 | 김정동   **책임편집** | 김예슬   **마케팅** | 유 재영 · 김은경

홍 보 | 김혜자   **일러스트** | 박정윤   **디자인** | Design Box

펴낸곳 | 도서출판 문학마을   **등록번호** | 제 10-1534호   **등록일** | 1991년 9월 12일

주 소 | 서울시 마포구 성지길 25-20 덕준빌딩 2F

전화번호 | 3142-1471(대)   **팩시밀리** | 6499-1471

홈페이지 | http://blog.naver.com/sk1book

이메일 | seokyodong1@naver.com

ISBN | 978-89-85392-75-4

이 도서의 국립중앙도서관 출판예정도서목록(CIP)은 서지정보유통지원시스템 홈페이지
(http://seoji.nl.go.kr)와 국가자료공동목록시스템(http://www.nl.go.kr/kolisnet)에서
이용하실 수 있습니다. (CIP제어번호: CIP2015027764)

잘못된 책은 구입처에서 교환해 드립니다.